THE PIRATE PRINCE

THE PIRATE PRINCE

해적과 프린스

해적과 프린스

갤런 폴리 | 나채성 옮김

THE PIRATE PRINCE

큰나무

나 채 성
이화여자대학교 졸업. 역서로
『바이올렛』,『내가 사랑한 악당』,『거부할 수 없는 유혹』,
『다이아몬드 슬리퍼』,『꿈이 시작되는 곳』,
『운명보다 깊은 사랑』,『에메랄드 백조』,『라이언의 딸』외 다수

해적과 프린스

초판 인쇄 / 2002년 12월 10일
초판 발행 / 2002년 12월 20일

지은이 / 갤런 폴리
옮긴이 / 나채성
펴낸이 / 한익수
펴낸곳 / 도서출판 큰나무

등록 / 1993년 11월 30일(제5-396호)
주소 / 120-837 서울시 서대문구 충정로 3가 3-95 2층
전화 / 02) 365-1845 · 1846 팩스 / 02) 365-1847
e-mail / btreepub@chollian.net
홈페이지 / www.bigtreepub.co.kr

값 9,000원

ISBN 89-7891-150-1 03840

제 아무리 거칠게 몰아치는 바닷물이라도
기름부음 받아 왕이 된 자의 몸에서 향유를 씻어낼 수 없으리.

— 셰익스피어

평온하게 달빛이 흐르는 밤, 재스민과 소나무 향기가 가득한 어센션에 해적 왕자 라지 디 피오레가 돌아온다. 그는 15년 전 왕가에 일어난 비극적인 사건으로 자신의 왕국과 출생의 권리뿐만 아니라 영혼까지 잃어버렸다. 이제 그가 복수를 하기 위해 돌아왔다.

라자에게 납치당한 원수의 딸 알레그라 몬테베르디는 그에게 자비를 호소한다. 그는 원수의 가문 사람들을 살려주기로 동의한다. 단, 알레그라가 인질이 되어 그의 배에 오른다는 조건으로.

이제 도무지 그 깊이를 알 수 없는 기묘한 남자와 함께 바다에 떠 있는 알레그라는 유혹과 두려움 사이를 방황한다. 그리고 점점 커져가는 그녀의 사랑으로도 그의 상처받은 가슴은 충분히 치료되지 않는다. 모든 역경을 이겨내고 그들의 운명이 합해지려면 라자 디 피오레가 산산이 조각난 과거의 망령들에 맞서 싸워야만 한다.

갤런 폴리의 처녀작이자 한국에서는 <프린세스>, <프린스 차밍>에 이어 3부작의 마지막으로 나오는 <해적과 프린스>가 드디어 출간된다.

다들 알고 있다시피 이 작품은 <프린세스>와 <프린스 차밍>의 윗세대, 라자 왕과 알레그라 왕비의 이야기이다. 두 작품에서 <해적과 프

린스>의 주인공 라자 왕과 알레그라 왕비는 너무도 완벽하게 사랑을 나누는 멋진 인물로 그려져 있다. 그래서 역자는 과연 그들의 로맨스가 어떻게 전개될지가 너무도 궁금했다. 갤런 폴리는 역자의 기대를 저버리지 않았다.

해적만 해도 멋있을 텐데 거기다 왕자이기까지 한 라자 왕은 너무너무 완벽해 전혀 현실성이 없는 대다수의 로맨스 남주인공과는 달리 지극히 인간적인 고뇌를 보여준다. 그는 과거의 악몽을 떨쳐버리지 못해 아파하지만 결국 진정한 사랑으로 이겨내고 자신의 권좌를 찾게 된다. 읽는 내내 라자의 아픔에 눈물짓고 알레그라의 사랑에 감탄했다.

올 겨울, 독자 여러분들이 갤런 폴리의 작품으로 더 따뜻하게 지냈으면 한다.

나채성

갤런 폴리
The Pirate Prince

1

1785년 5월.

　짜디짠 소금물이 쉴새없이 얼굴에 부딪혀 왔다. 사방에서 거친 파도가 은빛 포말을 일으키며 뾰족뾰족하게 늘어선 바위들 쪽으로 그의 보트를 밀어내려 했다. 하지만 그는 단호하게 눈을 부라리며 힘껏 노를 저었다. 팔과 어깨가 끊어져 버릴 것처럼 아팠어도 굳세게 보트의 균형을 유지시켰다. 그리고 혼신의 힘을 실은 괴성을 내지르며 높이 솟은 바위틈 사이를 통과하였다. 고개 숙여 낮은 아치형의 바위 밑을 지나치자 마침내 뻥 뚫린 동굴 입구가 모습을 드러냈다.

　저 멀리 달빛 그윽한 바다 위에 그의 동료들이 탄 일곱 척의 배가 닻을 내린 채 기다리고 있었다.

　칠흑같이 어두운 화강암 동굴. 그 안에서 그는 팔뚝으로 이마의 땀을 닦아내며 천천히 숨을 골랐다. 그 후에야 횃불 하나를 밝혔다. 이제 찍찍거리며 머리 위로 날아다니는 박쥐들을 제외하고 그의 침입을 알아챌 사람은 없었기 때문이다. 그는 보트를 뭍으로 끌어올린 다음 단단한 땅으로 훌쩍 뛰어내렸다.

'15년.'

라자 디 피오레 왕자가 이 땅을 마지막으로 밟았던 때가 15년 전이었다. 그 후 거의 반평생의 세월, 전혀 살아 있었다고 할 수 없는 15년의 세월이 흘렀다.

그는 까만 부츠 밑에 펼쳐져 있는 부드러운 모래를 바라보았다. 한쪽 무릎을 꿇어 굳은살 박힌 손으로 모래를 한 줌 퍼 올렸다. 그리곤 쓸쓸하게 손가락을 펼쳐 그 사이로 스르르 빠져나가는 모래를 지켜보았다. 다른 모든 것들처럼 너무나 쉽사리 사라져 가는 모래…….

다른 모든 것들이 사라졌듯이…….

그의 미래.

그의 가족.

이제 새벽이 되면 그의 영혼까지 사라지리라.

그 모래가 속삭임처럼 조용히 땅으로 떨어져 그의 손에 작은 돌멩이 하나만을 남겨 놓았다. 그는 그것마저 털어냈다.

이 따위를 바라는 것이 아니었다.

그는 일어서서 어깨를 으쓱하여 장검의 어깨 끈을 제자리로 돌려놓았다. 한 시간째 까만 조끼의 젖은 가죽에 쓸렸던 맨살이 따끔거렸다. 조끼에 매달려 있던 은색 술통을 들어 한 모금 들이마셨다. 뜨끈한 기운이 뱃속으로 들어가자 부르르 몸서리가 쳐졌다.

다시 한 모금을 들이키고 난 후 그는 횃불을 들어올리며 비밀 터널의 입구를 찾아 동굴을 둘러보았다. 수백 년 전에 오로지 그의 가문을 위해 만들어진 터널. 그 터널이 실제로 있다는 사실을 아는 사람은 이제 단 한 명밖에 없었다. 그가 이 사실을 아는 유일한 생존자였다.

거칠게 깎인 입구에 도착하자 그는 조심스레 횃불을 내밀어 어두운 공간을 살펴보았다. 탁 트인 바다에 익숙한 그에게 이곳은 욕이 튀어나올 정도로 숨이 막혔다.

"제기랄, 불평 집어치우고 빨리 움직여."

적막한 침묵을 깨뜨리려고 그가 크게 중얼거렸다.

횃불의 빛을 받은 비밀 통로 벽들이 미끈거리는 습기로 번들거렸다. 불빛으로 인한 그림자들이 아무렇게나 뭉쳐 있는 바위 위로 기괴한 형상들을 만들어 냈다. 그리고 불빛 너머의 세상은 암흑이었다. 하지만 그는 그 너머에서 자신의 원수가 축하 파티를 벌이고 있으리라는 것을 알았다.

마음껏 즐겨라, 이제 곧 너의 행복은 끝이 날 테니. 이 터널을 통해 도시의 성벽 안으로 들어가리라. 몬테베르디가 열심히 쌓아놓은 보호벽 그 밑으로.

가파른 경사를 반시간 가량 올라가자 갈래길이 나타났다. 평평하게 뻗은 왼쪽 길과 무너진 벨포르 성의 지하 저장실로 이어지는 오른쪽 길이었다.

예전에 친숙했던 그 장소를 보고 싶었지만 감상에 젖을 시간이 없었다. 그는 망설임 없이 왼쪽 길로 접어들었다.

드디어 선선한 공기 한 자락이 그의 뺨을 스치며 눈앞의 비탈길 위로 푸르스름한 하늘이 내보였다. 그는 작은 물웅덩이에 횃불을 적셔 꺼뜨린 다음, 어둠에 적응하며 터널의 좁다란 출구로 기어올랐다.

가시덤불과 잡초들이 동굴 입구를 가려주고 있었다. 그의 심장이 두근대기 시작했다. 되도록 흔적을 남기지 않으려 조심하며 덤불을 헤치고 바깥의 공터로 나섰다. 허리춤에 천천히 단검을 밀어넣고는 잠시 경이로움에 사로잡혔다. 자신이 숨죽이고 있다는 것도 의식하지 못한 채 주위를 둘러보았다.

'아, 나의 고향이여.'

주위의 모든 것들이 은색의 달빛을 머금고 있었다. 계단식으로 이어진 들판, 올리브 과수원, 얼기설기 늘어진 포도밭, 언덕 비탈에 조그맣게 모여 있는 오렌지나무들. 상큼하고 소박한 향기가 밤 공기에 실려 날아들었다. 뒤쪽으로는 고대 로마 시대의 성벽이 엄숙하게 서 있었다. 천년 동안 그래 왔듯이 고색창연하게 이끼를 품은 그 돌들이 왕국의 심장부를 보호하고 있었다. 성벽의 깨진 틈 사이사이에서 추억이 숨을 쉬었다.

‘아들아, 우리는 피오레 가문의 주춧돌이란다. 그 점을 절대 잊지 말거라……’

그는 머뭇머뭇 몇 걸음 옮겨갔다. 귀뚜라미와 개구리가 읊어대는 노랫소리와 멀리서 들리는 쏴아 파도소리가 들려왔다. 예전의 그 느낌 그대로.

가슴속의 심장이 죄어들었다. 그는 눈을 감고 고개를 젖혔다. 다시는 생각하고 싶지 않은 기억들이 너무나 선명하게 되살아났다.

산들바람이 포도나무 잎을 휩쓸고 곧이어 과수원 전체와 감귤 숲, 작은 풀들까지 흔들어대자 그 소리가 괴로워하는 혼령들의 목소리처럼 그의 귀로 파고들었다. 돌아가신 왕과 왕비의 혼령이 눈앞으로 날아들며 그를 다그쳤다.

‘우리의 복수를 해다오.’

‘알겠습니다.’

그의 눈이 번쩍 뜨였다. 꾹꾹 눌러 참았던 고통이 이글거리는 분노로 바뀌었다.

마땅히 그의 것이어야 했던 인생을 훔쳐간 놈, 죗값을 치러야 할 자가 있다. 기필코 갚아주어야 할 원한이 있다. 여기에 온 이유는 그 때문이다. 그것 말고는 이곳에 아무런 볼일도 없었다.

총독 ‘각하’. 그는 이제 자기가 저지른 죄의 대가를 치러야 하리라.

시칠리아에서도 아니고 근처의 코르시카에서도 아닌 바로 이 섬에서 복수의 전통이 시작되었다고 했던가. 몬테베르디도 조만간 그 의미를 알게 되리라.

꼬박 15년간의 기다림이 이제 막바지에 도달했다. 새벽녘이면 그자를 손아귀에 잡아 응당한 처벌을 내릴 수 있을 것이다. 그자의 일족을 참수하고 그의 생명을 접수한 다음 그자가 그렇게도 차지하고 싶어했던 이 도시를 철저하게 버려 두리라.

하지만 그보다 우선되어야 할 일이 있었다. 그자의 눈에서 피눈물이 흐를 만큼 잔인한 고문…….

그 배신자는 그가 당한 만큼 고통을 받아야 했다. 눈에는 눈으로, 이에는 이로, 피에는 피로. 오랫동안 갈구해 왔던 그 피의 정의가 실현될 때, 몬테베르디는 사슬에 묶인 채 세상에서 가장 사랑하는 한 생명—그의 순결하고 사랑스런 딸—이 스러지는 모습을 지켜보아야 하리라.

그 일만 끝나면 다시 돛을 올려 떠날 것이다. 그리고 영원히 이 왕국에 눈길을 돌리지 않으리라.

그나마 남아 있었던 마음이란 것이 산산이 부서져 재가 된다 해도.

알레그라 몬테베르디는 뒷짐을 지고 애써 정중한 미소를 지으며 몇몇 손님들과 어울려 무도회장에 서 있었다. 자신의 약혼자가 서서히 취해 가는 것을 다른 사람들도 알아차리고 있는지 사뭇 궁금해하면서.

총독의 오른팔로 일컬어지는 남자가 무절제하게 과음을 하다니 웬일일까? 소란이나 피우지 말아야 할 텐데. 하지만 도메닉 클레멘테 자작이 예의범절과 우아함을 벗어 던진다는 것은 상상할 수도 없는 일이었다.

애인과 싸운 모양이야, 흘깃 그를 곁눈질하며 그녀가 생각했다. 도메닉은 몇 명의 숙녀와 얘기를 나누며 또 한 잔의 와인을 비워내는 중이었다.

크리스털 샹들리에 밑에서 깔끔하게 묶인 그의 금발머리가 감탄할 만큼 멋지게 반짝거렸다. 평소보다 많이 들이킨 와인이 그에게 어떤 효과를 발휘하게 될까? ‘술에 취하면 본성이 나타난다’는 옛말도 있지 않은가. 그녀는 그 완벽한 모습의 자작이 숨기고 있는 진면목이 보고 싶어졌다. 결혼식이 몇 달 남지 않았는데도 여전히 그에 대해서 아는 게 없는 느낌이었기 때문이다.

알레그라는 장차 자신의 아이 아버지가 될 남자를 은근하게 살펴보았다.

그녀의 시선을 알아차렸는지 도메닉이 숙녀들에게 실례를 구한 다음 그녀가 있는 쪽으로 걸어왔다.

술기운이 돌고 있는 도메닉은 감상적인 쪽이 아니라 더 날카로운 성향으로 변해버린 듯했다. 입술이 퉁명스럽게 뒤틀렸고 귀족적인 얼굴의 윤곽도 더 매서워진데다 초록의 눈동자는 마치 에메랄드로 만든 칼날 같았다.

그가 그녀의 몸을 슬쩍 훑어보면서 뺨에 입을 맞췄다.

"나의 아름다운 약혼녀가 여기 계셨군요."

그리곤 소맷자락의 레이스를 끌며 그녀의 팔을 쓰다듬었다.

"나와 춤추지 않겠소?"

하지만 그 순간 몇몇 손님들의 대화소리가 알레그라의 관심을 잡아끌었다.

"놈들은 미쳤어."

나이 든 신사가 음악소리보다 더 크게 목소리를 높였다.

"폭도들이야! 정 방법이 없으면 모조리 처형해버려야 돼."

"처형이라뇨?"

그녀가 화들짝 그쪽으로 돌아섰다.

"그 비천한 자들이 요즘 왜들 그러죠? 너무 거칠고 과격해요! 좀더 부지런해지면 모든 게 해결된다는 걸 왜 모르죠? 게으름뱅이 주제에 무슨 불만들이 그렇게 많은지."

목과 귀에 푸른 다이아몬드를 주렁주렁 매단 그 신사의 아내가 마치 순교자와 같은 표정으로 맞장구쳤다.

"게으르다구요?"

알레그라가 다그쳤다.

"또 시작이군."

도메닉이 한 손을 이마에 갖다 대며 한숨지었다.

노인이 그녀에게 훈계하듯이 말을 이었다.

"내 말이 틀립니까? 평민이면 평민답게 다른 걸 원망하지 말고 자기

할 일이나 똑바로 하면 되는 겁니다.”

“이번에 세금을 또 올렸잖아요. 그 사람들은 자식들 입에 빵 한 조각 넣어주기도 힘들 지경이라구요.”

알레그라의 대꾸에 아까 신사의 말에 맞장구를 쳤던 뚱뚱한 여자가 놀란 듯 외알 안경을 들어올렸고, 다른 레이디는 반란이 일어날 거라는 소문을 속닥거렸다.

도메닉이 조목조목 설명하려 숨을 들이키는 알레그라에게 나지막이 말했다.

“알레그라, 제발 그만하시오. 난 지금 흥분한 새들을 달래줄 기분이 아니오.”

“놈들은 광견병에 걸린 개들이오. 조심하지 않으면 우리를 물어 죽이려 들 겁니다.”

노인은 여전히 자신의 말을 천하의 지혜로 생각하는 듯했다.

알레그라는 더 이상 설득해 봤자 소용없다는 것을 알았다.

“너무 신경쓰지 마세요. 백성들은 단지 배가 고파서 비뚤어진 것뿐이니까요.”

그리고는 애써 쾌활한 어조로 주제를 바꾸었다.

“케이크 좀 드실래요? 아니면 과자? 초콜릿?”

눈으로만 분노를 드러내며 그녀는 하인에게 손짓하여 다과를 대령시켰다.

머리를 한껏 틀어 올리거나 가루분 바른 가발을 뒤집어쓰고 화려한 비단으로 몸을 감싼 아버지의 손님들이 조만간 비싼 값에 팔리게 될 돼지들처럼 달콤한 사탕과 과자 접시에 몰려들어 비단 옷자락에 설탕가루를 흘리며 먹어대기 시작했다.

도메닉이 인내하는 듯한 표정으로 그녀를 내려다보았다.

“당신, 정말 못 말리겠군.”

“사실을 말한 것뿐이에요.”

그녀가 신랄하게 대꾸했다. 이 무도회에 모인 자들은 개혁이 무엇인지도 모르는, 절대 군주 체제에 매몰된 늙은이들이었다. 하얀 가발 밑에 그 무능한 머리들을 쑤셔 박고, 말린 자두처럼 오그라든 심장이나 간신히 유지하고 있는 자들. 이 시대에는 변화의 정신이 필요했다. 대담한 젊은 피, 새로운 이상 말이다! 그렇게만 된다면 이런 자들은 발붙일 곳이 없어질 것이다.

"춤추기로 한 건 어떻게 됐소?"

약혼자의 나긋나긋한 목소리에 그녀는 미소짓지 않을 수 없었다.

"내 입을 막으려는 시도로군요."

그는 대답 대신 엷은 미소를 보이며 그녀의 귀에 속삭였다.

"아니, 당신을 만져보려는 시도요."

'어머나, 세상에. 정말로 애인과 싸운 게 틀림없어.'

"네, 좋아요."

그녀가 상냥하게 내답하며 길음을 옮기려 했다. 그 순간 이까 불평했던 공작부인과 옆의 여자가 속닥거리는 것을 알아차렸다. 두 여자가 그녀 쪽을, 정확하게는 그녀가 허리춤에 둘러맨 초록색과 검정색의 장식띠를 매섭게 쳐다보고 있었다.

저들이 이 옷을 단지 민주주의 이상에 영감을 받은 새로운 패션으로 생각하는 게 아니라면, 내가 초록색과 검정색의 띠를 걸친 게 꽤나 당황스러울걸!

그녀는 더 당당하게 고개를 쳐들었다. 이곳에 있는 사람들은 궁궐 밖의 백성들이 굶어죽든 말든 신경쓰지 않는다 해도 그녀는 달랐다. 이 피오레 가문을 상징하는 색을 착용하는 것만이 그녀의 항변을 표시하는 유일한 길이라면, 알레그라는 자랑스럽게 그 행동을 할 것이다.

이사벨 이모와 함께 파리에서 지낼 때 프랑스 시민들이 영국과 전쟁을 벌이고 있는 미국에게 지지를 표하기 위해 빨강, 하양, 파랑의 허리띠를 두르는 것을 본 적이 있었다. 그래서 6개월 전 이곳에 도착한 알레그라도 그것을 어센션의 상황에 적용해 보기로 마음먹었던 것이다. 하지만 이곳에서는 여자들이 정치적인 의견을 내세우는 것을 대단히 못마땅하게 여겼다. 정부의 권위에 도전하는 의견이라면 더욱 그러했다. 더군다나 그녀의 아버지가 이곳 정부의 수장이었다.

"각하!"

누군가의 외침소리와 함께 오늘의 주인공이 모습을 드러냈다.

알레그라의 몸이 순간적으로 굳어졌다. 아버지가 이 허리띠를 알아본다면 불쾌해할 것이 뻔했기 때문이다. 하지만 곧바로 다른 생각이 이어졌다. 그런 걸 왜 걱정하는 거야? 아빠가 언제 나한테 신경쓴 적이 있었던가?

"총독 각하 만세! 각하의 무궁한 영광을 위하여."

손님들이 와인 잔을 들어올리며 합창을 했다.

옥타비오 몬테베르디 총독은 중간 정도의 키에 갈색 눈동자를 지닌 50대 중반의 남자였다. 넉넉하게 튀어나온 배를 제외하고는 아직 몸매도 그런 대로 봐줄 만했다. 다소 긴장된 태도가 늘 몸에 배어 있었지만, 십 수년간 어센션을 다스려 온 경험으로 총독에 걸맞는 능숙한 행동을 보였다.

총독은 절제된 고갯짓으로 감사를 표한 다음, 딸에게 아는 체를 하고 나서 도메닉을 흘깃 보았다.

"축하드립니다, 각하."

도메닉이 장래의 장인어른과 악수를 나눴다. 언젠가 어센션의 총독 자리를 물려줄 중요한 분이니 공손하게 모셔야 했다.

"고맙네."

"기분 좋으시죠, 아빠?"

알레그라가 다정하게 아버지의 어깨에 손을 올리다가 아버지가 긴장하는 게 느껴지자 서둘러 손을 내렸다.

어머니가 돌아가신 후 파리의 이모 집에서 9년을 보내는 동안, 그녀는 스스럼없이 애정을 표현할 줄 알게 되었다. 하지만 아버지는 그런 애정표현이 부담스러운 모양이었다. 슬프고 안타까웠다. 이렇게 딸에게 긴장하여 낯설게 구는 남자가 아버지라니.

아버지는 책상 위의 작은 물건들까지도 모두 제자리에 놓여 있어야 직성이 풀릴 정도로 깔끔하고 정확한 분이었다. 세상에 단 하나 남은 핏줄과 같은 지붕 아래서 살 수 있다고 흥분했던 것도 잠시, 알레그라는 아버지가 자신과 가까워지고 싶어하지 않는다는 사실을 깨달아야 했다. 그녀를 볼 때마다 세상을 떠난 아내가 생각나서이리라. 말로 표현하진 않았어도 그녀는 아버지의 고통을 느낄 수 있었다.

아버지가 민망한 듯 굳은 미소를 지어 보였다. 하지만 그녀의 초록과 검정색 허리띠에 시선이 닿는 순간 그의 얼굴이 창백하게 얼어붙었다. 그는 거칠게 그녀의 팔뚝을 움켜잡고는 옆으로 돌려세웠다.

"당장 방으로 돌아가서 그걸 풀어라. 태워서 없애버려! 내 딸만 아니었으면 반란죄로 감옥에 처넣었을 거다."

"감옥이요?"

그녀가 움찔하며 되물었다.

"지금 제정신이냐? 이건 사람들 앞에서 내 따귀를 때린 것과 똑같은 행동이야!"

예상보다 더 격한 아버지의 분노에 그녀는 그저 놀라울 따름이었다.

"그냥 제 의견을 표현한 것뿐이에요. 저도 생각할 권리가 있잖아요. 생각하면 안 된다는 법이라도 만드셨나요?"

알레그라는 그 말을 하는 즉시 후회스러웠다.

아버지의 갈색 눈동자가 가늘어졌다.

"다시 파리로 돌아가고 싶으냐?"

"아뇨."

그녀가 시선을 내려뜨렸다.

"제 고향은 어센션이에요. 전 여기 사람이에요."

아버지의 손아귀 힘이 느슨해졌다.

"그럼 명심하거라. 내 집에 있을 때는 내 규칙을 따라야 돼. 어센션의 흙을 밟고 있는 동안에는 제노바 법을 따라야 돼. 봉사활동을 다니는 것까지는 좋아. 하지만 경고하겠는데, 최근에 넌 노골적인 반항을 보이고 있어. 내가 참는 데에도 한계가 있다. 어서 가서 그걸 태워버려!"

그 말을 끝으로 아버지는 홱 돌아서서 다시 상냥한 주인의 역할로 되돌아갔다.

'날 감옥에 처넣는다고?'

알레그라가 잠시 멍하니 서 있는 동안, 아버지는 한 무리의 손님들과 의례적인 인사치레를 나누고 있었다.

'아버지가 날 감옥에 보낼 리 없어…… 말도 안 돼!'

한 걸음 뒤에 물러나 있던 도메닉이 그거 보라는 듯 거만하게 그녀를 쳐다보았다.

그녀는 인상을 찌푸리며 돌아섰다.

"방에 갔다와야 해요. 이 띠를 '바꿔 매야' 하거든요."

당연히 이걸 태워버릴 생각은 추호도 없었다.

"알레그라."

도메닉이 부드럽게 그녀의 손목을 붙잡았다.

흘깃 시선을 들어보니, 그의 눈동자가 왠지 묘했다. 여름날 소나기가 지나간 후의 수증기가 모락모락 피어오르는 숲과 같다고나 할까.

"아버님 말씀이 옳소. 내가 당신의 지성과 용기에 감탄한다 해도, 그 어린애 같은 열정이…… 다소 잘못된 길로 향했다는 점에는 아버님의 의견에 동감이오. 이젠 올바른 길로 돌아오시오. 나도 더 이상 그런 면을 참지 않을 것이오."

그녀의 입안에 신랄한 대꾸가 가득 들어찼지만, 안간힘을 써서 삼켜버렸다. 조국을 위해 봉사하려면 도메닉과 결혼해야 했다. 그에게 애인이 있다 해도 참을 수 있었다. 은혜를 베푸는 듯한 태도나 농담하는 것처럼 그녀의 봉사활동을 업신여기는 태도도 참을 수 있었다.

알레그라는 애써 순종적인 미소를 지어 보였다. 때를 기다려야 해, 결혼식만 끝나면 아내 존중하는 법을 가르쳐주겠어.

"당신 뜻에 따를게요."

그의 표정에 만족감이 떠올랐다.

"위층으로 올라가시오, 나의 어여쁜 신부."

그가 다시 그녀의 팔뚝을 쓰다듬으며 속삭였다.

맙소사, 아빠가 바로 근처에 서 있는데……. 그녀는 얼굴을 붉히며 아버지를 흘깃 살펴보고 다시 도메닉에게로 시선을 돌렸다.

아까보다 더 취했다, 그의 손에 들린 술잔이 또 비어 있었다.

"어서 가시오."

문 쪽으로 밀어내며 미소짓는 그 모습이 왠지 먹잇감에게 달려들기 직전의 맹수를 연상시켰다.

눈살을 찌푸린 채 걸음을 옮기면서 그녀는 그의 고압적인 태도를 곰곰이 생각했다.

'어린애 같은 열정이 잘못된 길로 향했다고?'

기가 막혀, 그 잘난 척하는 태도라니.

그녀는 잠시 오케스트라가 있는 곳에 들러서 휴식하며 악기를 조율하는 연주자들에게 칭찬의 말을 하고 식사시간도 알려주었다. 복도로 나와 곧장 위층으로 올라가는 대신 어두운 하인용 복도로 향했다. 이번에는 부엌에 들렀다. 화덕은 이미 식어버렸지만 공기중에는 올리브 기름에 구운 마늘 냄새가 감돌았다. 아버지가 알면 화를 내시겠지만 그녀는 지친 하인들에게 남은 음식을 싸서 구빈원과 고아원, 감옥에 골고루 나눠주라고 지시를 내렸다.

그 일까지 마치고 방으로 올라가려는데 영 마음이 내키질 않았다. 알레그라는 부엌을 가로질러 선선한 밤 공기가 들어오도록 열어놓은 옆문으로 걸어갔다. 나른한 바람이 비단 드레스 자락을 가볍게 흔들었다. 그녀는 그대로 문가에 서서 광장을 내려다보았다. 그녀가 백성들을 위해 베풀었던 축제도 서서히 끝나 가는 듯했다.

아, 저 밖으로 나가서 평민들과 어울릴 수 있다면 얼마나 좋을까. 그들의 자유로움, 시끌벅적한 웃음소리, 반짝이는 눈동자와 함께 할 수 있다면……. 다소 거친 면이 있다 해도 최소한 순수함을 지닌 사람들이 아닌가.

수백 년 동안 그리스와 로마, 스페인의 혈통이 섞여서 이 뜨거운 대지만큼이나 강렬한 남부 이탈리아인들이 탄생하였다. 어센션 사람들을 코르시카인들보다 더 위험하게 여기는 부류도 많지만, 알레그라가 보기에 그들은 마음이 따뜻하고 정열적이며 또한 지극히 낭만적인 사람들이었다. 위대한 피오레의 전설을 신봉하는 것만 봐도 알 수 있었다. 그녀는 이탈리아의 부츠 끝에 걸어 채인 거름 덩어리 같은 모양의 이 가난과 전쟁에 찌든 섬을 사랑했다. 그리고 여기에 사는 사람들도 똑같이 사랑했다.

새로운 변화의 바람이 출렁이는 시대였지만 아직 이곳까지는 그 여파가 미치지 않았다. 앞으로 현 총독의 딸이자 다음 대 총독의 아내라는 위치를 충분히 활용하리라. 그 두 남자가 아무리 참을 수 없게 굴더라도 꾹 누르고 그녀는 그들의 부패한 양심을 대신해 일을 해나갈 작정이었다.

그럼 언젠가 어센션의 뼈아픈 상처도 치유될 수 있을 것이다. 왕을 잃어버린 후로 아직껏 아물지 않은 상처…….

'엄마도 그 상처를 이겨내지 못했다.'

알레그라가 서 있는 곳까지 활기찬 음악소리가 날아들었다. 불을 뿜는 남자와 묘기 부리는 곡예사들이 눈에 띄었다. 몇몇 젊은 남녀들은 열정적인 타란텔라 춤을 추고 있었다. 무도회장의 지루한 모습과는 비교할 수도 없이 즐거워 보였다.

그녀는 흐릿한 미소를 지으며 광장에 걸린 색색의 초롱들을 바라보았다. 서로 으르렁대며 싸워대는 계층과 가문, 당파들이 조금씩만 양보해서 화합할 수 있다면 얼마나 좋을까. 알레그라는 더 높이 시선을 들어 별들이 총총한 하늘을 응시했다. 그리곤 온화한 바람을 맞아들이며 스르르 눈을 감았다. 파리의 추위와 습기에서 멀리 떨어진 이 지중해의 밤은 몹시도 유혹적이었다. 재스민과 소나무와 흐릿한 바다 내음이 그녀의 감각을 깨워냈다.

그리고 '그 사람'을 떠올리게 했다.

도메닉이 경쟁조차 할 수 없는 사람, 그녀의 마음과 환상 속만 제외하고 그 어느 곳에도 없는 사람, 완벽하고 소중한 그녀의 왕자님.

그의 이름은 라자였다. 그는 기사이자 학자이자 전사이며 한량이었다. 그녀의 이상이자 꿈이었고 또한 그녀의 모든 것이었다. 그리고 꿈에서만 볼 수 있는, 아무것도 아닌 달빛과 환상이었다.

그는 죽었다.

하지만 어디엔가 살아 있다고 믿는 사람들도 있어…….

그녀는 자신의 어리석음을 비웃으며 슬프게 눈을 떴다. 하늘에 걸린 보름달이 남부러울 것 없는 여왕처럼 구름 위에 앉아 있었다.

문득 아래쪽 광장에서 사람들이 양쪽으로 갈라지며 그 사이로 빈센트 주교의 모습이 나타났다. 신앙 깊은 부제들과 수녀들, 다른 신도들이 그 뒤로 줄을 이었다. 갑자기 저곳으로 내려가 주교에게 인사를 드리고 싶어졌다. 그럼 마음이 한결 편안해질 것 같았다. 그녀는 이 관서에 갇힌 포로가 아니었다, 가끔씩 그런 느낌이 들기는 했지만. 자신의 행동을 아빠와 도메닉에게 하나하나 간섭받을 이유가 없다는 반항심도 솟구쳤다. 빈센트 주교를 잠깐 만나러 갈 뿐인데 당연히 경호원까지 대동할 필요도 없었다.

다시 생각할 필요 없이 그녀는 성큼 발을 내딛었다.

자신감 있게 행동하기만 하면 누구도 행선지를 물어보지 않을 거야. 알레그라는 건물 밖으로 나선 후 더 속력을 높여 넓은 잔디밭을 가로질렀다. 영지의 정면을 에워싸고 있는 높다랗고 뾰족뾰족한 쇠 울타리 쪽으로 걸어갔다. 그 너머에 푸른 제복을 입은 군사들이 또 하나의 관문을 형성하고 있었다.

그녀는 두근거리는 가슴을 안고 빠르게 발걸음을 옮겼다. 한 걸음 한 걸음 내딛을 때마다 긴장감이 더해지면서 조금이라도 지체하면 위선과 탐욕에 짓눌려 버릴 것 같은 느낌도 강해졌다. 그래서 필사적으로 도망치듯 달렸다. 이윽고 문에 도달했을 때쯤엔 그녀의 얼굴은 빨개지고 심장은 심하게 쿵쿵거렸다. 대부분의 병사들이 그녀가 누구인지 알고 있었다. 총독의 딸이 경호원도 없이 관저 밖으로 나서는 것을 이상하게 여길 터였다. 하지만 그들은 어차피 명령에 따르도록 훈련받은 자들이니 핑계를 둘러대든 총독의 딸이라는 신분을 사용하든 과감하게 지나치면 될 것이었다.

그런데 상황은 예상보다 훨씬 쉽게 돌아갔다.

어두워서 그녀를 알아보지 못하고 파티에 참석한 다른 손님이라고 판단한 모양인지 그녀는 별다른 제지를 받지 않고 작은 옆문을 통과하였다. 속으로는 바짝 긴장해 있으면서도 애써 태연하게 남자들 앞을 지나쳐서 무사히 거리로 빠져 나왔다. 순간 성공했다는 사실이 너무나 놀라워서, 두 손을 높이 쳐들고 '자유다!'라고 외치고 싶은 심정이었다. 하지만 광장에 닿을 때까지 긴장을 풀지 않고 상점이 늘어선 거리를 서둘러 종종걸음쳤다.

알레그라는 시장 구석의 야자나무 아래 도착했을 때에야 멈춰 서서 숨을 가라앉혔다. 그 후에는 먼저 어디를 가봐야 할까 하는 행복한 고민에 휩싸여서 주위를 둘러보았다.

알레그라는 타란텔라 춤에 흠뻑 빠진 젊은이들을 쳐다보고 나서 주교님 쪽을 바라보았다.

지금 빈센트 신부님께 인사하러 간다면 틀림없이 그 뒤의 매섭게 생긴 노파들이 경호원에 대해서 따져 물을 것이다. 아무래도 죄인들과 잠시 어울린 다음에 성인들에게 접근하는 게 낫겠어.

그녀는 밤 공기의 유혹을 마음껏 즐기며 정열적인 음악소리를 따라 걸어갔다.

라자는 날렵한 몸놀림으로 올리브 과수원을 통과하여, 왕위 찬탈자들이 '리틀 제노바'라고 부르는 작은 도시로 접근했다.

내일이면 잿더미로 변해버릴 거야.

그의 얼굴에 싸늘한 미소가 감돌았다.

보름달의 달빛을 의지해 녹슨 시계를 흘깃 쳐다보았다. 자정이었다.

그의 목표는 두 개의 철벽 같은 문탑 중에서 한 곳으로 잠입해 들어가는 것이었다. 두 시간이나 여유가 있다는 사실에 만족하며 조끼 주머니에 시계를 집어넣었다. 아직 방법을 생각하지는 않았지만 걱정하지 않았다. 어떻게든 2시 정각에 부하들에게 성문을 열어주기만 하면 된다.

잡초가 무성한 들판에 다다르자, 장작 타는 냄새와 축제의 음악소리가 들려왔다.

광장 쪽을 응시하며 그의 시선이 가늘어졌다. 제노바 귀족들이야 당연히 화려한 관저에서 무도회를 즐기리라 예상했지만, 총독 몬테베르디가 평민을 위해서까지 금고 문을 열었을 줄은 몰랐다.

빌어먹을, 이 백성들이 걸리적거리겠군. 그는 어센션 주민들의 머리카락 한 올도 건드릴 수 없었다. 새벽 두 시까지 축제가 이어진다면 사람들을 광장에서 쫓아내야 하리라. 물론 그 정도 소란을 일으키는 것쯤은 그에게 식은 죽 먹기였다.

그는 문탑의 규모를 가늠하며 계속 걸었다.

정체가 드러나면 어쩌나 하는 걱정도 있었지만, 그 생각이 찾아드는 즉시 코웃음쳐서 밀어내 버렸다. 그에게 소년 시절의 자취는 남아 있지 않았다. 15년이나 지난 지금, 백성들이 그를 알아볼 리 없었다. 게다가 어센션에서 그는 죽은 사람이었다. 그의 목적을 위해서는 그 편이 더 낫기도 했다.

광장에 도착한 순간 그는 자신도 모르게 멈칫하며 주위를 둘러보았다. 한때 그의 어머니가 즐겁게 준비하셨던 그 축제들과 똑같은 모습이었다. 고소한 음식 냄새, 모닥불 옆에서 기타를 치는 연주자……

그는 즐거워하는 농부들의 얼굴을 바라보았다. 아버지가 사랑했던 순박한 영혼들, 그리고 몬테베르디의 반역만 아니었다면 자신의 백성이 되었을 사람들……

이 무슨 허황된 생각이란 말인가.

그는 억지로 몇 걸음을 떼어놓았다. 영혼이 부서져버린 것처럼, 어린 시절의 고통스런 기억들이 그를 사로잡았다. 오랫동안 무시해 왔던 그 고통이 이 자리에서 당장 쓰러져 죽어버리고 싶을 정도로 끔찍하게 되살아났다.

그를 쳐다보는 두 명의 예쁜 여자가 눈에 들어왔다. 길게 풀어내린 머리에 꽃을 꽂고 앞치마를 두른 맨발의 여자들이었다. 검은머리 여자는 그의 몸을 뜨겁게 훑어보았고 금발머리는 친구 뒤에서 수줍게 훔쳐보았다. 그는 처절한 안도감을 느끼며 그들에게로 돌아섰다. 여자의 향긋한 체취와 따뜻한 몸뚱이만큼 고통을 달래줄 수 있는 것도 없으니까.

하지만 그 충동을 억눌러야 했다. 몇 주일이나 바다에 떠 있었기에 여자를 안아보지 못했지만 지금은 참아야 했다. 섹스와 술독에 빠져 정신을 마비시킬 기회는 나중에 얼마든지 있었다.

오늘은 몬테베르디를 파멸시키는 일이 더 중요했다.

그는 결연하게 여자들의 유혹을 뿌리치고 군중 사이로 스며들어갔다. 몇몇 사람들이 그의 무기를 흘끔거리다가 위협적인 시선을 받고는 서둘러 다른 일로 바쁜 체를 했다.

광장의 가장자리에 닿자, 그는 검은 벨트에 엄지손가락을 끼워 넣고 한가로운 듯 문탑 쪽으로 걸어갔다.

유리 없는 창문 몇 개와 미끈미끈한 돌로 이루어진 두 개의 탑이 살찐 돛대처럼 높이 올라서 있었다. 그 사이의 웅장한 정문은 마차 두 대가 들어갈 만큼 넓었고 쇳덩이까지 단단하게 박아 넣어 튼튼함을 강화시켰다. 몬테베르디가 심혈을 기울여서 경호벽을 쳐놓은 것이겠지만, 이제 곧 그 점이 한탄스러워지리라.

문탑의 바깥에 열두 명의 병사들이 버티고 있었다. 안에 얼마가 더 있을지는 모를 일이었다. 저 위로 기어올라서 창으로 뛰어들어갈까? 아니면 불을 질러서 안에 있는 놈들이 뛰쳐나오게 만들까? 물론 대담하게 문을 두드려 놈들의 도전을 받아주는 것도 재미있으리라. 1 대 15, 아니 1 대 20? 싸움 실력을 발휘해 보는 것도 나쁘지는 않을 것이다.

그가 지나가는 도둑고양이 한 마리를 잡아 토닥거리며 예리하게 문을 주시하고 있을 때, 한 병사가 인상을 찌푸리면서 그에게 다가왔다.

"너, 여기서 뭐 하는 거야?"

라자는 순진한 표정으로 그 뚱뚱한 병사를 쳐다보았다. 그자의 허리춤에서 짤랑거리는 열쇠 다발도 놓치지 않았다.

저 열쇠들 중에 문탑 열쇠도 있겠지?

빨간 얼굴의 병사가 그의 무기를 알아차리고는 발을 쿵쿵 굴렀다.

"그 총 이리 내! 오늘밤은 어떤 무기도 용납되지 않는다. 총독 각하의 명령이시다!"

"죄송합니다."

라자가 공손하게 대답하며 고양이를 안고서 몸을 일으켰다.

"몸수색 안 받았어? 어떻게 여기까지 들어왔어?"

라자는 어깨만 으쓱해 보였다.

"이봐, 나와 같이 가줘야겠다."

라자는 병사가 다가오는 동안에도 말없이 지켜보기만 했다. 하지만 그가 권총을 빼앗으려는 순간 재빨리 팔꿈치로 병사의 얼굴을 가격하여 기절시켰다.

라자는 미안한 표정으로 널브러진 사내를 내려다보았다. 이자가 무슨 잘못이랴. 먹고살기 위해 몬테베르디의 명령에 따른 것뿐인데. 배가 고프면 어떤 주인이든 섬길 수 있는 법이다. 자신도 그걸 너무나 잘 알고 있었다.

고양이가 바닥으로 껑충 뛰어내려 어둠 속으로 사라져갔다. 라자는 병사의 열쇠고리를 빼내고 나서 다시 아까처럼 허리춤에 엄지손가락을 걸고 느긋하게 광장으로 되돌아갔다.

서두를 것 없이 신중하게 주위를 살펴보았다. 십여 명 정도의 기마병들이 순찰하며 돌아다니고 있었다. 저 말들을 이용해서 사람들을 쫓아볼까?

그건 안 돼.

이런저런 생각을 하며 열쇠고리를 무심하게 만지작거렸다. 열쇠가 스무 개도 넘었다. 괜히 훔쳤군, 맞는 열쇠를 찾아내기도 전에 병사들에게 붙잡힐 텐데. 다른 방법을 찾아봐야겠다. 하지만 만일의 경우를 대비해서 열쇠는 갖고 있기로 했다. 딸랑딸랑 열쇠고리를 흔들며 그는 불을 지를 만한 장소를 찾으러 천천히 걸음을 옮겼다.

몬테베르디가 꽤나 두려움에 떨며 지내는 모양이었다. 노파들이 반이나 차지하는 광장에 이렇게 무장한 병사들을 많이 풀어놓은 걸 보면. 그의 바로 앞에서도 두 명의 노파가 답답할 정도로 느릿느릿하게 걸으며 진로를 방해하고 있었다.

바로 그때, 주위가 웅성거리는 듯하더니 길 가운데가 쫙 열리기 시작했다. 그는 가슴에 한 가닥 통증을 느끼며 앞으로 모습을 드러낼 사람은 빈센트 신부님일 거라고 반쯤 예상하였다. 주교님이라는 외침소리가 그의 예상을 확인해 주었다.

그가 발길을 돌리려는 찰나, 앞에 있는 한 노파가 소리쳤다.

"베아트리체, 저기 좀 봐! 빈센트 신부님 옆에 총독 따님이 있어. 저렇게 사랑스러운 얼굴에 마음씨까지 곱다니, 젊었을 때의 나와 꼭 같다니까."

순간 라자의 동작이 얼어붙었다. 꼼짝 않고 서 있다가 억지로 내일이나 보게 되리라 생각했던 여자에게로 시선을 돌렸다.

그리고 그녀를 보았다.

그의 심장이 철렁 내려앉았다. 5미터 이상 떨어져 있는데도 돌무더기 사이의 다이아몬드처럼 금세 알레그라 몬테베르디가 눈에 띄었다. 날씬하고 우아한 몸매에 가벼운 재질의 하이 웨이스트 드레스를 입고 밤색의 머리카락을 위로 틀어 올린 그녀는 길가의 아이들에게 말을 건네는 중이었다. 아이의 대꾸가 재미있는지 상쾌하게 웃음을 터트렸다.

그는 못 볼 것이라도 본 것처럼 얼른 고개를 돌려버렸다. 심장이 제멋대로 쿵쾅거렸다.

'그래, 저 여자가 못생기지 않은 건 맞아. 하지만 그게 무슨 상관이야?'

맘속으로 자신에게 호통을 쳤다. 그래 봤자 그녀는 몬테베르디가의 여자였다.

그 순간 기막힌 방법 하나가 뇌리를 스쳤다. 저 여자를 인질로 삼으면 어느 누가 문탑으로 들어가는 걸 방해할 수 있겠는가. 저 여자보다 더 완벽한 도구가 어디 있겠는가.

라자는 눈을 가늘게 뜨고 사람들 사이에서 움직이는 그녀를 지켜보았다. 옆으로 살짝 다가가서 거짓말로 꼬여내든 무기로 협박을 하든 끌고 나오기만 하면 되리라.

하지만 그는 선뜻 움직이지 못한 채 고민에 휩싸였다. 그 여자에게 손대고 싶지 않았다. 얘기하고 싶지도 않았다. 그 여자의 향기나 눈동자 색도 알고 싶지 않았다. 근처에도 가기 싫었다.

전에는 여자를 죽인 적이 한 번도 없었다. 여자가 있는 앞에서 사람을 죽여 본 적조차 없었다. 새로운 생명을 탄생시키는 그 경이로운 육체를 파괴하는 것보다 더 큰 죄악은 없을 듯했다. 하지만 이제 그가 해야 할 임무가 그 일을 요구했다. 그는 옥타비오 몬테베르디를 파멸시키려고 여기에 왔다. 눈앞에서 가족이 살해당하는 것을 무력하게 지켜봐야 하는 기분이 어떤 건지 철저히 알려주어야 했다. 그때까지는 복수가 완성되지 않을 것이다.

기절한 병사 쪽으로 사람들이 모이는 것을 보았을 때, 그는 더 이상 선택의 여지가 없다는 걸 알았다. 방어를 위해서라도 어쩔 수 없었다. 지금 붙잡힌다면 저 밖에서 기다리고 있는 천 명의 부하들 목숨까지 위태로워진다.

그래, 지금은 고상한 감정 따위에 빠져들 여유가 없었다. 알레그라 몬테베르디를 방패막이로 삼아야 한다.

마음을 결정하자 그는 그녀를 뒤쫓기 시작했다. 신중하게 거리를 유지하면서 우선 경호원들을 찾아보았다. 그 아버지의 병적인 안전 집착증에도 불구하고, 몬테베르디 양은 굳이 경호원의 필요성을 느끼지 못했던 모양이다.

'재미있군.'

몇 사람의 머리를 사이에 두고 계속해서 그녀를 살폈다. 그녀가 이따금씩 멈춰 서 얘기할 때마다 사람들이 모두 좋아하는 것 같았다. 그 여자의 비열한 아버지를 미워하는 사람들 치고 꽤나 이상한 모습이었다.

그녀가 광장 가운데에 있는 분수로 다가갔다. 색색의 초롱 불빛에 머리카락을 반짝거리며, 흐르는 물에 손을 적셔 그 젖은 손을 우아한 목덜미에 갖다 댔다. 여자는 고개를 살짝 젖혀 살갗에 닿는 물기를 음미하듯 눈을 감았다. 그녀의 얼굴에 스치는 황홀한 표정이 순식간에 그의 남성적 본능에 불을 붙였다.

'저 여자한테서 떨어져.'

마음속에 경고의 신호가 일어났지만 그는 넋을 잃은 채 그녀를 지켜보았다.

그녀가 미행당하고 있음을 감지한 것이 그 순간이었다.

맙소사, 그녀의 순진한 얼굴엔 너무나 쉽게 생각이 드러났다. 그녀가 순간적으로 긴장하며 경계하는 고양이처럼 주위를 둘러보았다. 술집 근처의 어둠 속에 숨어 있는 라자를 보지 못하고, 알레그라는 주위를 흘끔거리며 기타리스트가 발라드 곡을 연주하고 있는 모닥불 쪽으로 서둘러 달려갔다. 라자도 쫓는 자의 스릴을 즐기며 그 뒤로 느긋하게 따라나섰다.

불가에 모인 사람들이 와인을 병째 들이키며 농담을 주고받는 동안, 뚱뚱한 악사는 낡아빠진 기타 케이스에 몇 개의 동전을 주워 모았다.

몬테베르디 양이 불빛이 미치는 공간 안으로 들어섰다. 라자는 그녀의 얼굴을 제대로 보고 싶다는 호기심에 사로잡혔다. 자신이 생명을 빼앗아야 할 얼굴, 그에게 죽임을 당해야만 할 그 여자의 얼굴이 보고 싶었다.

어설픈 악사가 사람들을 조용히 시키며 다시 기타줄을 퉁기기 시작했다.

라자는 옹기종기 모인 사람들 뒤로 돌아갔다. 모닥불 너머 그녀의 맞은편으로, 몇 사람의 몸을 방패삼아 조용히 움직여 갔다.

그녀의 머리카락 사이로 금색의 불빛이 엉켜들었다. 상아빛 살결에 어른거리는 와인색의 불빛이 마치 섹스할 때 여자의 흥분한 피부에서 우러나오는 홍조를 연상시켰다. 게다가 산들바람이 비단 물결을 일으키며 그녀의 치맛자락을 휘감자, 길고 아름다운 다리와 동그란 엉덩이 윤곽이 그의 노련한 눈에 고스란히 전달되었다.

안타까운 일이었다. 저런 여자가 처녀의 몸으로 죽어야 하다니.

그녀는 아이처럼 주근깨가 살짝 뿌려진 얼굴에 감정이 풍부한 눈동자를 지녔다. 금빛 나는 속눈썹이 그 꿀 같은 갈색 눈동자를 에워싸고 있었다. 자유로운 파리에서 살다 왔다지만 수녀원에서 갓 나온 듯 순결하고 신성한 분위기가 풍겨 나왔고, 태도 또한 고상하고 우아하기 그지없었다. 벌써부터 저 여자에게 어떻게 방아쇠를 당길 수 있을지 의심스러워졌다.

하지만 어떻게든 목표를 이뤄야 하리라. 15년 전에는 가족을 실망시켰지만 이번에는 결코 실망시키지 않을 것이다.

그녀가 불가의 사람들을 훑어보기 시작했을 때, 그의 앞에 서 있던 사람들이 갑자기 옆으로 움직였다. 순간 그녀의 시선이 그 움직임으로 쏠렸고 라자는 숨을 겨를도 없이 고스란히 드러나 버렸다.

그녀의 시선이 그에게 닿았다.

그녀가 눈을 크게 뜨고는 깜박거렸다. 입을 살짝 벌린 채 그의 무기를 쳐다보고 벌거숭이나 다름없는 상반신까지 본 후에 얼굴로 시선을 들어올렸다.

라자는 꼼짝도 하지 않았다. 움직이려 해도 움직일 수가 없었다. 모닥불의 불빛으로 맑은 영혼이 반짝거리는 그 사랑스러운 얼굴을 보았기 때문이다.

다음 순간 그녀의 표정이 변했다. 두려운 듯 뒷걸음질치기 시작했다. 마치 그의 의도를 감지한 것처럼.

그녀가 그의 눈앞에서 빙글 몸을 돌려 달아났다.

2

오랫동안 라자는 그 자리에 그대로 서 있었다.

한참이 지나서야 정신을 차리고는 악랄한 무법자처럼 보이려고 머리에 딱 맞게 눌러쓴 까만 두건을 고쳐 썼다. 그 두건이 알레그라 몬테베르디에게 제대로 효과를 발휘한 모양이었다.

'그 여잘 쫓아가지 마.'

그 눈동자.

'맙소사, 그 눈동자.'

그는 불가로 다가가 쭈그리고 앉았다. 앞으로 어떻게 해야 할지 알 수 없었다. 술병의 마개를 따고, 주위의 호기심 어린 시선을 무시한 채 벌컥벌컥 들이켰다. 그녀의 얼굴이 눈앞에서 계속 아른거렸다. 자신이 그 얼굴의 선한 빛을 꺼뜨려야 할 것이다……. 고통 없이 한 번에 끝내주는 게 그녀를 위하는 일이리라. 그는 갑작스레 치밀어 오르는 역겨움을 럼주의 탓으로 돌리며 고개를 숙였다.

다시 시선을 들어올렸을 때, 맞은편의 늙은 농부가 노쇠한 머리로 무언가를 기억해 내려는 듯 그를 빤히 쳐다보고 있는 게 보였다.

"이봐, 총독 딸한테 마음 있나?"
그때 옆에 있던 건장한 사내 하나가 그에게 찡긋 윙크를 보냈다.
"그럼 가서 붙잡아!"
"그랬다간 교수형 감이야!"
다른 사내가 웃어젖혔다.
"우리가 몬테베르디를 한 번 미치게 만들어 볼까?"
"그거 재밌겠군."
"자네들 미쳤어? 죽고 싶어서 환장했어?"
"그게 무슨 상관이야? 어차피 우리 모두 죽여버릴 작정일 텐데."
"그럼 나도 끼워 줘!"
사내들이 저마다 한마디씩 끼어들었다.
라자는 이런 식의 농담에 아주 익숙했다. 하지만 지금은 마음에 들지 않았다. 복수의 중요한 도구로 써야 할 알레그라 몬테베르디를 이 거친 작자들에게 넘겨줄 생각이 전혀 없었다. 그는 몸을 쭉 뻗고 일어나 한 손을 느긋하게 검집에 올리고 다른 손으로는 권총의 손잡이를 매만졌다.
"내 생각은 다르다네, 친구들."
그가 조용한 목소리로 말문을 열었다.
"이 섬에선 여자를 겁탈하면 안 돼."
"그런 법이 어딨어?"
한 사내가 소리쳤다.
"그 여잔 제노바 놈들과 한패야!"
"당신이 뭔데? 죽음에서 부활한 알폰세 왕이라도 돼?"
또 다른 녀석의 외침에 라자는 당장 주먹을 휘둘러 턱을 한 방 먹였다. 녀석이 쓰러지자 모닥불 주위의 사내들이 아주 조용해졌다.
"알레그라 몬테베르디를 내버려둬."
그가 부드럽게 명령했다.
순간 갑자기 늙은 농부가 소리쳤다.

“맞아, 이 사람 알폰세 왕과 비슷하게 생겼어!”

라자의 몸이 굳어졌다. 그리곤 포악하게 늙은이를 노려보았다.

“오, 성모 마리아여.”

근처의 아낙네 하나가 그를 응시하며 성호를 그렸고, 기타 연주자는 모세의 십계명 판이라도 대한 듯 경이롭게 쳐다보았다.

“그 전설, 그게 사실이었어! 이분은…….”

“아니야!”

라자가 날카롭게 말을 잘랐다.

“눈들이 멀었군 그래.”

그는 태연한 척하며 무기를 갈무리하고 알레그라를 찾아 자리를 떴다.

가슴이 두근거렸다. 하지만 격한 심장 박동을 무시하며 알레그라를 찾는 데에만 정신을 집중시키려 했다. 그 늙은이는 미쳤어. 노망이 나서 그런 말을 했던 것뿐이야. 그는 아버지와 닮지 않았다. 어느 한 구석도 닮지 않았다. 아버지의 희생정신과 고상함 따위는 그의 피에 단한 방울도 흐르지 않았다. 그리고 그 점이 ‘아주’ 다행스러웠다.

멍청한 여자 같으니. 이리저리 찾아다니는 동안 라자는 이제 여자에게 화가 치밀었다. 무슨 배짱으로 거친 사내놈들 사이를 싸돌아다니는 거야? 경호원들은 어디다 팽개친 거야?

분수 근처에서 그녀의 뒷모습이 보였다. 그는 지체 없이 여자를 붙잡으려고 다가갔다. 앞쪽에서 살랑살랑 흔들리는 엉덩이의 움직임이 그의 시선을 어지럽혔다.

저 긴 다리가 허리를 감싸면 어떤 느낌일까? 저 상아 같은 피부가 촉촉하게 젖어 그의 밑에서 꿈틀거린다면……. 저 금발 섞인 밤색의 머리가 베개 위에 펼쳐진다면……. 그 머리 속으로 손가락을 넣어본다면…….

그는 마음속에 떠오르는 영상들을 혐오스럽게 밀쳐냈다. 몬테베르디가의 사람에게 어느 한 가지라도 감탄한다는 것은 있을 수 없다. 그는 좀더 서두르기 위해 속력을 냈다. 그런데 스무 걸음 정도 거리가 남았을 때, 어디선가 금발머리의 사내가 나타났고 여자는 그 사내의 품으로 뛰어들었다.

라자는 한쪽 눈썹을 들어올리며 멈춰 섰다. 그 후에는 어두운 곳을 택하여 남녀가 있는 쪽으로 접근해 갔다.

처음에 그 멋들어지게 차려입은 사내는 그녀에게 화를 내는 듯했다. 하지만 곧이어 알레그라가 모닥불 쪽을 가리키며 무슨 말인가 열심히 설명을 했다. 틀림없이 웬 미친 살인마가 자기를 쫓아온다는 내용이리라.

하, 그녀의 영웅이 등장하셨군. 그 금발머리가 험악하게 주위를 살피는 동안 그는 으슥한 곳에서 담담하게 지켜보았다. 굳이 고민하지 않아도 그녀의 약혼자 도메닉 클레멘테라는 것을 짐작할 수 있었다. 물론 그들의 약혼에 대해서는 이미 알고 있었다. 오늘밤을 위해서 철저한 사전 조사를 했으니까.

이윽고 금발머리가 병사들에게 손짓하여 명령을 내리기 시작했다. 분명 그를 체포하라는 명령일 터였다. 그 동안에도 몬테베르디 양은 약혼자 옆에 달라붙어 괴물이 튀어나올까 봐 두려운 것처럼 불안하게 주위를 둘러보았다. 병사들이 명령을 수행하러 흩어진 후에, 클레멘테는 태평하게 웃으며 겁에 질린 신부를 품에 끌어안고 달래주었다.

흥, 그 연인들에게 경멸스런 미소를 보낸 후 라자는 다음에 취할 행동을 궁리하며 광장을 살펴보았다. 까만 말을 탄 병사가 멀지 않은 곳에 있음을 확인하고 나서 다시금 그 행복한 한 쌍을 돌아보았다. 그의 눈살이 살짝 찌푸려졌다. 금발머리가 약혼녀의 손을 붙잡고 관저의 옆쪽으로 데려가고 있었다. 다시 말해서, 그의 인질을 가로채 가고 있었다.

연인들의 밀회라도 벌이려는 걸까?

클레멘테의 손이 여자의 등에서 오르락내리락하는 걸 보며 그의 눈이 가늘어졌다.

좋아, 몬테베르디 양, 꽤나 내 신경을 건드리는군.

"하지만 도메닉, 백성들이 이렇게 즐거워하는데 광장을 꼭 소란스럽게 해야겠어요? 그럴 필요까지는 없잖아요!"

도메닉이 언제나 즉석에서 사건을 해결해버린다는 점을 간과했던 것이 실수였다. 알레그라는 괜한 말을 한 것이 후회스러웠다. 쓸데없이 과민반응을 보여서 백성들의 흥겨운 축제가 끝나버리게 되지 않았는가.

"벌써 자정이 지났소. 어차피 집에 가야 할 시간이오."

도메닉은 무심하게 대꾸하며 담이 둘러쳐진 정원 쪽으로 그녀의 손을 잡아끌었다.

그녀는 한숨만 내쉬었을 뿐 더 이상 반박하지 않았다. 아직까지도 모닥불 앞에서 보았던 아름다운 야만인의 모습 때문에 마음이 심란했다.

그 남자에게 겁을 먹었던 건 사실이었다. 그 남자가 지니고 있었던 무기도 섬뜩했고 그녀의 옷 속까지 꿰뚫어보는 것 같던 대담한 시선이나 오만한 태도가 왠지 불길한 느낌까지 전했다. 굳이 표현하자면 웅장한…… 야수와 부딪힌 듯한 느낌이었다.

그래서 너무 당황한 나머지 도메닉을 만났을 때 아무 생각 없이 사실을 말해버리고 말았다. 위험해 보이는 남자가 자신을 빤히 쳐다보았고 뒤따라오는 것 같다고. 하지만 이젠 그 말을 한 자신이 참으로 원망스러웠다.

그 남자가 별 뜻 없이 쳐다본 거라면 어쩐단 말인가? 나쁜 의도를 갖고 있었던 게 아니라면 어쩌겠는가? 병사들에게 붙잡힌다면 얼마나 잔인한 고통을 당하게 될까? 자부심이 몹시도 강할 듯한 그 남자가 얼마나 참기 힘든 수치를 당하게 되겠는가.

그녀의 잘못된 말 한마디 때문에 그 남자가 사람들 앞으로 끌려나와 영혼에 상처를 입고 몸에 매질을 당하게 되리라.

그의 묘한 눈동자가 뇌리에서 사라지질 않았다. 향수와 갈망과 격분이 복잡하게 섞여 있는 듯한 눈동자. 그 남자가 왜 그런 식으로 쳐다보았을까?

그녀로서는 알 수 없는 일이었다. 하지만 어쨌든 간에 도메닉을 떼어놓자마자 당장 경비병들에게 가서 그 남자를 거칠게 다루지 말라고 명령할 작정이었다. 심문을 거친 후에 그의 신원이 확실해지면 풀어주라고 설득할 수도 있을 것이다.

도메닉의 목소리가 그녀의 골똘한 생각을 중단시켰다.

"당신 볼기라도 때리고 싶은 심정이오. 책임을 다하지 못한 당신의 경호원들은 재판에 회부할 거요. 아니, 채찍질을 하는 게 나을까?"

그가 열쇠고리를 꺼내어 정원 문을 열었다.

"말도 안 돼요. 어떻게 그런 야만적인 행동을 할 수 있어요?"

그는 허리춤에 한 손을 올리고 노예를 바라보는 주인처럼 그녀를 내려다보았다.

"알레그라, 그 폭도들이 당신을 인질로 붙잡았다면 어쩔 뻔했소? 당신 아버지가 어떤 곤경에 처하셨겠소? 내가 뒤쫓아오지 않았더라면 당신이 지금 어디에 있었을 것 같소?"

그가 정원 문을 붙잡은 채 먼저 들어가라고 손짓했다. 그녀는 그 초록색 눈동자의 날카로움을 느끼며 정원 안으로 몇 걸음 들어갔다. 갑자기 알레그라는 그에게 돌아섰다.

"도메닉, 내가 밖으로 나온 걸 어떻게 알았어요?"

그는 대답 없이 안에서 문을 잠갔다.

"무도회장을 나설 때까지만 해도 내 방으로 갈 생각이었는데……."

그가 조끼 주머니에 열쇠를 똑 떨어뜨리고 미소지으며 다가왔다. 알레그라는 다소 불안하게 건물 쪽을 쳐다보았다.

"이런 데서 둘만 있는 걸 알면 아빠가 좋아하지 않으실 거예요."

하지만 아빠가 도메닉을 절대적으로 신임한다는 것을 잘 알았다. 도메닉은 아빠에게 아들이나 다름없었다.

"걱정 마시오. 내가 베란다 문도 잠갔고 하인들도 뒷방으로 쫓아냈소. 경비병들까지 다른 곳으로 보냈으니 이제 완벽하게 자유를 즐길 수 있소."

"무슨 자유요?"

"쯧쯧, 불안해할 거 없다오."

그가 그녀의 손을 잡고 어스름한 정원의 월계수 나무 아래로 이끌어 갔다. 꽃송이를 하나 따서 그녀에게 건네주고는 나무둥치에 그녀의 등을 살짝 밀어붙였다.

그녀가 꽃을 받아들고서 그것을 어떻게 처리할까 당황해하는 동안 도메닉이 가볍게 그녀의 팔뚝을 쓰다듬었다.

"알레그라, 우린 이제 곧 남편과 아내가 될 사람이오. 내 손길에 익숙해져야 돼."

그가 손등으로 그녀의 뺨을 쓸었다.

"저속한 말씀 마세요."

그녀가 빨개진 얼굴을 옆으로 돌렸다.

"그런 건 애인한테나 하는 말이잖아요."

"당신처럼 아름다운 아내가 있는데 무슨 애인이 필요하겠소 하지만 오늘밤에는 약혼녀에게 키스를 하고 싶을 뿐이오. 그게 무리한 요구인가?"

그의 강인한 손이 단호하면서도 부드럽게 그녀의 어깨를 감아쥐었다.

"우리가 아주 잘 맞는 한 쌍이라는 걸 곧 알게 될 거요."

"좀 취하신 것 같아요."

"당신의 입술을 마셔야 제대로 취할 듯하오."

"말솜씨가 뛰어나시군요. 애인한테도 그렇게 말씀하셨나요?"

그가 웃음을 터트렸다.

"그 여자와는 끝났소, 알레그라. 우리가 약혼한 지 한 달이나 지났는데 키스할 자격쯤은 있지 않겠나?"

"전 이런 게 어색해요."

"곧 자연스러워질 거요."

자신만만한 어조였다.

"… 알았어요."

그녀가 망설이며 대답했다.

다음 순간 그가 살며시 그녀에게 입술을 내렸다. 불쾌하진 않아, 알레그라는 마지못해 인정하며 시간이 지나가길 기다렸다.

“달콤해.”

그의 입술이 그녀의 뺨과 목덜미로 흘러가기 시작했다. 그녀를 안은 손에도 힘이 더해졌다. 알레그라는 머뭇머뭇 그의 목에 팔을 두르고 월계수 나무의 꽃송이들 사이로 맑은 하늘을 바라보며 이 일이 언제쯤 끝나려는 걸까 궁금해했다. 그녀가 도메닉을 싫어하는 것은 아니었지만 눈을 감으면 언제나 ‘그 사람’만이 떠오를 뿐이었다.

그녀만의 왕자님, 결코 키스해 주지 못할 사람. 이 세상에 있는 사람이 아니니까.

도메닉이 그녀의 귓불을 잘근잘근 깨물기 시작했다. 그 느낌도 견딜 만했다. 알레그라는 예상치 못한 쾌감에 놀라며 파르르 눈을 감았다. 하지만 그의 손이 엉덩이로 미끄러지는 것을 알고는 화들짝 다시 눈을 떴다. 얼른 그의 가슴을 밀어내려 했다.

“이제 그만하세요.”

“아직은 안 돼.”

그의 목소리가 다소 거칠어졌다. 이번에는 뜨겁고 단호한 입술이 부딪혀 왔다. 그가 그녀를 두 팔로 가둬 나무로 밀어붙였다. 그의 검 자루가 딱딱하게 느껴질 정도로 몸이 달라붙었다.

다음 순간 오늘은 무기 착용이 허용되지 않는다는 사실이 떠올랐다. 그렇다면…….

‘오, 맙소사.’

“도메닉, 그만해요.”

알레그라는 그의 어깨를 두 손으로 움켜잡았다. 하지만 그 말을 하는 순간 그의 혀가 열린 입안으로 파고 들어왔다.

도대체 해결책이 생각나지 않았다.

이건 말도 안 돼.

아무리 술에 취했더라도 도메닉처럼 영리한 사람이 아버지가 이 일을 알게 될 경우 약혼이 깨질 수도 있다는 걸 모를 리…….

그녀의 몸이 얼어붙었다. 물론 도메닉은 그 점을 잘 알고 있을 것이다. 그녀가 그의 위치 때문에 결혼하려 하는 것도. 그래서 이 일을 아버지에게 고해 바치지 않으리라는 것도.

"광장으로 나가지 말았어야지."

그의 호흡이 거칠게 피부에 와닿았다.

"거긴 당신한테 덤벼들 놈들이 많아, 방탕하게 말이야."

비단 찢어지는 소리가 들리더니 그의 손이 드레스 안으로 파고들어 젖가슴을 거머쥐었다.

"그만해요!"

그녀는 이제 그를 밀어내려 안간힘을 썼다. 하지만 여전히 그의 힘에 밀려 나무에 부딪힐 뿐이었다.

한 손으로 그녀의 목덜미를 부여잡고 다른 손으로는 젖가슴을 쥐고서 그가 고개를 젖혀 이글거리는 눈으로 내려다보았다.

"계속해 보시지. 비명이라도 지를 텐가? 내 여자가 되고 나면 이 정도 가벼운 처벌로 끝나지 않을 거야."

"처벌이라구요?"

그녀의 눈이 휘둥그래졌다.

"그게 남편의 권리야. 하지만 당신이 얌전하게 굴기만 하면 겁낼 것은 없소."

그가 다시 그녀에게 키스했다, 그 습격을 키스라고 부를 수 있다면.

"왜 그래?"

그녀에게 전혀 반응이 없자, 그가 다시 고개를 쳐들었다.

그녀는 경악스레 그를 올려다보았다. 지금 일어나고 있는 일이 믿어지지 않았다. 언제나 흠잡을 데 없이 예의발라 원로원의 총애를 한 몸에 받고 있는 도메닉이 이런 짓을 할 리 없었다. 하지만 목을 감싸쥔 손의 느낌이 현실임을 알려주었다. 알레그라는 이를 악물며 최대한의 위엄을 끌어올렸다.

"당장 물러나요. 당신은 지금 취했어요."

그가 피식 웃었다.

"당신도 날 이용하고 싶어하면서 왜 난 그러면 안 되지? 어차피 결혼이란 게 그런 거잖소."

그가 다시 격렬하게 키스를 퍼부으며 그녀의 다리 사이로 무릎을 찔러넣었다.

알레그라는 필사적으로 고개를 돌렸다.

"당신과 결혼하지 않겠어요!"

가쁘게 숨을 헐떡이면서도 그의 대꾸는 지극히 이성적이었다.

"당신 몸에 내 씨를 뿌리고 나면 선택의 여지가 없을 거요."

그녀가 다급하게 비명을 지르려고 입을 벌리자 당장 그의 커다란 손이 틀어막았다.

"당신은 절대로 나를 이길 수 없어. 아, 당신을 정복하는 그때 얼마나……."

갑자기 그가 홱 뒤를 돌아보았다, 마치 누군가 어깨를 건드리기라도 한 것처럼.

알레그라는 도메닉의 바로 뒤에 한 남자가 서 있는 것을 보았다. 모닥불 가에서 보았던 바로 그 남자였다. 허리춤에 두 손을 떡 걸친 자세와 무릎 위까지 올라오는 까만 부츠가 눈에 들어왔다. 하얗게 번득이는 이와 넓디넓은 어깨, 벌어진 조끼 사이로 근육질의 가슴과 조각 같은 뱃가죽이 드러나 있는 것도 보았다.

"방해해서 미안합니다."

그가 정중하게 말을 걸었다.

"하지만 숙녀분이 싫다고 하시는 것 같아서 말이죠."

그의 눈동자가 번득이는가 싶더니, 도메닉을 홱 잡아서 밀어젖히고는 순식간에 그녀와 도메닉 사이로 끼어들었다. 까만 가죽이 넓게 펼쳐진 그의 등이 그녀의 시야를 가득 메웠다. 그의 두건에 달린 술이 뒤쪽으로 늘어져 도메닉에게 걸어가는 움직임에 따라 살랑살랑 흔들거렸다. 그녀가 생전 본 적도 없는 야만적인 검이 그 앞쪽에 쭉 뻗어 있었다.

도메닉은 낯선 남자와 그녀, 검을 번갈아 쳐다보며 뒤로 주춤거렸다.

"당신 친구인가, 달링?"

그가 그녀에게 차가운 시선을 쏘아보냈다.

"좋은 친구지요."

그녀가 대답하기도 전에 낯선 사내가 붙임성 있게 대답했다.

"아주 좋은 친구."

도메닉의 얼굴에 포악한 분노가 번졌다.

"아, 이제야 알겠군. 당신이 그 지저분한 평민들한테 달려가고 싶어 했던 이유를!"

그 경멸에 대한 대답으로 낯선 사내는 호탕하게 웃어젖혔다. 그 동안 알레그라는 부들거리는 손으로 최대한 옷차림을 정돈하려 했다. 목 부분에서 5, 6센티미터 가량 찢어져 있는 옷감을 모아 쥐고 더 심각한 일이 일어나기 전에 이 신비로운 남자를 보내주신 하늘에 감사기도를 드렸다.

도메닉이 말을 이었다.

"알레그라, 당신에게 대단히 실망했소. 이런 충격을……."

"질투할 거 없습니다, 나랑은 대여섯 번 재미 본 것밖에 없으니까."

그녀의 입이 당장에 벌어졌다. 하지만 도메닉을 일부러 자극하려는 속셈임을 깨닫고는 얼른 다시 다물었다.

"이자와 잤단 말이야?"

도메닉이 거의 비명처럼 그녀에게 물었다.

"내 동생들하고도. 우리 셋 다 녹초가 됐지요. 정력이 대단하던데."

"그만하면 됐어요."

그녀가 발끈하며 가로막았다.

"네놈을 죽여버리겠다."

도메닉이 이를 갈며 내뱉었는데도 그의 대꾸는 아주 사근사근했다.

"당신 혼자서? 병사 몇 명쯤 불러야 될 텐데."

알레그라는 분노와 안도감의 갈림길에서 저 작자의 엉덩이를 걷어차야 할지 웃음을 터트려야 할지 알 수 없었다. 하지만 그녀의 '전' 약혼자에게 이성이 남아 있다면 기회가 있을 때 체면을 챙겨 애인에게로 달아나는 게 낫다는 것만은 분명히 알 수 있었다. 그런데 안타깝게도 도메닉은 지금 쉬운 길을 택할 정도의 제정신이 아니었다. 술에 너무 취해 있었다. 아니면 자신의 검술 솜씨를 믿는 걸까?

도메닉이 코트 안자락에서 보석 박힌 단검을 끄집어냈다.

낯선 사내는 커다란 검을 양손으로 옮겨가며 씩 미소지었다.

그런 모습을 보고 나니, 그녀는 그가 병사들을 따돌리고 여기까지 온 것이 전혀 놀랍지 않았다. 정원의 높은 담벼락을 어떻게 넘어왔는지 알 수는 없지만, 3미터짜리 벽처럼 '사소한' 장애물에 방해받을 사람 같아 보이지 않았다.

단 한 가지 의문은, 왜 이 남자가 굳이 그녀를 따라와서 구해주는 걸까였다.

"아까 내 약혼녀를 따라다닌 게 너였지? 거짓말하지 마, 넌 이 여자와 잔 적이 없어."

도메닉이 으르렁거렸다.

"아, 맞았소. 아직은 아니지."

알레그라는 코웃음을 쳤다. 오만방자하군.

그녀는 만족스럽게 팔짱을 끼며 나무에 기대섰다. 그래, 이 남자가 그녀를 따라다녔다는 건 이제 확인되었다. 그렇다면 이유가 뭘까?

"알레그라, 건물 안으로 들어가시오. 이놈은 폭도의 무리야."

"당신이 문을 잠갔잖아요, 기억나요? 게다가 내 생각은 좀 다르답니다."

그녀가 사내를 쓱 훑어보았다.

"광장에는 그와 한패로 보였던 사람이 전혀 없었거든요."

"몬테베르디 양, 다른 데 가지 마십시오, 부디."

낯선 사내가 살살 구슬렸다.

"아까 당신을 봤을 때 내 소개를 할 참이었는데……."

"하."

그녀가 의심스럽다는 소리를 냈다.

"그런데 이 나리가 끼어드는 바람에 못했지요. 그래도 내가 끝까지 따라와 준 게 반갑겠지요?"

사내는 그녀의 숨을 앗아갈 만큼 상냥한 미소를 날려보냈다.

"알레그라!"

도메닉이 버럭 목소리를 높였다.

"어서 가서 병사들을 부르시오. 이 불한당을 체포하라고. 아니 내가 처리하고 남은 이 작자의 찌꺼기를."

"무슨 죄목으로요?"

"무단 침입."

"그건 말이 안 되…… 는 것 같아요."

"토 달지 마시오."

도메닉이 소리질렀다. 그리곤 두 사내가 달빛에 번쩍이는 검을 들고 서서히 원을 그리며 싸울 태세를 갖췄다.

그녀가 고집스레 말을 이었다.

"무단 침입은 아니에요. 여긴 내 집이니까 내가 초대했다고 말하면 그만이에요. 그리고 솔직히 이 사람이 당신을 죽이겠다고 마음먹었으면 진작에 끝났을 것 같답니다, 도메닉."

낯선 사내가 다시 한 번 호탕한 웃음을 터트렸다.

"이 미천한 것을 칭찬해 주는 겁니까? 그렇다면 기대에 부응하기 위해서라도 더 열심히 싸워야겠군요, 레이디. 미안하지만 신사 양반, 불가피하게 좀 거칠어질 것 같소."

그가 쩌렁쩌렁한 목소리로 유머감각을 발휘했다.

알레그라는 눈알을 굴리면서도 피식 미소지었다. 그러나 도메닉은 그다지 감탄스럽지 않은 듯 초록색의 눈동자를 실처럼 가늘게 떴다.

"각오해라."

도메닉이 고함치며 그에게 덤벼들었다.

알레그라는 심란하게 눈앞의 광경을 지켜보았다. 누구라도 다치는 건 싫었다. 하지만 그녀가 이 싸움을 말리려고 병사들을 부른다면 그녀를 구하려고 용감하게 나서 준 사내가 처형당하는 것으로 끝이 날 터였다. 지금 채찍질당해야 마땅한 사람은 도메닉인데도 말이다.

'도대체 저 남자가 누굴까?'

알레그라는 힘없이 이마로 손을 올리며 두 사내가 긋고 베어 가는 결투 장면을 지켜보았다. 아마도 그녀의 명예를 위해서인 듯한 결투를.

이사벨 이모가 아시면 황홀해하시겠어.

시간이 지날수록, 화해를 중재하려 해봤자 모두 헛수고일 거라는 확신이 점점 더 굳어졌다. 기운이 남아 있다면 남자의 포악한 본성에 대해서 철학을 논할 수도 있으련만, 그녀는 무도회의 여주인 노릇과 축제 준비로 너무나 지쳐버려서 두 멍청이들이 서로를 잡아죽이든 말든 방에 들어가 자고 싶은 마음뿐이었다. 그런데도 그녀는 그 자리에 남아 있었다, 검이 부딪힐 때마다 움찔움찔하면서.

이 요란한 소리가 곧 병사들의 귀에 들어갈 것이다. 그들이 왔을 때 그녀가 상황을 설명해 주어야 했다. 저 남자는 그녀를 도와주려 한 것뿐이라고. 저 귀여운 머리통이 잘려나가게 할 수는 없지 않은가.

그녀는 잠시 흐릿한 정원의 랜턴 불빛으로 그 사내를 살펴보았다. 꽤나 눈길이 쏠릴 만큼 잘생긴 얼굴이었다. 머리 두건 밑의 이마는 넓고 우아했으며, 멋지게 심어진 까만 눈썹이 끝 부분에서 악마적으로 확 일어났다. 잉크색의 속눈썹 아래로는 밤바다처럼 까만 눈동자와 자부심 강해 보이는 콧날, 타고난 정복자의 그것처럼 각진 턱이 자리잡았다. 하지만 그의 입술은 키스와 달콤한 거짓말을 위해 만들어 놓은 듯 두툼하고 관능적이었다.

도메닉이 단검을 휘두르며 덤벼들자 그가 다시 야성적으로 눈을 번득이며 씩 웃었다. 그리곤 쉽사리 그의 팔뚝을 붙잡아 가벼운 깃털이라도 되는 것처럼 도메닉의 몸을 풀밭으로 날려보냈다.

"아직 안 끝났습니까, 아니면 상처를 입어야 직성이 풀리겠습니까?"

남자가 예의바르게 물었다.

"한 군데 찔러줘요"

알레그라가 조그맣게 중얼거렸다.

도메닉이 격분하며 벌떡 일어났다.

"이제 넌 죽은목숨이다, 어센션의 개자식."

"겨우 이 정도로? 이건 별것도 아닌데."

다시 두 사내가 맞붙었다.

몇 분이 지나가자 알레그라는 슬슬 걱정이 되기 시작했다. 결투가 더 격렬해졌다. 하지만 누군가 다치기 전에 병사들을 불러야겠다고 결심했을 때 정원 문이 잠겼다는 사실이 허탈하게 기억났다. 열쇠는 도메닉의 조끼 주머니 안에 있었다.

"둘다 그만둬요."

그녀가 소리쳤다.

낯선 사내가 흘깃 뒤돌아보며 그녀가 제자리에 있다는 것을 확인하였다. 하지만 그게 실수였다. 도메닉이 냉큼 달려들어 낯선 사내의 왼쪽 팔뚝을 단검으로 그었고 그 즉시 구릿빛의 살갗에서 피가 솟아났다.

도메닉이 끌끌 웃으며 뒤로 물러났다.

"자, 어떠냐?"

사내가 놀라며 자신의 팔을 내려다보았다. 다시 시선을 든 그의 눈동자에 번개가 번쩍였다.

"따끔하군."

그들이 서로를 노려보았다.

알레그라는 갑자기 심각하게 두려워졌다. 당장 이 상황에 개입하지 않으면 저 남자가 도메닉을 죽일 것 같았다. 그럼 그 후에 저 남자도 처형당할 테고, 결과적으로 두 젊은이가 그녀 때문에 죽어 나가게 될 것이다.

"이만하면 충분해요, 둘다."

그녀가 단호하게 명령했다, 떨리는 목소리로.

"의사를 불러야겠어요, 도메닉."

그녀가 한 손을 내밀며 다가갔다. 피 묻은 단검을 든 모습에 부르르 몸서리가 쳐졌다.

"당신 입장은 충분히 밝혔으니까 이제 열쇠를 주세요."

도메닉이 스스로 흡족해하며 잔인하게 미소지었다.

"당신 일은 나중에 처리하겠어. 우선 이 버릇없는…… 쓰레기를 해치운 다음에."

낯선 사내가 도메닉을 노려보며 검을 휙 집어던졌다. 휘어진 모양의 커다란 검이 땅에 푹 박혀 파르르 떨렸다.

"내 성질을 건드렸다 이거지!"

그가 우두둑 우두둑 손가락 관절을 꺾으며 나지막이 뇌까렸다.

알레그라는 얼이 빠진 채 그를 쳐다보았다. 도메닉은 이어질 대결을 준비하며 피 묻은 손으로 단검을 들어올렸다.

몇 초간 무시무시한 정적이 감돌았다. 사내의 야수 같은 눈초리에 주위의 모든 활동이 정지한 듯했다. 알레그라도 시선을 돌리지 못했다.

순식간에 그의 공격이 시작되었다.

와락 도메닉에게 달려들어 그를 정원 돌담 옆의 화단으로 쓰러뜨렸다. 도메닉의 손에서 단검을 잡아채 옆으로 던져버리고는 살인을 작정한 사람처럼 잔인하게 도메닉을 두들겨 팼다.

알레그라가 비명을 지르며 그들에게 달려갔다.

"그만, 그만해요."

그 남자의 우악스럽게 움직이는 오른팔 곁으로는 감히 다가서지 못하고 애원했다.

네다섯 번 주먹을 얻어맞고 나자 도메닉의 얼굴 반이 피범벅으로 변했다.

"그만하라구요!"

그녀가 소리를 질러 봐도 주먹질은 계속되었다.

도메닉이 몸부림치며 상대의 총집에 끼워진 권총을 움켜잡으려 했다. 그 이름 모를 사내가 그의 손을 휙 밀치는 순간, 우연찮게 그 손이 그의 두건에 달린 술을 잡아당겼고 두건이 벗겨지면서 짧게 깎여진 검은머리가 만 천하에 드러났다.

그 야만인이 짐승 같은 괴성을 지르며 도메닉의 손을 와락 움켜잡았다. 그리곤 화단의 벽돌에 그 손을 사정없이 내리쳐 손목을 부러뜨렸다. 뼈 부러지는 뚝 소리가 그야말로 생생하게 들렸다.

그녀는 공포스레 두 손으로 입을 틀어막았다. 도메닉은 단말마의 비명을 내지르고는 자존심상 얼른 입을 다물었다.

"아, 참을 만하다 이건가?"

그 사내가 중얼거리며 마지막으로 도메닉의 얼굴에 강렬한 주먹을 날려 기절시켰다.

알레그라는 눈만 동그랗게 뜬 채 여전히 입을 틀어막고 서 있었다.

짧은 머리가 부끄러운 듯, 그 남자가 서둘러 두건을 머리 위로 눌러 썼다. 얼굴의 포악함과는 어울리지 않는 묘하게 연약한 몸짓이었다. 그 와중에도 그의 팔에서는 핏방울이 줄줄 흘러내렸다.

알레그라는 천천히 손을 내렸다.

"주, 죽었나요?"

"아니."

그자가 도메닉의 주머니를 뒤지기 시작했다. 그녀가 보는 앞에서 도둑질까지 하려는 모양이었다. 하지만 그는 열쇠고리만을 꺼냈을 뿐이었다.

사내가 똑바로 일어서자, 그녀는 이제 그가 자신보다 족히 30센티미터 이상 크다는 걸 알게 되었다. 로마시대의 검투사처럼 거대해서 그를 쳐다보려면 고개를 한껏 젖혀야 했다.

갑자기, 도메닉은 기절해 있고 주위에 아무도 없으며 사방이 벽으로 막힌 정원 안에 이 피범벅된 남자와 둘뿐이라는 사실이 뇌리를 스치면서 이 남자를 어떻게 단 일 초만이라도 믿을 수 있었는지 어이가 없어졌다.

그는 겨울날의 별이 총총한 하늘 같은 눈동자로 그녀를 내려다보았다. 푸른 달빛 아래 근육을 꿈틀거리며 천천히 그녀에게 걸어왔다. 그녀가 뒷걸음질친 것은 순전히 본능적이었다. 하지만 그의 목소리는 부드럽고 유혹적이었다.

"어디 가려는 거요, 귀여운 아가씨?"

알레그라는 달아나려고 홱 몸을 돌렸다. 하지만 그가 그녀의 허리를 감아 화강암처럼 단단한 몸뚱이로 잡아당기며 쿡쿡 웃어댔다.

"안 되지, 안 돼. 내가 당신을 땄어."

그는 도메닉보다 훨씬 강하고 유연한 힘으로 그녀를 붙잡았다.

"약혼자 말을 들었어야지."

"당신 누구예요?"

그녀가 떨리는 목소리로 다그쳤다.

"백마 탄 왕자님. 그거야 당연하잖아?"

그녀는 발로 걷어차며 주먹질을 하기 시작했다. 하지만 소용없었다. 한마디도 없이 그가 그녀의 손목을 잡고는 질질 끌며 문으로 행진해 갔다.

알레그라는 공포에 질려 미친 듯이 손을 빼내려 했지만 그의 손아귀는 쇠로 만든 족쇄 같았다.

"이거 놔요! 여기…… 보석을 줄게요."

그녀는 필사적으로 애원했다.

"다이아몬드, 에메랄드예요. 다 가져가요. 아무한테도 얘기 안 할게요. 그냥 놔주기만……."

그가 껄껄 웃었다.

"아, 몬테베르디 양. 그런 걸로 살 수 있는 사내도 있겠지만 난 아니오."

잔디밭을 가로지르며 그가 우아하게 칼을 집어 올려 쓱 허리춤으로 밀어넣었다. 옆구리를 베지 않은 게 거의 기적 같았다. 그는 자물쇠를 딴 다음 소리를 죽이려는 노력도 없이 씩씩하게 문을 열어젖혔다. 그녀가 철문의 격자를 붙잡고 늘어졌다. 하지만 그가 억지로 그녀의 두 손을 풀어냈다.

"나한테 원하는 게 뭐예요?"

그녀가 소리쳤다.

"얌전히 내 말대로 하는 거."

그가 그녀의 허리를 감아 콧김을 뿌리며 쿵쿵대는 흑마 위로 던져 올렸다. 방금 그의 휘파람소리를 듣고 지옥에서 달려나온 녀석 같았다. 안장에 달려 있는 계급장만 아니라면 말이다.

하지만 그녀는 그 말의 전 주인에게 무슨 일이 생겼을지 궁금해할 겨를조차 없었다. 그녀가 채 균형을 잡기도 전에 그 남자가 뒤로 훌쩍 올라탔다.

'맙소사, 이 남자가 날 유괴해 가려는 거야.'

그녀는 믿을 수가 없었다. 도메닉의 말이 줄곧 옳았던 것이다. 이 남자가 폭도 중의 하나였던 것이다.

그러자 두려움이 다소 가라앉았다. 그렇다면 이 남자는 그녀를 해치진 않을 것이다. 그랬다가는 아빠가 그들의 요구를 들어주지 않을 테니까. 어쨌든 그녀는 안전했다. 그래서 이성을 찾으려 애써 노력했다.

평소 같았으면 그녀는 이런 극단적인 방법에 절대 찬성하지 않았을 것이다. 하지만 아빠와 원로원이 백성의 요구에 귀를 기울이게 하려면 이 길밖에 없을지도 몰랐다. 어쩌면 이 납치행각이 궁극적으로 어센션에 좋은 결과를 가져다줄지도 몰랐다.

그렇다면 좋다. 그녀는 협조하기로 마음먹었다. 달리 선택할 수 있는 상황도 아니었지만.

하지만 마음 한구석으로는 심장이 무겁게 내려앉았다. 이 대담무쌍한 사내가 결국 처형당하게 되리라는 걸 알기 때문이었다. 그녀가 설사 흠집 하나 없이 집에 돌아온다 해도 아빠가 찾아서 죽일 것이고, 아버지가 나서지 않으면 도메닉이 끝장을 볼 것이었다.

"꼭 잡으시오."

병사들의 고함소리가 들리는 순간 그가 명령했다.

그녀는 고분고분하게 까만 조끼 밑의 단단하고 날렵한 허리를 부여잡았다. 땀으로 젖어서 미끌미끌한 살갗이 마치 벨벳을 감은 대리석 같은 감촉이었다.

그가 한 팔로 그녀의 허리를 감아 자신의 무릎 위로 올린 다음, 도시 밖으로 연결된 길 쪽으로 말의 방향을 돌렸다. 다른 손으로 고삐를 잡고 '이랴' 소리를 내며 말의 옆구리를 가볍게 걷어찼다.

그 후에 그녀는 전속력으로 달리고 있다는 것만 알았다.

3

몬테베르디의 딸을 무릎에 앉혀놓고 있다니…….

어쩌다 구세주 역할을 맡아버렸을까?

라자는 도저히 이해할 수가 없었다. 그가 아는 건, 이 여자가 정신을 산란하게 만들어서 칼에 베었다는 것뿐이었다. 기분이 아주 나빴다.

이 여자의 잔소리 때문에 도메닉 클레멘테를 살려둔 것도 기분 나빴다. 지금 이 여자의 몸뚱이가 리드미컬하게 흔들흔들 와닿는 것도 마음에 안 들었다. 이 여자 머리에서 나는 꽃향기가 콧구멍으로 들어오는 것도, 거의 애무하는 듯 허리를 꽉 잡고 있는 이 여자의 손도 마음에 안 들었다.

게다가 몬테베르디 양이 이 납치극을 오히려 즐긴다는 인상까지 받아야 했다. 그는 험악하게 그녀의 머리통을 노려보았다. 이렇게 돼선 안 돼. 이 여잔 날 무서워해야 한다구.

1킬로미터 남짓 후방쯤에서 스물이나 서른 명쯤의 기마병들이 그들을 열심히 쫓아오는 중이었다. 그것만은 기분 좋았다. 우선 그를 쫓아오는 병사들이 많으면 많을수록 문탑의 병사 수는 적어질 터였고, 둘

째로는 그의 정신을 다른 문제에서 떼어낼 수가 있으니까. 예를 들어 포획한 희생양의 보드라운 엉덩이가 무릎 위에서 들썩이는 느낌이라든가, 가슴 계곡이 보일 정도로 찢어진 옷자락 같은 것들…….

엄청나게 긴 가지를 드리운 늙은 소나무가 나타나자 그는 말을 달래며 정지시켰다.

"왜 멈추는 거예요? 병사들이 바로 뒤에 쫓아오잖아요!"

몬테베르디 양이 소리쳤다.

"조용!"

그가 귀를 기울였다.

'아니야. 더 가야 돼.'

그는 다시 말을 재촉해 50보 정도 나아간 다음 멈춰 서서 귀기울였다.

"빌어먹을, 여기 어디가 맞을 텐데."

다시 나무 쪽으로 말을 되돌렸다.

'그래, 여기야.'

"머리핀 좀 주시오. 빨리."

말에서 껑충 뛰어내려 그가 알레그라에게 손을 뻗었다.

그녀는 재빨리 에메랄드 박힌 핀을 빼냈다. 달빛 속에서 그녀의 긴 머리채가 스르르 어깨로 떨어졌다. 나뭇잎 사이로 병사들이 멀리 길에 나타난 걸 볼 수 있었다. 그는 그 핀이 말의 궁둥이를 찌르도록 안장에 끼워 넣었다. 거칠게 반항해대는 말 궁둥이를 찰싹 때리자 말이 쏜살같이 길로 달려나갔다.

그는 알레그라의 손을 잡고 길 옆에 난 잡목 숲으로 끌고 갔다. 나뭇가지들 밑으로 고개를 숙여 찔레 덤불을 헤치고, 커다랗게 쓰러진 통나무 위로 뛰어올라 알레그라를 올려준 다음 그 뒤쪽의 폭신한 잡초 위로 뛰어내렸다. 통나무 뒤로 들어간 것은 병사들이 숲 속을 살필 경우 그녀의 하얀 드레스가 쉽사리 눈에 띄기 때문이었다.

그들은 나란히 엎드렸다. 정력적인 섹스를 막 끝낸 연인들처럼 숨을 헐떡이면서. 그녀는 커다란 눈으로 그를 쳐다보았다. 그가 조용히 하라는 신호로 그녀의 입술에 손가락을 올렸다. 하지만 이상하게도 그녀는 소리 질러 도움을 청하려는 시도조차 할 생각이 없는 듯했다.

2분대 정도의 병사들이 천둥처럼 지나치며 기수도 없이 질주하는 흑마를 뒤쫓아갔다. 그들의 말발굽소리가 흐릿한 폭포소리에 묻혀 빠르게 멀어졌다. 여전히 인질의 섬약한 손목을 붙잡은 채로 라자는 도시 쪽 길을 훑어 지원군이 따라오는지 확인했다.

"갑시다."

그가 일어섰다. 그녀의 부드럽고 가녀린 손가락을 자신의 거친 손에 엮으며 폭포수소리를 따라 향긋한 숲 속으로 이끌어갔다. 일단 작은 언덕만 넘어서면 위험에서 벗어날 수 있었다. 발걸음을 뗄 때마다 폭포소리가 점점 가까워졌다.

문득 뒤에서 작은 비명소리가 나 그가 뒤돌아보았다. 알레그라의 길다란 머리카락이 가시덤불에 엉켜 있었다. 그가 단검을 빼들고 잘라버리려고 다가서자 그녀가 헉 숨을 들이켰다.

"절대 안 돼요!"

그가 놀라며 쳐다보았다. 그녀는 반항적으로 그를 노려보았다.

"어쩔 수 없는 일이라면 날 유괴하는 건 좋아요. 하지만 내 머리카락은 절대 자르지 말아요!"

그는 이런 때 이처럼 시시한 일로 흥분하는 그녀를 이해할 수 없었다. 하지만 새벽녘에 그녀가 당해야 할 일을 생각하니 죄책감이 밀려들었다.

'최소한 이 정도는 들어줘야지.'

그가 조심스럽게 가시덤불에서 그녀의 머리카락을 풀어내는 동안, 그녀는 끈기 있게 기다리면서 달빛 속에서 고개를 살짝 들어올린 채 그를 쳐다보았다. 라자는 마지막 머리카락을 풀어내고는 돌아섰다.

"고마워요."

그녀가 약간 얼굴을 붉히며 감사를 표했다.

"당신, 이름이 뭐예요?"

"묻지 마시오. 갑시다."

그녀의 호기심 어린 어조가 마음에 들지 않았다. 이번에 그는 그녀의 부드러운 감촉을 지나칠 정도로 의식하며 좀더 느슨하게 그녀의 손을 붙잡았다. 마침내 눈앞에 작은 공터와 폭포수 떨어지는 커다란 웅덩이가 나타났다.

그녀가 조용히 웅덩이 속의 달빛을 바라보았다.

"조금쯤은 겁나는 척해도 되잖소."

그가 투덜거렸다.

"겁나요."

그는 물끄러미 그녀를 보았다. 머릿속으로는 저 경솔하게 미소짓는 예쁜 입술이 어떤 맛일까 궁금해하면서.

'이 여자를 죽이지 못할지도 몰라.'

하지만 다음 순간 아버지의 마지막 모습이 되살아났다. 상처 입는 황소에게 덤벼드는 개떼처럼 아버지에게 달려들던 반역자들의 모습, 자신의 바로 눈앞에서 수없이 칼에 찔리던 아버지의 모습, 그리고 겨우 여덟 살이었던 동생 필립의 모가지가 잘려나갔던 모습이.

라자는 홱 몸을 돌려 부츠를 벗어 던졌다.

"수영하려구요?"

그녀가 물었다.

그는 대답 대신 부츠와 그녀의 손을 양손에 쥔 채 그녀를 홱 잡아당겨 웅덩이로 끌고 갔다. 그녀가 놀라며 새된 비명을 질렀지만 물은 그리 깊지 않았다. 그의 허벅지까지, 그녀의 허리까지 차는 정도였다.

"어디 가려구요?"

그는 들은 척도 하지 않았다.

웅덩이를 가로질러 가서 폭포 밑의 바위 턱에 부츠를 올려놓았다. 알레그라는 쏟아지는 물 뒤에 숨겨져 있었던 동굴 입구를 멍하니 쳐다보았다. 그가 바위 턱에 올라선 다음 뒤돌아서 그녀에게 손을 내밀어 흠뻑 젖은 몸을 번쩍 끌어올렸다. 곧바로 그의 사타구니에 거대한 욕망이 불끈 치솟았다.

'빌어먹을. 피오레, 어쩌자고 이 여자를 데려온 거냐?'

하얀색의 젖은 비단이 그녀의 여성적인 몸에 찰싹 들러붙었다. 밝은 보름달 달빛도 마법적인 효과를 더했다. 그녀가 균형을 잡고 서자마자 그는 곧바로 녹슨 시계를 꺼내 확인했다.

시간이 얼마나 남았지? 1시 15분이었다. 넉넉하지 않았다.

끄응 신음하며 그는 시계를 집어넣었다. 설사 일주일이 남았다 해도 이 여자와 섹스하진 않을 것이다. 그런 생각 자체를 용납하지 않을 것이다. 아무리 그가 가문의 불명예스러운 존재라 해도, 원수의 딸을 어떻게 할 정도로 형편없지는 않았다.

게다가 몇 시간 후에 죽여버릴 여자를 유혹할 정도로 사악한 인간이 어디 있겠는가? 하지만 이렇게 예쁜 여자가 처녀인 채 죽어 가는 게 과연 옳은 일일까?

'얼빠진 자식.'

그는 횅하니 입 벌리고 있는 까만 터널의 입구를 흘깃 살폈다.

"갑시다."

그녀의 아름다움 따윈 보고 싶지 않았다. 그 옷 속으로 스며들어 빛나는 달빛도 바라보기를 거부했다. 그녀의 길고 우아한 다리 선에 이어져 있는 여성적인 신비의 정점도. 제기랄.

"왜 이런 데로 데려가는 거예요?"

드디어 그녀가 자신에게도 조금쯤 두려워할 줄 아는 감각이 있음을 보여주었다.

"곰한테 먹이로 주려고."

그가 거의 입을 벌리지도 않고 중얼거렸다.

"빨리 가자구. 시간 없어."

"저 안에 당신 일당이 있나요?"

"나의 뭐?"

그가 돌아보았다.

그녀는 진심이 담긴 시선으로 그를 응시하며 한 걸음 다가섰다.

"날 그 사람들한테 넘기진 않을 거죠? 백성들은 아버지한테 화가 나 있거든요. 난…… 당신과 같이 있어야 더 안전한 느낌이 들어요."

"안전?"

그의 표정이 멍해졌다.

그녀는 수줍은 듯 쳐다보고는 머리카락을 귀 뒤로 쓸어 넘기며 자못 용감하게 미소지었다.

"당신이라면 나의 안전을 지켜줄 것 같아요. 벌써 한 번 날 구해줬 잖아요."

라자는 충격적인 깨달음에 도달해야 했다. 이 여자가 그를 믿고 있 는 것이다.

몬테베르디 양이 그의 행동에 대해서 어떤 결론을 내렸는지도 알아 차렸다. 그래서 지금까지 이렇게 협조적이었던 거였다.

전에 조사했던 정보로, 이 조그만 여자가 민주적인 성향이라는 건 알고 있었다. 파리의 살롱과 카페에서 새로운 철학을 받아들였고, 백성 들의 옹호자이며 자선활동을 벌여 세상을 구해 보겠다고 노력해 왔다 는 것도 알았다. 마치 아버지의 죄를 속죄하려는 것처럼.

'헛된 희망을 버리게 해. 진실을 애기해. 이 여자도 알아야 하잖아.'

하지만 그렇게 생각하면서도 도저히 입이 떨어지지 않았다.

마지막 남은 몇 시간을 공포와 긴장으로 보내게 해봤자 무슨 이득이 있겠는가? 그는 자신을 합리화했다. 필요 이상으로 그녀에게 고통을 주고 싶지 않았다. 고통받아야 할 대상은 이 여자가 아니라 그 아비였 다. 그래, 차차 상황을 알아차리게 될 거야. 그냥 내버려두자. 그게 그 녀를 위해 더 나을 것이다.

그를 위해서도.

그녀가 두려움 섞인 신뢰와 희망을 가득 담아 그를 올려보고 있었다.

그 약혼자란 놈은 어떻게 이런 순진한 얼굴을 보면서 겁탈을 시도할 수 있었을까? 아니, 생각보다는 실천이 중요해. 순간 그는 도메닉 클레멘테에게 부하들을 보내기로 결심했다. 그녀에게 한 짓의 대가로 그 자작놈을 잡아서 죽여버리라고 명령하리라.

그럼 자신의 양심을 다소나마 달랠 수 있을지도 몰랐다.

라자는 슬프게 한 손을 뻗어 그녀의 사랑스런 얼굴을 감아쥐었다. 운명이 그들을 원수로 만들었다. 지금까지 그가 예전의 방탕하고 게으른 왕자였다면—아버지가 살아 계셨더라면 겨우 60세밖에 안 되었을 테니 계속 왕좌를 지키셨을 거라 확신했다—그리고 레이디 크리스티아나가 그의 어머니 유지니아 왕비를 보필한 것처럼 알레그라가 안나 공주의 수행 레이디가 되었다면…… 누가 알겠는가, 그가 이 여자를 정복하여 사랑의 기술을 가르쳐주었을지.

"갑시다. 시간이 없소."

그가 쉰 목소리로 중얼거렸다. 그녀의 손을 잡고 어둠 속으로 이끌어갔다.

이 남자는 도대체 알 수가 없어. 한밤중 같은 그의 눈동자보다 더 어두운 동굴 속으로 천천히 이끌려 가며 알레그라는 생각했다. 도메닉을 잔인하게 때려눕혔던 사람이 어쩜 이렇게 부드러울 수 있을까? 가시덤불에서 머리카락을 풀어주고 지금은 그녀가 넘어지지 않도록 단단히 붙잡아 주고 있지 않은가.

"여기 어디 횃불과 부싯돌이 있을 텐데."

그가 중얼거리며 잠시 그녀의 손을 풀어놓았다. 사방이 칠흑처럼 어두웠지만 그의 움직임 소리를 들을 수 있었다.

"당신 누구예요?"

그녀의 목소리가 어둠 속에서 괴이하게 메아리쳤다.

"알 필요 없소."

"그럼 뭐라고 불러야 하죠?"

"당신 좋을 대로. 난 상관없소."

"난 상관 있어요."

"왜?"
그녀가 어깨를 으쓱했다.
"교양인이니까."
"미안하지만 난 아니오."
목소리의 메아리를 들어보건대 이 동굴이 생각보다 훨씬 큰 모양이
었다.
"요구사항이 뭐예요?"
그의 으르렁거림이 이 질문의 대답 또한 듣지 못하리라는 걸 알려주
었다.
"여기가 어디죠?"
짜증스런 신음이 터져 나왔다.
"더 이상 묻지 마! 입에 재갈이 물려지고 싶어?"
"아뇨."
탁탁 부싯돌 부딪히는 소리와 함께 몇 번 불꽃이 튀었다. 불꽃 하나
가 불이 되었고 몇 분이 지나자 작은 불길이 점점 횃불로 변해 갔다.
그의 그을린 얼굴과 검은 눈동자, 쭉 뻗은 눈썹과 뺨의 일부가 천천히
나타났다. 알레그라는 두려워하는 대신 황홀해하는 자신에게 어이가
없었다. 하지만 호탕한 웃음과 부드러운 손을 지닌 이자가 어떻게 잔
인한 사람일 수 있겠는가.
저 남자가 도메닉처럼 그녀에게 손을 뻗어올지도 궁금했다.
"그럼 이름을 말해 주지 않을 건가요?"
"그걸로 당신 질문을 끝낼 수 있다면 말해 주지."
그가 점점 커지는 불빛 너머로 악마처럼 미소지었다.
"내 이름은…… 훔베르토요."
"훔베르토! 아니에요."
그녀가 웃음을 터트렸다.
"훔베르토는 자기 발에 걸려 넘어질 사람 이름이에요."
그가 장난스런 시선을 던졌다.

"그럼 파올로."

그녀가 다시 고개를 흔들었다.

"절대 아니에요. 너무 얌전해요."

그가 횃불을 가볍게 불며 물었다.

"안토니오는 어떻소?"

"글쎄요."

그녀는 횃불을 일으키려고 여러 번 숨결을 불어대는 그의 오므린 입술을 쳐다보았다.

"당신이 안토니오처럼 건들건들 걷기는 해요. 하지만 진짜 안토니오였다면 도메닉한테 내가 만족 못했다는 따위 말은 안 했을 거예요."

"당신이 만족 못했다는 게 아니라 더 원하더라는 뜻이었어."

그의 눈동자가 웃음기로 춤을 추었다.

"하여튼 당신은 안토니오가 아니에요."

"이제 그만 출발합시다. 앞으로 3킬로미터 이상 열심히 걸어야 돼."

"3킬로미터요?"

그가 횃불을 들어올렸을 때, 그녀는 땅 밑의 깊은 터널에 들어와 있다는 사실을 깨닫게 되었다. 그리곤 믿을 수 없다는 표정으로 어둠을 응시했다.

맙소사, 여긴……

"피오레 터널이군요."

그녀가 경외감으로 속삭였다.

"안토니오…… 훔베르토, 여길 어떻게 찾았어요?"

그녀가 그의 손에서 횃불을 낚아채 성큼성큼 걸어다니며 주위를 둘러보았다.

"놀란 모양이군요, 몬테베르디 양."

뒤에서 그의 깊은 목소리가 들려왔다.

"이 터널은 전설에만 나오는 얘긴 줄 알았는데."

그녀가 획 돌아서서는 갑자기 심각해졌다.

“아, 우린 여기 들어오면 안 돼요.”

“어째서?”

“이 터널은 피오레 왕가의 소유예요.”

그녀가 경건하게 속삭였다.

“그들은 죽었소.”

“무엄한 말 말아요!”

그녀가 재빨리 성호를 그렸다.

그의 숯 같은 눈썹 하나가 위로 올라갔다.

“그들이 여기 들어올 일이 없을 것 같다는 뜻이었소.”

알레그라는 한 손을 허리춤에 올리고 준엄하게 쳐다보았다.

“다른 일당들한테 보여준 건 아니겠죠?”

“음, 그렇소.”

“다행이에요. 여긴 비밀로 해야 돼요.”

그녀가 터널 벽으로 다가가 그 까만 화강암을 손으로 쓸어 내렸다. 이렇게라도 하면 ‘그 사람’에게 가까이 다가갈 수 있을 것 같았다.

“가엾은 라자.”

그녀가 한숨지었다.

“뭐라고 했소?”

흘깃 그를 돌아보는 순간, 그의 굳은 어깨와 자부심 강하게 각진 턱이 왠지…….

하지만 그럴 리 없지, 말도 안 돼. 상상력이 지나친 것뿐이야. 60미터 절벽에서 상어가 우글거리는 바다로 떨어져서 살아남을 수 있는 사람은 없었다. 더구나 열세 살짜리 소년의 몸으로는. 그의 시신을 찾지 못했다는 이유만으로, 사라진 왕자가 다시 나타날 거라는 전설이 이루어질 거라고 믿을 수는 없지 않은가.

‘하지만 이 터널은…….’

그 폭도가 그녀에게 다가와 거칠게 횃불을 빼앗아갔다.

“어서 갑시다, 몬테베르디 양.”

그는 아주 증오스러운 것처럼 그녀의 이름을 내뱉었다.

라자는 알레그라가 그의 정체를 짐작조차 못했다는 사실에 짜증스러워하며 성큼성큼 걸어갔다. 아직 그녀에게 정체를 알리고 싶진 않았다—옥타비오 몬테베르디가 충격적으로 깨닫게 되는 그 순간을 고대할 것이었다. 그런데도 그녀가 일말의 가능성마저 부인했다는 게 몹시도 불쾌했다.

그럼 어떻게 이 터널을 알아냈다고 생각하는 거야? 내가 알폰세 왕의 아들일 수도 있다는 걸 그렇게도 믿기가 힘들어?

터널의 반쯤 걸어갔을 무렵, 뒤쪽에서 고통스런 비명소리가 들려왔다. 몬테베르디 양이 발목을 움켜잡은 채 주저앉아 있었다.

그는 의심스레 그녀가 있는 곳으로 되돌아갔다. 그녀의 눈에 눈물이 맺혀 있었어도 이 여자가 연극을 하는 거라고 확신했다. 하지만 그녀의 발을 쳐다보았을 때 무도용 슬리퍼의 끈이 간신히 달랑달랑 붙어 있는 것을 알아차렸다. 하얀 스타킹도 이미 너덜너덜하고 지저분하게 찢어져 있었다. 그가 천천히 그녀 앞에 웅크려 앉았다.

"왜 그래?"

"삐끗했어요."

그녀가 당신 잘못이라는 듯이 소리쳤다.

그가 횃불을 그녀에게 건넸다.

라자는 그녀의 손을 밀어내고 반항적인 소음을 묵살한 채 우아한 종아리 곡선을 두 손으로 더듬어가며 직접 검사를 했다. 발목의 한 지점을 엄지손가락으로 지긋이 누르자 그녀가 고통스레 숨을 들이켰다. 그리곤 통통한 아랫입술을 깨물며 그를 노려보았다.

그는 뒤로 물러나 물끄러미 그녀를 쳐다보았다. 지금껏 조용히 입 다물고 있었지만 이제 그녀의 인내심이 한계에 다다른 모양이었다.

사실 오늘은 그녀에게 힘든 밤이었다. 거의 겁탈을 당할 뻔한 후에 납치를 당하고, 병사들에게 쫓기고 물 속에도 빠져야 했다. 이젠 발목까지 삐었다. 게다가 앞으로는 더 힘들어질 것이었다. 훨씬 더.

라자는 술병 마개를 열어 그녀에게 럼주를 권했다.

그녀는 경멸하는 시선으로 쳐다보았다. 하지만 마음을 고쳐먹었는지 술병을 받아들고 조심스럽게 맛을 보았다. 다음 순간 그녀가 콜록콜록 기침을 터트리며 툇툇 침을 뱉었다. 그리곤 입을 틀어막으며 매서운 비난의 시선을 그에게 던졌다.

"이게 뭐예요!"

"그걸 마시면 덜 아플 텐데."

그가 손을 내밀었다.

"일어나시지요, 포로 아가씨."

그 후부터 그는 그녀를 등에 업고서 남은 길을 걸어갔다. 그녀가 대신 횃불을 잡아 길을 밝혔다. 처음에 그는 쉴 새 없는 여자의 잔소리에 짜증이 치밀었다. 바닥에 패인 데가 있으니 조심해라, 앞에 돌더미가 있으니 피해 가라, 위쪽에 종유석이 달렸으니 고개를 숙여야 한다……. 하지만 결국에는 적응이 되었다.

그가 진짜로 적응할 수 없었던 것은 목에 매달린 그 여자의 팔과 허리를 감은 그 여자의 다리, 자신의 손으로 받치고 있는 허벅지의 감촉이었다. 과도하게 그의 흥분을 유발시키는 상황이었다. 게다가 젖은 옷감이 그녀의 팔다리와 그의 몸에 찰싹 들러붙어 그녀의 체온을 고스란히 전달했다. 정신이 혼미해질 지경이었다.

그녀의 숨결이 귀를 간지럽힐 때마다, 몬테베르디 양이 처녀의 몸으로 이 터널을 빠져나갈 가능성이 점점 희박해지는 듯했다.

하지만 그는 이 여자를 죽여야 했다.

그 사실에 집중하며 걸음을 옮길수록 마음속의 갈등도 더불어 커져 갔다. 아주 오래 전 복수를 계획했을 때부터, 알레그라 몬테베르디는 그에게 공식적인 이름에 지나지 않았다. 원하는 결과를 얻기 위해 사용해야 할 도구일 뿐, 사랑스런 웃음소리와 코에 주근깨를 지닌 생각 있고 감정 있는 생명체가 아니었다.

그녀의 작은 콧노래를 들으며 그는 출구로 이어진 모퉁이를 돌았다.
그녀가 그의 소리 없는 내면의 전쟁을 종식시키며 대화를 시도했다.

"도메닉을 떼어내 줘서 고마워요, 날 납치하기 위해서였다 해도."

"그자를 사랑하나?"

자신도 모르게 그가 물었다.

"아뇨."

그녀는 그의 어깨에 고개를 기대며 한숨쉬었다.

"당신은 사랑하는 여자 있어요?"

"물론."

"어떻게 생겼어요?"

"갑판 세 개, 돛대 세 개, 멋들어진 고물이 있소."

"배 말이에요?"

그녀가 소리쳤다.

"아, 당신 뱃사람이었군요. 맞아요, 그렇겠죠! 이제야 알겠어요."

그녀가 그의 목을 살짝 힘주어 안았다.

"원래 어셴션 출신인데 여행을 많이 다닌 거로군요. 어쩐지 억양이
다르다 싶었어요."

"훌륭하군요, 몬테베르디 양."

"아마 지체 높은 가문 출신일 걸요?"

"아버지가 평민은 아니었소."

터무니없이 낮춰서 그가 수긍했다.

"무겁지 않아요?"

"별로."

"아까 다친 팔 안 아파요?"

"괜찮소."

"날 어디로 데려가는 거예요?"

"차차 알게 될 거요."

그녀가 잠시 조용해졌다. 그녀의 머릿속에서 톱니바퀴들이 찰칵찰칵

돌아가는 소리가 그에게 거의 들리는 것 같았다.

"뭐 하나 물어봐도 돼요? 아까 도메닉한테 들었던 말이 자꾸 걸려서 그러는데, 당신은 남자니까…… 이해할 수 있을지도 모르겠어요."

그는 울화가 치미는 듯 고개를 흔들었다. 하지만 입 닥치라는 말을 하기도 전에 그녀가 말을 이었다.

"훔베르토, 내가 도메닉과 결혼을 결심한 이유는 그 사람이 어셴션의 다음 총독이 되기 때문이었어요."

'그런 일은 절대 없을걸.'

그가 생각했다.

"권력이 최음제라고 하긴 하더군."

그녀가 놀란 숨을 들이켰다.

"그렇게 수치스런 말을 하다니! 난 그런 게 아니에요."

"물론 그러시겠지요."

"난 총독의 아내로서 어셴션에 도움을 주고 싶어요. 이 땅의 불의를 타파하고 백성들의 고통을 줄이기 위해 노력할 작정이었어요."

"대단하시군요."

그녀가 그의 어깨에 턱을 기대며 농담조로 속삭였다.

"이런 말도 있잖아요, '위대한 남자 뒤에는 위대한 여자가 있다.'"

그는 잠시 걸음을 멈추고 그녀를 위로 들쳐업었다.

"미안하지만 당신의 약혼자가 위대해진다는 건 대단히 의심스럽소."

"이젠 약혼자가 아니에요. 그 얼간이와 결혼할 생각이 없어졌으니까! 앞으로 어떻게 해야 할지 모르겠어요. 수녀원에 들어가야 할까 봐요."

있지도 않은 미래를 걱정하는 그녀의 말에 그의 마음이 뜨끔했다.

"하여튼 도메닉은 내가 자기를 이용하려 하기 때문에 자기도 똑같이 할 권리가 있다고 했어요. 하지만 난 절대로 그런 게 아니었어요! 그런 식으로 생각해 본 적도 없구요. 내가 나쁜 건가요? 어셴션을 위해 그 사람과 결혼하려 했던 게 잘못인가요? 난 정말이지 혼란스러워요. 당신 생각은 어때요, 훔베르토?"

"당신은 어떻게 생각하시오, 몬테베르디 양? 중요한 건 당신 생각이오."

그녀가 한참 동안 침묵했다.

"모르겠어요. 하지만 지금은 죄책감이 느껴져요."

"그게 그자가 그 말을 한 목적이었소."

그녀는 다시 그의 어깨에 머리를 기대고 찰싹 달라붙었다.

"훔베르토, 이거 알아요? 전에는 나의 명예를 위해 싸워 준 사람이 없었답니다."

그는 대답하지 않았다.

'마리아…….'

몽롱한 의식 속으로 제일 처음 떠오른 생각은 마리아에게 가고 싶다는 것이었다. 애완견처럼 충성스럽고 고분고분한 자신의 애인에게. 마리아가 엄마보다도 더 정성스럽게 그를 보살펴줄 것이었다. 그는 눈을 뜨려고 노력했다. 하지만 한쪽 눈만 움직였다. 왼쪽 눈은 완전히 부어올라 떠지지 않았다. 머릿속에 거미줄과 별들과 불길이 꽉꽉 들어찬 듯했다.

눈앞의 어둠 속에 여러 모양의 꽃들이 솟아 있었다. 금잔화와 나팔 모양의 옥잠화들이 근심 어린 여인네의 얼굴처럼 조용히 그를 내려다보았다. 여기가 어디지? 왜 여기 있는 거지?

그 후에야 기억이 났다.

도메닉 클레멘테는 억지로 몸을 일으켰다. 제 기능을 발휘하지 못하는 코 대신 입으로 헐떡헐떡 숨을 쉬면서, 여전히 여섯 개의 망치로 머리를 두들겨 맞는 기분으로 비틀비틀 일어났다. 그때 세 명의 병사들이 정원으로 뛰어들었다.

"나리."

"다치셨군요!"

"놀라운 추리력이야."

도메닉이 험악하게 빈정거리며 부축하려는 사내를 왼손으로 밀어냈다. 통증이 심한 오른 손목은 가슴에 조심스럽게 기대 놓았다.

"몬테베르디 양은?"

"말을 훔친 자와 동일한 놈이 납치해 갔습니다. 지금 2개 분대가 그 뒤를 쫓고 있습니다."

"걱정 마십시오. 금방 잡아들이겠습니다 아침까지는 틀림없이 찾을 수 있습니다!"

"놈을 나한테 데려와. 내가 처리할 거야."

"알겠습니다!"

병사 하나가 바닥에 떨어진 단검을 가져왔지만, 도메닉은 거들떠보지도 않고 명령을 내리기 시작했다.

"너, 총독님께 내가 집무실에서 뵙고자 한다고 전해. 넌 이 도시 최고의 의사를 데려와. 그리고 너,"

마지막 병사에게 고갯짓했다.

"30분 내로 내 마차를 준비시켜 놔."

지금 그에겐 마리아가 필요했다. 멍청한 총독에게 대충 사건을 얘기하고 의사에게 진찰을 받은 후 그 즉시 마리아가 있는 곳으로 달려갈 것이다. 마리아가 그의 상처는 물론이고 완전히 구겨져 버린 자존심까지 달래줄 것이다.

알레그라 몬테베르디, 그 새침한 암캐가 폭도에게 붙잡혀 갔든 말든 그 아비한테나 구출하라고 할 테다. 그로선 할 만큼 다 해주었다.

'건방진 자식, 넌 이제 죽었어. 완전히 죽은목숨이야. 쓰레기통에 처박아도 시원치 않을 놈.'

그가 으르렁 분을 터트리며 구겨진 옷에 묻은 흙을 털어 내고 온전한 왼손으로 머리를 긁어 올렸다. 그리곤 파티 손님들이 다닐 만한 곳은 최대한 피해서 관저 쪽으로 발길을 옮겼다. 도메닉은 눈이 휘둥그래져서 쳐다보는 하인들에게 너희 할 일이나 하라는 매서운 눈길을 보내며 흐느적흐느적 몬테베르디의 집무실로 향했다. 그 씰쌜맞은 계집 한 번 안아보려다가 기막힌 꼴만 당하고 말았다. 알레그라가 오늘 있었던 일을 총독에게 일러바친다면 총독이 과연 어느 쪽 말을 믿어 줄까?

물론 그는 잘못한 게 하나도 없었다. 알레그라가 결혼 첫날밤에 너무 충격을 받을까 봐 미리 호의를 베풀었던 것뿐이다. 게다가 그 오만방자한 촌놈을 막으려고 노력하지 않았던가. 그 점을 몬테베르디에게 이해시켜야 했다.

그놈이 대체 누굴까? 폭도라고 하기엔—틀림없이 그럴 테지만—말투가 그리 천박하지 않았다. 알레그라의 좋은 친구라고 주장하기도 했다. 오랜 친구처럼 그녀를 놀리기까지 했다.

아무래도 두들겨 맞은 충격으로 머릿속 나사가 풀어져버린 모양이다. 너무 많이 마신 탓일지도 모른다. 하지만 무언가 딱 맞아떨어지지가 않았다.

알레그라가 그의 명령대로 병사들을 소리쳐 부르기만 했더라도 이런 일은 생기지 않았을 것이다. 젠장할, 납치당한 것도 다 자기가 뿌린 씨앗이었다. 그는 최선을 다해서 보호하려 했는데 그 여자가 협조해 주지 않았다. 마치 납치를 당하고 싶은 것처럼 말이다.

그 순간 너무나 명백한 해답 하나가 튀어나왔다.

알레그라는 그 사내를 알고 있었던 것이다. 물론 그랬겠지. 그 불한당이 말했던 것처럼 친구, 아주 좋은 친구 사이일 테니까.

알레그라도 폭도들의 일원이었던 것이다.

도메닉은 복도에 우뚝 멈춰 서서 눈을 부릅떴다. 맞았어. 그녀가 반역자였어.

그 동안 여러 번 반항의 표시를 보이지 않았던가. 피오레 왕가의 허리띠를 매고, 아버지와 약혼자의 뜻을 무시하고, 주제넘게 손님들과 유치한 언쟁을 벌이고…… 이미 많은 증거를 보였는데도 그가 심각하게 받아들이지 않았던 거였다.

그녀는 그를 이용했다. 이 납치도 모두 연극이었다. 그 여잔 전혀 위험하지 않았다. 아버지와 원로원을 자기 뜻대로 주무르려는 작전이었다. 그리고 줄곧, 지금까지 내내 그를 갖고 놀았다.

전보다 더한 분노에 치를 떨며, 도메닉은 몬테베르디의 집무실로 들어서자마자 곧장 위스키 병을 찾아들고 왼손으로 따르려 애썼다.

"빌어먹을."

다시 문으로 돌아가서 하인을 소리쳐 불렀다.

하인이 서둘러 촛불을 밝히고 위스키 잔을 건네주었을 때, 그는 벽난로 위의 거울을 흘깃 보았다. 그나마 성한 한쪽 눈으로 자신의 모습을 응시했다. 그 잘생긴 얼굴은 온데간데없이 사라지고 온통 쪼그라든 자두마냥 엉망으로 망가져 있었다.

다들 팔푼이처럼 쳐다봤던 것도 당연했어.

그는 그 폭도 자식에게 복수하겠다고 다짐했다. 간단한 교수형으로는 안 돼, 천천히 아주 고통스럽게 죽여주리라. 감히 그를 바보로 만들어버린 알레그라도 철저히 후회하게 해줄 테다. 철저하게.

하지만 알레그라에게 복수하는 것은 총독이 눈치채지 못할 방법을 찾아야 하리라.

몬테베르디는 딸에게 죄를 씌우지 않을 터였다, 자기 아내가 피오레의 죽음에 얽힌 진실을 알아냈을 때 감싸려 들었던 것처럼. 물론 원로원의 총애를 받고 있는 몸으로 도메닉은 모든 진실을 알고 있었다. 알레그라의 어머니는 교황청에 진실을 폭로하려 했기 때문에 제거되었다. 자살처럼 보이게 해서 그 멍청한 남편이 알아차리지 못했을 뿐이다. 하지만 그때와 마찬가지로 몬테베르디는 자기 딸도 보호하려 들 것이다. 설사 그 딸이 반역자라 해도.

아니, 그 여잔 살려둬야겠어. 도메닉의 입술이 악마적으로 뒤틀렸다. 평소의 두 배 이상으로 부풀어오른 손목을 내려다보며 확실하게 결심을 했다. 이 오른손을 잘라내게 된다면 절대 파혼이란 없을 것이다. 결혼해서 남은 평생 밤마다 복수해 주어야 하니까.

그 폭도는 자기 일당들에게 그녀를 데려가지 않았다. 그 대신 리틀 제노바로 되돌아갔다.

이제 도시는 어둡고 황량했다. 거리를 순찰하거나 한산한 광장에 삼삼오오 모여 있는 병사들만이 눈에 띄었다. 날카로운 휘파람소리, 외침소리, 행진하는 부츠소리와 말들의 앞발 긁는 소리가 긴장된 분위기를 짐작케 했다.

'모두 나와 이 남자를 찾고 있어.'

그 폭도가 문탑으로 향하는 로마 성벽을 따라 끌고 가자 알레그라는 놀라움을 금치 못했다. 사자 소굴에 제 발로 들어가는 격이 아닌가.

한편으로는 너무 자발적으로 이 남자에게 협조한 것이 죄스럽기도 했다. 아버지를 배신한 듯한 느낌이었다. 하지만 그녀에게 달리 방법이 있었던 것도 아니지 않은가? 자기보다 30센티미터나 크고 몸무게도 두 배나 나갈 듯한 이 우람한 사내에게 어떻게 맞서 싸운단 말인가?

문득 훔베르토가 잡혔을 때 당하게 될 일을 생각하니 이상하게 마음이 무거워졌다. 게다가 비록 도메닉이 한 짓이었더라도 그녀의 옷이 찢어진 것을 사람들이 보게 된다면 모두들 이 폭도의 행동으로 여길 터였다. 그럼 병사들은 그의 마을 전체에 보복을 가할 테고 그곳의 예쁜 소녀들에게 그녀가 당했으리라 짐작되는 짓을 똑같이 가할 것이다. 그 후엔 그 마을 남자들이 자체 군대를 결성해서 인질을 잡아 다시 끔찍한 복수를 감행할 테고.

보복에 이은 또 다른 보복, 복수를 잇는 또 다른 복수. 그렇게 피의 복수가 쉴새없이 반복되리라.

어센션은 한쪽 뺨을 맞으면 다른 쪽 뺨까지 내밀라고 하신 주님을 따르는 가톨릭 국가였다. 그런데 웬일인지 중세적인 복수 관습이 전염병처럼 이탈리아 전역을 휩쓸어버렸고 시칠리아, 코르시카, 어센션 같은 섬들이 더 심각하게 그 질병으로 몸살을 앓았다. 이곳 사람들이 알폰세 왕을 극도로 숭배하고 있기는 해도, 20년 전 그 왕이 복수 금지법을 만들었다는 사실을 기억하는 사람은 하나도 없는 듯했다.

무도회가 열리는 곳의 창문들은 여전히 불빛이 환하게 밝혀져 있었다. 아빠가 이 사건을 손님들에게 어떻게 설명했을까? 어떻게든 그녀의 납치 사건이 누설되지 않도록 처리했으리라.

도메닉은 지금쯤 누군가에게 발견되어 치료를 받았을 것이다. 지금 상황에 대해서 자신은 아무 죄도 없는 척 아빠에게 수두룩한 거짓말을 늘어놓았을 테고, 그 후에는 애인에게 돌아갔을 것이다.

문탑 근처에서, 그 폭도는 한참 동안 말없이 그녀를 쳐다보았다. 묘하게 고통스런 시선이었다. 그가 너무 오랫동안 쳐다보고 있어 그녀는 이 남자가 저 아름다운 입술을 내려 키스하려나 보다 생각했다. 하지만 그는 그녀를 품으로 끌어당긴 다음 부드럽게 돌려세워 정면을 향하게 했다. 그리곤 왼팔로 그녀의 허리를 감았다. 그녀는 여전히 반항하지 않았다.

"알레그라."

그 깊은 목소리에 담긴 열기를 느끼자 그녀의 몸이 바르르 떨렸다. 그의 손가락이 가볍게 그녀의 목을 스치며 머리채를 한쪽 어깨로 밀어 넘겼다. 그 깃털 같은 애무에 힘이 빠져버려 그녀는 그에게 살짝 등을 기대서 균형을 잡아야 했다.

그의 움직임이 멈칫했다. 그의 강인한 몸에서 분명한 긴장감이 느껴졌다.

"발목, 아직도 아픈가?"

"조금요."

그녀가 속삭였다.

그는 미동 없이 서 있다가 다시 손을 움직였다. 그녀가 그의 손길을 민감하게 의식하는 동안, 그의 손가락이 귀밑의 목덜미에 닿았다가 천천히 목선을 타고 어깨로 미끄러졌다.

그의 손길에 닿은 피부가 극도로 예민하고 부드러워지는 느낌이었다. 마치 위대한 장인의 손에 갓 만들어져 펼쳐지는 비단처럼. 그녀의 몸이 주체할 수 없이 떨리고, 그의 맥박도 그 화답으로 빨라졌다. 이 순간 그녀는 그의 진짜 이름을 알고 싶었다.

그의 손이 그녀의 어깨에서 팔뚝을 거쳐 손목으로 내려갔다. 그녀의 손에 손가락을 엮었을 때, 그녀도 가볍게 맞잡아 주었다.

"알레그라, 미안하오. 나로선 어쩔 수가 없소."

"괜찮아요."

그녀는 눈을 감고 탄탄한 가슴 근육에 머리를 기댄 채, 이 남자가 부린 마법 속에서 배회하고 다녔다. 그가 손을 풀어내고 그녀의 팔을 잡았다.

여전히 그의 감촉을 음미하던 그녀의 귀에 문득 작은 금속성이 들려왔다.

눈을 뜨자, 그 낯선 사내가 은색 총구를 그녀의 관자놀이에 부드럽게 들이밀고 있었다.

그의 품에서 그녀의 몸이 얼어붙었다.

"뭐 하는 거예요? 오, 세상에!"

"긴장하지 마시오, 셰리(귀여운 사람)."

그가 문탑 쪽으로 그녀를 끌어갔다.

"내 말대로 따르기만 하면 돼. 그럼 아무 일 없을 거요."

병사들이 그들을 알아보고 당장 달려오기 시작했다. 하지만 총독의 딸에게 총을 겨눈 채 물러서라고 명령하는 라자에게 감히 접근하지 못하고 멈춰 섰다.

"이제 문을 두드리시오. 안에서 누구냐고 물어보면 당신 신분을 밝히시오."

그가 그녀에게 중얼거렸다.

그녀는 움직이지 않았다.

"알레그라."

"못하겠어요. 너무 떨려요."

그녀가 새된 소리를 터트렸다.

"할 수 있소, 셰리."

"그런 식으로 부르지 말아요! 내 머리에 총을 겨누고 있으면서 어떻게 그런 말을 해요?"

그녀가 울기 시작했다. 그는 차라리 잘된 일이라고 자위하려 했다. 이 울음이 더 극적인 효과를 발휘하리라. 하지만 기분은 빌어먹게 더러웠다.

"이런 짓을 하다니, 당신 나쁜 사람이에요!"

"진정해요. 당신을 해칠 마음은 없소. 이 병사들을 지키려는 것뿐이오."

"야, 약속할 수 있어요?"

"물론."

"조, 좋아요."

온몸을 부들부들 떨면서 알레그라는 앞으로 한 걸음 나아가 육중한 나무문을 두드렸다. 그 커다란 문 앞에서 그녀는 참으로 작아 보였다. 그 사소한 사실조차 왠지 그의 마음을 욱신거리게 했다. 그는 그녀가 도망치려 들기 전에 얼른 뒤로 끌어당겼다. 하지만 그녀는 발목이 아픈 듯 움찔했을 뿐이었다. 반대쪽에서 남자들의 목소리가 들려왔고, 그녀가 떨리는 목소리로 자신의 신분을 밝혔다.

"나한테 어떻게 이럴 수 있어요? 난 아무 잘못도 안 했어요. 누구한테도 피해 준 적 없어요."

그는 그 말을 믿었다. 또다시 그의 심장이 총알 박힌 짐승의 심장처럼 뒤틀렸다.

그녀가 마음을 안정시키려 애쓰는지 조용히 눈을 감았다. 감은 눈 주위의 금색 섞인 속눈썹이 아름다워 보였다.

"이 말이 위로가 될지 모르겠지만, 당신과 잘 수만 있다면 내 영혼이라고 팔고 싶소."

"수작 부리지 말아요! 천년, 아니 백만 년이 지나도 그런 일은 없을 거예요!"

"아닐걸."

"꼴도 보기 싫어."

"안녕하시오, 여러분."

그가 사근사근한 목소리로 병사들에게 알렸다.

"몬테베르디 양과 나는 여러분 모두 밖으로 나오길 바라고 있소. 조용히 두 손 들고 나오시오."

수분 이내에 수비대들이 모두 탑 밖으로 빠져나갔고, 그는 알레그라와 단 둘이 안으로 들어가 빗장을 걸고 방금 전까지 카드놀이가 한창이었던 테이블을 문 앞으로 밀어붙였다.

"당신 미쳤어요?"

그녀가 두 손을 흔들어대며 소리질렀다.

"교수형당하고 싶어요? 이 밖으로 나가는 즉시 당신은 끝장이에요!"

그가 씩 웃음을 던졌다.

"신경써 줘서 고맙소."

그는 권총을 총집에 집어놓고, 다시 그녀의 손을 잡고는 굽이굽이 이어진 돌계단 위로 끌고 올라갔다.

눅눅하고 쾌쾌한 냄새가 나는 층계를 지나 이윽고 바람이 잘 통하는 지붕 밑 방에 도착했다. 바다가 내려다보이는 탑 꼭대기 방이었다. 라자는 작은 방을 둘러보았다. 의자 몇 개가 딸린 테이블 하나가 있었고 불 켜진 랜턴 몇 개가 벽에 쇠고리로 매달려 있었다.

그는 하나만 남기고 랜턴 불을 모두 꺼버렸다. 밖에서 총격이 가해질 경우 손쉬운 표적이 되지 않기 위해서였다.

방 한가운데 성의 문을 열 때 사용하는 커다란 회전반이 있었다. 사슬과 도르래로 만들어진 바퀴 모양이었다. 그는 알레그라의 손을 풀어주고 가운데로 걸어가서 어깨로 회전반을 밀었다. 그 바퀴를 돌리려면 두서너 명의 장정이 필요했지만, 그는 어쩔 수 없이 혼자 이 일을 해내야 했다.

알레그라는 하얗게 질린 얼굴과 묘하게 조용한 태도로 그를 바라보았다.

"당신 누구예요?"

그녀가 불쑥 다그치는 순간, 하필이면 그때 그의 팔뚝에 난 상처가 힘의 압력을 이기지 못하고 터져 버렸다.

그는 거친 욕설을 내뱉으며 피가 솟구치는 상처를 내려다보았다.

"옷자락 좀 찢어주시오. 상처를 싸매야겠어. 이런 상태로는 문을 못 열어."

"문을 왜 열려고 하죠?"

"그냥 시키는 대로 해."

그가 럼주 병을 꺼내 상처에 한껏 들이붓고는 욕설로 아픈 통증을 달랬다.

갑자기 알레그라가 휙 몸을 돌려 방 밖으로 달려나갔다.

"돌아와!"

피와 럼주가 한데 섞여 흐르는 팔뚝을 휘두르며 그가 그녀를 쫓아 달렸다.

몇 분만에 그는 오른쪽 어깨에 그녀를 들쳐 메고, 발길질과 주먹질에는 아랑곳없이 다시 계단을 올라왔다. 그녀를 테이블 위에 툭 내려놓고 술통의 가죽끈을 풀어 그녀의 발목에 묶은 다음, 그녀가 도저히 풀지 못하는 뱃사람 방식으로 매듭을 지었다. 그녀는 수녀원에 다닌 학생으로서 알고 있는 최고의 욕설들을 줄기차게 퍼부었다.

"야만인! 짐승! 거짓말쟁이! 살인자! 저리 가! 나한테 피가 묻잖아."

그녀의 무시무시한 시선을 완전히 무시해버린 채, 그는 그녀의 허리에 감긴 띠를 잡아당겼다.

"이것 좀 빌립시다."

"안 돼요!"

그녀가 두 손으로 힘껏 허리띠를 움켜잡았고, 그는 흘깃 그녀를 쳐다보았다.

"안 돼?"

그녀는 있는 힘을 다해 허리띠를 붙잡았다.

"안 돼. 그 더러운 피를 여기 묻히지 말란 말이야, 이름도 없는 인간아!"

그의 시선이 가늘어졌다.

"이보시오, 몬테베르디 양. 당신의 소중한 약혼자 때문에 내 팔에서 피가 나고 있소. 당신이 기억할지 모르지만 이건 당신을 구하려다 다친 거라구."

"다시 내 머리에 총을 들이댈 때나 말해 보시지!"

"골치 아픈 아가씨로군. 당신을 쏘려고 했던 게 아니야. 화약이 젖어서 총알이 나가지도 않을걸. 자, 어서 달라니까. 겨우 천조각 하나잖아."

"안 돼, 안 된단 말이야!"

그는 그녀의 손을 뿌리치고 허리띠를 풀어낸 후 랜턴 옆으로 걸어갔다. 그리고 상처를 닦으려는 순간, 그것이 무엇인지 알아차렸다.

그의 동작이 움찔하며 멈춰졌다. 라자는 긴 천조각을 불빛으로 들어 올렸다. 어떻게 이걸 알아보지 못했을까?

그의 등으로 전율이 흘러내렸다.

초록과 검정. 피오레 가문의 상징.

라자는 심장이 쿵쿵대는 걸 느끼며 그녀에게 시선을 돌렸다.

"이게 뭐야?"

그가 눈썹을 들어올리며 다그쳤다.

"뭐냐고 묻잖아."

"당신은 이름도 얘기 안 해주는데, 왜 난 일일이 말해 줘야 하죠?"

"왜 몬테베르디, 당신이 피오레의 상징을 갖고 있는 거야?"

"상관 말아요."

그는 팔에 피가 흐르든 말든 허리춤에 두 손을 올린 채 그녀에게 완전히 돌아섰다.

"오늘밤 당신은 옥타비오 몬테베르디의 기념 파티에 있었어, 제노바 원로원들 절반이 참석한 곳에. 그런데 이걸 차고 있었어."

그가 새틴 허리띠를 들어올렸다.

그녀는 도도하게 턱을 들어올렸다.

"그랬다면 어쩔 건데요?"

그는 뻔뻔스럽고 뉘우치는 기색 하나 없는 여자를 거의 경이롭게 응시했다. 그런 다음 그녀의 남은 장광설을 듣는 둥 마는 둥 다시 허리띠로 시선을 내렸다.

"… 이거 알아요? 난 더 이상 당신 이름 따위 알고 싶지도 않아. 당신에 대해선 단 한 가지도 알고 싶지 않아. 당신은 가장 교양 없고 미개하고 형편없는……."

갑자기 라자는 기분이 상쾌해졌다.

세 걸음만에 성큼성큼 다가가 두 손으로 그녀의 얼굴을 감싸쥐고는 환희에 찬 키스로 그녀의 욕설을 중단시켰다. 그녀의 달콤함을 느끼는 순간 자신도 모르게 신음을 흘리며 그녀를 바짝 끌어당겼다.

알레그라 몬테베르디는 자신이 방금 그를 얼마나 행복하게 했는지 상상도 못할 것이었다. 이젠 아마도 이 여자를 죽이지 못하리라. 그녀가 살려줄 수밖에 없는 필연적인 이유를 제공하였다.

뱃사람들은 미신을 신봉하는 편이었다. 그에게 이 초록과 검정의 허리띠는 다른 세상에서 온 신호와도 같았다. 그래, 몬테베르디를 괴롭히는 방법이 달리 있을 거야. 알레그라는 살려둬야 해.

이 여자를 그가 맡으리라. 하나님께 감사하며 이 여잘 데리고 침대로 직행하리라.

아, 이 여자를 관능의 여신으로 탈바꿈시켜야겠어. 그는 그녀의 체리 와인 같은 입술을 음미하며 생각했다. 서인도 제도로 가는 배 안에서 그녀에게 사랑의 기술을 가르치며 그녀를 즐기며 시간을 보내는 거다.

게다가 그녀에게 적절히 보상해 주어야 할 책임도 있었다. 왜냐하면 이제 곧 그녀의 아버지, 일가 친척, 그 악랄한 약혼자 녀석까지 모조리 죽일 테니까.

그녀가 그의 목에 팔을 감아 주춤주춤 키스를 돌려주기 시작했다. 그의 욕망이 폭발해버릴 듯했다.

그래, 좋아. 이 여자는 그의 옆에 있어야 했다. 그 아비의 죄로 인해서 그들의 운명이 한데 묶인 것이다. 아침이 되면 그 두 가문에서 살아

남은 생존자는 그들 둘밖에 남지 않게 될 것이다. 이제 그는 그녀에게 진짜 정체를 밝히기로 결심했다. 어느 여자에게도 고백한 적이 없는 사실이었지만 지금 상황은 전적으로 달랐다. 어쩌면 마침내 누군가에게 말하고 싶은 마음이 생긴 것인지도 몰랐다.

그녀의 열린 입술을 혀로 적시면서 그의 심장이 두근거렸다. 지금 이대로 그녀를 안을 수 있다면 얼마나 좋으랴. 하지만 그는 바다에서 함께 하게 될 긴긴 밤들을 고대하며 자신을 억눌렀다. 그녀의 입술에 쪽 입을 맞추고 나서 부드럽게 풀어주며 그녀의 몽롱한 표정에 미소를 보내주었다.

그녀의 머리를 귀 뒤로 넘겨주면서 의자에 앉혔다. 그리곤 부드럽게 그녀를 다시 끌어당겨 그 머리에 턱을 기댔다.

"알레그라, 당신에게 할 말이 있소."

한 번 심호흡을 하고 잠시 눈을 감았다. 그녀가 자신을 믿어주기를 기도하면서, 한편으로는 여자를 믿는 것이 미친 짓이라고 자신에게 중얼거리면서.

"난 라자요. 살아 있었소."

그녀는 꼼짝도 하지 않았다.

그가 조심스레 뒤로 물러나 그녀의 얼굴을 내려다보았다. 그녀의 금빛 속눈썹이 파르르 들려 올랐다.

"라자?"

그의 눈을 뚫어져라 쳐다보면서 그녀가 다시 물었다.

"라자 디 피오레 왕자?"

그가 고개를 끄덕였다.

그녀는 말없이 응시했다.

다음 순간 그녀가 그의 면전에서 웃음을 터트렸다.

4

이것은 그가 기대했던 반응이라고 할 수 없었다.

그의 희망이 곤두박질쳐서 수천 조각으로 쪼개졌다. 진작에 알았어야 했는데.

"못 들은 걸로 해."

그가 으르렁거리며 그녀에게서 물러났다. 가문의 허리띠를 팔뚝에 감고는 회전반 축을 밀어내는 일로 되돌아갔다.

"당신이 실종된 왕자라구요?"

그녀가 그의 뒤에서 재잘거렸다.

"훔베르토, 거짓말 솜씨가 나날이 좋아지는군요."

"거짓말 아니야."

"당신은 라자 디 피오레가 아니에요. 당신 꼴을 보라구요."

"차라리 칼로 찌르지 그래?"

그는 회전반을 돌리느라 비 오듯 땀을 흘려대며 투덜거렸다.

그 뒤에서 그녀가 발목이 묶인 상태로 최선을 다해 종종걸음쳐 창가로 다가갔다. 그는 작업을 계속하면서 험악하게 그녀를 쳐다보았다. 이젠 도와달라고 소리쳐 봤자 아무 소용 없다. 몇 분 이내에 그의 부하들이 리틀 제노바를 습격하기 시작할 것이다.

그는 그녀의 아버지 일을 해결하고 출항을 준비할 때까지 이 여자를 탑 안에 가둬 놓아야겠다고 결심했다. 그 편이 더 안전했다. 앞으로 일어날 사건을 그녀가 모르는 편이 훨씬 나았다.

"뭐 하는 거야?"

"여기서 나갈 거예요, 당신한테서 멀리…… 귀하신 전하!"

그녀의 목소리에 분노가 서렸다.

"당신은 라자 디 피오레가 아니에요. 아니에요!"

그녀가 균형을 잃고 쓰러질 뻔했지만 창턱에 기대어 간신히 몸을 추스렸다. 그리곤 길가를 내려다보다가 그녀의 몸이 얼어붙었다. 지금쯤 탑으로 접근하고 있을 해적들이 눈에 띄었던 모양이다.

그녀가 휘둥그래진 눈으로 빙그르르 돌아섰다.

"이게 무슨 일이에요? 당신 누구예요?"

"말했잖아."

그는 힘없이 대꾸하고 나서 반쯤 돌아간 회전축을 자리에 고정시키고 그녀의 곁으로 다가갔다.

"심판의 날이 도래했소, 몬테베르디 양."

그의 부하들이 400미터 전방에 나타났다. 그 많은 숫자에도 불구하고 횃불 하나 밝히지 않은 채 소리 없이 민첩하게 움직였다. 그의 마음에 자부심이 뭉클 치솟았다. 멋진 녀석들!

탁월한 기량을 지닌 200명의 정예부대. 치열한 싸움터에서조차 그의 지시를 철저히 따를 만큼 믿음직한 부하들이었다.

이번에는 물론 안티구아의 공포를 되풀이하지 않을 것이다. 그때처럼 광포하게 날뛰게 하지 않으리라. 어센션에서는 그런 짓을 허락할 수 없었다, 절대로. 그는 가장 아둔한 녀석들조차 규칙을 어기는 즉시 사형감이라는 점을 충분히 알아들을 수 있도록 분명히 해두었다.

명령이 승패를 좌우한다. 안티구아에서 그것을 배웠다.

선발대가 리틀 제노바로 들어오고 나면, 각각 200명으로 구성된 세 그룹의 후발대가 곧 뒤따라올 것이다. 나머지 200명은 만일의 사태를 대비하여 배에 남겨두었다. 제노바는 이곳 해안에서 겨우 80킬로미터 밖에 떨어져 있지 않을 뿐더러 상력한 함대도 갖고 있었다. 어센션에서 나는 대포소리를 들은 후부터 시작해서 그들이 만을 가로지르는 데 필요한 시간은 여섯 시간. 하지만 그들이 총독의 영지가 불타는 모습을 발견했을 때쯤이면 그와 그의 부하들은 이미 사라진 지 오래일 것이다.

"맙소사, 폭동이에요."

그녀가 공포스레 중얼거리며 그를 보았다.

"정부를 뒤엎을 속셈이군요. 당신이 우릴 죽이려고 농민들을 끌어들였어요. 실종된 왕자의 전설을 이용해서 그들의 추종을 받아냈군요!"

"틀렸소."

그는 그녀를 번쩍 들어올려 테이블로 데려가 다시 앉혔다. 그녀는 충격에 빠져 반항할 겨를조차 없었다.

"왕자의 전설이 뭔데?"

그가 회전반으로 되돌아가며 물었다. 그녀에게 계속 말을 시킬 수만 있다면 심술을 덜 부릴지도 모른다는 심산이었다.

그녀의 짙은 눈동자가 이글거렸다.

"알면서 왜 물어요? 이 불쌍하고 슬픈 백성들은 라자 왕자가 죽지 않았다는 소망을 품고 있어요. 강도떼에게 몰려 절벽 아래로 떨어졌더라도 어떻게든 살아남아서 어딘가 남모르는 곳에서 자랐을 거라고. 그래서 언젠가 어센션으로 돌아와 제노바를 물리치고 위대한 피오레의 통치를 시작할 거라고 믿어요."

라자는 믿어지지 않는다는 표정으로 그녀를 응시했다.

"거참 안됐군."

한참만에 그가 씹듯이 내뱉었다. 그리곤 씩씩거리며 회전반 축을 밀어댔다. 조금씩조금씩 거대한 문이 열리기 시작했다.

"그 가엾은 왕자의 죽음을 이용하다니."

그녀가 분개하며 말을 이었다.

"당신은 권력을 잡기 위해서 그 비극과 백성들의 소망을 이용해서는 안 돼요!"

"난 권력에 흥미 없소."

거대한 나무 손잡이를 고정시켰을 때쯤 그의 두 팔이 사시나무처럼 떨리고 있었다. 왼팔이 불에 데인 듯 화끈거리고 다시금 피가 흘렀다. 하지만 그의 마음은 흥분으로 들떠 올랐다.

됐어. 리틀 제노바가 열렸어. 제 시간에. 무방비 상태로.

몬테베르디의 목숨은 이제 그의 두 손에 달려 있었다.

"당신은 사기꾼이야. 나의 라자가 아니야."

알레그라가 중얼거렸다.

그가 흘깃 돌아보았다.

"'당신의' 라자?"

"아무도 당신 말을 믿지 않을 거예요. 당신은 왕자가 아니에요."

"그럼 내가 어떻게 비밀 터널을 알고 있었을까?"

"우연히 발견했겠죠. 매력적인 행동으로 내가 경비병들을 부르지 않게 했던 것처럼 또 무슨 수작을 부렸던 거겠지! 그래요, 당신은 아주 영리해요. 하지만 양심이 없어. 단 일말의 양심도. 피오레나 어센션이나 나와 어느 누구를 존중하는 마음도……."

"그만해."

"… 당신은 자신조차 존중하지 않아. 당신은 사기꾼이야."

그가 반쯤 그녀의 따귀를 때리고픈 충동으로 성큼 걸어갔다. 하지만 그녀는 입을 꼭 다물고 도전적으로 그를 노려보았다.

"그래. 난 그 빌어먹을 왕자가 아니야."

그가 커다란 테이블 위에 그녀를 천천히 밀어 눕히며 그 위로 걸터앉았다.

"난 내 이름을 말했을 뿐이오. 몬테베르디 양, 당신이 지겹게도 알고 싫어하니까. 지금도 아주 궁금해하는 것 같으니 내가 어떤 놈인지 말해 줄까?”

그가 그녀에게 바짝 얼굴을 들이대며 하얀 이를 드러냈다.

“난 바다의 무법자요. 해적이오, 몬테베르디 양. 그리고 이젠 당신의 새 주인이오.”

그 순간 그의 부하들이 내지르는 함성이 하늘 가득 울려 퍼졌다. 일레그라가 평생 한 번도 들어본 적이 없는 그런 소리였다.

지금 자칭 해적이라는 사내가 그녀의 위에 올라탄 채 게걸스러운 늑대처럼 그녀를 내려다보고 있었다. 주위를 온통 뒤흔드는 요란한 소리들은, 지하 세계 악마들이 지옥문을 부수고 지상을 유린하려 달려들며 우르르 하늘에서 천둥이 쳐 성벽 밖의 바위들을 부서뜨리는 소리라고도 능히 믿을 만했다.

그녀가 경악스레 그를 올려다보았다.

“무슨 짓을 한 거예요?”

“설명할 시간 없소.”

그는 재빨리 자리를 옮겨 그녀를 안아들고는 계단을 빠르게 내려가 아래층 방구석에 그녀를 내려놓았다.

“겁낼 거 없소.”

그는 태연스레 그녀를 쳐다보았다.

“당신한텐 아무 일 없을 거야. 내 어머니의 무덤을 걸고 맹세해. 하지만 나 말고는 어느 누구한테도 이 문을 열어주지 마시오, 알레그라. 내 부하들에 비하면 당신 아버지 병사들은 어린애 장난이니까. 알아듣겠나?”

그녀는 커다란 눈으로 고개를 끄덕이며 그의 품안으로 달려들어 지켜달라고 애원하고픈 충동에 휩싸였다. 하지만 다행스럽게도 제때 자존심이 살아나 이 남자는 대단히 혐오스런 짐승이라는 사실을 기억해 냈다.

그가 잠시 그녀를 응시하고는 한숨을 내쉬며 그녀의 머리채를 쓸어 넘겼다. 그리고는 살짝 고개를 기울여 그녀의 이마에 따뜻하고 단호하게 키스했다.

"무서운 모양이군. 걱정 마시오, 셰리. 이 방 안에만 있으면 안전해. 위층으로 올라가서도 안 돼. 대포를 한 방 맞으면 지붕이 온전치 못할 테니까. 일이 끝나면 데리러 오겠소. 아마 새벽 동이 틀 때쯤."

"날…… 데리러 와요? 날 인질로 삼겠다는 뜻인가요?"

그가 건방지게 미소지었다.

"친애하는 몬테베르디 양, 당신은 이미 인질이오."

그녀의 성난 콧소리에 그는 거만한 웃음소리를 날렸다. 그리고는 그녀의 입술에 도둑 키스를 하고는 흉측하게 생긴 칼을 빼들고 계단으로 올라갔다. 높은 탑의 지붕에서 기어내려 간다면 병사들의 눈을 피할 수 있을 것이었다.

한참 동안 그녀는 그저 멍하니 혼자 어두운 구석에 앉아 있었다. 하지만 어느 순간 순수한 생존 본능이 불처럼 일어나 혼미한 정신을 쫓아버렸다.

'당신의 새 주인?'

"웃기지 마, 절대 그럴 일은 없어."

그녀는 이를 갈며 돌로 둘러싸인 자신의 감옥을 살펴보았다. 어떻게든 여기서 나가야 했다.

재빠르게 행동한다면 아빠의 병사들이 움직이기 전에 관저로 돌아갈 수 있으리라. 하지만 복잡하게 묶여 있는 발목의 매듭을 어떻게 푼단 말인가. 라자가 회전반을 돌리는 동안 이미 여러 번 시도해 보았지만 소용없었다. 지금은 일 분 일 초가 중요했다. 이 가죽끈을 잘라내는 것이 최선이었다. 그녀는 날카로운 물건을 찾아 열심히 주위를 훑었다.

"나쁜 놈, 흉악한 놈."

하지만 텅 빈 방에 대고 그렇게 중얼거리면서도, 그 남자에 대한 자신의 감정이 혐오감만은 아니라는 걸 인정해야 했다. 더구나 그 마약과도 같았던 키스를 받은 후에는…… 흥분과 분노와 짜증이 뒤범벅되었다.

‘정열도.’

스스로 라자라고 주장하는 그 인간은 그녀가 만나 본 중에서 가장 생생하게 살아 있는 인물이었다. 하지만 계속 이런 식으로 간다면 그 생을 오랫동안 유지하지는 못할 것이다.

해적이라는 말도 믿어야 할지 알 수 없었다. 그녀는 여전히 그자가 폭도 중의 하나일 거라고 생각했다. 실종된 왕자라는 주장보다 차라리 그 편이 나았다. 그 말이 그녀의 연약한 부분을 얼마나 헤집어 놓았는지 그가 알 리 없었다. 인간은 죽음에서 부활할 수 없다. 그건 그녀가 익히 잘 아는 진실이었다.

그녀는 자신의 완벽한 왕자님이 가장 안전한 곳에, 바로 그녀의 머릿속에만 있기를 바랐다. 그래야만 했다. 그래야 그가 그녀에게 상처 입힐 리도, 그녀의 곁을 떠나거나 죽을 리도 없기 때문이다. 하지만 그 남자가 터널에 대해서는 어떻게 알았을까?

아니야, 그럴 리 없어!

그녀는 믿지 않으려고 세차게 도리질을 했다.

숲 속에서 돌아다니다가 발견했을 거야. 그 남자는 사기꾼이었다. 도메닉에게 한 짓만 봐도 명백하게 드러나지 않는가! 그 남자는 짐승이었다.

진짜 라자는 하늘 나라에 있다. 만에 하나 그가 살아 있다 해도, 그녀의 왕자님이 이런 식으로 왕국에 돌아올 리 없었다. 한밤중에 도둑놈처럼 살금살금 숨어서, 여자의 머리에 총이나 겨누면서 말이다. 진짜 라자는 승리의 나팔소리를 울리며 장미 꽃잎이 뿌려진 길 위로 당당하게 귀환할 것이었다. 황금 배를 타고, 가장 호화로운 옷을 입고, 교황과 각국 수장들의 지지를 받으면서.

해적! 야만인! 그래, 그게 그자의 진짜 정체였다.

문득 그녀의 시선이 병사가 먹다 남긴 듯한 사과에 닿았다. 거기에 작은 단도가 삐죽 튀어나와 있었다. 그녀는 그리로 깡충깡충 뛰어가 매듭을 잘라낸 다음 승리의 환호를 외치며 자유의 몸이 되었다.

알레그라는 단 일 분도 허비하지 않으려고 벌떡 일어났다.

그녀는 오른손에 단도를 움켜쥐고 상황을 살피기 위해 계단으로 달려 올라갔다. 위에 올라가서 보면 관저로 돌아가는 안전로도 확인할 수 있으리라.

광장을 내려다보았을 때 그녀는 자신의 눈을 믿을 수가 없었다. 까만 하늘 위로 대포알들이 날아올랐고 빨강, 노랑, 파랑의 색들을 뿜어내며 폭발했다. 그 충격으로 대지가 뒤흔들렸다. 그녀는 떨리는 손으로 입을 가린 채 어이없이 그 광경을 바라보았다.

광장은 혼란의 도가니였다. 축제의 다채로운 장식들 속에서 모두들 사력을 다해 뛰어다녔다. 이리저리 걸려 쓰러지는 사람들과 전날 밤의 술기운에 젖은 채 침입자에게 대항하려는 병사들의 모습은 흡사 대 혼란을 묘사하는 잡지의 한 풍경 같았다. 라자의 모습은 어디에도 보이지 않았다.

그때 쇠고리에 걸려 있던 랜턴이 옆으로 떨어져 박살이 나자 알레그라는 엉겁결에 비명을 터뜨렸다. 하지만 얼른 입을 꾹 다물었다. 그녀의 신경조직이 바이올린의 현처럼 팽팽하게 잡아당겨져 당장이라도 끊어질 듯했다. 후들거리는 무릎을 지탱하며 다른 쪽의 창으로 움직여 갔다. 아래쪽 바닷가에서 일곱 척의 배가 도시에 포격을 가하고 있었다. 확신할 수는 없었지만, 대포가 터지는 불빛 속에서 검은 깃발들이 나부끼는 것 같았다.

그녀는 서둘러 계단을 달려 내려갔다. 젖 먹던 힘까지 끌어내서 문에 밀어붙여진 테이블을 떼어내고 육중한 문의 완강한 자물쇠와 씨름을 한 후에 난장판 속으로 뛰쳐나갔다.

알레그라는 아픈 발목 따위는 다 잊어버리고 관저가 있는 쪽으로 내달렸다. 하지만 자신만이 관저 안으로 들어가려는 게 아니라는 것을 알았다. 공포에 질린 사람들이 경비병들과 옥신각신하며 문을 밀어댔고, 경비병들은 그 문을 봉쇄하면서 군중을 막으려 안간힘 쓰고 있었다. 그녀는 들어가게 해달라고 소리쳤다. 하지만 귀청을 찢을 듯한 요란한 폭발소리 너머로 그녀의 말소리가 들릴 리 없었고 병사들 누구도 그녀를 알아보지 못했다. 그녀는 몇 시간 전에 빠져 나왔던 부엌 문으로 달려갔다. 하지만 그곳 또한 굳게 빗장이 잠겨 있었다.

점점 더해지는 두려움에 휩싸여 알레그라는 문을 두 손으로 두들겨대며 미친 여자처럼 소리쳤다.

"아빠! 아빠!"

아버지가 그녀를 밖에 내버려두다니 믿을 수가 없었다.

포격소리가 점점 가까워지는 사이 병사들이 마침내 도시 성벽에서 대포를 쏴대기 시작했다. 이제 알레그라는 라자의 말에 따랐어야 했음을 깨달았다. 어깨를 축 늘어뜨리고 광장 구석으로 걸어가, 시커먼 가슴을 드러낸 채 온갖 종류의 무기들과 심지어 잔인해 보이는 곤봉까지 휘둘러대는 사내들을 쳐다보았다.

아무리 봐도 어셴션의 농부들 같아 보이진 않았다. 싸우는 모양새도 농부들 같지 않았다.

그녀는 자신의 형편없는 무기를 움켜쥐었다. 문탑으로 돌아가는 수밖에 없다. 라자가 그곳은 안전할 거라고 했으니까. 다시 한 번 그를 찾아 두리번거렸지만 여전히 보이지 않았다.

맙소사, 그 남자가 벌써 죽었으면 어쩌지? 그럼 이 거칠게 날뛰는 사내들을 누가 조절한단 말인가? 그런 일은 생각조차 하기 싫었다. 일단 탑으로 돌아가는 게 우선이었다. 그것은 인질로서의 운명을 받아들인다는 뜻이긴 했지만, 죽는 것보다는 나으리라. 그자가 좀더 상냥하게 굴어 준다면 그와의 잠자리를 즐길 수조차 있을지 모른다고, 그녀는 신경질적으로 생각했다. 이미 그자의 키스를 즐기지 않았던가.

그때 열 발작을 채 움직이기도 전에 그녀의 경호원들이 몇몇 병사들을 이끌고 그녀에게 달려오는 게 보였다. 알레그라는 감사의 탄성을 내질렀다. 평생에 이보다 더 그들이 반가웠던 적은 없었다. 그들이 무기를 빼들고서 그녀의 주위를 둘러싸며 엄호했다.

"공주님, 사방을 찾아다녔습니다! 이 밖에서 뭐 하시는 겁니까?"

기라우드가 버럭 소리 질렀지만 대답을 기다리지는 않았다. 지금 그보다 더 시급하게 처리할 일이 있었기 때문이다.

그들의 멋들어진 파랑과 금색의 제복은 금방 적들의 과녁이 되었다. 사방에서 해적들이 밀려들면서 목숨을 건 전투가 시작되었다. 쨍그랑 쨍그랑 수십 개의 칼날이 부딪히고, 그 와중에 해적 한 명의 침인지 땀인지 모를 액체가 알레그라의 살갗에 떨어졌다. 기라우드와 맞서 싸우던 거대한 체구의 사내가 옆으로 툭 나가떨어졌다. 해적의 잘려진 모가지에서 물컹물컹 쏟아지는 핏물을 보며 그녀의 정신이 아득하게 혼미해졌다. 그들이 겨우 다섯 발짝쯤 관저 쪽으로 움직였을까, 이번에는 젊은 경호원 피에트로가 가슴에 칼을 맞고 풀썩 쓰러졌다.

알레그라는 작은 단도가 땅으로 떨어지는 것도 의식하지 못한 채 공포스레 두 손으로 입을 틀어막았다. 죽어 가는 경호원의 몸뚱이 너머로 핏빛 커다란 언월도와 야만인의 번들거리는 얼굴이 눈에 들어왔다. 그자의 얼굴에 전혀 다른 종류의 정열이 서리는 것을 알아차렸다. 텁수룩한 눈썹 밑으로 깊게 패인 눈과 물걸레처럼 지저분하기 짝이 없는 머리카락을 지닌 그 덩치 큰 해적이 앞에 우뚝 서서 음탕한 시선으로 그녀를 훑어보고 있었다.

바로 그때 기라우드가 해적의 칼에 맞았다.

"공주님!"

"안 돼!"

그녀의 비명소리도 허무하게, 그는 계속해서 이어지는 공격에 난도질당하며 고통스런 비명과 함께 죽음을 맞이했다. 이제 그녀의 경호원은 단 한 명밖에 남지 않았다.

갑자기 우악스런 손아귀가 그녀를 움켜잡았다. 그녀는 돌아보지 않았다. 이제 곧 죽을 테지만 그 죽음을 마주 보고 싶진 않았다.

'오, 하나님. 제발 빨리 끝내주세요.'

"이게 웬 떡이냐?"

요란한 대포소리 사이로 사내의 목소리가 들려왔다.

알레그라는 흘깃 시선을 돌렸다. 그 사내는 방금 피에트로를 죽인 해적이었다. 그 순간 공포심을 제압하고도 남을 만큼의 격한 증오가 치솟았다.

"날 죽이든지 아니면 라자에게 데려가라! 너희들에게 영원한 저주가 있을지어다!"

그녀의 무모한 악다구니에 해적은 고개를 젖히고 웃어댔다.

"이제 보니 살쾡이였군. 게다가 숙녀인 척까지!"

"날 라자에게 데려가라!"

사내에게 그 이름이 먹히기를 기도하며 그녀가 요구했다.

"건방진 것! 내가 왜 그래야 돼? 정력은 나도 끝내 줘."

그자가 자기 사타구니의 물건을 툭 건드렸다.

"우리 브레드렌에서는 찾은 놈이 임자야! 내가 배에 데려가서 아주 요긴하게 써줄게."

사내가 손을 그녀에게 뻗쳐 왔다. 그녀가 간신히 몇 걸음 피해 달아났지만 이내 붙잡혔다.

알레그라는 반항적인 시선을 들어올렸다. 사내의 썩은 입 냄새가 코를 찔렀다. 눈앞이 새카맣게 변할 때까지 그 냄새를 거부하며 숨을 참았다. 이대로 기절해버릴 것만 같았다.

그 지저분한 손이 허리를 감싸안았을 때는 진짜로 머리가 빙글빙글 돌기 시작했다. 그의 너덜너덜한 셔츠에 핏자국이 묻어 있었다.

그녀를 지키려다 죽은 경호원들의 피.

그녀는 필사적으로 저항했다. 하지만 노력한 보람도 없이 그 해적의 어깨에 부대 자루처럼 얹어져 광장 밖으로 운반되었다.

아침 여섯 시, 라자는 관저의 거실에서 열린 창가에 기대어 바다를 내다보는 중이었다. 이 섬을 접수하는 건 예상대로 아주 간단했다. 당연하지, 그의 계획은 완전무결했으니까. 창녀의 옷을 벗기는 것만큼이나 쉬웠다. 제일 사나운 부하 세 명을 보내 도메닉 클레멘테를 잡아오라고도 했다. 다른 녀석들과 함께 죽여줘야 할 테니까. 그런데 기분이 이렇게 찜찜한 건 왜일까?

그 순간이 도래했다. 열세 살 때부터 꿈꿔 왔던 순간이. 하지만 언제나 상상해 보았던 그런 기분은 느껴지질 않았다. 전쟁터에서나 배 사이사이를 뛰어다니며 칼을 휘두를 때나 망망대해에서 강풍과 맞서 싸울 때와 같은 그 황홀한 쾌감이 전혀 찾아들지 않았다.

문에서 노크소리가 나고 그의 허락이 떨어지자 총독이 끌려들어왔다. 그자에게 시선을 던지는 순간 라자의 불안감은 비참함으로 변해갔다.

'빌어먹을.'

15년만에 만난 그의 원수는 비리비리한 늙은이가 되어 있었다.

사실과 족쇄에 묶여 응접실의 대리석 바닥에 내동댕이쳐지면서도, 그 늙은이는 욕설을 내뱉었다.

"절대 무사하지 못할 것이다! 이제 곧 해군이 들이닥칠 거다! 네놈들 목을 제일 높은 나무 꼭대기에 매달아 주마!"

몬테베르디는 사내들을 노려보며 비틀비틀 몸을 세웠다. 백성을 호령하던 군주답게 위엄 있는 태도로 엉킨 사슬을 풀려고 했다. 하지만 라자에게 시선을 돌리는 순간 그의 움직임이 멎어버렸다.

"맞았어, 늙은이. 죗값을 치를 때가 됐어."

라자가 부드럽게 입을 열었다.

지금 아버지가 이 자리에 계신다면 얼마나 좋을까. 기막힌 노릇이었다. 이 조그만 족제비 새끼가 태산만큼 거대하고 피오레 왕가의 장검 엑셀시어―바로 한 시간 전에 왕가의 보물 창고에서 거둬들였던 가문의 보검―처럼 날카로운 정신을 소유했던 위대한 지도자를 죽음으로 몰아갔다니.

그는 간단한 고갯짓으로 부하들을 물리쳤다.

수년 동안 이 대화를 어떻게 시작할지 수없이 궁리했다.

그는 태연스레 커다랗고 밝은 응접실을 돌아다녔다. 그의 침묵이 길어지면 길어질수록 그 늙은이의 두려움이 배가되는 것을 느낄 수 있었다. 그 점은 꽤나 만족스러웠다.

바바리 해안의 요새에서, 그는 알 쿰의 주인에게서 위협의 기술을 모조리 터득한 바 있었다. 그래, 그 지옥 같은 곳에서 살았던 2년에 비하면 오늘 총독이 당할 일쯤이야 오히려 은혜에 가까웠다.

몬테베르디가 그의 걸음걸음을 주시하고 있는 동안, 라자는 책장에서 가죽 장정된 책을 한 권 꺼내 무심하게 페이지를 넘겼다. 그리곤 탁자 위의 상자에서 여송연을 한 대 꺼내 입에 물었다. 그 옆에 놓인 값비싼 자동 점화장치로 불을 붙인 후에 마침내 자신의 원수에게 관심을 돌렸다.

"당신이 거짓말을 늘어놓기 전에, 내가 누군지 모르는 척하기 전에, 충고 하나 해줄게. 당신 딸이 내 손에 있어. 현명하게 협조를 잘해 주더군."

그 말이 총독의 허를 찔렀음은 의심할 여지가 없었다.

"그 애가 어디 있나? 알레그라는 어디 있어?"

그가 떨리는 목소리로 다그쳤다.

라자는 교활한 미소를 한 번 던지고 나서 바닷바람에 나부끼는 커튼을 응시했다.

"내가 잘 보호하고 있으니 걱정 마시오."

"그 애한테 무슨 짓을 한 거야?"

"아직 내가 작정했던 것의 반도 못했어. 딸을 아주 예쁘게 키웠더구만, 총독. 탐스러운 젖가슴에 비단 같은 입술, 게다가 탱탱한 엉덩이까지."

그는 그 장면을 되새기는 척 잠시 눈을 감았다. 그것이 의도했던 대로의 효과를 발휘했다.

"나한테 바라는 게 뭐냐?"

몬테베르디가 숨 넘어갈 듯이 중얼거렸다.

"우선 내가 누군지 말해 봐. 인정하는 걸 들어야겠어."

몬테베르디의 얼굴이 회색 돌덩이같이 변했다.

"하지만 그럴 리가 없어. 그 애는 죽었어. 강도들한테 당해서……"

“강도? 그게 공식적인 발표 내용이었나?”

과거의 기억들이 되살아나자 이 일을 하기가 점점 더 수월해졌다. 그는 담배 연기를 뿜으며 몬테베르디의 벗겨진 머리통을 응시한 채 그 주위로 걸어다녔다.

“우리 둘다 사실을 알잖아, 늙은이. 난 빚을 갚으러 왔어.”

“헛소리야. 거짓말이야.”

총독이 가슴을 움켜쥐었다.

“너의 부하들이 해적이라고 했어, 안티구아의 악마라고 했어.”

“하지만 원래부터 그랬던 건 아니야. 말해 봐, 몬테베르디. 날 안다고 인정해. 내 손에 알레그라가 있다는 걸 잊지 말고.”

총독이 그를 올려다보며 중얼거렸다.

“맙소사, 당신은 알폰세의 장남 라자…… 그분의 모습을 쏙 빼닮았어.”

몬테베르디가 갑자기 숨을 들이키며 고개를 조아렸다.

“폐하, 전 결백합니다…….”

라자가 웃음을 터트렸다.

“폐하? 왕은 죽었어, 몬테베르디. 당신과 원로원이 비밀리에 작당한 일이었잖나.”

“전 아무 짓도 하지 않았습니다.”

“고통스럽게 죽고 싶으신가? 고통에 익숙하지 않을 텐데. 지금껏 평탄하게 살아왔으니 말이야, 아주 평탄하게 잘. 위대한 피오레의 썩은 고기로 배를 채우면서 총독으로 15년을 지냈잖아. 대단해, 정말 대단해.”

그는 그자를 보는 것조차 견딜 수 없어 시선을 돌려버렸다.

“저는 결백합니다!”

“그 소리는 이제 지겨워. 내가 알고 싶은 건 당신이 왜 그런 짓을 했느냐 그거야. 수천 번 생각해 봤어도 해답이 안 나왔거든. 당신은 아버지가 가장 신뢰하던 사람 중 하나였어. 아버지는 당신에게 잘 대해 줬어. 당신을 믿었다구!”

그는 감정에 흔들리지 않으려고 애써 자신을 다잡았다.

몬테베르디는 어깨를 축 늘어뜨린 채 바닥을 물끄러미 응시하며 고개를 흔들었다.

"그들이 어떻게든 일을 저질렀을 겁니다. 내 힘으로는 막을 수 없었습니다."

"그래서 도와주겠다고 자청했나?"

"원로원이 그 일을 나에게 상의한 이상, 협조하지 않았다면 나 또한 죽었을 겁니다."

"그들이 왜 당신을 골랐을까?"

"내가 제노바 출신이었으니까요. 제노바는 파산 직전이었습니다. 코르시카에서 나오는 수입만으로 버티기 힘들었습니다."

"이미 죽은 늙은이들은 운이 좋았어. 하지만 당신은…… 그만큼 운이 좋질 못해."

그가 몬테베르디를 훑어보았다.

"어차피 당신의 죄가 가장 커. 당신은 우리의 식사 테이블에 함께 앉았고, 아버지와 같이 사냥터를 달렸으며 나에게 체스도 가르쳐 줬고 우리의 친구였어. 그런데 당신은 우리를 팔아 넘겼어. 경고조차 해주지 않고……."

"그만."

그의 입에서 흐느낌이 터져 나왔다.

"사실은 제 아내 때문이었습니다. 나의 아름다운 아내, 그분을 사랑했던 나의 아내 때문에."

라자는 주의 깊게 그를 응시했다.

아름답고 슬픈 눈동자를 지녔던 레이디 크리스티아나를 그도 또렷이 기억하고 있었다. 어머니의 소녀 시절 친구이자 가장 친한 레이디였다.

"전 그녀를 사랑했습니다, 세상의 어떤 남자보다도 더 절실하게. 그런데 아내는 그분만 사랑했습니다. 나를 바라봐 주지 않았습니다."

라자는 이것도 모두 거짓이라고 생각했다. 몬테베르디는 어차피 천하의 거짓말쟁이니까.

"그럼 내가 알레그라를 안으면 배다른 누이를 안는 셈인가?"

늙은이에게 다가가며 그가 빈정거렸다.

"그 정도 속임수로 날 막을 수 있을까?"

"알레그라는 저의 딸입니다."

그가 분개하며 대꾸했다.

"크리스티아나는 신실한 여자인데다 왕비마마와의 우정 때문에라도 폐하에게 감정을 표시하지 못했습니다. 마음으로만 사랑했던 겁니다."

그가 고개를 떨구었다.

"그분들이 돌아가신 후, 크리스티아나는 깊은 우울증에 빠져서……."

갑자기 라자가 몬테베르디의 멱살을 잡아 번쩍 들어올렸다.

"그냥 죽은 게 아니잖아. 네놈이 보낸 자들한테 도살당한 후였다고 말해야지!"

라자는 그를 다시 바닥으로 내동댕이치고 문으로 거칠게 걸어갔다. 맨손으로 이자를 때려죽이기 전에 밖으로 나가야 했다. 몬테베르디를 이렇게 금방, 이렇게 편안하게 죽일 수는 없지 않은가. 아직 훨씬 더 고통을 당해야 했다.

"전 이미 죽은 송장입니다."

바닥에 쓰러진 사내가 그의 뒤에서 흐느꼈다.

"당신이 어떻게 하시든 다 상관없습니다."

"그게 무슨 뜻일까?"

라자가 문 앞에서 돌아섰다.

"크리스티아나가 내 죄를 알고 난 후에……."

"그래서 아내도 죽여버렸나?"

"아닙니다! 절대 아닙니다."

그가 비통하게 외쳤다.

"6년이나 지난 후에 어떻게 진실을 알아버렸는지 파리에 있는 여동생에게 알레그라를 보내고, 나의 아름다운 아내가 자기 머리에 총을 쐈습니다. 우리의 집에서, 내가 발견할 수밖에 없는 곳에서. 내가 한 짓이 수치스러워서 이런 짓을 한다는 메모만 남기고."

그가 두 손으로 머리를 부둥켜안고 어깨를 들썩이며 통곡했다.

라자는 그 모습을 말없이 응시했다. 이 사내가 이미 고통에 찌들어 있음을, 그가 계획한 어떤 복수보다도 더 처절하게 고통받아 왔음을 알았다.

"제발 딸아이만은 해치지 마십시오."

그가 고개를 들지도 않고 울먹였다.

"그 애는 착한 아이예요. 이미 충분히 고통받았습니다."

물끄러미 쳐다보던 라자가 이윽고 입을 열었다.

"당신은 모든 면에서 낙오자로군, 몬테베르디. 한 가지 알려줄까? 당신이 그 귀한 외동딸을 맡겼던 사내가 바로 오늘밤 당신 딸을 겁탈하려고 했어."

그가 하얗게 질린 얼굴을 들었다.

"그게 무슨 말입니까?"

"당신이 믿었던 클레멘테 경이…… 내가 상황을 바로잡아 주긴 했지만 말이야."

늙은 사내는 다시 흐느끼며 고개를 숙였다.

"안 돼, 안 돼. 알레그라, 나의 아가."

"그 후에 내가 안전한 곳에 데려다놨어. 당신을 위해서가 아니라 그녀와 레이디 크리스티아나를 위해서. 그리고 이제 얼마 있으면 우리 두 가문에서 한 사람씩만 살아 남는 거야."

여전히 바닥에 엎드린 채 총독이 공포스레 시선을 들어올렸다. 이제야 그의 복수 계획을 확실하게 알아차렸다. 라자가 하필 이 축제 기간을 선택한 것은 몬테베르디 일가 전체가 이곳에 모이기 때문이었다.

"몬테베르디도 피오레처럼 이 세상에서 사라져야 돼. 물론 내가 이런 행동을 하는 건 모두 당신 책임이야."

그 말을 끝으로, 그는 총독의 통곡과 애원을 뒤로 한 채 세차게 문을 닫고 나섰다. 라자는 탑에 숨겨둔 자신의 전리품을 거둬들이기 위해 걸음을 옮겼다. 이상한 기분이었다.

가엾은 여자, 얼마나 힘겨운 시절이었을까? 친구들의 죽음에서 헤어나지 못하는 어머니와 거짓말쟁이에다 겁쟁이 아버지와 같이 사랑 없는 이 황량한 곳에서 얼마나 외로웠을까? 말도 알아듣지 못하는 타지에서 친척들과 부대끼며 지낸 것도 쉽지 않았으리라. 적어도 그는 아주 잠깐이나마 행복한 가정을 누릴 수 있었다. 서로를 아껴주었던 가족—아버지와 어머니, 필립 그리고 살해당할 당시 겨우 네 살이었던 어린 안나.

몬테베르디를 위해서가 아니라 그녀를 위해서, 그는 알레그라에게 아버지와 작별할 시간을 주기로 마음먹었다. 자신에게는 허락되지 않았던 그 기회를. 그럼 자기 아버지의 입을 통해서 라자가 사기꾼이 아니라 진짜 왕세자라는 말도 들을 수 있으리라.

바람 부는 현관에서 그는 몇몇 부하들에게 지시를 내린 다음 부하들이 보물을 운반해 가는 모습을 지켜보았다.

템페스트 호의 선장 비커슨이 상황을 보고해 왔다. 배의 짐칸이 거의 들어찼으며 더 이상 실으면 속력을 낼 수 없을 것 같다, 아직 제노바 함대는 보이지 않는다는 내용이었다.

"잘했어. 클레멘테는? 그자는 잡았나?"

"아직…… 못 잡았습니다. 찾질 못했어요. 어딘가 잘도 숨어 있는 모양이지만 꼭 잡아서 대령하겠습니다."

그 임무를 맡았던 윌케스와 제퍼스가 대답했다.

"시간 없으니까 인원을 더 풀어. 널 믿겠다, 제프."

"믿으십쇼."

"혹시 출항하기 전까지 찾기 못하거든 몇 명을 데리고 남아서 그 일을 처리한 다음에 따라와."

라자가 그의 어깨를 툭툭 쳤다.

"보상은 넉넉히 해줄게."

"알겠습니다!"

그 사내가 탐욕스레 입맛을 다시며 서둘러 사라졌다.

"자, 총독의 일가친척들은 어떻게 됐지? 모두 몇 명이야?"

호크 호의 선장 설리반이 대답했다.

"마흔여섯 명입니다. 모조리 무기고에 가둬놨습니다."

"잘했어. 동쪽 성벽으로 끌고 가서 바다가 보이는 절벽에 일렬로 세워 놔."

"알겠습니다."

라자는 잠시 생각에 잠겼다가 한마디 덧붙였다.

"설리반, 열두 명쯤 총 들고 그리 모이라고 해."

그 아일랜드 사내가 웃음을 터트렸다.

"설마 맘이 약해진 건 아니겠죠? 일주일 전만 해도 놈들의 머리통을 직접 박살내겠다더니……."

라자가 얼음장 같은 시선으로 노려보자, 즉시 그의 웃음소리가 그쳤다.

"편하게 처리하려는 거야."

아일랜드계 사내가 웃음을 꿀꺽 삼켰다.

"알겠습니다."

라자는 여송연을 바닥에 내던져 부츠로 짓뭉개면서 설리반의 말이 맞다는 것을 마지못해 인정했다. 지난주에 그는 몬테베르디 족속의 머리통에 하나하나 총알을 박아 넣겠다고 공언한 바 있었다. 3일 전만 해도 원한 맺힌 망령들만큼이나 그들의 피에 굶주려 있었다.

그런데 지금은 왠지 마음이 내키질 않고 망설임이 커졌다. 이런 감정이 한 명의 여자가 일으킨 영향력인 것만 같아서 더 가슴이 철렁했다. 그는 이제 이 세상에 있는 그녀의 핏줄을 모조리 없애버릴 예정이었다, 죄책감 따위는 느끼고 싶지 않았다.

빌어먹을. 그는 짜증스럽게 생각했다. 그 여자에게 일말의 상식이라도 있다면 자기 목숨만이나마 부지하게 해준 행운의 여신에게 감사해야 할걸.

라자가 문탑 쪽으로 걸어가는데 한 남자가 팔을 흔들어대며 그에게 달려오는 것이 보였다. 그는 본능적으로 권총을 뽑아 겨누었다.

"멈춰."

그 남자가 멈춰 서더니 넙죽 바닥에 엎드려 무슨 말인가를 부르짖었다. 라자의 부하 두 명이 그자를 뒤에서 붙잡아 세웠다.

"이자는 누구야?"

"대장의 하인이라는군요."

"맞습니다요! 폐하, 제 말을 들어주십시오!"

"미친 놈."

해적 하나가 그의 팔을 홱 잡아당겼다.

"이분은 너의 빌어먹을 폐하가 아니야."

그 땅딸막하고 남루한 옷차림의 사내가 숭배하는 시선을 들어올렸다. 라자가 어젯밤에 모닥불 가에서 보았던 기타 연주자였다.

"아, 당신이군. 무슨 일이야?"

그 남자는 비천하게 시선을 내리깔려고 노력하다 말고 재빠르게 탐색의 시선을 던졌다.

대충 상황을 짐작할 만했다. 이자는 그의 패에 끼고 싶어하는 것이다. 어디를 가든 부랑자, 모험을 해보겠다는 풋내기, 황금을 쫓는 얼간이, 법의 심판을 피하려는 도망자들이 그들에게 찾아오곤 했다. 그 중에서 이자는 마지막 부류에 속하는 듯했다. 하지만 라자는 곧 자신의 판단이 완전히 어긋났음을 알게 되었다.

"성벽 밖으로 속속 모여들고 있습니다, 폐하. 당신의 백성들이 폐하를 영접하려고 어센션 전지역에서 몰려오고 있습니다."

"뭐야?"

그 사내가 털썩 무릎을 꿇고 얼굴을 자갈바닥에 들이댔다. 옆의 해적들은 영문을 모르겠다는 듯 그자와 라자를 번갈아 쳐다보았다.

"오늘이 있게 해주신 신께 영광을 올립니다, 폐하! 폐하의 권좌에 영원토록 찬란한 태양이 함께 하실 겁니다!”

해적들의 우렁찬 웃음소리가 들렸을 때에야 라자도 경악한 상태에서 빠져 나왔다.

“틀림없이 미친 놈이야!”

“폐하라고? 이거 완전 반푼이잖아!”

라자가 그 사내의 옆에 내려앉아 험악하게 속삭였다.

“넌 누구야? 누가 보냈어?”

그자가 고개를 들었다.

“보낸 사람 없습니다, 폐하! 저는 세인트 엘리온의 베르나르도입니다. 음악가지요. 폐하에 대한 전설을 노래로 알려서 제가 백성들의 희망을 유지시켰습니다. 저의 아버지가 성 테레사의 날에 알폰세 국왕 곁에서 함께 싸운 적도 있습니다. 이제 폐하께서 돌아오셨으니 우리에겐 더 위대한 승리만이 남아 있습니다. 폐하께서 제노바 원수들을 박살내셨습니다!”

라자는 그저 멍할 뿐이었다. 그 이면에는 공포에 가까운 감정도 도사리고 있었다. 어떻게 이들이 그의 정체를 알았을까?

지금 장난치는 걸까?

고장난 대포처럼 그의 앞에서 직접 폭발할 위험성을 지닌 일만 아니었다면 웃을 수도 있었으리라. 그의 부하들은 그가 한때 왕자였다는 것을 전혀 알지 못했다, 믿지도 않을 것이었다. 그리고 이 고집스러운 어센션 주민은 그가 해적이 되었다는 명백한 사실을 인정하려 들지 않았다. 그의 안에 왕자로서의 명예나 위엄이 한 쪼가리도 남아 있지 않았는데도.

해적들이 여전히 크게 웃으며 그 불쌍한 음유시인에게 조롱을 퍼붓는 동안, 베르나르도가 다시 고개를 조아렸다.

“용서하십시오, 위대한 폐하. 이 어리석은 자들이 폐하에게 마땅한 경의를 표하지 않는군요. 허락해 주신다면 제가 이놈들을 더 경건하게……”

“음, 베르나르도.”

라자가 입을 떼었다. 한쪽 무릎에 팔꿈치를 대고 당황스레 턱을 긁어댔다.

“네, 폐하.”

“무슨 오해가 있었던 모양이야. 당신이 날 누구로 착각했든 간에 난 그 사람이 아니야.”

그는 이토록 잔인하고 태연스레 말하고 있는 자신이 증오스러웠다.

“우린 해적이야. 보다시피 여길 약탈하고 있어. 그리고 이제 곧 떠날 거야.”

“폐하!”

“아니, ‘대장’ 정도면 충분해. 미안하이, 당신에겐 중요한 일이었나 본데.”

충격과 공포와 배신감으로 그 시인의 살찐 얼굴이 더 보기 흉하게 일그러졌다. 베르나르도는 완강하게 고개를 흔들었다.

“아닙니다, 폐하, 아닙니다!”

“이봐, 친구. 내가 어딜 봐서 왕으로 보여? 척 보면 모르나?”

“아뇨, 당신은 알폰세 왕의 아들이십니다! 그분 모습 그대로이신 걸요! 전설이 사실이었습니다!”

“전설!”

그는 상냥하게 웃어주었다. 마치 그 말들이 그의 심장에 단검으로 꽂히지 않은 것처럼.

“나한테 얽힌 전설은 딱 하나야, 서인도 제도 유모들이 말 안 듣는 아이들을 달랠 때 나한테 보내버리겠다고 위협하는 거.”

“폐하, 어째서 진실을 부인하시는 겁니까? 당신은 알폰세 왕의 아들이시고, 어센션 권좌의 적법한 후계자이며, 우리의 폐하이십니다!”

이제 해적들은 손바닥까지 내리치며 요란하게 웃어댔다. 라자가 민망하게 미소지었다.

“어때, 자네들 눈에도 내가 왕으로 보이나, 친구들?”

"아유, 그럼요. 바다의 제왕이죠!"

"도둑님들의 제왕!"

해적들이 딸꾹질까지 해가며 맞장구쳤다.

"어둠의 왕자시죠. 우린 그 위대하신 분의 충성스런 부하들이구요."

라자는 차가운 미소를 지으며 베르나르도에게 시선을 돌렸다.

"봤나? 이게 맞는 말이야."

부하들에게 나머지를 처리하라는 듯 고갯짓하고 나서 그는 서둘러 걸음을 옮기기 시작했다.

조금 불편할 뿐이야, 라자는 자신을 다독였다. 지금까지 그랬던 것처럼 어센션 주민들은 어떻게든 살아갈 것이다.

"나한텐 복수뿐이야."

그는 살해당한 피오레의 혼령들에게 다짐했다. 하지만 그들은 아무 대답이 없었다.

그는 성큼성큼 광장을 가로질러 동쪽 탑으로 향했다. 하지만 몇 미터 앞에서 얼어붙고 말았다. 단단히 닫아 두었던 문이 열려 있었던 것이다.

안으로 달려들어가 계단을 오르기 전부터 알레그라가 사라졌음을 직감했다. 몇 분 후 그는 다시 광장으로 달려나와 분수대의 돌턱에 훌쩍 뛰어 올라섰다. 허공에 권총을 쏴서 부하들의 이목을 집중시켰다. 모든 움직임이 한순간에 정지됐다.

땀을 뻘뻘 흘리며 그가 고래고래 소리쳤다.

"빌어먹을! 여자 어디 있어? 어느 개자식이 내 여자 데려갔어?"

5

알레그라는 두 개의 부대 자루 사이에 있는 낮은 선반을 찾아냈다. 위쪽 선반이 지붕 역할을 해주었고, 벽의 작은 공간에 웅크려 숨을 수도 있었다. 그곳에서 그녀는 진지하게 죽음을 생각했다. 그녀를 배에 데리고 온 후에 골리앗은 이 창고에 쥐가 없다고 안심을 시키며 랜턴 하나까지 남겨주는 배려를 했다. 그런 다음 그녀가 도망치지 못하게 문을 잠그고 더 많은 전리품을 챙기러 떠나갔다.

그자는 그녀와 결혼을 하겠다고 말했다. 맙소사, 그렇게 불결하고 우악스런 인간에게 붙잡혀야 하다니. 그녀는 그자가 돌아왔을 때쯤 죽어 있기를 바라는 마음뿐이었다. 그 망치 같은 손이 닿았던 느낌을 되새기지 않으려 안간힘을 썼다. 그걸 생각하면 후에 그자가 할 짓들이 끔찍하게 떠오를 것이었다. 지금은 제정신을 유지하는 것조차 벅찼다.

선 내의 계단으로 우당탕 발소리들이 들리자 또다시 두려움이 솟구쳤다. 그녀는 벽의 공간으로 더 깊이 몸을 들이밀었다. 마지막 남은 용기를 끌어 모아 랜턴 불까지 꺼버렸다. 골리앗보다는 차라리 쥐들이 낫다.

알레그라는 몇 시간째 들은 대포소리로 인해 귀가 먹먹했다. 하지만 멀리서 성난 목소리가 그녀의 이름을 부르는 것 같았다. 골리앗에게 이름을 말해 준 기억은 없었지만, 통로의 문들이 쾅쾅 열렸다 닫히는 소리가 들리자 아무런 생각도 들지 않았다.

갑자기 문이 벌컥 열렸다. 그녀의 숨결이 걷잡을 수 없이 빨라졌다.

"알레그라!"

그 순간 자신의 치맛자락이 선반 끄트머리에 걸려 있는 것을 알아차렸다. 재빨리 그 옷자락을 잡아당겼다. 두 손으로 입을 틀어막아 비명이 새어나가지 않도록 했다. 잠시 침묵이 이어지고 나서, 느릿한 발소리가 작은 창고 안에 울렸다. 한 번, 두 번, 세 번. 알레그라는 입술 밖으로 새어나가는 작은 신음소리를 도저히 막아낼 수 없었다.

그녀를 찾으러 온 남자가 천천히 고개를 숙였다. 그녀는 까만 바다 같은 눈동자, 분노로 이글거리면서도 동시에 온화해 보이는 눈동자를 보았다. 감히 움직이지도 못한 채 그녀는 커다래진 눈으로 쳐다보았다.

"오, 이런."

라자가 슬프게 중얼거리며 손을 뻗었다.

"나오시오. 이젠 괜찮아, 셰리. 이리 나와."

그 부드러운 목소리를 듣자마자 그녀에게 남아 있던 침착함이 한순간에 무너졌다. 바보같이 울음이 터져 버렸다.

그가 두 손을 뻗어 그녀를 안아들었다. 커다란 손으로 그녀의 머리를 감싸쥐고 갓난아기처럼 보듬었다. 그녀는 파도치는 바다에서 유일하게 솟아 있는 바위에 매달리듯 그의 단단한 어깨를 부여잡았다. 하염없이 흐느껴 울면서 그의 냄새를 들이마셨다, 럼주, 땀 냄새, 포탄과 가죽 냄새, 화약 냄새, 피와 바다 냄새. 다시 수녀원으로 돌아가고 싶었다. 베아트리체 수녀님이 촛불을 꺼주시던 그 침대로. 이 남자와 엮이고 싶지 않았다. 하지만 너무 늦어버렸다. 그의 냄새가 그녀의 폐부 깊숙이 들어와 버렸고, 그녀의 피부와 머리카락에도 달라붙었다.

"그만, 그만."

그는 다정하게 달래주며 어두운 통로를 천천히 걸어갔다.

"가엾어라, 이젠 괜찮아. 내가 당신을 찾았어."

그녀는 그 말이 맞다는 걸 알았다. 이제 이 남자가 그녀를 찾아서 붙잡았다. 그녀는 그의 인질이었다.

감긴 눈꺼풀에 빨간 빛이 느껴지는 것으로 보아 햇빛 속으로 나섰다는 걸 알 수 있었다. 그녀가 알아채지도 못하는 사이 그가 계단을 올라왔던 모양이다. 이 남자는 강했다. 너무 강했다. 그녀가 그의 목덜미에 바짝 얼굴을 파묻었다.

"다 됐어, 나의 용감한 아가씨. 이제 정확히 설명하기만 하면 돼. 골리앗을 얼마나 고통스럽게 죽여야 할지 결정해야 하니까."

그녀는 얼굴을 들지도 않고 고개 저었다.

'더 이상의 죽음은 안 돼.'

"알레그라."

그의 목소리가 무시무시해졌다.

"그놈한테 당했어?"

그녀는 말하고 싶지 않아서 고개만 저었다.

"놈한테 맞았어?"

이번에는 그렇다는 뜻으로 고개를 끄덕였다.

"얼굴을?"

그녀가 그의 짠맛 나는 살갗에 대고 입을 열었다.

"배."

"많이 아팠어?"

그런 것 같지는 않았다. 그녀는 어깨를 으쓱했다. 눈을 뜨기도, 그의 목에 감은 팔을 풀어놓기도 싫었다.

"아직 당신이 밉긴 하지만 날 내려놓지 말아요."

그녀가 속삭였다.

그가 부드러운 웃음으로 안심시켰다.

그의 걸음 소리가 변한 것이 느껴졌다. 끽끽 나무 밟는 소리가 들리는가 싶더니 다시 어두운 곳으로 들어선 듯했다. 이윽고 그가 더할 수 없이 다정한 목소리로 입을 열었다.

"이젠 눈 떠도 돼. 내 선실에 들어왔거든. 여긴 안전해. 내가 돌아올 때까지 내 친구가 보살펴 줄 거야, 영국 출신의 존 사우스웰이야. 성직에 몸담은 적도 있는 신사지. 그냥 비카라고 부르면 돼. 다들 그렇게 불러. 그 친구는 나만큼 믿을 만해, 알겠지?"

그녀는 여전히 눈을 감은 채 그에게 매달렸다.

"당신이 옆에 있어 줘요. 평생 오늘처럼 무서웠던 적이 없었어요."

그는 그녀를 꽉 안아준 다음 매트리스에 내려놓았다. 하지만 곧바로 손을 떼지는 않았다.

"셰리, 난 할 일이 있어. 잠이라도 자면 나아질 거야."

"내 아버지는 괜찮으신가요?"

"그럭저럭."

"만나 봐도 될까요?"

"아니. 당신은 여기서 쉬기나 해."

그녀는 아직도 눈을 뜨고 싶지 않았다. 그의 침대에서 그의 베개를 베고 이대로 누워 있으면 안 된다는 것도 알았다. 하지만 피곤함과 이 남자와 함께 있으면 안전할 거라는 본능적인 느낌이 예의범절조차 무시해버릴 정도로 강했다.

마침내 그녀가 마지못해 눈을 떠서 그를 올려다보았다. 그의 얼굴이 바로 눈앞에 있었다. 두건을 벗어버린 지금, 짧게 깎은 머리가 까만 벨 벳 같아 보였다. 조각 같은 얼굴이 그녀의 혼까지 빨아들일 것 같았다. 알레그라는 이제껏 본 중에서 가장 아름다운 인간이라고 생각했다, 그의 정체를 알고 있으면서도.

골리앗의 아둔한 심복에게, 라자가 세상 다른 편에서 안티구아의 악마로 알려져 있다는 말을 들었다. 죄 없는 사람들을 도살하고, 도시를 불태우고, 바바리 해안의 해적선 중에서도 가장 큰 두려움의 대상이며, 훼일 호라 불리는 미끈한 범선을 타고 바다를 가르는 안티구아의 악마는 신도 인간도 두려워하지 않는다고 했다.

안티구아의 악마는 바로 악마의 화신, 그 점에는 누구도 이의를 달지 않는다고 했다.

그가 걱정스러운 듯 그녀를 내려다보았다. 그 초콜릿 빛의 갈색 눈동자 안에 황금색의 점 같은…… 아니, 햇살 같은 것이 있었다. 그가 손끝으로 그녀의 뺨을 어루만지고 나서 리넨 시트를 몸에 덮어주었다.

"골리앗은 응분의 처벌을 받게 될 거야."

그가 그녀의 이마에 입술을 눌렀다.

"푹 쉬어. 이번엔 명령 어기지 말고. 더 이상 궁지에 빠지지 말라구. 당신의 용감한 구세주 노릇은 이제 할 만큼 했어."

그가 피식 미소지었다.

그녀가 손을 들어올려 그를 잡았다. 조금만 더 이 사람을 붙잡아 두고 싶었다, 옆에 있으면 아주 안전한 기분이었으니까.

"이제 괜찮아. 당신을 해치거나 겁줄 사람 없어, 알레그라. 내가 잘 보살펴 줄게."

그가 기분 좋게 웃으며 그녀의 머리를 토닥였다. 그리곤 그녀의 뺨에 키스하며 귓가에 살짝 속삭였다.

"내가 돌아올 때까지만 얌전하게 있어. 그 후엔 마음껏 버릇없이 굴어도 돼."

그 말을 듣자마자 그녀의 뱃속이 묘하게 요동쳤다. 기가 막혔다, 온갖 고초를 다 당했으면서도 이 남자의 말 한마디에 낯선 욕망이 꿈틀거리다니. 그가 우아하게 몸을 일으켜 문으로 걸어갔다.

아, 그녀는 저 걸음걸이가 마음에 들었다. 전사답고 씩씩한 걸음걸이야, 알레그라는 조용히 한숨을 내쉬었다.

저런 남자에게 인질로 잡히는 것보다 더 가혹한 운명에 빠질 수도 있었어. 그녀가 힘없이 생각했다. 어쩌면 그의 인질로 붙잡힌 게 오히려 잘된 일인지도 몰라. 설마 두 번이나 그녀를 구출해 준 사람이 못된 해악이야 끼치겠는가. 하루 이틀이면 아빠가 몸값을 마련하실 터였다. 아마도 순결은 잃게 되리라. 하지만 그렇게 되면 최소한 도메닉이나 다른 제노바 귀족들과 결혼하지 않아도 된다.

그녀는 그의 집이라고 할 수 있는 공간을 둘러보았다. 윤기 나는 나무들이 가지런히 늘어선 밝고 커다란 선실이었다. 취향이 고급스러운 것 같긴 한데, 질서정연하게 정돈하는 습관은 아닌 듯했다. 오히려 한 가지 행동을 할 때마다 그 즉시 하인들이 나타나서 청소하며 뒤를 졸졸 쫓아다녀야 한다고 생각하는 모양이었다.

그녀가 누운 거대한 침대는 벽에 붙박이로 설치되어 있었는데 매우 안락한 느낌이었다. 두 개의 기둥에 묶여 있는 짙푸른 벨벳 커튼도 편안함을 더해 주었다. 하지만 침대 시트는 어지럽게 헝클어져 있으며 빨간 담요도 걷어차서는 그대로 놓아둔 듯 구석에 뭉쳐 있었다.

침대 발치에 놓여 있는 커다란 가죽 트렁크에는 아무렇게나 던져 놓은 그의 옷가지가 쌓여 있었다. 바닥에 고정된 마호가니 세면대 하나, 그리고 약간 빛이 바랜 남색과 빨강의 러그가 선실 가운데 마룻바닥을 장식했다. 그 위에는 육중한 마호가니 책상, 그 책상 위에는 여러 권의 책과 반쯤 펼쳐진 두루마리와 항해 지도, 지구본, 모래시계가 늘어섰다. 와인색 천을 씌운 안락의자에는 한쪽 귀가 조금 잘려나간 주황색 고양이가 앉아서 발을 핥아대고 있었다.

반대편 벽에는 소지품 사물함들과 유리문 달린 책장이 있었다. 선실의 뒤쪽 벽에는 다이아몬드 모양의 창들이 줄줄이 이어졌고, 그 중 몇 개에는 색유리가 끼워져 있기도 했다. 이 벽 가운데 좁은 문이 하나 있어서 바다 쪽 발코니로 연결시켜 주었다.

그 사이, 라자는 문 앞에 멈춰 서서 그를 머리 두 개 달린 괴물처럼 쳐다보는 남자와 얘기를 나누는 중이었다. 저 사람이 존 사우스웰이나 비카로 부르라던 사람인 듯했다. 그녀는 옆으로 돌아누워 라자의 오리털 침대에 깊이 파묻혀서 그를 관찰했다.

비카는 한 쪽 겨드랑이에 책을 끼고 긴 은발머리를 깔끔하게 하나로 묶은 모습이었다. 귀족적인 코에 작은 안경까지 걸쳐 쓴, 날씬한 몸매의 나이 든 신사였다.

"뭐, 몬테베르디의 딸? 뭐, 뭐라고 말해야 할지 모르겠군."

그가 그녀 쪽을 흘깃 고갯짓했다.

"보석보다 귀한 여자야. 그렇지 않고서야 내가 왜 이곳에 데려왔겠어?"

비카는 안경을 벗어서 가슴팍 주머니에 단정하게 끼운 다음 날카로운 은색 눈동자를 그녀 쪽으로 돌렸다.

시트 아래서 알레그라의 발이 쾌감으로 오므라들었다. 보석보다 귀한 여자라고? 선실 너머로 라자가 친근한 미소를 보내왔다. 그녀가 폐부에서부터 터져 나오는 만족스런 한숨을 내쉬자, 비카가 어이없다는 표정으로 라자를 돌아보았다.

라자가 여전히 미소지은 채 비카의 시선을 되받았다.

"수면제 좀 갖다 줘, 푹 잘 수 있게. 그리고 문제가 생기지 않게 잘 보살펴."

"나야 명령대로 따를밖에."

비카가 절레절레 고개를 흔들며 대답했다.

"당신도 해적인가요?"

그녀가 불쑥 물었다. 그 질문에 라자는 낄낄거리고 비카는 멍하니 그녀를 쳐다보았다.

"맙소사, 아니오! 난 벌써 음, 11년째 악마의 인질로 잡혀 있는 신세요."

라자가 흥, 코웃음쳤다.

"인질? 동정을 사려는 수작이야. 여기 휘말리지 마, 셰리. 이 꾀 많은 여우를 어떻게 쫓아낼까 오히려 내가 고민중이야."

라자가 떠난 후, 비카는 문 앞에서 그녀를 빤히 쳐다보다가 옆으로 다가와 오른손을 뻗었다.

"몬테베르디 양, 우리 악수 한 번 할까요?"

"악수요? 왜요?"

그녀가 졸린 목소리로 물었다. 손끝 하나 움직일 기력이 없었다.

비카가 그녀의 눈높이에 맞도록 몸을 낮췄다.

"어쩐 일인지 우리의 젊은 선장께서 당신에게 반하신 모양이오, 몬테베르디 양. 무슨 방법을 썼는지는 모르겠지만, 신의 섭리인지, 하여튼 나는 지난 십 년 동안 바로 이런 일이 생기기를 기다려 왔소. 우리 선장이 마침내 병적인 집착에서 벗어날 수 있을 것 같소!"

"라자에게 그런 게 있어요?"

그녀는 눈을 감으며 나른하게 물었다.

"아, 여자들한테? 그럴 만도 하죠, 꽤 매력적인 사람이니까."

"아니, 그는 복수에 집착하고 있소. 몬테베르디 양, 당장 일어나시오. 시간이 없어요!"

그녀가 한쪽 눈을 뜨고 의심스레 쳐다보았다.

"이건 대단히 다급한 일이오! 몬테베르디 양, 라자는 지금 선과 악의 갈림길에 올라서 있소. 영원히 영혼을 잃어버리기 전에 붙잡아야 해요. 그 일을 할 수 있는 사람은 당신밖에 없을 것 같소!"

라자의 계획에 대해서 설명하는 데 몇 분의 시간이 걸렸다. 비록 완전히 믿을 수는 없었지만, 그 정도로도 알레그라의 피곤기를 몰아내기에는 충분했다. 비카는 지금 당장 행동하지 않으면 그녀의 아버지가 저지른 짓 때문에 라자가 몬테베르디 가문 전체를 몰살할 것이라고 말했다.

"아버지가 그 사람한테 무슨 잘못을 하셨죠?"

알레그라는 발딱 일어나 앉았다. 아빠의 독재적인 성향은 이미 알고 있는 터였다, 아빠가 라자에게 어떤 못할 짓을 하셨을까?

비카가 입술을 오므리며 그녀에게 동정을 표했다.

"그의 가족이 살해당했소 그리고 그 책임이 당신 아버지에게 있소"

너무나 끔찍한 생각이 그녀의 뇌리를 스쳤다. 뱃속이 토할 것처럼 울렁거렸다.

그 사람이 정말 라자 디 피오레일까? 내가 들은 말이 모두 사실일까, 아빠가 진짜 알폰세 왕을 배신했을까?

그럴 리 없다. 믿을 수 없는 일이다. 절대로.

"그 사람이 누구죠? 내 아버지가 파멸시켰다는 그 가문 이름이 뭐예요?”

“난 그 말을 할 입장이 아니오. 때가 되면 라자가 직접 말해 줄 거요”

그녀에게 남은 결정은 하나뿐이었다.

“어서 가봐야겠어요!”

그들은 서둘러 출발했다. 허겁지겁 달리면서 그녀의 머릿속에는 수많은 생각들이 오고갔다. 라자가 왜 도메닉의 손에서 나를 구해 주었을까? 굳이 나설 필요가 없었을 텐데. 아니, 그의 목적은 몸값을 받아내는 게 아니었어. 몬테베르디 가문을 몰살시키고 떠나는 거였어. 그 후에 나에게는……. ‘당신의 새 주인’ 거기까지 생각이 이르는 순간 그녀의 팔뚝에 소름이 쫙 일어났다.

“나는 처음부터 이 복수에 반대했소.”

계단을 올라 전함의 넓은 갑판으로 나서며 비카가 말했다.

“피의 복수에 무슨 정의가 있다는 거요! 하지만 라자는 내 말을 들은 척도 하지 않았소. 당신 말이라면 들어줄지도 몰라. 이렇게 미개하고 무식한 짓을 두고볼 순 없소. 라자도 결국 파멸하고 말 거요.”

그녀가 건널판을 뛰어내려가려는 순간, 비카가 불쑥 팔을 붙잡았다.

“잠깐.”

“왜요?”

“일이 잘못되면 당신마저 죽을 수도 있소.”

그녀는 비카의 심각한 경고를 짜증스럽게 물리쳤다.

“어디예요? 빨리 가자구요.”

잠시 후 그들은 선착장을 내달렸다. 때마침 도착한 짐마차에서 사내들을 몰아내고, 비카가 알레그라를 먼저 태운 다음 곧바로 마부석으로 올라 탔다. 그리곤 전속력으로 리틀 제노바를 향하여 굽이진 길을 달려갔다.

알레그라는 마차가 멈춰 서기도 전에 껑충 뛰어내렸다. 너덜너덜해진 신발을 신고 아픈 발목을 절뚝거리며 광장을 가로질러 달렸다. 해적들이 그녀를 쳐다보았지만, 대장의 여자에게 감히 손대려는 사람은 없었다.

그 남자가 라자 디 피오레? 설마……. 비록 아버지가 착한 분은 아니었어도 그 정도로 끔찍한 짓까지 저질렀을 리 없었다. 그 남자도 집단 학살을 저지를 정도의 악마는 아닐 것이다. 그녀에게 얼마나 부드럽게 대해 주었던가. 다정하게 이불까지 덮어주지 않았던가. 하지만 포세이돈 분수를 지나칠 즈음, 그녀는 사내들의 손에 질질 끌려가는 골리앗의 시체를 보았다. 머리에 난 총알 구멍에서 빨간 피가 흘러나오고 있었다.

그 후에는 동쪽의 어떤 움직임이 그녀의 시선을 사로잡았다. 요새의 옆문에서 나온 사람들이 높다란 방벽으로 오르는 중이었다. 그 중에는 여자와 아이들의 형체도 있었다.

"오, 맙소사. 안 돼!"

'하나님, 제발 너무 늦지 않게 해주세요.'

광장을 가로질러 거대한 병기고까지 가는 길이 몇 시간이나 걸리는 듯했다. 하지만 드디어 안뜰로 접어들어 세 개의 돌계단을 뛰어올랐다.

그녀의 발길이 멈칫했다. 이 병기고에 들어와 보는 것은 처음이었다. 텅 비어 있었다. 이 안에 있던 경비병들이 다 어떻게 되었을지 알고 싶지도 않았다. 거칠게 숨을 헐떡이며 좌우를 둘러보았다. 왼쪽 끝에서 돌계단을 찾아내고는 그리로 내달렸다.

한순간 계단에서 발이 미끄러져 정강이에 상처가 났다. 하지만 쉬지 않고 달려 꼭대기의 작은 문 앞에 도착했다. 문을 활짝 열어젖히자 동쪽 방벽이 나타났다. 그녀는 그 안쪽 어둠에 서서 믿을 수 없는 심정으로 앞을 노려보았다.

아빠가 그곳에 있었다. 그녀의 친척들이 모두 절벽 가에 모여 있었다. 그 맞은편에서는 총을 든 사내들이 차례차례 줄을 섰다.

그리고 그 끝 부분에 언월도를 옆에 차고 팔짱을 긴 검은 실루엣이 우뚝 서 있었다. 그의 머리 두건에 달린 길다란 끈이 바람결에 느릿하게 흔들거렸다.

6

그 높은 방벽 위의 태양은 뜨거웠고 바람은 세찼다. 설리반이 사격 병들을 정렬시키는 동안, 라자는 자신도 모르게 이제 곧 죽게 될 희생 양들을 쳐다보았다.

'멍청아, 저들을 쳐다보지 마.'

겨우 열여섯의 나이에 울페 선장에게 충분히 배우지 않았던가. 그는 바다 쪽으로 홱 시선을 돌렸다. 하지만 이미 통통한 귀부인과 그녀의 토실토실한 아들 녀석의 모습이 뇌리에 낙인처럼 찍혀버렸다. 흐느껴 우는 일족에게 자랑스럽게 죽어야 한다며 격분한 이탈리아어를 쏟아 내는 늙은이의 모습도.

라자는 불안하게 조끼에 매달려 있는 럼주 병으로 손을 뻗었다. 하지 만 찾을 수가 없었다. 그제야 알레그라의 발목을 묶기 위해 끈을 잘라냈 다는 것이 기억났다.

이제 몬테베르디 족속들이 한 목소리로 떨리는 기도문을 외우기 시 작했다. 라자는 끄응 신음하며 돌아섰다. 기도소리를 들어본 지가 언제 였던가.

그는 바닥으로 검게 늘어진 자신의 그림자를 보았다. 부하들이 사격 자세를 취한 채 그의 명령을 기다렸다. 몬테베르디들이 죽을 준비를 하며 하나씩 무릎을 꿇고 하늘을 올려다보았다. 총독 혼자 서 있는 자세 그대로였다. 자신만은 아무리 기도해도 소용없으리라는 것을 알기 때문일까?

그는 준비 명령을 내렸다. 이 정도 일쯤 견딜 수 있다, 당연히 견딜 수 있었다. 이보다 더 심한 짓도 할 수 있었다. 이것이 그의 의무, 그의 참회였다. 언젠가 이 일로 인해 교수형에 처해진다 한들, 그게 무슨 상관일까? 그에게는 이미 삶의 미련이 남아 있지 않았다.

세상이 끝나버렸던 그 밤, 그 밤을 떠올리며 그는 할 말을 잊었다.

모두가 기다리고 있었다. 간간이 울음소리가 들릴 뿐이었다. 바람에 섞인 모래 알갱이들이 그의 뺨을 쿡쿡 찔렀다.

이런 의무가 없었더라면 좋았으리라. 하지만 죽었어야만 했던 그때 그는 살아 남았다. 이제 피바다만이 그의 죄를 씻어줄 수 있으리라.

"준비!"

그는 산등성의 성채처럼 단호하게 입을 열었다.

총들이 척척 부하들의 어깨로 올라갔다.

"신의 저주를 받을지어다!"

총독이 부들거리는 목소리로 저주했다.

라자는 침착하게 그를 응시하며 피식 웃었다. 저주?

'네놈이 그게 뭔지 알기나 할까?'

하지만 그의 마음속 양심이 마지막 명령을 가로막았다. 양심이 저 어린아이, 저 노파만이라도 살려줘야 한다고 부르짖었다. 그는 다시 바다를 돌아보았다. 수평선에 제노바의 함선임에 틀림없는 검은 점들이 찍혀 있었다.

'멍청이. 어서 해치워.'

"대장?"

아주 멀리에서인 것처럼 설리반의 목소리가 들렸다.

세차게 불어대는 바람소리가 피에 굶주린 혼령들의 울부짖음 같았다. 라자는 그 절규를 달래주고 싶었다. 이제 그만 마음의 무거운 짐을 풀어버리고 싶었다.

굳이 입을 열 필요도 없었다. 바다를 응시하며 손을 밑으로 내리기만 하면 충분했다.

"알겠습니다."

설리반이 믿음직하게 대답했다. 그 충성스런 대답이 일말의 위로가 되었다. 자신을 이해해 주고 알아주는 충성스런 형제들.

"준비!"

그 소리와 함께 라자는 고개를 들었다. 어차피 자신이 시작한 일이니 끝까지 지켜보아야 했다. 연극의 잔인한 장면을 차마 쳐다보지 못하는 심약한 여자처럼 굴지는 않으리라. 그는 똑바로 마주 볼 것이었다.

"조준!"

그가 유령 같은 모습을 본 것은 그때였다.

바람에 나부끼는 긴 머리채의 그녀가 순결한 흰색 옷을 입고 어두운 곳에 서 있었다. 그 뒤의 육중한 돌문은 마치 그녀의 석관 같았다. 다음 순간 너무나 조용하고 빠르게, 누가 제지할 수 있기도 전에 그녀가 총과 사람들 사이로 움직였다. 자신의 몸이 총알받이가 되도록.

라자는 그녀의 이름을 부르며 달려갔다. 곧바로 설리반의 외침소리가 이어졌다.

"사격 중지!"

라자의 몸이 앞을 가로막자마자 알레그라가 미친 듯이 그의 가슴을 주먹으로 때리며 욕을 퍼부었다. 그는 그 두 팔을 움켜쥐고서, 정신 차리라고 흔들어 주고 싶은데도 연약한 뼈가 부러질까 봐 그러지도 못한 채 어정쩡하게 서 있었다. 무슨 말이든 해주고 싶었지만 머리도 돌아가질 않았다. 그녀가 그의 팔을 뿌리치고 털썩 무릎을 꿇었다.

"배짱 있으면 해보거라, 이 도둑놈아."

궁지에 몰린 암사자처럼 그녀가 고개를 빳빳이 쳐들고 소리쳤다.

그는 냉정하지 않은 척 꼿꼿이 서며 그녀를 내려다보았다. 구정물 통에 처박아도 시원치 않을 비카! 이렇게 성가신 일을 만들다니.

"뭘 말이야?"

그는 겉으로 보기에만 침착하게 물었다.

"내 목을 베어라! 나의 일가를 몰살시킬 작정이라면 나도 살려두지 말란 말이다."

그의 단호했던 결의가 슬금슬금 달아나기 시작했다. 다른 여자 같으면 벌써 수십 번 기절하고도 남을 만한 상황인데, 어센션의 여느 백성들처럼 이 여자에게도 오기와 투지가 있었다.

"어서 죽여라!"

그녀의 눈에 광기에 가까운 빛이 번들거렸다.

라자는 와락 그녀를 일으켜 세웠다. 총독이 딸의 이름을 울부짖었지만 들은 척도 하지 않았다.

"미안하지만, 당신은 날 막지 못해."

그녀의 예쁜 두 손이 주먹을 틀어주었다. 관절이 하얘질 정도로 주먹을 떨어대며 자기 친척들을 쳐다보았다.

"왜? 어째서? 우리가 무슨 짓을 했길래? 우리 죄목이 뭐야?"

"복수란 다 이런 거야."

"하지만 복수는 불법이야! 20년 전에 알폰세 왕이 금지하셨다구!"

그는 고개를 흔들었다. 바로 그 너무나도 다정했던 성품이 아버지를 죽음으로 몰아갔던 것이다.

"이게 나의 의무야."

"내 가족을 죽이는 게?"

그녀가 흐느끼듯이 거칠게 웃었다.

"이미 우리 걸 다 가져갔잖아! 그걸로 충분하잖아? 나한테는 당신을 믿으라고 했으면서 어떻게……."

그녀의 눈에 눈물이 차 올랐다.

그는 벙어리처럼 그녀를 쳐다보기만 했다. 마음속에 뒤엉켜 있는 이 비참함을 어떤 말로도 표현할 수가 없었다.

그녀가 입술을 부르르 떨며 눈을 깜박이더니 곧이어 두 방울의 눈물이 주르르 뺨을 타고 흘러내렸다. 그 순간 참고 참았던 그의 분노가 드디어 폭발해버렸다.

"그럼 당신의 잘난 아버지한테 물어보지 그래? 물어봐! 네 입으로 직접 말해, 늙은이! 네가 한 짓을 말해. 내가 누군지 말해! 네놈이 어떻게 배신했는지, 내 아버지와 피오레 가문 전체를 제노바놈들에게 어떻게 팔아먹었는지 말하란 말이야!"

그녀는 놀란 눈으로 아버지를 건너보았다.

"아빠?"

몬테베르디는 시퍼렇게 변한 얼굴로 주춤주춤 뒷걸음쳤다.

"아빠, 아니라고 말씀하세요!"

총독의 시선이 알레그라와 놀라하는 자신의 일가들, 그리고 라자와 총을 든 사내들에게 옮겨갔다.

"인정해. 그럼 이 일에서 애들과 늙은이들은 빼주겠다."

"아빠?"

그녀가 거의 비명처럼 외쳤다.

그 늙은이가 입을 열기도 전에 라자는 몬테베르디의 대답을 짐작했다. 많은 증인들이 있는 앞에서 결코 진실을 인정하지 않으리라.

"애야, 난 결백하다. 내 평생 이런 작자는 본 적도 없어!"

라자는 분노에 휩싸인 채 웃음을 터트리며 설리반의 팔에 알레그라를 밀어 넣었다.

"이럴 시간 없어! 설리반, 여자를 내 선실에 가둬놔. 수면제를 먹이든 뭘 하든 도망치지 못하게 해."

알레그라는 설리반의 팔을 뿌리치고 라자의 무릎을 부둥켜안았다. 넙죽 엎드려 그의 신발에 입술을 갖다 댔다.

"젠장할."

라자는 뒤로 주춤 물러났다. 신이든 인간이든 아무도 두려워하지 않는다던 안티구아의 악마가 진심으로 공포스러워지기 시작했다.

"대신에 날 죽이세요. 날 죽이세요."

그녀가 비통하게 그 말만 반복했다.

'원래 죽일 계획이었어.'

그는 신랄하게 대꾸해 주고 싶었다. 하지만 입 밖으로 내뱉어지지가 않았다.

"알레그라 몬테베르디, 당장 일어서거라!"

그녀의 아버지가 버럭 고함쳤다.

"내 눈에 흙이 들어가기 전에는 절대 그런 꼴 못 본다."

그녀는 아무 말도 듣지 못하는 듯했다. 라자가 일으키려 하자 그의 손을 부여잡고 애원의 키스를 퍼부었다. 그의 관절 하나하나에 입술을 들이대며 자비를 호소했다. 그는 넋을 잃은 채 그녀의 흩어진 머리채를 내려다보았다.

그녀의 눈물이 그의 살갗을 적시며 말라붙은 핏자국을 타고 빨간 소금물로 흘러내렸다. 그 피맛을 느꼈을 텐데, 살인의 흔적을 느꼈을 텐데, 그녀는 아랑곳하지 않았다.

그녀가 눈물 젖은 시선을 들어 목 메인 소리로 간청했다.

"제발 저들을 풀어주세요, 라자. 대신에 날 데려가세요. 당신이 하라시는 대로 뭐든지 할게요. 약속할게요."

오, 신이여. 그는 이 여자에게 항복하고 싶었다.

하지만 그럼 부모님을 두 번 배신하는 것이다. 자신의 의무를 저버리고 또다시 도망치는 꼴이었다. 다시금 분노가 치밀었다. 그의 내부에 잔인함이 모여들었다. 그녀 앞에서 흔들리는 자신의 결의에 마지막 방어막을 치듯이.

"뭐든지?"

그녀는 천사처럼 눈을 감고 정성껏 고개를 끄덕였다. 그의 입에서 해적의 웃음이 터져 나왔다. 그가 손가락으로 그녀의 턱을 잡아 올려 눈을 들여다보았다.

"너에게 그만한 가치가 있을까?"

이제 그녀의 눈에 새로운 두려움이 서렸다.

라자는 거칠게 그녀의 얼굴을 놓고 몸을 세웠다.

"네 몸뚱이 하나로 내가 잃어버린 걸 보상할 수 있을까? 나의 어머니, 아버지, 나의 가족, 나의 미래, 나의 자존심. 네가 이 모든 걸 되돌려줄 수 있을까? 내 아버지를 무덤에서 살려놓을 수 있나? 널 데려가라고? 네가 뭔데? 넌 아무것도 아니야, 아무것도 아니라구."

그는 부들거리는 다리를 억지로 움직인 다음 두건을 벗어버리고 이마의 땀을 닦았다. 그리곤 그녀에게 이글거리는 시선을 던졌다.

"난 이미 너한테 충분히 양보했어. 이자들은 죽어야 돼."

그녀는 처연하고 창백하게 바람과 아침 햇살을 맞으며 그를 응시했다. 움직일 수도 없이 완전히 지쳐버린 듯했다.

"그럼 나도 선택을 해야겠군요."

이윽고 그녀가 비틀비틀 일어나 아버지에게로 걸어갔다.

라자는 짜증스런 숨을 토해내며 하늘을 쳐다보았다. 그녀를 막으려 하지도 않았다.

그녀가 총독의 옆에 섰다. 마지막 가는 길에 용기를 내려는 듯 턱을 치켜들고 애써 침착한 미소까지 지었다.

"할 일을 하세요. 이것이 당신의 의무라면."

그는 그녀를 노려보았다. 그녀가 그의 비밀을 모조리 아는 것처럼 용감하게 마주 보았다. 한낱 소녀에 불과한 이 여자가 친족들과 같이 죽으려 한다. 위대한 영웅의 아들이었던 그가 도망쳐서 살아남았던 반면에.

그는 강제로 진실을 마주 보게 하는 그 무모한 아름다움에서 시선을 떼어낼 수 없었다. 머릿속의 혼령들이 피를 부르짖었다. 하지만 처음으로 자신이 그들 때문에 이곳에 온 것이 아님을 깨달았다.

복수를 갈망했던 것은 그의 마음에 있던 살인자였다―자신의 상처가 너무 깊어 도저히 회복될 수 없었기 때문에 망가진 왕자의 찌꺼기에서 그 복수의 괴물이 불사조처럼 튀어 올랐던 거였다. 죽음에는 똑같은 죽음만

이 있을 뿐이다. 오늘을 위해 그는 영혼까지 팔아가며 살아 남았다.

하지만 이 일이 끝난 후에는 그에게 무엇이 남을까?

가끔 망상처럼 꿈꾸었던 농장도 없고, 곡식이 풍성한 들판도, 집에서 빚어 맛을 낸 와인도 없으리라. 그런 일은 영원히 일어나지 않으리라. 왜냐하면…… 이 일을 끝내고 부하들을 돌려보낸 후에, 마지막 계획이 있었으니까. 그 계획을 위해 서랍 속에 숨겨둔 총알도 있었다.

세찬 바람이 그의 주위로 휘몰아쳤다. 이제 그를 막을 수 있는 인간은 없었다. 이제 단 한 마디만 하면 모든 것이 끝이었다.

그는 고통스럽게 알레그라를 쳐다보았다. 어떻게 해야 할까? 어떻게 해야 한단 말인가?

그녀가 비난하듯이, 그러면서도 용서를 준비하듯이 그의 눈을 바라보았다. 그 시선을 견뎌낼 수 없었다. 그를 복수의 화신이 아니라 무기력한 남자로 느끼게 했다. 그 순수한 벌꿀색의 눈동자와 바들바들 떨리는 장밋빛 입술에 대항할 수가 없었다.

세상이 요동을 치는 듯, 무언가 그의 내면에서 부글부글 끓어올라왔다, 걷잡을 수 없는 홍수처럼. 수치심보다 더 참을 수 없는 그 무엇이었다. 그의 입에서 절망스런 신음이 새어나왔다. 그가 사랑하는 사람은 모두 죽었다, 그리고 그는 언제나 혼자 남았다.

"라자."

그녀의 부드러운 목소리가 들렸다.

그는 범람하는 홍수 속에서 그녀를 찾았다. 그녀의 목소리가 그를 붙잡아 주었다. 그녀의 차분한 시선이 그를 진정시켰고, 그 힘이 그를 강하게 했다.

라자는 숨을 크게 들이켰다. 그리고는 갈가리 찢어진 영혼과 시선을 그녀에게 고정시켰다. 그녀는 폭풍우 위에서 찬란히 빛나는 단 하나의 별이었다.

그는 간신히 목소리를 끄집어 내 부하들에게 명령했다.

"저들을 풀어 줘."

7

부하들이 불안한 눈으로 서로를 쳐다보았다. 하지만 라자는 그녀만
을 보았다. 그녀의 친척들이 흩어지기 시작했어도 여전히 그녀만 쳐다
보았다. 알레그라도 그를 응시하며 눈시울을 붉혔다.

"총독은 어쩔까요? 이놈도……."

누군가가 물었다. 라자는 대답하지 않았다.

"그자는 잡아둬."

설리반이 대신 지시했다.

그녀의 친척 하나가 손을 뻗었지만, 알레그라는 시선을 돌리지도 않
고 그 손길을 뿌리쳤다. 이 남자가 누구이든 상관없었다. 부드러운 손
과 멋진 웃음을 지닌 사람, 어느 누구도 감당하기 힘들었던 고통을 겪
어 온 남자일 뿐이었다.

그녀가 사람들 틈 사이로 그에게 걸어갔다. 그의 허리를 두 팔로 감아
그 가슴에 머리를 기댔다. 그가 마주 끌어안으며 그녀의 머리에 얼굴을 묻
었다.

그의 심장은 무언가를 두려워하는 것처럼 빠르게 고동치고 있었다. 그

커다란 몸이 내면의 아픔으로 인해 부들거렸다. 그녀는 그에게 옳은 일을 한 거라고 모든 게 잘될 거라고 속삭였다.

"알레그라."

그가 잠긴 목소리로 입을 열었다.

"이젠 당신을 놓아줄 수 없소. 나와 같이 가야 돼."

그녀가 대답을 찾지 못하고 망설이는 사이, 갑자기 그의 몸이 바짝 긴장하는 듯했다. 그가 고개를 쳐들며 소리쳤다.

"저자를 막아!"

알레그라는 화들짝 놀라 뒤돌아보았다. 아빠가 벼랑 끝에 서 있었다. 수십 미터 밑으로 들쭉날쭉한 바위와 바다가 이어진 곳에.

"망할 자식! 이리 내려와!"

라자가 권총을 빼들어 겨냥했다.

"아빠, 안 돼요!"

알레그라가 소리치며 달려가려 했지만 라자가 팔을 풀어주지 않았다.

"네가 이겼어."

몬테베르디가 무겁게 뇌까렸다.

"이젠 내 딸까지 나에게서 등을 돌렸어, 제 엄마처럼."

"아니에요, 아빠, 아니에요!"

라자가 그녀의 팔을 움켜쥔 채 중얼거렸다.

"진정해. 자기 죄를 아는 거야."

몬테베르디는 슬프게 딸의 눈을 쳐다보았다. 그의 눈에 눈물이 가득 찼다.

"용서하거라."

그리곤 천천히 바다 쪽으로 돌아섰다.

"아빠, 안 돼요! 안 돼! 사랑해요, 아빠. 제발 그러지 마세요……."

그의 몸이 살짝 기우는 듯했다. 다음 순간 그는 사라졌다.

알레그라가 비명을 지르며 아버지가 더 이상 서 있지도 않은 벼랑으로 달려가려 했다. 하지만 라자가 어깨를 놓아주지 않았다. 그녀는 필사적으로 몸부림을 치다가 울음을 터트리며 그의 품에 안겼다. 그리곤 서럽게 목을 놓아 통곡했다.

몬테베르디가 자살한 지 한 시간이 지났을 무렵, 그들은 검은 연기가 꾸물꾸물 피어나는 리틀 제노바를 뒤로 한 채 항구로 발길을 돌려 전리품이 가득 담긴 배에 올랐다. 뒤늦게 도착한 제노바 전함 몇 척과 작은 접전을 벌이며 뜨겁고 습한 낮 시간을 보낸 후, 화려한 저녁 노을이 서쪽 수평선에 펼쳐졌을 때 훼일 호는 흠집 하나 없는 상태로 하얀 파도를 일으키며 항해했다.

라자는 부하들에게 휴식 명령을 내렸다.

부하들이 갑판에 앉아 있는 동안, 그는 돛이 펄럭이는 소리와 바람 소리 너머로 목소리를 높여 부하들의 용맹과 질서를 칭찬하고 특별히 잘 싸웠던 사람 이름도 몇몇 언급했다. 규칙을 어긴 대가로 처형당한 골리앗에 대해서는 말하지 않았다. 몬테베르디 일가에 대한 심경의 변화나 그 딸의 존재에 대해서도 설명하지 않았다. 해적들의 얼굴에는 원하던 황금을 넉넉히 거둬들였다는 만족감과 대장의 지혜에 대한 믿음만이 떠올라 있었다.

하지만 과연 제대로 된 것일까?

그는 지금의 기분을 규명할 수 없었다. 굳이 알고 싶지도 않았다. 눈물 범벅이 되어 자신의 침대에 잠들어 있는 그 여자가 자꾸 생각날 뿐이었다. 학살을 포기하고 얻은 전리품…… 아직도 일이 어떻게 해서 이렇게 되어버렸는지 이해할 수가 없었다. 그 여자가 무슨 마법을 썼던 것일까? 그 어떤 인간도 하지 못했던 일을 그 여자가 해냈다. 그의 마음을 움직였다. 그래서 그 여자는 더 위험한 존재였다.

이제 그가 해야 할 일은 단 하나밖에 없었다. 그녀도 아마 알고 있으리라. 선실로 내려가서 그녀에게 대가를 받아내는 것. 순결의 피로 말이다! 굳이 부드럽게 대할 필요도 없었다. 자신의 의지가 꺾여버린 이 마당에 권위를 되찾을 방법은 그것뿐이었다.

앞으로 몇 주일 동안 그녀의 몸을 열심히 사용해 주리라. 전에는 처녀를 안은 적이 없었지만—그런 골칫거리를 만들고 싶지도 않았다—알레그라에게는 꽤나 호기심이 동했다. 싫증날 때까지 그녀를 완벽한 자신의 장난감으로 삼을 작정이었다. 그 후에 지겨워지면 누이나 사촌이라는 명목으로 마르티니크에 있는 귀족 중 하나에게 시집 보내버리면 되리라.

물론 아무한테나 넘기진 않을 것이다. 최소한 클레멘테 개자식과 전혀 닮지 않은 점잖은 신랑감을 골라주리라. 파리에서 자랐다고 하면 프랑스계의 미국놈들이 게거품을 물고 달려들리라.

하지만 우선, 이 세상이 고상한 영혼을 지닌 생명들을 어떻게 이용하는지 정확히 가르쳐주는 것이 먼저였다. 그녀의 순결을 확실하게 꺾어주는 것이다.

몇 분쯤 전리품을 헤아려 각자에게 일정량을 할당해 주고, 총독의 창고에서 가져온 고급 와인을 몇 통 하사한 다음에 그는 자리를 털고 일어났다.

자신의 선실로 내려가 문을 여는 순간 침대에 공처럼 오그려 누운 여자가 보였다. 형편없는 꼴이었다. 머리는 헝클어지고 하얀 비단옷은 찢어진 채 검은 화약으로 얼룩 졌으며 눈두덩은 퉁퉁 부어 있었다. 그런데 왜 이렇게 아름다운 거지?

라자는 조용히 문을 닫고 무기들을 풀어낸 후에 알레그라를 슬쩍슬쩍 살피며 조끼까지 벗었다. 세면대로 가서 미지근한 물을 부어 얼굴과 목을 씻어냈다. 작은 거울을 들여다보며 머리통의 짧은 머리카락들을 쓸어보았다. 한 달 전만 해도 어깨까지 내려오는 검은색의 갈기였지만, 지저분한 선원들의 머리에서 이가 옮는 바람에 깎을 수밖에 없었다.

이 상황에 웬 쓸데없는 허영심인가. 그는 한숨을 내쉬었다.

작은 칼날을 물에 담갔다 빼내어 천천히 면도를 하기 시작했다. 겁탈할 시간을 왜 자꾸 미루는지 스스로도 이해되지 않았다. 차라리 여자가 깨어나서 반항하고 대들며, 그의 정체를 몇 번 더 완강하게 부인해 준다면 나을 것 같았다. 지금까지 싫다는 여자를 억지로 안은 적은 없었으니까.

물론 그녀가 그를 끝까지 거부할 것 같진 않았다. 이미 그의 키스에 반응을 보이지 않았던가. 그 기억을 떠올리며 그는 살짝 미소지었다.

면도칼로 느긋하게 물을 휘저으면서 문득 이 물건을 숨겨야겠다는 생각이 뇌리를 스쳤다. 혹시라도 이 조그만 인질이 칼을 숨겨두었다가 자기 인생을 망쳤다는 이유로 그의 목이라도 그어버리면 어쩌겠는가.

'흥, 무슨 상관이야?'

그렇다면 오히려 그에게 호의를 베푸는 일이다. 하지만 어쨌든, 그렇게 과격한 행동을 할 것 같지는 않았다. 자신이 죽고 나면 이 배의 다른 해적들 밑에 깔려야 할 테니까. 그 정도로 어리석은 여자는 아니었다.

그는 능숙하게 목선을 따라 수염을 깎아 내고 네모진 턱으로 칼날을 옮겼다. 수염을 다 깎은 후에는 옷을 모조리 벗어 북북 문질러 닦았다. 그 와중에도 슬쩍슬쩍 알레그라를 쳐다보았다, 남자의 벗은 몸에 그녀가 어떤 반응을 보일지 알고 싶었다.

하지만 그가 깨끗한 가죽 바지와 헐렁한 셔츠를 입을 때까지 그녀는 곤히 잠들어 있었다. 마침내 그는 어슬렁어슬렁 침대로 걸어가 가장자리에 걸터앉았다.

"그만 일어나시지, 들고양이 아가씨."

그가 조그맣게 속삭이며 찢어진 옷가지 사이로 드러난 어깨의 맨살을 토닥였다. 그곳에 슬쩍 입술도 부볐다.

그녀는 꿈쩍도 하지 않았다. 대체 수면제를 얼마나 믹인 거야? 그는 눈살을 찌푸리며 이마를 만져 보았지만 열은 없었다. 피곤해서 그런 모양이다.

흐음, 깨어 있어야 더 재미있는 법인데. 그가 일어나서 허리춤에 두 손을 척 올리고 쳐다보았다. 그녀의 잠든 모습이 흡사 전쟁터를 헤치고 나온 패잔병 같았다.

“셰리, 그런 상태로 어떻게 ‘하란’ 말이야.”

알레그라는 여전히 깨어나지 않았다.

그는 세면대로 돌아가서 대야에 새 물을 쏟아 붓고, 자신의 향기를 그녀에게 뿌리고 싶다는 묘한 충동에 휩싸여 그 안에 자신의 화장수 몇 방울을 떨어뜨렸다. 그리곤 물과 부드러운 수건을 갖고 돌아가 침대에 앉았다.

천천히 달아오르는 아랫부분의 흥분과 이런 옷가지쯤 찢어버리면 그만이라는 속삭임을 애써 무시하며, 조심조심 그녀의 옷을 벗겨나갔다. 곧 그녀는 속옷 차림이 되었다. 그는 그녀의 날씬하고 우아한 곡선들을 이리저리 뜯어보았다.

축 늘어진 그녀의 상체를 끌어안고 슈미즈 끈을 어깨 밑으로 끌어내렸다. 우선 눈물로 지저분해진 얼굴을 닦아냈다. 그녀의 몸이 약간 꿈틀거렸지만 그의 무릎에 기대어 다시 얌전해졌다.

“나더러 어쩌란 말이야?”

그는 수건을 빨아서 하얀 목과 가슴을 닦아내고 어깨를 동그랗게 돌아서 가녀린 팔까지 정성스럽게 씻어주었다.

그녀의 드러난 젖가슴과 복숭아 사탕 같은 젖꼭지를 응시하는 순간 꿀꺽 목으로 침이 넘어갔다. 그녀의 속옷을 배꼽까지 끌어내렸다. 뽀얗게 펼쳐진 배에 그의 시선이 멎었다. 골리앗에게 얻어맞았다는 그 배에 가만히 손을 올려 보았다.

이 여자를 때려? 어떻게 그런 짓을!

“이렇게 가엾은 아기한테.”

사실 그녀는 어린 아기였다. 갓 스무 살의 나이. 자신보다 여덟 살이나 어리고 게다가 처녀였다. 그는 그녀의 뺨을 어루만지고 나서 다시 수건을 빨기 시작했다. 문득 그녀의 몽롱한 목소리가 그를 놀라게 했다.

“라자.”

그녀가 아주 작게 기분 좋은 신음을 흘리고는 다시 잠으로 빠져들었다.

“에이, 빌어먹을.”

그 목소리가 그의 욕망에 기름질을 했다. 그는 질끈 눈을 감고 숨을 몰아쉬었다. 입술이 바짝바짝 말랐다. 도저히 참을 도리가 없었다. 살그머니 눈을 뜨고 그녀의 젖가슴을 감아쥐면서 그녀의 입술에 입을 맞췄다. 그의 손 안에서 젖꼭지가 단단해졌다.

'다른 놈한테 이 여자를 넘겨? 진짜 그럴 수 있겠냐?'

마음속의 질문을 무시해버리고 그녀의 옆구리와 배와 다른 쪽 젖가슴까지 만져 보았다. 그녀의 목덜미에 살짝 입술을 벌려 들이댔다.

그녀가 다시 꿈틀거리며 신음했다. 라자는 긴장한 채 그녀를 바라보았다. 위쪽에서는 심장이 쿵쿵거리고 아래쪽에서는 사타구니가 들썩거렸다.

그는 수건을 이마에 들이댔다. 하지만 그 차가운 물기도 그를 진정시켜 주지 못했다. 수건을 내려놓고, 그녀의 엉덩이 밑으로 옷가지를 쓱 잡아당겼다. 그녀의 여성을 감싸고 있는 보드라운 털들이 모습을 드러냈다.

그녀는 잠들어 있었다, 하지만 그녀의 감각들은 깨어 있었다. 천천히 다리 사이의 털 사이로 손가락을 움직여 보고 손가락 끝으로 그녀의 촉촉함을 느끼며 황홀하게 눈을 감았다.

'최고야.'

그는 다시 눈을 뜨고 부드러운 애무를 이어가며 그녀의 얼굴에 욕망이 스치는 것을 지켜보았다. 그녀의 몸 속을 찾아가는 대신 그녀가 찾을 때까지 기다렸다. 그녀의 엉덩이가 들썩여 그의 손가락을 찾아냈고 그는 그녀의 안으로 손가락을 미끄러뜨렸다. 그 꽉 조이는 느낌에 숨을 죽였다. 동그란 젖가슴의 떨림과 그녀의 신음소리가 더 짜릿한 관능의 나락으로 그를 끌어내렸다. 그녀의 속살에 엄지손가락을 살짝 누르자 그녀의 눈이 바르르 열렸다. 그는 갈망으로 흐릿해진 그 눈동자를 마주 보았다.

그녀가 다시 눈을 감았다. 라자는 슈미즈를 허벅지 밑으로 잡아끌었다. 지금 당장 이 여자를 갖기로 마음먹었다. 일어나서 그녀의 옷을 완전히 벗겨냈을 때, 그녀의 발목이 빨간 것을 알아차렸다. 그는 뒤통수를 얻어 맞은 기분으로 그녀의 발목을 매만졌다. 밧줄에 쓸려 빨간 자국이 생긴 것이다.

갑자기 알레그라가 옆으로 돌아누워 다시 공처럼 몸을 말았다. 마치 이상한 꿈을 꿨다는 듯이. 그 이상도 이하도 아닌 것처럼. 두 손을 뺨에 대고 고르게 숨을 내쉬기 시작했다. 그 모습이야말로 어린 소녀 같았다.

"제기랄, 이게 뭐 하는 짓이야?"

그는 어떤 여자에게도 느껴보지 못했던 강렬한 욕망에 헐떡이며 그 자리에 우뚝 멈춰 섰다. 하지만 그럴 수는 없었다. 이런 식으로는 안 된다.

간신히 몸을 돌려 침대에서 떨어져 나왔다. 가슴 앞으로 팔짱을 끼고 다시 흘깃 돌아보았다. 그녀의 완만한 뒷모습이 눈에 들어왔지만, 죄책감이 욕망을 넘어설 때까지 끈질기게 버텼다.

그 후에는 옷장에서 자신의 셔츠 하나를 꺼내 그녀에게 입혔다. 그는 밖으로 나가버릴 작정이었다. 그런데 그렇게 되질 않았다.

그 대신 그녀의 몸을 감싸듯이 해 뒤쪽에 몸을 눕혔다. 그녀를 끌어 당겨 허리를 감싸안자 서로를 위해 만들어진 듯 그들의 몸이 딱 들어 맞았다.

그녀가 만족스레 한숨지으며 그에게 더 바짝 안겼다. 사타구니에서 꿈틀거리는 그 엉덩이가 가히 고문이었지만 그는 힘없는 미소로 체념했다. 하지만 그 미소도 이내 사그라들었다. 과장된 허풍을 다 밀어내고 나니 자신에게 이럴 자격이 없다는 것을, 이 여자에게 아무 자격도 없다는 것을 인정해야 했기 때문이다.

이 고상한 몬테베르디 양은 가문을 구하기 위해 자신을 내맡겼다, 가족을 위해 무모한 서약을 했던 것이다. 하지만 정작 그녀가 구한 사람은 라자였다. 그는 그녀에게 약속을 지키라고 강요할 자격이 없었다. 하지만 그 서약으로 이 여자를 묶어놓으리라. 그는 그녀의 허리를 꼭 감싸안으며, 그녀를 놓아주라고 요구하는 하늘에 대고 욕설을 쏘아붙였다.

안 돼, 이 여잔 못 데려갈걸. 절대로.

이제 이 여자는 그의 소유였다. 싫다는 페르세포네를 억지로 지하계로 끌고 갔던 하데스처럼, 그도 자신의 망명길에 이 여자를 데리고 왔다. 설명할 수는 없지만, 자신이 원해서 지금의 모습이 된 것은 아니라는 사실을 그녀에게 보여주고 싶었다. 그가 당해 왔던 고통을 이 여자에게 알리고 싶었다.

그는 그녀의 흐르는 듯한 머리채에 얼굴을 묻었다. 화약과 그을음 냄새와 함께 흐릿한 꽃향기가 풍겨 났다. 그녀의 머리채를 옆으로 쓸어내며 자신에게 질문을 던졌다.

'솔직히 말해 봐, 이 무방비 상태의 여자를 꺾는 것이 그렇게 시급한 일이냐?'

아니었다, 그는 자신의 힘을 확신했고 두려워해야 할 쪽은 오히려 그녀였다.

'애초에 작정했던 목적을 틀어지게 만든 게 이 여자를 망가뜨려야 할 만큼 큰 죄냐?'

오랫동안, 그는 알레그라의 숨소리를 들으며 무심하게 그녀의 허리를 어루만지며 그 질문을 곰곰이 생각했다.

지난 15년간 그는 복수만을 목적으로 증오를 연료삼아 삶을 지탱해 왔다. 그런데 보라, 지금 무엇이 남았는지. 그 결과가 무엇인가?

아무것도 없었다.

원래의 목적대로 그자들을 모두 죽였다면 공허감밖에 느끼지 못했을 것이다. 그런데 알레그라의 옆에 누운 지금은 전혀 공허하지 않았다.

그 생각에 두려움이 느껴져야 마땅할 텐데도 왠지 두렵지 않았다. 너무나 오랫동안 그의 목에 감겨 있어서 그 존재조차 잊어버렸던 형틀을 그녀가 잘라버린 듯, 오히려 자유로워진 기분이었다.

그의 마음속에 무언가 중대한 변화가 일어나고 있었다. 육체적인 흥분보다 더 깊고, 온갖 두려움보다 더 확실한 그것이 그의 인생에 새로운 항로를 제시하는 듯했다. 이대로 내버려두면 모든 것이 잘될 것 같았다. 그 변화가 너무나 확실해서 어차피 선택의 여지가 있을 것 같지도 않았다.

지금껏 삶의 목표로 삼아 왔던 일이 이제 막 끝났는데도, 다 끝났다는 느낌이 들지 않았다.

어쩌면 그의 인생이 새로운 항해를 시작한 것일지도 모른다……. 라자는 그녀의 따뜻한 몸을 더 가까이 끌어당겼다.

8

알레그라는 뱃전에 기대어 바다를 바라보았다. 날씨는 잔뜩 흐리고 뜨거웠다. 물살은 녹슨 구리색이었고, 발 밑의 갑판이 흔들리는 것처럼 그녀의 세상 전체도 불안정했다.

그녀는 이제 그야말로 세상에 홀로 남았다.

아빠, 어떻게 이러실 수 있어요?

바다에 대고 수없이 그 질문을 던져보았다. 9년 전 엄마의 자살을 겪은 후에 어떻게 또다시 아빠의 자살을 견뎌내란 말인가. 믿을 수 없다는 마음이 생각을 마비시켰고, 비통함이 마음마저 지치게 했다. 한동안은 상황을 판단할 수도, 미래를 생각할 수도 없었다. 하지만 시간이 지나면서 허연 속살을 드러낸 상실감이 차츰 분노로 변해가기 시작했다. 적어도 분노에는 생명의 불씨가 타고 있었다. 차츰 기력이 살아나기 시작했다. 악명 높은 해적의 인질로 붙잡혔으니 그 기력이 절실하게 필요할 터였다.

그녀의 노력, 원리 원칙, 높았던 이상…… 모두가 허사였다. 그녀는 이제 한 남자의 노리개가 되었다. 그녀가 경멸하는 것들—피의 복수,

폭력, 범죄와 속임수—을 모조리 갖춘 남자의 노리개.

한 가지 문제만 아니라면 그자가 라자 왕자라는 말을 믿을 수도 있었으리라. 그가 닻을 올려 어센션을 떠나온 사실만 아니라면 말이다.

그래, 이 남자는 해적이었다. 그리고 그녀는 그의 인질이었다. 생각하는 것만으로도 기가 막힌 상황이었다.

그녀는 파도를 응시하며 험악하게 인상을 찡그렸다.

알레그라 몬테베르디처럼 이성적인 사람이 이런 일에 휘말려들다니. 게다가 어센션으로 돌아가서 해야 할 일도 있는데.

어디선가 습한 바람결에 라자의 향이 나는 듯하더니 금세 그가 그녀의 뒤에 나타났다. 그는 아무 말 없이 팔짱을 낀 채 그녀의 옆에서 바다를 지켜보았다. 둘다 서로에게 시선을 돌리지 않았다.

벌써 그의 품에서 잠이 들고 깨어난 것이 이틀째였다. 하지만 그는 포옹해 주는 것만 빼고 항상 그녀에게 거리를 유지했다. 그녀가 밤새 소리내지 않으려 애쓰며 아빠 생각에 울었을 때에도 묵묵히 그녀의 머리와 등을 쓸어주었다.

그녀는 그의 친절이 더 두려웠다. 믿지 말아야 할 남자였으니까.

"바다는 거대하고 외로운 곳이야."

그가 조용히 입을 열었다.

"해적이 그런 말을 하다니 이상하군요."

그녀가 작은 단검처럼 날카롭게 대꾸했다.

"알레그라."

그가 한숨지었다.

"나에 대해서 아직 모르잖아, 성급하게 판단하지 마."

"알 만큼은 알아요."

"당신한테 해 끼칠 마음은 없어."

'하지만 당신 때문에 내 심장에서 피가 흘러요.'

그녀는 고개를 돌려 그를 쳐다보았다.

마치 처음 보는 사람 같았다. 언제 크러뱃과 조끼를 갖춰 입었을까? 꽤나 교양 있는 신사처럼 보였다. 이 정도면 파리의 귀족들조차 흠잡지 못할 것이었다. 회색 하늘 아래 고스란히 드러나 있는 머리는 눈동자와 똑같은 검은색이었다, 그 밑으로 숨 넘어가게 짙은 속눈썹이 흩어져 있었다.

그는 놀랍도록 따뜻한 눈에 심란함을 드러내며 그녀를 내려다보았다.

"당신이 너무 오래 상심하지 않았으면 좋겠어, 알레그라."

"그럼 당신의 분부대로 명랑해져야겠군요."

그녀는 재빨리 바다로 시선을 돌려버렸다.

"그런 뜻이 아니야."

그녀는 그를 다시 쳐다보지 않았다. 그의 동물적인 아름다움이 정신을 산란하게 했다. 수면제를 먹고 잠들었을 때 꾸었던 그 망측한 꿈—이 남자가 그녀의 옷을 벗기고 그녀의 몸 속까지 매만졌던 꿈—때문에 더 그랬다. 하지만 무엇보다도 가장 두려운 것은 이 남자의 지독한 끈기와 조심스러운 자상함이었다.

그가 아무런 배려 없이 그녀를 겁탈했다면 증오하기가 쉬웠으리라. 왜 이 남자를 증오하지 못하는 걸까? 충분한 이유가 있지 않은가. 그녀의 모든 것을 앗아간 남자였다, 그녀가 살던 집을 불대우고 가족과 헤어지게 만들고 창창한 미래까지 망쳐놓았다. 그녀를 망친 것만으로도 부족해서 감히 무엄하게 그녀가 사랑하는 왕자님의 이름도 사칭했다.

이 남자는 이기심과 파괴의 욕구라는 이유만으로 그녀의 인생을 망가뜨렸다. 이제 곧 그녀의 몸도 유린할 것이다. 게다가 다정한 말과 위로의 손길로 그녀를 정복하려 할 만큼 교활한 남자였다. 심지어 괴로워하는 듯한 눈동자로 그녀의 외로움을 달래주려는 척하기까지 했다. 하지만 그녀에게 아직 남아 있는 마음과 내면의 자아마저 이 남자에게 내주지는 않으리라. 그녀는 그의 시도들을 모조리 거부했다. 이 도둑놈, 이 사기꾼을 믿지 않았으니까.

그가 난간에 올려진 자신의 두 손을 내려다보며 다시 한숨지었다.

"이제 곧 지브롤터 해협을 지날 거야. 대서양을 건너려면 한 달 정도 걸려. 바람이 어떻게 불어주느냐에 따라 다르긴 하지만."

“어디로 가는 건지 물어봐도 될까요?”

“뭐든지 물어봐도 돼, 셰리. 서인도 제도로, 나의 집으로 가는 거야.”

그녀는 ‘내 집은 아니에요’라고 쏘아붙이고픈 충동을 애써 억눌렀다.

“내가 가고 싶지 않다고 한다면 어쩔 거죠?”

“어디로 가고 싶어?”

“어셴션.”

그는 끈기 있게 미소를 보였다.

“거기만 말고 어디든 다른 곳을 말해 봐. 내가…… 해야 할 일을 끝내고 나서 그리로 데려다줄게.”

알레그라는 그의 거짓말에 속지 않겠다고 다짐하며 의심스런 시선을 던졌다.

“이젠 나한테 바라는 게 뭔지 말할 때가 된 것 같아요, 대장님.”

라자라는 이름으로 부르진 않겠어.

그는 한참 동안 쳐다보기만 했다.

“알레그라, 당신한테 상처주지 않을게.”

“너무 늦었어요.”

“내 말을 아직 들어보지도 않았잖아.”

“당신이 무슨 말을 하더라도 내 아버지가 살아 돌아오진 않아요.”

“내가 죽인 게 아니야, 알레그라.”

그녀는 가슴 앞으로 꽉 팔짱을 끼며 입술을 부들부들 떨었다.

“당신 때문에 정신이 이상해지셔서, 그래서 그런 끔찍한 짓을 저지르신 거예요. 당신이 절벽으로 밀어버린 거나 같아요.”

그가 얼굴로 손을 뻗어오자 그녀는 재빨리 피해버렸다.

“나한테 손대지 말아요.”

그는 어쨌든 그녀의 뺨을 감싸쥐었다.

“그건 내 책임이 아니야. 언젠가 당신이 스스로 깨닫게 되길 바래.”

그가 손을 내렸다.

“총독 사무실에서 자료와 공문서들을 가져왔어. 그걸 보게 되면 당신 아버지가…… 좋은 사람이 아니었다는 걸 알게 될 거야.”

“그건 이미 알고 있어요. 하지만 그게 아버지가 알폰세 왕을 배신했다거나, 당신이 그 왕자라는 뜻은 아니죠.”

“당신과 싸우기 싫어. 하여튼 당신이 진실을 알게 되는 그날까지 무엇이든 강요할 마음은 없어.”

그녀는 경계심을 무너뜨리려는 그의 노력에 홀리지 않으려고 그를 외면했다.

“이제 나한텐 아무것도 남은 게 없어요. 내 옆엔 이제 아무도 없어요.”

“내가 있잖아. 내가 돌봐줄게.”

“어련하시겠어요.”

“지금 당신 기분이 어떤지는 잘 알아. 나도 가족을 잃은 경험이 있으니까.”

“아, 그 위대한 피오레 가문 말씀인가요?”

“터널에서는 우리 사이가 괜찮았잖아. 내가 이름을 말하기 전까지는 아주 괜찮았잖아.”

“당신이 내 머리에 총을 들이댈 때까지도 그럭저럭 괜찮았죠!”

그녀가 소리쳤다.

“진짜 총을 쏠 생각은 아니었어. 당신도 알잖아.”

“내가 어떻게 알아요, 당신 같은 미친 남자가 무슨 짓을 할지!”

그는 우선 그녀의 고함소리에 흘끔흘끔 쳐다보는 부하들에게 매서운 시선을 보내고 나서 말을 이었다.

“날 조금이라도 믿어준다면 우린 훨씬 기분 좋게 지낼 수 있어, 알레그라.”

“절대로 안 믿어요.”

하지만 그 말을 하면서도 자신의 비논리적인 감정을 알고 있었다. 이 남자 곁에 있으면 기가 막힌 일이지만 아직도 안전하다는 느낌이 들었다. 그녀는 입을 꾹 다물고 시선을 돌려버렸다. 지금의 불행은 모두 이 남자 잘못이었다. 게다가 이 남자가 자신의 왕자님이라는 건 민을 수 없었다, 믿지 않을 작정이었다.

"전에는 다정하게 날 쳐다봤잖아. 내가 키스했을 때도 받아줬잖아."

"그건 아버지가 자, 자살하기 전이었어요!"

"거짓말! 진실을 왜곡하지 마. 그래, 난 몬테베르디를 죽이고 싶었어. 그만한 이유가 있었어. 사실 처음에는 당신도 죽일 계획이었지. 그래서 그날 밤 당신을 따라갔다가 클레멘테와 마주치게 됐던 거고. 당신을 복수의 도구로 이용할 생각이었어. 하지만 그 후에…… 그 후에는…… 그렇게 할 수가 없었어."

"그런 말로 날 안심시키려는 거예요?"

"솔직해지려고 노력하는 거야. 날 두려워할 필요가 없다는 걸 알려주려고. 그래, 아마 이해하기 힘들 거야. 나도 이해가 안 되니까. 하지만 어떻게 된 일인지 당신이 모든 걸 바꿔버렸어."

그가 살피듯 쳐다보고 나서 고개를 떨궜다.

"당신은 이제 내 여자야. 싫든 좋든, 당신 아버지로 인해서 이렇게 엮어져버렸어. 하지만 당신한테 상처 줄 마음은 없어, 알레그라. 그 점은 내 어머니의 무덤에 걸고 맹세할게. 위대한 피오레의 무덤에 걸고 맹세할 수도 있어."

그가 휙 돌아서서 성큼성큼 멀어져갔다.

그녀는 당혹스럽게 그의 뒷모습을 응시했다. 넓은 어깨와 날렵한 허리, 그리고 정말 왕자처럼 당당해 보이는 걸음걸이.

아니야, 저 남자는 사기꾼이야. 라자 디 피오레가 아니야.

아버지도 알폰세 왕을 배신하지 않았다. 엄마도 아빠의 잘못 때문에 목숨을 끊은 것이 아니었다.

라자는 자신의 선실에 연결되어 있는 식당 겸 응접실로 들어갔다. 책을 읽던 비카가 문소리에 고개를 들었다.

"그 여자 목을 졸라버리고 싶어."

라자가 거칠게 중얼거리며 술장으로 걸어가 브랜디를 넉넉히 따랐다.

뒤에서 비카의 낮은 웃음소리가 들렸다.

"또 거절당했나? 대장으로서는 생전 처음 당하는 일이겠군."

라자는 술을 단숨에 들이킨 후에 꽤나 즐거워 보이는 비카를 돌아보았다. 비카가 안경을 벗어 가슴 주머니에 깔끔하게 꽂아 넣었다.

"날 무지하게 미워해."

"드디어 속세에 발을 들이셨구만. 환영하네."

"눈물나게 고맙군."

라자가 빈 술잔을 물끄러미 내려다보았다.

"그래도 침대 밖으로 나오긴 했어."

"대들던가?"

"표독스럽게."

"다행이야."

늙은 사내가 고개를 끄덕거렸다.

"최대한 참아 줘. 한동안은 가슴속 분노를 토해내야 돼. 그러지 않으면 오히려 해가 된다구."

라자는 지루한 듯 한쪽 어깨를 으쓱하고는 술잔을 내려놓았다.

"약에 취해 있을 때가 훨씬 좋았어. 그 여자를 어떻게 다뤄야 하지? 지금은 되는 게 하나도 없어."

비카는 조용히 웃기만 했다.

"뭐가 그렇게 재밌어? 내가 당하는 게 그렇게 좋아?"

"재미있기는 하네. 이런 식으로 여자한테 당하는 걸 처음 보거든."

라자는 험악하게 창 밖의 바다를 내다보았다. 언제 바다가 저렇게 파래졌을까? 서쪽 하늘에는 햇살 기둥 사이사이로 멋들어진 구름들이 모여 있었다.

"대장, 내 말 못 들었어?"

"뭐?"

라자가 돌아보자 비카는 실소하며 고개를 흔들었다.

"리틀 제노바에서 가문의 보물을 다 찾았냐고 물었잖아."

"아, 물론이지! 순식간에 해치웠어. 보여줄까?"

그는 선실로 들어가서 금고를 열고 아버지의 보검과 어머니의 보석들을 끄집어냈다. 한동안 어머니의 보라색 눈동자와 잘 어울렸던 자수정과 다이아몬드 목걸이를 사랑스럽게 쳐다보고 나서, 삼베 천으로 싼 꾸러미를 주섬주섬 풀어냈다.

"이게 엑셀시어야."

그 위풍당당한 보검을 칼집에서 빼냈다. 양쪽으로 날이 서 있는 넓은 칼날이 황금빛으로 번쩍였다. 보통 사람들이 사용하는 장검보다 훨씬 무거웠다. 칼집을 비카에게 건네준 다음 그가 두 손으로 칼자루를 쥔 채 앞으로 쭉 뻗었다.

"피오레의 시조 보나파치오께서 이 검으로 사라센의 침략을 무찔렀어. 200년 후 프랑스 십자군 원정대가 이 섬을 차지하려 했을 때도 살바토르 4세가 이 검으로 반역자들을 제압하고 기사 스무 명의 머리를 잘랐어. 지금껏 수도 없이 침략을 받았지만 어센션은 굴하지 않았지."

비카가 놀라운 듯 고개를 흔들었다.

라자는 피식 웃으며 덧붙였다.

"하지만 원래는 로마제국의 유형지였지. 극악한 범죄자들을 보내서 죽을 때까지 채석장에서 부려먹는 곳."

비카가 작게 웃었다.

"그분들이 자네의 선조시겠군."

"아마 그럴걸."

라자는 대결 태세로 두 다리를 벌리고 시험삼아 칼을 휘둘러보았다. 장검이 쌩 소리를 내며 커다란 호를 그렸다. 신기할 정도로 그의 손에 딱 들어맞았다.

"어렸을 땐 이걸 들지도 못했는데. 이 검을 휘두르는 아버지가 신처럼 보였는데."

아버지는 죽을 때까지 이 엑셀시어를 놓지 않으셨다고 했다. 라자는 스르르 장검을 내려뜨리고 입을 다물었다.

<오르피오 파스에 도달했을 때, 어머니는 잠든 안나를 무릎에 끌어안고 좌석에 기대어 계셨다. '파도가 너무 거칠었어! 우리 모두 안전해서 정말 다행이야.' 그 말이 채 끝나기도 전에 비명소리가 들렸다.>

"라자?"

비카의 목소리가 아주 멀리에서 들리는 듯했다.

<놈들이 총과 칼을 들고 갑자기 나타났다. 아버지가 병사들에게 명령을 내리면서 엑셀시어를 쳐들고 마차 밖으로 뛰어나가셨다. 그리고 복면 쓴 사내들은 한동안 그분을 두려워했다.>

그는 그 당시 아버지의 표정을 생생하게 기억했다. 모두 죽게 되리란 걸 직감하신 것처럼 어느 순간 굳어진 얼굴로 주위의 격투하는 모습 너머로 그를 쳐다보셨다.

<그리고 말씀하셨다. '살아남아야 한다, 아들아. 네가 이 가문을 이어야 한다.'>

다음 순간 한 놈이 위대하신 알폰세 왕에게 덤벼들고 다른 놈이 어린 동생 필립을 마차에서 끌어내, 그가 보는 바로 앞에서 동생의 목을 베었다. 그는 얼어붙은 채 서 있었다. 그런데 아버지가 다시 고함을 치셨다.

<어서 가!>

그래서 그는 뛰었다.

<목구멍에 담즙이 올라올 만큼 뛰고 또 뛰었다. 경호원과 하인과 시녀들이 짐승처럼 죽어 가는 소리를 들으면서. 어머니의 비명소리가 들리는 순간 그는 멈추고 돌아섰다. 하지만 이미 덤불 사이로 놈들이 뒤쫓아오고 있었다. 번개와 폭풍우를 헤치며 그는 다시 달렸다. 그리고 무작정 절벽 밑 바다로 몸을 날렸다…….>

그는 중세의 암흑 시대부터 가문과 함께 했던 검을 테이블에 조용히 내려놓았다. 라자는 선실 너머 망망대해의 바다가 보이는 발코니로 걸어갔다. 두 손으로 난간을 움켜쥔 채 두 눈을 질끈 감았다.

그의 몸 안에는 여전히 그 악몽에서 헤어나지 못하는 열세 살 소년이 있었다. 그는 여전히 도망치고 있었다.

9

<요나가 여호와의 낯을 피하려 했음을 그들에게 고하였으므로 무리
가 알고 심히 두려워하여 이르되, "네가 어찌하여 이렇게 행하였느
냐?" 하니라.>

알레그라는 오후의 햇살이 강하게 스며드는 응접실에서 열심히 성
경을 읽었다. 그 성스러운 글귀에서 위로를 찾고 싶었다.

<요나가 대답하기를, "나를 들어 바다에 던지라. 그리하면 바다가
너희를 위하여 잔잔하리라. 너희가 이 큰 폭풍을 만난 것이 나의 연고
인 줄을 내가 아노라." 하니라.

여호와께서 이미 큰 물고기를 예비하사 요나를 삼키게 하셨으므로 요
나가 3일 낮 3일 밤을 물고기 배에 있으니라. 요나가 물고기 뱃속에서 그
하나님 여호와께 기도하여 가로되, "주께서 나를 깊음 속 바다 가운데 던
지셨으므로 큰 물이 나를 둘렀고 주의 파도와 큰 물결이 다 내 위에 넘쳤
나이다. 내가 말하기를 내가 주의 목전에서 쫓겨났을지라도 다시 주의
성전을 바라보겠다 하였나이다. 물이 나를 둘렀으되 영혼까지 하였사오
며 깊음이 나를 에웠고 바다 풀이 내 머리를 쌌나이다. 내가 산의 뿌리까

지 내려갔사오며 땅이 그 빗장으로 나를 오래도록 막았사오나 나의 하나
님 여호와여 주께서 내 생명을 구덩이에서 건지셨나이다……>

알레그라는 눈을 감고 고개 숙여 기도를 올렸다. 하늘이 그녀의 앞
에 이 남자를 보내신 것에는 필시 숨겨진 뜻이 있으리라. 오, 주여, 진
실을 알아낼 수 있는 분별력을 저에게 주시옵소서.

"악마의 손에서 구해 달라는 기도인가요, 마담?"

깊은 목소리가 물었다.

그녀는 고개를 들어 천천히 다가오는 안티구아의 악마를 바라보았
다. 그 느긋한 걸음걸이와 넓은 어깨에서 뿜어 나오는 힘, 그의 각진
턱에서 풍기는 자신감이 그녀의 무기력함을 더 절망적으로 강조하는
듯했다. 파리의 살롱에서 자유를 논할 때는 자신의 자유가 사라질 줄
은 상상조차 하지 못했다.

알레그라는 성경책을 덮고 그의 움직임을 지켜보았다. 검푸른 조끼
와 하얀 셔츠, 구릿빛 목덜미에 날렵하게 감긴 크러뱃 차림이 그야말
로 위대한 바다의 선장 같아 보였다. 그가 옆에 딸린 선실로 들어간 후
에도 계속 말을 이었다.

"몬테베르디 양, 한 가지 잊은 모양인데 가족을 살려주는 대신 당신
을 데려가 달라고 애원한 쪽은 당신이었소. 그때 당신은 뭐든지 내 뜻
대로 따르겠다고 했소. 뭐든지. 정확히 그렇게 말했어. 그런데도 내가
지금까지 봐준 걸 보면 나도 엄청 도량이 넓은 사람이야, 그렇지?"

그럼 이제 그 인내심이 끝났다는 뜻일까? 그녀의 얼굴이 창백해졌
다. 그때 한 말을 후회하지는 않았지만, 아빠가 돌아가시지 않았다면
그 약속을 훨씬 쉽게 견뎌낼 수 있었을 것이다.

부르르 몸서리를 치며, 그녀는 저 안으로 들어가 할 일을 끝내야겠
다고 마음먹었다. 싫다는 뜻을 밝히긴 하겠지만 저항하지는 않으리라.
그녀는 옷을 가다듬고 선실로 걸어갔다. 겁탈당하기 전에는 어떻게 마
음의 준비를 해야 하는 걸까?

문가에 서서 그를 바라보았다. 그 선장은 책상 서랍을 뒤적거리면서

그녀에게 시선 한 번 돌리지 않았다. 욕망에 미쳐 있는 남자의 모습은 전혀 아니었다.

그럼 뭘 바라는 걸까? 저 남자의 속내를 알아봐야 하리라. 그녀는 조심스럽게 말문을 열었다.

"나하고 얘기 좀 해요."

"이거 영광이오."

그는 여전히 서랍을 뒤적거렸다.

이런 남자에게 교양 있게 굴기란 쉬운 일이 아니었다. 하지만 그녀는 완곡한 어법으로 대화를 시도했다.

"상처난 팔은 어떠세요?"

"말끔히 나았소."

"대장님, 사실 나는 마음이 넓은 사람이에요. 하지만 당신 말이 맞는 것 같아요. 당신에게는 그러질 못했어요. 사과드릴게요. 생각이 좀……복잡했어요. 당신의 동기가 무엇인지는 아직 잘 모르겠지만 그래도 내 친족들을 풀어주기가 쉽지 않았을 것 같아요. 이젠 당신의 입장을 들어보고 싶어요."

"자비심이 넘치시는군요, 마담."

그가 몸을 세우고 깃펜을 살펴보았다.

"하지만 난 그런 얘기가 중요치 않다고 결론지었소. 그러니…… 신경쓰지 마시오."

뜻밖의 대답이었다.

"하지만 당신이 들어달라고 했잖아요. 나도 이제 객관적으로 들을 준비가 됐어요."

"이젠 내가 말하기 싫어. 기력을 되찾은 모양이니 오늘 저녁식사나 같이 합시다, 8시 정각에 응접실에서. 음, 저녁을 먹은 후에는……."

그가 흘깃 곁눈질하며 나른하게 미소지었다.

"당신이 약속을 잘 지키는지 봐야겠어."

그녀의 얼굴이 창백해졌다.

"강요하지 않겠다고 했잖아요."

"다른 말은 다 믿지 않으면서 왜 그 말만 믿는 거요?"

그녀의 심장이 쿵쿵거렸다. 비명을 지르며 달아나야 할까, 아니면 옷을 벗어 던져야 할까.

그가 실소를 터트렸다.

"농담이오. 그렇게 겁먹은 표정 지을 거 없어. 이리 와 봐, 보여줄 게 있소."

그가 그녀의 손을 잡고 발코니로 이끌었다.

하지만 문지방에서 그녀의 발길이 주춤했다. 밖으로 나오니 배의 흔들림이 더 확실하게 느껴졌다. 멀리 수평선에 닿아 있는 듯한 난간이 위아래로 미친 듯이 요동을 치고, 그와 함께 그녀의 뱃속도 울렁거렸다.

"사양할래요. 나, 난 여기 있을게요."

"왜 그래?"

"떨어지면 어떡해요. 난 그냥……."

"떨어져? 바다에?"

"그 끝까진 못 가겠어요."

"몬테베르디 양, 당신이 바다에 떨어지면 내가 곧바로 구해주겠소."

그녀는 연푸른 바다에서 그의 미소지은 얼굴로 걱정스런 시선을 옮겨갔다. 그 순간 딱 맞는 조끼로 인해 돋보이는 그의 강인한 가슴과 날렵한 허리선이 눈에 들어왔다. 잠시 자신의 두려움마저 잊어버렸다.

"더 이상 구해주기 싫다면서요."

"그럴 리가 있나. 그날 하루만 그랬다는 거야."

그가 심술궂은 눈빛을 번득이며 다가오기 시작했다. 그녀를 안아서 저 끝으로 데려갈 모양이었다. 그녀에게 겁을 줄 속셈으로, 그녀의 바보 같은 행동을 비웃어 주려고. 하지만 그 두려움이 진심이라는 것을 알아차린 듯 그가 멈춰 섰다.

그녀의 얼굴을 살펴보더니 그 시선이 머리로 올라갔다가 다시금 내려와 그녀의 입술에 멎었다. 그녀는 자신도 모르게 입술을 축였다. 그

때 그의 눈동자에 드러난 욕망을 보았다. 그리고 약속을 지켜야 할 날이 머지 않았음을 알았다.

그가 어깨를 으쓱하고는 혼자서 난간 쪽으로 되돌아갔다. 바람에 하얀 셔츠가 펄럭여 근육의 윤곽이 드러났다. 라자는 난간에 팔꿈치를 기대고 바다를 내려다보았다.

"돌고래가 있어."

그가 느릿하게 입을 열었다.

"정말요?"

그녀는 발코니 문가에서 최대한 까치발을 하고 그 명랑한 바다 생물을 찾아보려 했다. 하지만 보이질 않았다. 그 다음에는 탄탄한 엉덩이가 지극히 매력적인 풍경으로 그녀의 눈을 사로잡았다.

갑자기 자신을 어떻게 할 작정이냐고 물어보려 했던 결심이 어리석게 느껴졌다. 지금 그 말을 꺼낸다면 저 남자가 몸소 실천으로 보여줄 것 같았다. 그걸 견뎌낼 만한 자신은 없었다.

지금으로서는 그의 친절함을 고분고분하게 받아들이는 것이 가장 현명하리라. 괜히 그를 화나게 할 필요가 없었다. 그의 유혹에 굴복하지만 않으면 된다. 신중하게 행동해서 극단적인 상황을 피하기만 하면 되리라. 이 곤경에서 빠져나갈 방법이 생길 때까지, 아니면 이 남자가 그녀를 지겨워할 때까지.

그래, 신중하게 구는 것만큼은 자신 있었다. 그녀는 누가 뭐래도, 신중하고 분별력 있는 알레그라 몬테베르디였다.

"아까 하고 싶다는 얘기가 뭐였어?"

그가 뒷모습을 보인 채로 물었다.

"내가 얘기하기보다는 듣고 싶었어요."

"현명하군."

"어머니가 항상 말씀하셨거든요. 신께서 인간에게 두 개의 귀와 한 개의 입을 주신 데에는 다 이유가 있는 거라고."

"아, 레이디 크리스티아나 말이군. 내가 지갑에 두꺼비를 넣는 바람에 기절초풍한 적이 있었어."

그녀의 눈이 휘둥그래졌다.

"그 일을 어떻게 알아요?"

그가 책망하듯이 흘깃 돌아보고는 다시 바다로 시선을 돌렸다.

그녀는 마음속에서 일어나는 의문을 애써 무시해버렸다. 이 남자는 이미 많은 것을 알고 있지 않았던가. 전설의 피오레 동굴을 찾아낼 정도라면 라자 왕자의 어린 시절에 대해 알아내는 것쯤은 식은 죽 먹기였으리라. 이 사기 행각을 위해 준비를 많이 했던 모양이다.

그가 초연한 어조로 입을 열었다.

"나에 대해서 나름대로 결론을 내린 모양이군, 몬테베르디 양. 아직 충격이 큰 상태이니까 더 이상 왈가왈부하지 않겠어. 하지만 한 가지만 물어봅시다."

"뭔가요?"

"내가 만약 교활한 사기꾼이고 실종된 왕자의 전설, 그 한심한 전설을 이용해서 어센션의 권력을 잡으려 했다면 대체 왜 그 섬을 떠나왔을까?"

그가 한쪽 눈썹을 들어올리며 돌아보았다.

그녀는 마땅한 대답이 없다는 것을 깨달아야 했지만, 그러면서도 새침하게 턱을 치켜들었다.

"몰라요. 감당할 수 없어서 그랬겠죠. 그래도 당신이 진짜 왕자가 아니라는 증거는 댈 수 있어요."

"그게 뭘까?"

그녀가 홍, 코웃음쳤다.

"진짜 왕자님이었다면 자기 백성들을 이런 식으로 버리지 않았을 거예요. 가장 그분을 필요로 할 때, 백성들이 폭정에 시달리며 굶주려 있는 이때 그럴 리 없어요. 무슨 수를 써서라도 그들을 도와주려 했을 거예요."

"자기 힘으로 할 수 있는 일이 없다는 판단 하에 개입하지 않기로 했다면?"

"그렇다면 당신처럼 이기적인 사람이었던 모양이군요."

"아무도 믿어주지 않으리라는 걸 알았기 때문에 노력할 필요가 없다고 생각했다면?"

그녀는 고개를 흔들었다.

"그럴 리 없어요. 백성들은 당장 그분을 알아볼 거예요."

"실종되었던 세월 동안…… 차마 말할 수 없는 수치스런 일들이 일어났기 때문이라면 어떨까?"

"그럼 겁쟁이로군요."

그가 짤막하게 웃음을 터트리며 돌고래들을 응시했다.

"확실히 나보다 똑똑하군. 모든 질문의 대답을 알고 있으니, 몬테베르디 양."

"하지만 알폰세의 아들이 그랬을 리 없어요. 피오레 가문의 어느 누구도 겁쟁이가 아니에요."

그녀는 그의 처연한 시선을 성마르게 외면했다.

"우리, 다른 얘기나 해요. 이런 말장난은 전혀 재미없어요."

"알레그라, 당신은 왜 그렇게 피오레 편을 드는 거요?"

그녀는 어깨를 으쓱하며 머리 위 구름으로 시선을 올렸다.

"알폰세 왕과 유지니아 왕비는 내 어머니의 가장 친한 친구였어요. 나도 어렸을 때 안나 공주와 놀곤 했어요, 잘 기억은 안 나지만."

그의 잘생긴 얼굴에 고통스런 표정이 스쳤다가 금세 사라졌다.

"어머니는 나에게 궁궐 얘기를 많이 해주셨어요. 그래서 피오레가 사람들을 개인적으로 잘 알고 있는 기분이었어요. 특히 왕자님을. 그러니까 당신은 날 속일 수 없어요."

"왜 특별히 왕자야?"

그녀는 스르르 미소지으며 바닥을 내려다보았다.

"난 언제나 착하고 얌전한 아이가 되려고 노력했는데, 그분은 못 말리는 불한당이었어요. 아마 그 이유 때문일 거예요. 엄마가 그분 얘기를 들려주실 때마다…… 뭐랄까, 황홀한 기분이었어요. 나로선 감히 못하는 일이지만 그분은 무엇이든 할 수 있었어요."

"정말?"

그가 의심스럽다는 어조로 중얼거렸다.

"오, 그럼요. 엄마는 그분이 어디로 튈지 모르는 공 같다고 하셨어요."

"원기가 왕성했을 뿐이겠지."

"그리고…… 난 그런 오빠가 있으면 좋겠다고 생각했어요."

그는 말없이 그녀를 응시했다.

"이제 알겠죠? 난 진짜 라자 디 피오레를 알아요, 당신과는 전혀 다른 분이라구요."

"당신 어머니가 그 고결하시며 어릴 때 순교하신 왕자에 대해서 또 뭐라고 얘기하던가?"

"그 이상은 얘기 안 할래요! 당신이 또 흉내내면 안 되니까."

그는 은근한 위협처럼 미소지어 보였다.

"그래도 말해 보시오."

지금 상황에서 이 남자에게 반항하는 건 아마 현명하지 않을 것이다. 그렇게 결론짓고 그녀는 말을 이었다.

"음, 착한 아들이라고 했어요. 어머니를 아주 많이 사랑했죠. 친구들도 많았어요. 어릴 때 약혼도 했구요, 오스트리아 합스부르크의 공주와."

"불독 같은 여자야."

"뭐라구요?"

"이름은 니콜레트…… 막내딸이었어. 하지만 상관없어."

"아, 맞아요, 니콜레트 공주! 이사벨 이모님이 보내주신 신문에서 기사를 읽었는데 그분이 데뷔하는 무도회가 호화롭기 그지없었대요. 게다가 굉장한 미인이래요."

"예쁘긴 하지. 자, 얘기를 계속해 보시오."

"왕자님은 농담하길 좋아했어요. 공부하는 건 싫어했구요. 허풍이 세긴 했지만, 그걸 보충하고도 남을 만큼 매력적이었어요. 어린 나이답지 않게 사격 솜씨도 훌륭했죠. 엄마 말씀에 따르면, 어린 숙녀들을 눈물 쏙 빠지게 놀려대는 것이 취미였대요."

“당신 말이 맞아. 나와는 전혀 다른 사람 같아.”

그녀는 왠지 모르게 불안해졌다. 하지만 다시 짜증스럽게 그 의심을 떨쳐냈다. 이 남자의 게임에 말려들지 말아야 했다. 이 남자가 진짜 라자라는 걸 믿는다면 아빠가 진짜 반역자라는 것도 받아들여야 했다. 생각하는 것조차 견딜 수 없는 일이다.

“당신이 누구건 간에 한 가지는 장담할 수 있어요.”

그녀가 자신 있게 단언했다.

“라자 왕자가 살아 있다면 이런 해적선을 타고 돌아다니진 않을 거예요.”

그는 재미있다는 듯 그녀를 살펴보았다.

“그 남자 얘기를 할 때마다 왜 얼굴이 빨개지는 거야?”

그녀가 화들짝 뺨으로 손을 올렸다.

“내가 언제!”

“아니, 빨개졌어.”

그가 그녀 쪽으로 슬슬 걸어오기 시작했다. 그녀의 마음을 몽땅 알아버린 시선으로.

악마 같으니.

“탑에서도 ‘나의 라자’ 이런 식으로 말했었지, 아마? 이유가 뭐야?”

그녀의 얼굴이 더욱 붉어졌다.

“그런 적 없어요.”

“내가 알아맞혀 볼까? 어린 소녀가 은밀하게 상상했던 일이 있었을 거야.”

“무슨 얘긴지 전혀 짐작이 안 가요.”

그는 그녀의 입술에 손가락을 올려 조용히 하라는 시선을 던졌다.

“몬테베르디 양, 당신은 내 정체를 알아냈어. 난 당신 말대로 사기꾼이야. 짭짤한 건수나 찾아다니는 바다의 무법자야. 이번 공격이 계획대로 되진 않았지만, 그래도 괜찮아. 보물을 찾았으니까.”

“그래요, 내 아버지의 보물을 당신이 모두 차지했어요.”

"그걸 말하는 게 아니야."

그가 은근하게 그녀의 손을 들어 그 손등에 입술을 눌렀다.

이런 희롱에 순진하게 넘어가지 말자고 다짐하면서도 그녀의 얼굴이 화끈거렸다.

"드디어 진실을 인정하는군요. 그리고 최소한 그 정도로 날 존중해 주는 것만큼은 고마워요."

"몬테베르디 양, 난 당신을 무제한적으로 존중하오. 이 세상의 다른 누구보다 더."

"거짓말도 무제한적으로 하시는군요."

그녀가 알 수 없다는 시선으로 쳐다보았다.

"하지만 한 가지는 사실인 것 같아요. 어셴션에서 태어나긴 했죠, 그렇죠? 억양이 그래요."

그가 순순히 고개를 끄덕였다.

"천민 출신도 아닐 테구요?"

"맞았소."

"교육도 웬만큼 받은 것 같아요."

그가 빈정거리듯 눈썹을 올렸다.

"비카의 공이 컸소."

"그렇군요!"

그녀는 자기 생각이 모두 맞았다는 사실에 흡족해졌다. 처음부터 그의 실체를 꿰뚫어보았다는 점도 자신감을 더해 주었다.

'하지만 터널에 대해서는 어떻게 알았을까?'

'그리고 왜 초록과 검정색 허리띠를 본 후에 태도가 돌변했을까?'

"그럼 당신을 뭐라고 불러야 할까요?"

"당신이 다른 별명을 붙인대도 어쩔 수 없지만 내 이름이 라자인 건 사실이오."

그녀가 눈살을 찌푸렸다.

"내가 그…… 그 왕자보다 몇 달 늦게 태어나서 그렇게 된 거요. 부모님이 왕실을 숭배했거든."

"그렇군요."

그의 눈동자에 어린 따뜻함이 어색해져서, 그녀는 문틀을 부여잡은 손으로 시선을 돌렸다.

그의 설명에 일리가 있긴 했다. 하지만 너무 쉽게 수긍했다는 점이 왠지…… 그녀가 듣고 싶어하는 말을 들려줘서 간단히 이 문제를 치워버리려는 듯한 태도였다.

"당신이 나의 친족을 살려준 것도 당연하겠군요. 다 장난이었을 테니까. 하지만 자칫 했으면 그들이 죽을 수도 있었어요."

알레그라는 조금 더 진위를 알아보려고 했다.

그는 미끼를 받아 물지 않았다. 그저 재미있다는 표정이었다.

"내가 왜 그들을 살려준 줄 알아? 당신이 부탁했기 때문이야. 당신 부탁을 들어주고 싶었거든."

그녀가 얼굴을 붉히며 중얼거렸다.

"정신 나갔군요."

"그럼, 당신의 은밀한 상상에 대해서……."

"제발 그 얘긴 하지 말아요!"

그녀를 놀리려고 이런 말을 하는 것이다.

혐오스러운 인간!

그가 다시 장난스런 시선으로 그녀에게 접근해 왔다. 그리고 바로 코앞에서 문틀에 두 손을 들어올려 그녀를 가둬버렸다.

"당신의 그 왕자님과 난,"

그가 비밀스럽게 속삭였다.

"적어도 똑같은 이름을 가졌고 나이도 같아. 다른 점은 그자는 죽었지만 난 보다시피 이렇게 멀쩡하게 살아 있다는 거야. 그렇다면 당신이 상상하던 걸……."

그가 오른손으로 그녀의 어깨를 쓰다듬자, 그녀의 발가락까지 전율이 흘러 내려갔다.

"한 번 해보면 어떨까? 나를 그 사람이라고 생각하고. 당신의 상상을 채워주고 싶어. 어쩌면 상상보다 더 좋을지도 몰라."

그녀는 그 반짝이는 눈동자가 왕자님의 그것과 똑같다는 것을 인정해야 했다.

"소용없어요."

그의 입술이 달래듯이 점점 가까워졌다.

"왜?"

커다란 손이 그녀의 허리를 감아 부드럽게 끌어당겼다. 그녀의 손이 저절로 그의 가슴으로 올라가고 있었다.

"왜냐하면…… 당신은 해적처럼 키스하니까."

"항상 그렇진 않아."

그가 살짝 미소지으며 그녀에게 키스했다. 나비의 날갯짓처럼 아주 부드럽게 그녀의 입술 위로 입술을 스쳤다. 그 아찔한 쾌감에 그녀의 입술이 조금 벌어지는 사이 그의 입술이 완벽하게 닿았다.

그의 입술이 입술 끝으로 움직였다가 뺨으로, 눈썹으로 옮겨갔다. 시간이 흐를수록 그녀의 몸에서 점점 기운이 빠져나갔다. 그녀의 귓가에 대고 그가 조그맣게 속삭였다.

"나한테도 환상이 하나 있어, 셰리. 어느 아름다운 소녀가 나의 영혼을 구해주는 것. 그런 여자가 있다면……."

그가 고개를 숙이고 그녀의 뺨에 뺨을 맞댄 채 그대로 서 있었다. 그의 마음이 혼란에 빠진 듯했다.

"왜 그래요?"

그녀가 그의 머리를 감싸안으며 물었다.

그의 몸이 부르르 떨렸다. 그가 그녀의 목에 키스하고는 머리채를 부여잡으며 목덜미에 얼굴을 묻었다.

"날 도와줘, 알레그라. 너무 끔찍해."

그녀는 그의 지친 뺨을 쓰다듬었다.

"어떻게 해드릴까요?"

“날 사랑해 줘.”

그들 둘다 움직이지 않았다. 다음 순간 그녀의 몸이 바르르 떨렸다. 온몸의 기력이 달아나서 서 있을 수가 없었다. 눈을 감고 문틀에 기대었다. 처음 눈이 마주쳤던 순간부터 이것이 그녀의 운명이었다.

“날 사랑해 줘.”

그가 중얼거리며 그녀의 허리를 어루만졌다. 그의 손이 머리채를 길게 쓰다듬는 것이 느껴졌다, 비단처럼 부드럽다는 속삭임이 들렸다. 언제인지 모르게 그녀의 머리핀이 그의 손으로 넘어갔고 그 후엔 바닥으로 떨어지는 소리가 들렸다. 배가 흔들거리자 그 핀이 쭉 미끄러지다가 바다로 떨어졌다. 하지만 그녀는 신경쓸 겨를이 없었다. 그의 입술이 다시 찾아들었다. 그가 그녀의 입술에서 그녀의 체취를 들이켰다. 그들 사이에 있는 엄청난 마력이 그녀에게 생생하게 느껴지도록.

그녀는 남아 있는 의지력을 끌어 모아 뒤로 물러났다.

“안 돼요, 안 돼요, 이런 건 싫어요. 난 못해요.”

몸의 감각들이 요동치고 있는데도 억지로 그를 외면했다.

“뭘 못하겠다는 거요, 셰리? 내가 도와줄게.”

그가 부드럽게 그녀의 목을 어루만졌다.

그녀는 다시 그를 쳐다보았다. 경멸하기로 마음먹었던 이 남자에게 애정이 솟구치다니 당황스러웠다. 그녀를 죽이려 했던 이 범죄자에게 마음이 쏠리다니.

“끝까지 갈 자신이 없어요. 거기 떨어지면 너무 깊어서 헤어나올 수 없을 것 같아요.”

그녀의 눈이 애원을 보냈다.

그는 그녀의 손바닥에 입술을 누른 채 오래도록 서 있었다. 하고 싶은 말이 너무나 많은데 어디서부터 시작해야 할지 모르는 것처럼.

“그래도 내가 당신을 구해줄게.”

이윽고 그가 그녀의 손을 풀어놓고 조용히 자리를 떠났다. 발코니에는 거대한 바다만을 벗삼아 그녀 홀로 남았다.

10

"그 여자가 날 사랑해."

라자가 갑판의 그늘로 어슬렁 걸어 들어가며 말했다. 그곳에서 항해 일지를 적고 있던 비카가 어리둥절한 표정으로 고개를 들었다.

라자는 비카의 여송연 하나를 꺼내 랜턴으로 불을 붙인 다음, 몸을 세우고는 음미하듯 깊이 빨아들였다. 비카가 시계를 확인하고 나서 다시 그를 쳐다보았다.

"두 시간 전에는 증오한다고 했잖나."

"아, 그것도 맞아."

"뭐야, 그게?"

라자가 닻을 감아 올리는 기계에 느긋하게 기대어 자랑스럽게 중얼거렸다.

"그런데 그 여자가 사랑하는 것도 나야. 내가 나 자신과 경쟁하고 있었던 거야."

"그 여자의 사랑을 얻는 게 목적이었나? 그런 줄은 미처 몰랐네."

비카가 일지를 덮으며 은색 눈썹을 들어올렸다.

“날 야만인 취급하지 마.”

“그럼 몬테베르디 양에게 한 점 부끄러움 없는 의도를 지녔다는 건가?”

“그건 아니고.”

“알았네, 알았어. 미끼나 덥석 받아먹으라는 거겠지?”

비카가 못마땅한 듯 투덜거렸다.

“어떻게 한 여자의 마음을 갖고 자기 자신과 경쟁할 수가 있나?”

라자는 씨익 미소지으며 여송연을 살펴보는 척했다.

“몬테베르디 양은 죽은 왕자를 남몰래 연모하고 있었어. 그자를 사랑하는 거고, 나를 증오하는 거야.”

“아하.”

비카가 머리를 긁어대며 웃었다.

“그럼 어쩔 셈인가?”

라자는 담배 연기를 동그랗게 뿜어낸 후 그 고리를 쳐다보며 생각에 잠겼다.

“그냥 안티구아의 악마로 남기로 했어.”

“왜? 자네가 피오레의 마지막 생존자라는 걸 확인시켜 주면 더 빨리 안을 수 있을 텐데.”

“알아. 하지만 그녀가…… ‘지금의 날’ 원하게 만들고 싶어. 이렇게 말하면 너무 이상한가? 나하고 이름이 같은 그놈한테는 이상할 것도 없겠지, 낭만적인 이상형이니까……. 글쎄, 잘 모르겠어.”

그는 눈살을 찌푸리며 수평선을 물끄러미 바라보았다.

“자길 경멸하는 여자의 마음을 따내는 게 남자의 허영심이긴 하지.”

“이건 허영심이랑 상관없어. 그냥…… 뭐라고 말해야 할까, 그녀가 진실을 알게 됐을 때 얼마나 실망할지 알아서 그래.”

“실망?”

“내가 백마 탄 왕자님으로 보여?”

비카는 대답하지 않았다.

"그 여자는 지금의 나와 예전의 내가 얼마나 다른지 확실하게 알려 줬어."

그는 손에 들린 여송연을 내려다보다가 문득 짜증스러운 듯 눈을 굴렸다.

"나의 경쟁상대가 '나' 자신이라니, 거참."

"그 정도로 심각한 상태는 아니야, 피오레."

비카가 웃음을 터트렸다.

"그보다 더 심각해질 수도 있었잖나. 내가 정성스레 따라다니지 않았다면 말이야. 그 동안 겪은 시련들을 말해 보면 어떨까? 그럼 이해할지도 몰라."

"동정받기는 싫어. 그 여자가 너무 안전 지향적이라는 게 문제야."

"그거야 자연스러운 일 아닌가?"

"그런 뜻이 아니야. 여기선 위험할 게 없잖아, 그 여자도 그 부분은 인정하는 것 같고. 그러니까 내 말뜻은…… 제길, 나도 무슨 뜻인지 모르겠어."

라자가 발딱 일어나 갑판 위에서 일하는 부하들을 둘러보았다.

"현실보다는 환상 속이 언제나 안전한 법이라네."

비카가 지혜롭게 한마디했다.

"젊고 건강한 여자를 자기 속에 가두고 있잖아, 해칠 사람이 전혀 없는데도! 그 여자는 날 안 믿어."

"지금 상황에서 다른 걸 바랄 수 있겠나?"

라자는 할 말이 없었다.

한동안 생각에 잠겼던 비카가 갑자기 시선을 들어올렸다.

"혹시 그 여잘 사랑하는 거야?"

"헛소리 마."

비카는 재미있어서 미치겠다는 표정으로 그를 마주 보았다.

"빌어먹을."

라자가 휙 발길을 돌려 조타수가 서 있는 곳으로 쿵쿵대며 걸어갔다 뭐든지 한 일을 찾아야 했다.

알레그라는 이사벨 이모에게 편지를 쓰며 오후 시간을 보냈다.
'걱정하지 마세요, 이모. 저를 붙잡아 온 선장이 비록 해적이긴 하지만 폭력을 쓰지는 않아요. 가끔은 교양 있게 행동하기도 해요…….'
하지만 그 사람의 키스가 얼마나 부드러운지, 그의 손길이 얼마나 부드러울 수 있는지에 대해서는 쓰지 않았다.
그 후에는 자신이 후원하는 고아원과 빈민 구제소의 자원봉사자들에게 편지를 썼다. 누구에게 무엇을 챙겨주어야 하는지, 어떤 집에 어떤 음식을 갖다주어야 하는지, 어떤 아이들을 주의 깊게 보살펴야 하는지 상세하게 적었다. 폭력 가정에서 자라는 토마스와 자신이 예뻐하는 콘스탄지아와 창고가 불타버린 디로사 가족이 어떻게 연명하고 있는지도 너무나 궁금했다. 편지를 써 내려가다 보니 자신이 얼마나 많은 일을 감당해 왔는지 새삼 깨달을 수 있었다. 그것으로 안티구아의 악마를 원망할 이유가 또 하나 추가되었다. 도움이 필요한 백성들에게서 그녀를 떼어놓지 않았는가. 편지를 보낼 기회가 있을지 의심스럽긴 했어도 어쨌든 준비를 해놓는 것이 나으리라.
그 후에는 선장이 명령하신 저녁식사에 참석하기 위해 목욕을 했다. 건빵과 사이다 정도밖에 올라오지 않을 식사 때문에 이런 수고를 하는 게 우습기도 했지만, 워낙 익숙한 습관인데다가 예전 생활로 돌아간 듯한 기분도 들었다.
입을 옷은 복숭아 빛 새틴 드레스로 결정했다. 라자가 그녀의 소지품들을 죄다 배에 실으라고 명령한 덕분에 선택하기가 어렵지는 않았다. 살인자 중에서는 그나마 제일 사려 깊은 살인자라고 해줘야 할까? 이 배의 창고 하나가 그녀의 옷가지로 들어차 있었다. 거친 뱃사람들이 아무렇게나 집어던져 놓긴 했지만, 그래도 엄마의 보석과 가족의 초상화 같은 소중한 물건들이 곁에 있어서 다행스러운 마음이었다.
라자의 선실 세면대에서 머리를 빗을 때에는 생각하기 싫은데도 자꾸만 그의 말이 떠올랐다.

'날 사랑해 줘.'

맙소사, 그런 말을 하다니. 그 남자 말고 어느 누가 그런 말을 할 수 있을까.

당연히 육체적인 뜻으로 한 말이리라. 그 악랄한 무법자가 감히 자신의 방종한 욕구를 채워달라고 요구하다니.

'왕자님이 고향으로 돌아갈 수 있게 도와달라고 했던 거야.'

마음속에서 그런 흐릿한 속삭임이 들리는 듯했지만 완전히 무시해 버렸다. 황옥이 박힌 상아핀을 머리에 꽂으며 나지막이 어센션 민요를 흥얼거렸다. 머리 모양은 간단하게 정리했다, 어차피 예술적으로 다듬을 상황도 아니었다.

여기까지는 별다른 어려움이 없었는데 하녀의 도움 없이 드레스를 입으려니 생각처럼 쉽지가 않았다. 하지만 어떻게든 치마 모양 뼈대를 끼워 입고 크림색의 주름장식 달린 속치마를 펼치면서 순서대로 몸단장을 끝냈다. 다시 인간이 된 듯한 느낌으로, 가볍게 몇 발짝을 걸으며 빙빙 돌아보았다. 하지만 시계를 쳐다보는 순간 아직 한 시간이나 남았다는 사실을 알게 되었다.

한숨을 푹 내쉬며 방안을 걸어다녔다.

바다에서의 생활은 너무 지루해. 어떻게 이런 생활을 견딜 수 있담? 선장이라는 남자는 지금 인생을 허비하고 있는 거야. 그 정도로 강하고 영리하며 카리스마와 대담성까지 갖춘 남자라면 무슨 일에든 성공할 수 있을 텐데. 스스로 작정을 하고 노력한다면 이 세상을 보다 나은 곳으로 만들 수도 있으리라.

아, 하지만 어쩌겠는가. 남자들은 너무 어리석다. 아빠를 보면서 이미 깨닫지 않았던가.

이 배의 선장은 쉬운 일에 만족을 못하는 모양이었다. 하지만 왜 굳이 죄악의 길을 선택했을까? 품위 있고 올바른 길이 얼마든지 있는데. 왜 인생을 형편없는 구렁텅이에서 보내는 걸까?

혹시 내가 노력하면 그 사람을 새롭게 바꿀 수 있지 않을까? 그녀는
정확히 3초 동안 그 가능성에 대한 생각으로 시간을 허비한 후에 자신
을 비웃었다. 그렇게 무모한 도전은 거절하겠다. 이미 수십 명의 여자
들이 시도해 보지 않았겠는가. 이 전에 얼마나 많은 여자들이 인질로
붙잡혀 저 보드라운 침대에서 그의 품에 안겼을까? 또 얼마나 많은 여
자들이 저 발코니에서 혼이 쏙 빠져나갈 키스를 받아 보았을까?

그 키스가 생각나자 뱃속이 묘하게 출렁거렸다. 그녀는 머뭇머뭇 그
의 옷장으로 다가가 살며시 열었다. 못에 걸린 진홍색 재킷을 살짝 만
져 보았다. 그리곤 스르르 눈을 감고 그의 느낌을 떠올렸다.

'당신을 사랑해 달라고요? 당신이 날 사랑할 수만 있다면, 내가 당
신을 길들일 수만 있다면, 아주 조금이라도.'

하지만 그런 일이 가능할 리 없었다. 그러니 헛된 희망도 품지 말아
야 했다. 이 남자는 여자의 마음에 상처만 남길 위험인물이었다. 엄마
가 돌아가신 후에 홀로 서기 위해서 얼마나 힘겹게 노력했던가. 그렇
게 가슴 아픈 상실감과 비통한 슬픔을 다시 겪고 싶지 않았다. 결국 라
자가 주게 될 것은 그 두 가지뿐이리라. 하지만 어쩌면 좋을까, 그 남
자는 여자의 마음을 뒤흔드는 방법을 너무나 잘 알고 있었다.

뒤쪽에서 끼익 문소리가 들렸다. 곧바로 현장에서 붙잡힌 죄인처럼
그녀의 심장이 철렁 내려앉았다.

문이 닫혔다.

"이런! 이렇게 예쁜 모습으로 나타나면 나더러 어쩌라는 건가, 셰리."

그녀가 머뭇머뭇 돌아서서 옷장을 가리켰다.

"할 일이 없어서 꿰맬 게 있나 찾아봤을 뿐이에요."

그가 미소지으며 건들건들 다가왔다.

"내 가슴만 꿰매 주면 돼."

"어머나, 기막혀."

그녀가 빨개진 얼굴로 물러나려 했다. 그런데 그의 손이 번개처럼
다가오더니 순식간에 그녀의 솔을 낚아채 갔다.

“이리 내요!”

“이 배에선 예의 차릴 거 없소.”

“대장님, 그 숄⋯⋯.”

“내 이름이 뭐였더라?”

그가 그 얇은 옷감에서 그녀의 향기를 들이켰다.

그녀는 입을 꾹 다물고 노려보았다.

“돌려주세요.”

“내가 또 다쳤어. 붕대가 필요해.”

그녀가 발을 탁탁 치며 매정하게 팔짱을 꼈다.

“그래요? 어딜 다치셨는데요?”

“가슴. 아까 말했잖소, 당신이 두 조각 내났어. 피가 철철 흘러.”

“당신은 악마예요.”

“다들 그렇게 말하긴 하더군.”

그가 휙 숄을 던져주고는 세상에, 옷을 벗기 시작했다.

그녀는 충격을 숨기려 애써 경멸하는 코웃음을 날리며 서둘러 문으로 향했다. 크러뱃을 풀어내는 그 나른한 태도에 노골적인 유혹이 담겨 있었다.

“나라면 그런 모습으로 절대 안 나가.”

그녀가 쿵쿵대는 심장박동을 억누르며 흘깃 돌아보았다.

“왜요?”

“폭동이 일어나거든. 진짜야. 여기 있는 게 나을걸.”

그가 얄밉게 눈썹 하나를 들어올렸다.

그녀는 가슴께로 팔짱을 끼며 돌아섰다.

“그래서 나한테 근육 자랑이라도 하겠다는 건가요?”

“정확히 맞았어. 이리 와서 옷 좀 골라 줘. 당신하고 어울리는 식사 상대가 될 수 있게.”

“도저히 안 될 걸요.”

“왜? 나도 차려입으면 꽤 봐줄 만해.”

"해적이 고급 옷을 갖고 있어 봤자 무슨 소용이에요?"

"좋은 질문이야. 역시 나의 인질은 영리해. 난 말이야, 가끔 다양한 맛을 즐기려고 도시로 나가거든. 그럴 땐 신사처럼 보이는 게 더 나아."

"효과가 있던가요?"

"한 번도 실패한 적 없어."

"어디 가봤어요?"

"어디든 다."

"거기서 뭘 해요?"

"음, 내가 뭘 하더라……. 당연히 오페라를 보러 가지."

"여자들을 보러 가는 거겠죠."

그가 피식 웃었다.

"사실은 내가 음악을 좋아하는 편이야. 오페라 극장에 데려가 줄까, 셰리?"

그녀는 단지 반항을 위한 반항으로 고개를 흔들었다. 그녀도 오페라를 좋아하긴 했다. 그 중에서도 가슴을 쥐어뜯으며 봐야 하는 영웅적인 비극을 제일 좋아했다.

"오페라를 좋아하지 않으면서 이탈리아 출신이라고 말할 수 있나? 그럼 당신은 뭘 좋아하지, 셰리?"

그가 그녀의 손을 잡아 조끼 윗 단추에 갖다 댔다.

그녀의 손이 익숙해진 습관에 따라 자동적으로 움직였다.

"토론하는 거."

"그럴 줄 알았어. 주제는 주로 어떤 거야?"

라자는 그녀의 능숙한 손놀림을 지켜보며 시큰둥하게 물었다.

"뭐든지요. 이념, 정치, 종교, 철학, 인간의 권리."

"여자의 권리?"

그녀가 흘깃 올려다보니 그의 눈에 장난기가 서려 있었다.

"농담 아니에요, 대장님. 여자들도 삶을 누릴 권리가 있어요. 제대로 교육받을 수만 있다면 세상에 좀더 크게 기여할 수 있을 거예요. 남자들이 즐기는 그 많은 권리 중에서 여자도 몇 가지 정도는 누려야 하지 않겠어요?”

“나는 언제나 여자들도 관능을 즐길 자격이 있다고 주장해 왔지.”

그가 은근하게 그녀를 응시하며 속삭였다.

그녀가 그의 가슴을 콕 찔렀다. 이 남자는 그녀에게 충격을 주려고 일부러 이러는 거다.

“내가 말하는 권리는 그런 게 아니에요. 여자에게도 재산 소유권이 인정돼야 해요. 함부로 구는 남편에게 법적 손해 배상을 청구하는 권리도 있어야 해요.”

갑자기 도메닉이 떠올라 그녀의 기분이 아주 나빠졌다.

“이제 보니 고결함이 하늘을 찌르는 분이로군! 진정한 이상주의자야. 나 같은 소인배가 따라갈 수 있을지 모르겠어.”

그녀의 얼굴이 붉어졌다.

“난 다만 세상에서 일어나는 일들을 알려고 노력할 뿐이에요. 새로운 자유의 시대가 열리고 있다구요. 물론 당신은 그런 걸 알 리가 없겠죠. 복수와 자기 쾌락에만 빠져 있었을 테니.”

그 말을 내뱉는 즉시 입을 때려주고 싶었다. 도대체 왜 입을 열 때마다 그를 모욕하게 되는 걸까?

라자가 그녀에게 등을 돌리고 멀어졌다. 그녀는 어쩔 줄 몰라하며 그의 뒷모습을 쳐다보았다. 무슨 말로 미안함을 표해야 할까. 아니, 왜 미안해해야 하지? 그가 조끼를 바닥으로 던지고는 머리 위로 셔츠를 벗어냈다.

“대장님, 제 말은…….”

갑자기 그녀의 입이 벌어졌고, 그가 홱 돌아서서 험악하게 인상을 찌푸렸다.

“이만 나가시오, 몬테베르디 양.”

“라자, 그거 보여주세요.”

그녀가 조용히 입을 열었다.

그는 셔츠를 손아귀에 쥔 채 꼼짝하지 않았다. 그녀는 천천히 다가가 근육질의 가슴과 팔뚝을 바라보았다. 아름다웠다. 지난 3일 동안 이 남자의 품에서 아무 일 없이 잠들었다는 게 믿어지지 않았다.

라자가 성난 신음을 흘리며 홱 돌아섰다. 그녀의 입에서도 신음이 터져 나올 뻔했다. 소름이 끼쳤다. 이 정도의 매질을 당했다면 생명까지 위태로웠으리라. 누군가가 이토록 잔인하게 그에게 채찍질을 했던 것이다.

얼키설키 이어진 상처들이 그물처럼 그의 등에 펼쳐져 있었다.

그는 자랑스럽게 턱을 치켜들었다.

"역겨워서 기절할 것 같지?"

"아뇨…… 많이 아팠어요?"

"별로."

"만져봐도 돼요?"

"만지고 싶어?"

그는 이 자리를 피해버리고 싶었다. 하지만 영원히 피해 다닐 수는 없는 노릇이었다.

그녀가 그의 등에 난 흔적들을 조심스럽게 훑어갔다. 그의 숨소리가 거의 신음 같았다.

"누가 이랬어요?"

그녀가 가라앉은 목소리로 물었다.

"울페 선장이."

그는 애써 별 거 아닌 것처럼 대꾸했다.

"하지만 결국은 당신 아버지가 한 짓이야."

"울페 선장이 누구예요?"

"지금은 죽었어. 해적의 왕."

그의 어조가 냉소적으로 바뀌었다.

"한때 내 주인이었던 남자."

"당신이 누군가를 섬겼다니 상상이 안 가요."

“내가 빚진 게 있었거든.”

“어떤 빚이었어요?”

“이제 그만해.”

“… 이런 일을 겪다니.”

그녀가 슬프게 중얼거리며 그의 어깨에서 왼쪽 허리까지 대각선으로 그어진 상처를 쓸어 내렸다.

“내가 바보 같았기 때문이야. 내가 자청했어.”

“무슨 말이에요?”

“비카가 그 늙은 개한테 대들었어, 몸값을 내지 못할 포로들은 풀어 줘야 한다고. 몬테베르디 양, 아무리 당신이라도 레이노르 울페한테 맞서진 못했을 거야.”

“그래서 당신이 비카 대신 벌을 받았나요?”

그의 넓다란 어깨가 으쓱 올라갔다.

“비카라면 죽었을 테니까.”

“숭고한 희생이었군요.”

“빌어먹을, 웃기는 소리하지 마. 내가 그 매질을 숭고하게 견뎠을 거라고 생각한다면 착각이야. 난 그 개자식이 때릴 때마다 고래고래 욕을 해댔어. 증오 때문에 죽지 않고 버텼던 거야.”

“내 아버지에 대한 증오인가요?”

“하늘의 신에게도.”

“그런 말 말아요!”

그녀는 놀란 숨을 들이키며, 하늘의 신께 ‘이 사람 말은 진심이 아니라’고 간곡히 기도드렸다.

그리곤 한참 동안 말없이 그의 등을 매만졌다. 그의 떨림이 느껴졌다. 한 걸음 더 다가서서 그의 허리를 감싸안고 가슴과 배를 어루만지며 그의 등에 살짝 입술을 눌렀다. 자신의 행동이 믿어지지 않았다, 하지만 멈출 수가 없었다. 눈을 감고 그의 울퉁불퉁한 등에 뺨을 댄 채, 그 따뜻하고 단단한 상체와 팔뚝을 어루만졌다. 위쪽으로 손을 뻗어

그의 목과 짧은 머리카락까지 쓰다듬었다

그가 그녀의 손길에 굴복한 것처럼 고개를 젖히고 낮게 숨을 토해냈
다. 그녀의 손이 엉덩이까지 흘러 내려갔을 때에도 그는 얌전히 서 있
었다.

"마음에 들어?"

그가 쉰 목소리로 물었다.

"네."

그가 돌아서서 그녀의 목덜미를 감싸쥐고 서서히 얼굴을 내렸다. 이
번에는 그녀도 그의 키스를 맞아들였다, 그의 혀에서 브랜디 맛이 느
껴졌다. 그가 으스러져라 끌어안으며 격한 키스로 그녀의 입술을 활짝
열었다. 뜨거운 혀가 그녀의 입 속으로 파고들었다. 그는 그녀를 벽장
으로 밀어붙여 쉴새없이 키스를 퍼부으며 두 손으로 그녀의 몸을 어루
만졌다. 그의 살갗이 뜨거웠다. 자신에게 그를 이렇게 만들 힘이 있다
는 것이 그녀는 믿어지지 않았다.

그의 격정을 가라앉히려고 가슴을 두 손으로 밀어보았다, 하지만 꿈
쩍도 하지 않았다. 그녀가 숨을 쉬려고 고개를 돌릴 때에도 그의 입술
이 따라와 키스를 계속했다.

그녀는 이대로 기절할 것 같은 기분이었다. 그의 힘에 위압당해서가
아니라 마음속 깊은 곳까지 철저하게 흔들려버렸기 때문에. 이젠 그의
맛과, 뜨겁게 목과 어깨와 그 밑의 가슴으로 헤매 다니며 능숙하게 옷
을 풀어 가는 그의 손놀림을 느낄 뿐이었다.

"알레그라."

그가 마지막 끈을 잡아당기며 속삭였다.

"당신을 갖고 싶어."

그녀의 무릎이 후들거렸다. 휘몰아치는 감각과 감정들이 정신없이
그녀를 내몰았다. 그가 그녀의 엉덩이를 움켜잡고 자신에게 바짝 들어
올렸다. 단단하게 부풀어오른 부분을 그녀에게 확인시키려는 듯이.

그녀는 필사적으로 얼굴을 돌렸다.

“대장님, 제발……..”

“이름을 불러. 제기랄, 이름을 말하라구.”

“강요하지 않겠다고 했잖아요!”

“내 이름을 말해 봐. 말해 봐, 알레그라. 안 그러면 여기서 당장 당신을 가져버릴 거야.”

“라자.”

그녀가 쥐어짜듯이 말했다.

“다시.”

“싫어요!”

그가 그녀의 머리채를 휘어 감았다.

“다시, 알레그라. 어서.”

“하지만 당신은 그분이 아니…….”

“제발.”

그가 중얼거렸다. 갑자기 그의 키스가 부드러워졌다, 몸서리가 쳐질 정도로 달콤하게. 그의 엄지손가락이 깃털처럼 부드럽게 그녀의 뺨을 쓰다듬었다.

그녀의 의지는 그 달콤함에 저항할 정도로 강하지 못했다. 그의 혀가 느릿하게 그녀의 입술 위를 핥으며 취하게 했다. 그녀는 무너지기 시작했다. 이 남자의 마약 같은 손길이 승리를 거머쥐고 있었다. 게다가 그녀도 그를 만지고픈 욕구를 더 이상 참을 수 없었다.

그녀는 머뭇머뭇 그의 가슴을 어루만졌다. 그가 멈칫하며 살짝 뒤로 물러나 자신의 가슴에서 배회하고 있는 그녀의 손을 지켜보았다.

알레그라는 시선을 들어올렸다. 너무나 두려웠지만 자신도 이 남자를 원한다는 걸 알았다.

라자는 고통스런 표정으로 눈을 감고 그녀에게 이마를 기댔다. 길고 떨리는 한숨을 토해내며 속삭였다.

“알레그라, 제발 내가 누군지 말해 줘. 내가 누군지 기억나질 않아.”

그녀가 그의 목을 끌어안았다. 이 남자가 누구이건, 그 목소리의 절망이 그녀의 마지막 저항을 산산조각냈다. 이 남자가 그분이기를, 그분인 척할 수 있기를. 이 순간만이라도…….

그의 입술이 다시 닿았을 때 그녀는 항복했다.

"라자."

그가 그녀의 허리를 끌어안으며 떨리는 한숨을 내쉬었다.

"아, 그래. 다시 말해 봐."

"라사."

그녀는 고개 젖혀 그의 굶주린 키스를 한껏 맞아들였다.

"라자, 라자."

그가 그녀를 안아들고 침대로 데려갔다. 쉴새없이 키스를 퍼부으며 침대에 눕히고, 그 위로 자신의 커다란 몸을 내려 감미롭게 그녀를 내리눌렀다. 그녀의 머리 양쪽 옆에 팔꿈치를 대며 그녀의 얼굴을 감싸쥐었다.

"겁내지 마."

그 속삭임과 함께, 그녀의 보디스를 연 후 젖가슴을 어루만졌다. 이상하게 몸이 녹아내리는 기분이었다. 그 후로 언제쯤일까, 그녀의 다리 사이에서 이해할 수 없는 일이 일어나기 시작했다. 무언가를 찾아 헤매는 듯한 참을 수 없는 감각이 생겨났다. 그녀의 몸이 제멋대로 요동을 쳐대고 신음이 터져 나왔다.

그가 속삭였다.

"느껴 봐. 원하는 게 뭐지? 뭐든지 다 해줄게."

그의 손이 움직일 때마다 완벽하게 그녀가 바라던 대답을 해주었다. 충격인 듯 축복인 듯, 점점 야성적인 환희가 그녀를 가득 채워 갔다. 달콤한 고통이었다. '왜 이 사람일까? 왜 지금?'이냐고 자문하던 질문도 더 이상 상관없어졌다. 그녀는 그의 날렵한 엉덩이를 부여잡고 자신이 원하는 대로 끌어당겼다.

욕망의 불길로 정신마저 아득해졌을 때, 그가 치맛자락을 허리 위로 잡아 올렸다. 그녀는 간신히 눈꺼풀을 열어 그를 보았다. 그의 헤아릴 수 없는 표정, 그리고 그 후에는 꿈같이 찾아드는 입술…… 그가 숨을 몰아쉬며 다시 그녀를 어루만졌다.

그녀의 몸은 젖어 있었다. 그녀를 어루만지는 그의 손끝으로 느낄 수 있었다. 황홀경에 젖어드는 그의 얼굴이 보였다. 그의 손가락이 스르르 안으로 미끄러지는 순간 그녀의 입에서도 황홀한 신음이 새어나왔다. 그가 그녀의 몸 속을 부드럽게 매만지며 다시 키스했다. 그의 손가락이 가장 민감한 부분을 매만졌다. 그리고 아주 외설스럽게, 교묘하게 움직이기 시작했다. 그녀는 그의 팔뚝을 정신없이 매만지며 꿈결인 양 그의 손길을 받아들었다. 그의 입술이 귓불에 닿았다.

"괜찮지, 셰리?"

알레그라는 대답할 수가 없었다. 하지만 그의 낮은 웃음소리로 이미 그가 대답을 알고 있다는 걸 깨달았다. 그녀의 몸이 제멋대로 그의 손길을 찾아 움직이고 있었다.

그가 그녀의 젖가슴에 키스하며 혀끝으로 살짝 젖꼭지를 핥았다. 눈을 떠서 그녀를 바라보고는 음탕한 환락의 신처럼 관능적인 입술로 미소를 그리며, 다시 고개 숙여 그녀의 단단해진 젖꼭지를 혀로 찰싹였다. 그 다음엔 정열적으로, 탐욕스럽게 젖가슴을 입 속으로 빨아들였다.

알레그라는 놀란 숨을 들이키며 고개를 젖혔다.

전보다 더 격정적으로 손길을 받아들이며 그의 머리를 가슴에 힘껏 부둥켜안았다. 가슴에서 일어나는 쾌감에 도저히 참을 수 없어지자 그의 머리를 끌어올려 키스를 퍼부었다. 이제 그녀는 완전히 그의 마력에 사로잡혔다. 그가 요구하는 거라면 무엇이든 할 수 있었다.

"참지 마, 셰리. 터트려."

그녀는 고통에 몸부림치는 사람처럼 신음했다.

"라자."

그의 움직임이 멈칫했다. 참을 수가 없었다. 알레그라는 그의 어깨를 움켜쥐고 신음했다.

"아, 라자, 제발."

떨리는 신음이 그의 대답이었다. 첫번째 쾌감의 물결이 거칠게 몰아치는 파도처럼 그녀를 휩쓸었다. 그녀는 그의 목을 세게 끌어안고 손가락을 꽉 쥐었다. 평생 이렇게 무기력한 기분은 처음이었다. 목에서 비명이 터져 나왔다. 기쁨보다 더 깊은, 알 수 없는 감정으로 눈물까지 함께 흘렀다.

그는 입술로 그 눈물을 핥아주며 필사적으로 꿈틀거리는 그녀의 몸을 극한의 쾌락으로 몰아갔다.

그녀는 움직일 수 없었다. 너무나 깊은 안도감, 완벽하게 치료된 듯한 감각이 찾아들었다. 그의 손이 떨어져나갔다. 자신의 거친 숨결, 빠르게 고동치는 맥박, 허벅지 사이의 그 아릿하고도 뜨끈한 만족감이 기적 같았다.

라자는 눈을 질끈 감고 몸을 떨면서 그녀를 끌어안았다. 세상에서 제일 아름다운 여자라고 그녀의 귀에 속삭였다. 거짓말일 거라고 생각했지만, 완전히 거짓말일 것 같지 않기도 했다. 그녀는 진이 빠져버린 느낌으로, 하지만 이상하게도 완벽한 기분으로 그의 뺨에 키스했다.

"아, 라자."

손가락 하나 까닥할 기운도 없이 조그맣게 한숨만 내쉬었다.

그는 아무 말 없이 그녀의 가슴에 얼굴을 묻었다. 그녀는 그의 짧고 부드러운 머리카락을 쓸어주었다. 지금 이 순간, 다른 누구보다도 더 이 남자와 가까운 느낌이었다. 불 같은 눈동자 속에 비극을 끌어안고 있는 상처투성이의 남자, 노력만 한다면 영웅이 될 수도 있을 이 악당과 말이다.

그의 내면엔 다정함이 숨쉬고 있었다.

너무 늦어버린 걸까? 그녀는 알 수 없었다. 이 남자를 소유한 것 같기도 했지만 두렵기도 했다. 두려워했던 일이 너무 빠르게 다가들고 있었다. 하늘이 그에게 빠져 들어가는 자신의 마음을 막아줄 수 있기라도 한 것처럼, 그녀는 기도했다.

'제발 신이시여, 이 남자는 안 돼요. 이 남자가 아닌 다른 사람을 주세요. 이 사람은 저에게 너무 위험해요.'

그는 해적이고 무법자였다.

한 여자만 사랑할 수 있는 남자가 아니었다. 세상을 하직하기 전까지는 그런 생각조차 하지 않을 것이다. 그 불가능한 일이 실제로 일어난다 해도, 그녀를 선택하지는 않을 것이었다. 너무 신중하고 지루할 만큼 도덕적인 원수의 딸은.

이 남자는 범죄자였다. 그녀의 인생을 파멸시켰다. 다른 사람들도 그를 악마의 화신이라 불렀다. 그녀의 환상 속에 비집고 들어온 무뢰한이었다. 그런데도 처음 본 순간부터 그녀는 이 남자에게 빠져버렸다.

이 남자가 누구이건 간에.

11

<사람은 겉으로 보이는 모습만 보기 마련이다. 당신의 진실한 모습을 아는 사람은 극히 드물다. 그 극히 드문 몇 사람들도 감히 다수의 의견에 반대하지 못한다.>

시계소리가 뎅그렁 울려 퍼지자 도메닉 클레멘테는 책에서 고개를 들어올렸다.

새벽 2시.

낡은 마키아벨리 책을 밀어내고 자리에서 일어났다. 기분 좋게 기지개를 켜며 밤 공기를 마시기 위해 밖으로 나섰다.

일주일 전, 리틀 제노바는 해적의 공격에 약탈당했고 몬테베르디는 자살해버렸으며 알레그라는 납치당했다. 그 와중에 그는 권력을 거머쥐었다. 그때부터 이 섬은 혼란의 연속이었다. 주민들의 폭동과 방화 사건이 줄을 이었고, 기념식에 참석했던 손님들만이 아니라 제노바 귀족 대부분까지 가족을 끌고 멀찌감치 달아났다.

도메닉은 권력을 잡은 후에 몇몇 폭도들을 잡아 고문한 바 있었다. 하지만 모두들 리틀 제노바를 약탈한 그자가 자기 일당이 아니라고 했다.

그자를 아는 놈도 없고, 그 사건을 설명할 수 있는 놈도 없고, 그자가 어디로 갔는지 아는 놈도 없었다. 알레그라를 납치해 간 자가 이 어센션 폭도들과 관계 없다는 사실이 점점 명백해지고 있었다. 가엾은 알레그라는 반역자가 아니었던 것이다, 그가 처음 짐작했던 대로.

도메닉은 꽤나 미안해졌다.

마리아가 지겨워진 지금 다시 약혼녀를 되찾고 싶었다. 사실 알레그라를 구출하고 그 납치범을 처벌하는 일이 그의 능력을 만천하에 증명하는 계기가 될 것이었다.

도메닉은 왼손에 권총을 쥐고—당연히 무기 없이 집을 나설 수는 없었다—오른팔은 가슴에 붕대로 고정시킨 채 마구간으로 걸어갔다. 어둠 속에서 누군가 따라오는 소리가 희미하게 들렸다. 잠깐 발길을 멈췄다가 피식 미소지으며 계속 걸어갔다.

'때가 됐어.'

그는 생각했다. 이미 준비가 되었다. 일주일 동안 이 순간을 준비해왔다. 누군가 미행하고 있음을 알아차렸던 날부터 지겨워서 미쳐버릴 정도로 이 순간을 기다려 왔다. 그 검은 눈의 야만인이 몇 놈의 자객을 보냈을까? 이미 한 놈은 죽였다, 하지만 심문을 하기도 전에 죽어버렸다.

저택의 웅장한 현관 앞에 두 개의 랜턴이 빛을 뿜고 있었지만, 그런 빛은 필요치 않았다. 그의 감각은 어둠 속에서 더 날카로워졌다. 뒤에서 조심스럽게 따라붙는 소리가 들렸다. 아니 몇 미터 뒤에서 따라오는 존재를 직감적으로 느꼈다. 사냥꾼을 오히려 사냥감으로 만들어버리는 이 게임을 즐기며 그는 미소지었다. 한가롭게 콧노래를 부르며 창백한 달빛에 은색 권총을 들어올렸다. 그의 감각이 뒤쪽 그림자를 간파해냈다. 그는 오른손만큼이나 왼손으로도 정확하게 명중시킬 수 있는 명사수였다.

찰칵, 흐릿하게 방아쇠 당기는 소리가 들리는 순간 도메닉은 빙글 돌아서서 어둠 속의 형체에게 총알을 발사했다. 총알이 그자의 머리에 명중했고 그자는 총을 떨어뜨리며 쓰러졌다. 도메닉은 당장 달려들어

멱살을 움켜쥐고 녀석을 불빛 속으로 끌어냈다.

"누가 보냈어? 그놈 이름이 뭐야?"

사내는 입을 열지 않았다. 도메닉이 세차게 붙잡고 흔들었다.

"말해!"

"악마."

도메닉이 코웃음쳤다.

"그놈은 악마가 아니야. 인간이야. 피를 흘렸거든."

그자는 죽음의 나락으로 떨어져 들어가며 그를 비웃었다. 더 이상의 대답 없이 몸을 떨어대기만 했다.

"아직 죽으면 안 돼. 대답해! 어서!"

하지만 다음 순간 그 자객은 맥없이 숨을 거두었다.

그는 더러운 기분으로 시체를 집어던졌다. 빌어먹을, 나까지 피범벅이 됐잖아.

"악마라고? 사탄을 말하는 거야?"

차라리 그게 폭도들 사이에 산불처럼 번지는 소문보다는 나았다. 그 검은 눈의 야만인이 틀림없는 라자 디 피오레 왕자였으며 그가 죽음에서 부활했다는 건 완전 헛소리였다.

그들은 피오레의 마지막 생존자를 보았다는 믿음으로, 새로운 총독이 된 그를 이전 총독보다 더 증오했다. 하지만 클레멘테 자작은 모욕을 결코 그냥 넘기지 않는 인물이었다. 그 빌어먹을 자식이 총독 관저를 불태워버리는 바람에, 이 작은 시골 별장에서 통치를 시작하는 것만으로도 충분히 모욕적이었다.

리틀 제노바에서 진행중인 소탕작전은 앞으로 2개월 정도 더 걸릴 터였다. 그때쯤 그의 손목도 완전히 나을 것이다. 적어도 팔 병신이 되지 않은 것만은 다행이었다.

도메닉은 시체를 발로 걷어차고 고약한 기분으로 걸음을 되돌리며 하인을 불러댔다. 하인이 잠자리에서 뛰쳐나오자 그는 따귀를 한 대 갈기고는 시체를 치우라고 명령했다.

다시 공격해라, 이놈들. 그는 어두운 풍경을 노려보며 분을 삭였다. 다음 번에는 기필코 놈의 정체를 알아낼 때까지 살려둘 테다. 철저하게 밝혀내겠다. 그자가 왕자이든 아니든, 나 도메닉 클레멘테가 권력을 거머쥔 이상 어느 누구에게도 넘겨주지 않겠다. 하지만 정체 모를 적수와 맞붙어 싸울 수는 없는 일, 그러니 그자의 정체를 알아내야 했다.

그때가 되면, 그 해적 나부랭이는 어센션에 발을 들인 일을 뼈저리게 후회해야 하리라.

라자는 오늘밤 자청해서 야간 경계를 맡았다. 알레그라의 옆에 눕는다면 도저히 참을 수 없을 것 같아서였다. 아까 오후에 자신의 욕망을 해갈시키지 않은 탓에 욕구불만이 극한으로 치달은 상태였지만, 마음 한구석에 남아 있는 왕자의 흔적이 이렇게라도 해야 한다고 그에게 요구했다.

새벽이 밝아 오면서 거뭇한 수평선을 따라 한 줄기 노란빛이 나타났다. 밤을 꼬박 새우고 난 터라 그는 피곤하게 배의 타륜에 기대섰다. 언제 어디서, 정확히 어떤 방법으로 알레그라와 합방할 것이냐는 전략을 짜는 것 외에 다른 할 일이 없었기 때문에 초조함까지 더해졌다.

날씨가 며칠 전보다 더 선선해졌다. 갓 만월을 지난 달 주위에 습기가 몰려 있었다. 알레그라는 잠들어 있을까, 혹시 그를 그리워하고 있진 않을까?

그의 인상이 잔뜩 찌푸려졌다. 대체 왜 이러는 거야? 이게 다 뭐야?

여자한테 이렇게 멍청하게 굴어 본 적은 한 번도 없었다. 열여섯에 동정을 떼 주었던 여자한테 잠깐 정신이 나갔을 때 빼고는 없었다. 물론 지금은 그 여자의 얼굴조차 기억이 나지 않았다. 그 후로 세상 도처에서 수많은 여자들을 만났고, 자신의 괴로움을 잊으려고 여자들을 끌어안다 보니 어느새 그 방면의 전문가가 되어버렸다. 하지만 알레그라에 대한 이 느낌은 왠지 달랐다. 전에는 안게만 해준다면 여자가 자신을 어떻게 생각하든 전혀 신경쓰지 않았는데 지금은 그렇지가 않았다.

어제 자신은 라자 디 피오레가 아니라고 말해버렸던 그 괴상한 충동
도 이해되지 않았다. 끈질기게 진짜 라자라고 고집한다면 그녀가 믿어
주었을지도 모르는 일이었다. 하지만 그 조그만 인질이 그를 심판대에
앉혀 놓고 그가 위대한 피오레의 이름을 얼마나 더럽혔는지에 대해 늘
어놓는 말 따위 듣고 싶지가 않았다.

그저 그녀의 몸을 안고 싶을 뿐이었다. 그 후에 여자를 다른 곳으로
보내버리고 손을 털 수 있다면 좋을 것이다. 그 여자에 대한 집착이 너
무 강해지는 것 같아서 짜증스러웠다. 얼마 지나지 않아 그 여자가 지
겨워질 거라고 자신을 안심시키는 수밖에 없었다.

짜릿한 순간을 경험하고 나서 곧바로 저녁식사 시간이 되었을 때,
그녀는 줄곧 얼굴을 붉힌 채 접시만 내려다보았다. 그 동안 그는 이 식
탁에 있는 요리들을 싹 밀어내고 당장 이 자리에서 그녀를 가져버릴까
하는 생각만 하며 하얀 식탁보 너머로 걸신들린 사내처럼 그녀를 쳐다
보았다. 그런 두 사람의 태도가 마냥 재미있는 듯 비카는 테니스 경기
의 관람객처럼 열심히 좌우로 고개를 돌려가며 흥미진진하게 살펴보
았다.

어제 흉측한 등의 상처자국들을 만져보던 그녀의 손길은 너무나 뜻
밖이었다. 그녀의 정열적인 반응도 마찬가지였다. 그녀는 격렬하고도
사랑스러운 여자였다. 집요하면서도 순수하고, 서툴면서도 전혀 숨기
지 않았다. 그런 여자가 그를 원했다. 그 생각만으로도 왠지 기쁨이 느
껴졌다, 거의 만족스럽다고 할 정도로.

이유가 뭘까?

지금껏 만나 왔던 여자들보다 그녀가 탁월하게 더 예쁜 것도 아니었
다. 게다가 원수의 자식이었다. 몬테베르디가의 여자에게 이런 감정을
갖는다는 것이 가문에 모욕이 될까 봐 걱정스러웠다. 하지만 그녀는
용감하고 정직했다. 그 순수한 이상과 연약함이 보호해 주고 싶은 충
동을 불러일으켰다. 그 눈동자의 무언가가 그를 홀려대고 있었다. 그녀
의 미소를 한 번 보기 위해서라면 어떤 멍청한 짓이라도 저지를 수 있

을 것 같았다.

　지금까지 순결한 여자를 안아본 적은 없었지만, 그녀가 제대로 여자의 길에 들어설 수 있도록 최대한 부드럽게 이끌어주고 싶었다. 자신의 여자로 만들고 싶었다.

　"안녕."

　문득 뒤쪽에서 조그맣게 망설이는 목소리가 들려왔다.

　호리호리한 실루엣이 다가오는 것을 알아차리며 그가 느긋한 미소를 던졌다.

　"일찍 일어났군."

　"커피 한 잔 가져왔어요. 배고프실 것 같아서 비스킷도……."

　알레그라가 흔들리는 갑판 위로 조심조심 걸어오다가 커피가 잔 밖으로 넘치려 하자 얼른 쟁반을 내밀었다.

　"어서 받으세요. 설탕을 못 찾아서 크림만 가져왔어요."

　그는 머그 잔을 받아들며 그녀의 입술에 쪽 키스를 했다.

　"나한텐 이게 설탕이야."

　"간지러운 말도 잘 하시네요."

　김이 모락모락 피어오르는 커피 잔 너머로 그녀의 발개진 얼굴이 보였다. 그는 좀더 밀어 붙여보기로 결심했다.

　"비스킷이 있어?"

　"여기요."

　그녀가 작은 쟁반을 앞으로 내밀었다.

　그는 타륜을 잡은 왼손과 커피 잔이 들려 있는 오른손을 번갈아 쳐다본 다음 최대한 상냥하게 미소지었다.

　"먹여 주겠소, 셰리?"

　그녀의 얼굴이 또 붉어졌다. 하지만 아몬드 비스킷 하나를 집어 조심스레 커피에 찍은 다음 그의 입으로 올려주었다.

　그 새침한 태도에 그는 커다랗게 웃음이 터지려는 것을 억지로 참았다.

　그녀가 어색하게 돛으로 시선을 돌리며 대화를 시도했다.

“어제 저녁, 아주 맛있었어요. 주방장이 솜씨 좋은 사람인가 봐요.”

“맛있었다니 다행이군.”

그가 우적우적 비스킷을 씹어먹었다.

“에밀리오는 투스카니 요리 학교 출신이야. 내가 이탈리아 음식을 좋아하거든.”

돌아서 있는 그녀의 등을 꼬집어 줄 손이 있다면 얼마나 좋을까.

“사실 조금 놀랐어요.”

“우리 쾌락주의자들은 먹는 데서도 쾌락을 추구하거든. 비스킷 하나 더 주겠소?”

그녀가 돌아서서 조금 전의 과정을 반복했다. 이번엔 그녀의 손가락이 그의 입술까지 아주 가깝게 다가왔다. 꼭 깨물어 주고 싶을 정도로. 그녀가 바람에 나부끼는 돛으로 시선을 들어올렸다.

“배가 참 아름다워요.”

그는 조용히 그녀를 지켜보다가 뜬금없이 제안했다.

“이리 와서 키 한 번 잡아볼래?”

“내가요?”

“그래, 당신, 몬테베르디 양.”

“조종법도 모르는 걸요!”

“내가 가르쳐줄게.”

그가 타륜에 손목을 댄 채 커피 잔을 왼손으로 옮겨 쥐고 나서 오른손으로 알레그라를 잡아당겼다.

“간단해. 여길 잡아.”

키를 10시와 2시 방향으로 움직여서 그 위에 그녀의 손을 올려놓자 이제 그의 오른손은 그녀의 허리를 안아도 될 정도로 자유로워졌다. 하지만 그는 마지막 순간에 손을 움츠렸다. 간신히 믿음이 생기기 시작한 여자를 더듬어대는 건 멍청한 짓이었다. 그가 배의 승강구 위쪽에 기대서서 커피를 홀짝이며 그녀를 바라보았다.

“지금 제대로 되는 거예요? 이렇게 하는 거 맞아요?”

“잘하고 있어.”

불안감이 다소 가신 듯, 그녀가 발끝을 들어 탁 트인 바다를 바라보며 상쾌하게 웃었다.

“뱃사람이라 해도 믿겠어.”

“라자!”

그녀가 거짓말 말라는 듯이 쏘아붙였다가 서둘러 말을 고쳤다.

“대장님이란 뜻이었어요.”

그는 피식 웃었다.

“얼음이 녹았군.”

그녀가 새침하게 코웃음쳤다.

하지만 그는 생각했다. 그래, 이 여자 마음이 흔들리고 있어.

불과 15분만에 교대하러 온 선원에게 키를 넘겨주긴 했지만, 거대한 배를 조종했다는 사실은 알레그라의 평생 잊지 못할 감격이었다. 자신을 믿고 맡겨 준 라자에게 고마움을 느끼며 수면 위로 떠오르기 시작한 태양을 즐겁게 바라보았다. 그런데 라자는 그 정도로는 만족이 안 되는 모양이었다. 돛대에 아슬아슬하게 걸려 있는 망대에서 해돋이를 보는 것이 제일 멋지다면서, 하늘 위로 족히 3미터는 쑥 올라가 있는 그곳에 올라가자고 고집했다.

“절대 안 올라가요.”

그녀가 단호하게 고개를 저었다. 저 하늘 꼭대기로 올라가다니 있을 수도 없는 일이었다. 그녀는 끝까지 싫다고 도리질했을 것이다, 그가 도전장을 던지지만 않았다면 말이다.

“겁나?”

“내가 어린애예요? 그 정도를 겁내게.”

그녀가 발끈하며 대꾸했다.

“겁쟁이.”

그 한마디에 그녀의 눈이 가늘어졌다.

"어디 두고봐요!"

그 후에는 씩씩거리며 사다리를 기어올랐다. 바로 뒤에 따라오는 그에게 치마 안으로 눈 돌리지 말라고 쉬임 없이 명령을 내리면서, 그의 충고에 따라 신을 벗어낸 맨발로 더듬더듬 삼베 그물을 타고 올라갔다.

올라가는 일은 예상했던 것처럼 쉽지 않았다. 주위에서 바람맞은 거대한 돛이 너풀너풀 펄럭였고, 중간쯤에서 아래 갑판을 내려다보았을 때는 섬뜩하기도 했다. 하지만 라자가 보호해 줄 거라 믿고 하늘에서 보는 장관을 놓치지 않으려고 또다시 기어올랐다.

달랑 가로대 하나밖에 없는 동그란 망대에 도착하자 어찔어찔 현기증이 밀려들었다. 라자가 그녀를 꼭 붙잡고 커다란 돛대를 끌어안도록 했다. 마치 위아래로 움직이는 커다란 시계추에 매달려 있는 기분이었다. 그녀는 돛대에 못을 박아 고정시킨 나무 난간을 단 하나의 생명줄처럼 움켜잡았다. 라자가 그곳의 용도에 대해서 무어라 설명했지만 그녀의 귀엔 거의 들리지 않았다.

"여기서 어떻게 내려가면 좋아요?"

그녀가 공포스레 중얼거렸다.

그는 대담하고도 너무나 간단하게 그녀의 옆으로 뛰어올라와서 손을 뻗었다. 그녀가 화들짝 그를 노려보았다.

"건드리지 말아요. 떨어진단 말이에요!"

그가 항복의 표시로 두 손을 들어올렸다.

차츰차츰 이대로 죽을 염려는 없을 것 같다는 생각이 들자, 그녀는 억지로 긴장을 풀어내고 좀더 넉넉하게 돛대를 감아쥐었다.

"이제 괜찮아졌어?"

라자의 물음에 알레그라는 고개를 끄덕였다.

"미안해요. 내가 정말 겁쟁이인가 봐요."

"그럴 리가 있나. 안티구아의 악마한테 코앞에서 도둑놈이라고 욕한 사람인걸. 그런 짓은 남자들도 감히 못해."

홀깃 시선을 올리는 그녀의 뺨에 그가 살짝 입을 맞췄다.

"아침 인사야."

그녀는 수줍어하며 얼굴을 내려뜨렸다.

"자, 그럼 해돋이에 얽힌 얘기가 있는지 한번 들어볼까?"

다리를 옆으로 대롱거리며 앉아, 그가 낮은 난간에 두 손을 올리고 그 위에 턱을 기댔다.

알레그라는 천천히 입을 열었다.

"일곱 살 때 어머니가 아침 일찍 날 깨워서 집 근처 언덕으로 데려 가신 적이 있었어요. 떠오르는 해를 쳐다보며 어머니가 슬프게 우셨던 기억이 나요."

그는 점점 밝아지는 주황색 햇빛을 받으며 물끄러미 그녀를 바라보 았다.

"그때는 이유를 몰랐죠. 몇 년이 지난 뒤에야 알았어요. 피오레가 사람 들의 죽음을 슬퍼하셨던 거예요. 그런데 이런 얘기해도 괜찮아요?"

그녀가 불쑥 물었다.

"당신 아버지는 죗값을 치렀어. 계속해 봐. 당신이 살아온 얘기를 듣 고 싶어."

"아버지가 엄마를 위로하려고 노력했지만…… 두 분은 늘 서먹서먹 했어요. 친구들의 죽음으로 엄마까지 망가져 버린 거예요. 몇 년 동안 엄마는 넋 나간 사람 같았어요. 외출도 하지 않고 자주 울었어요. 나를 보살펴 줄 겨를도 없었죠."

그가 따뜻한 시선을 보내며 그녀의 무릎을 매만졌다.

그녀는 애써 미소짓고 나서 말을 이었다.

"하지만 해돋이를 지켜보던 그날, 엄마가 드디어 기운을 차리신 것 같았어요. 그 후부터 나에게 관심을 보이기 시작하셨어요. 건강도 많이 좋아지셨죠. 적어도 다시 우울증에 걸리기 전까지는 침착하고 차분하 게 생활하셨어요."

"매우 특별한 분이었던 것 같군."

"건강하셨을 때는요."

알레그라가 고개를 끄덕였다.

하지만 갑자기 숨이 막힐 듯 두려워졌다. 더 이상 말을 잇는다면 비명이 터져 나올 것 같았다.

'그런데 왜 내 곁을 떠나셨을까요? 내가 무얼 잘못했을까요?'

"우리도 지금 일출을 바라보고 있어. 당신 어머니처럼 새롭게 시작할 수 있어. 내가 당신의 과거를 망쳐버렸지만…… 이제 다시 시작해야 돼."

그녀가 그의 눈을 쳐다보다가 천천히 고개를 끄덕였다.

"희망이 있다고 생각해 줘서 다행이야."

그의 시선이 동쪽 수평선으로 돌아갔다.

"희망은 언제나 있어요."

그녀는 어느새 흘러내린 눈물을 닦아내고 씁쓸하게 덧붙였다.

"자기 생명을 버리지만 않는다면요. 어머니와 아버지는 둘다 생명을 포기하셨어요, 난 그 점을 용서할 수가 없어요."

"… 당신 어머니가 자살한 게 아닐 수도 있잖아? 당신 아버지한테는 적이 많았으니까."

그녀가 놀란 눈을 쳐들었다.

"무슨 말이에요? 그분이…… 살해당했다는 건가요?"

그는 그녀를 빤히 쳐다보다가 이윽고 고개를 흔들었다.

"세상이 당신 생각보다 더 험악하다는 뜻이야. 당신 어머니가 얼마나 상심해 있었든 간에, 자발적으로 딸을 홀로 세상에 남겨두었을 것 같지는 않아."

"어머니는 내 곁에 남아 있는 것보다 친구들을 따라가기로 선택하셨어요. 어머니는 날 사랑하지 않았어요, 아버지도 마찬가지예요. 그래서 날 이모님에게 보내신 거예요. 거기서 사랑받긴 했지만, 가족으로서의 소속감을 느끼지는 못했어요. 이제 더 이상 얘기하기 싫어요. 당신만 괜찮다면 다른 얘기로 바꿨으면 좋겠어요. … 당신 가족은 어땠어요? 당신 가족은 어떻게 돌아가셨어요?"

라자는 오랫동안 침묵을 지키고 난 후에야 무겁게 입을 열었다.

"살해당했어."

"언제……?"

"아주 오래 전에. 바로 어제 일 같기도 하고. 난 어린애였어. 당신도 알잖아."

그는 자조적인 미소로 중얼거렸다.

"폭풍우 치던 밤, 오르피오 파스에서. 1770년 6월 12일 10시 10분."

"어젠 해적이라고 했잖아요."

바람결에 셔츠자락을 나부끼며 그는 똑바로 앞을 응시했다.

"당신이 판단해 봐, 알레그라. 내가 어떤 사람인 것 같아?"

"진짜 당신이 알폰세 왕의 아들이라는 건가요?"

그가 생각에 잠긴 채 입을 다물었다. 알레그라는 그의 얼굴에서 진실의 흔적을 찾으려 애쓰며 두근두근 대답을 기다렸다.

"내가 누구이든 그건 중요치 않아."

마침내 그의 입이 열렸다.

"난 남자고 당신은 여자야. 우리에게 중요한 건 그것뿐이야."

"만약 하늘이 어센션을 보호하라고 이 땅에 당신을 보내주신 거라면, 당신이 만약 그분이라면, 고통받는 백성들 곁을 떠나선 안 돼요. 그건 운명을 거부하는 일이에요. 신의 뜻을 거역해선 안 돼요."

"신 같은 건 없어, 알레그라."

그녀는 하늘로 시선을 들어 긴 한숨을 내쉬었다. 그런 다음 다른 방법으로 그를 시험해 보려 했다.

"강도들의 손에서 어떻게 달아났어요?"

"그들은 강도가 아니었어. 훈련받은 자객이었지, 당신 아버지가 고용한 자들. 내가 살아난 건 오로지 행운이었어."

그는 눈이 멀어버리면 어쩌나 걱정될 정도로 오랫동안 태양을 쳐다보았다.

"아니, 행운이 아니었어. 아버지가 날 살리려고 당신 목숨을 던지셨이. 그렇지 잃았다면 나도 죽었을 테지."

"그런 말 말아요."

그녀가 그의 팔에 손을 올렸지만 그는 태양을 노려보는 자세 그대로 뿌리쳤다. 그녀는 무얼 믿고 무엇을 믿지 말아야 할지 알 수 없어하며 심란하게 고개를 저었다.

"내가 도와줄 수 있는 일이 있다면 좋겠어요."

"나랑 잡시다."

시선을 돌리지도 않고 그가 대답했다.

"그건 대답이 안 돼요."

"나에겐 돼."

"자기 자신부터 쳐다봐요! 당신은 지금 방황하고 있어요! 왜 고통의 원인을 해결하려 하지 않죠? 왜 인생을 낭비하는 거예요? 당신처럼 강하고 똑똑한 사람이…… 왜 낮은 곳에 머무르려 하나요? 당신은 훨씬……."

낮고 차가운 웃음소리가 그녀의 말을 잘랐다.

"영리하고 고상하신 몬테베르디 양이 또 조롱을 시작하셨군. 이젠 지겨워질 지경이야."

"조롱이라뇨? 그게 무슨 말이에요?"

"날 비웃는 거잖아, 경멸하는 거잖아. 그래서 나랑 자기 싫어하는 거잖아."

그녀의 입이 떡 벌어졌다.

"세상에! 그게 당신 결론인가요? 내 처지를 몰라서 그래요? 난 당신 인질이잖아요. 내가 당신한테 느끼는 감정은 경멸이 아니라 두려움이라구요!"

그가 확 시선을 돌리며 험악하게 인상을 썼다.

"내가 무섭다고? 그럴 리가 있나."

"아뇨, 끔찍이도 무서워요! 날 죽이려다가 유혹하려는 계획으로 바꿨고, 어쩌면 아이를 배게 한 다음 천하의 외톨이로 지내야 할 외딴 곳으로 날 쫓아버릴 수도 있는 남자잖아요! 그런 남자한테 적극적으로 안기지 못한 건 미안해요. 하지만 둘 중 한 사람은 제정신이어야 하잖아요! 난 당신이 겁나요. 당신은 아주 이기적이고 거칠고 게다가 저항하기도 힘든 남자니까. 난 당신 노리개가 아니에요! 나한테도 감정이 있어요. 누려야 할 권리가 있어요. 심장도 펄떡펄떡 살아 있어요!”

“당신이 약속한 일이야.”

“그래요, 하지만 당신이 선택권을 주었던가요? 내 입장에서 달리 어쩔 수 있었겠어요? 당신이라면 어떻게 했겠어요?”

“난 도망쳤을 거요, 셰리.”

그의 목소리는 소름 끼칠 정도로 무시무시했다.

“다른 자들이 죽든 말든 내 한 목숨 부지하려고 도망쳤을 거요.”

“아뇨, 그러지 않았을 거예요.”

“아니, 그렇게 했어. 내가 한 짓이 바로 그랬어. 당신이 나의 왕자라고 부르는 그자가.”

그의 시선이 바다로 향했다.

“당신은 내가 두려운 게 아니야, 날 좋아하게 될까 봐 두려운 거야. 당신을 탓할 수도 없겠지. 날 사랑하는 사람은 거의 죽었으니까. 하지만 어쩔 수 없어. 이제 좋든 싫든 당신은 내 소유야.”

“분명히 말하는데, 난 싫어요!”

“도망치려면 도망쳐 봐. 그럼 어떻게 될까? 나한테 정복할 핑계가 생기는 셈이야. 난 그 정도로 당신을 갖고 싶어. 아주 지독하게.”

그가 와락 고개를 돌려 그녀에게 키스를 밀어붙였다.

그녀는 돌처럼 굳어져버렸다. 이대로 떨어지면 끝장이었다. 저 몇 미터 아래로 떨어지면 머리가 박살나서 즉사할 것이다. 그런데도 라자는 신경쓰지 않았다. 무자비할 만큼 정열적으로 그녀의 입술을 탐했다.

“지금도 내가 두려운가, 몬테베르디 양?”

거칠게 물으면서도 그는 대답할 틈조차 주지 않았다. 성난 키스로 그녀를 다그쳤다. 자신의 욕망을 그녀의 몸 속 깊이 깊이 들이밀었다.

이 남자한테 빠지지 않을 거야. 그녀는 정신이 아득해지는 기분으로 난간을 움켜잡았다. 뱃속에 욕망이 꿈틀거리고 그를 만지고픈 충동으로 손가락이 따끔거렸다. 하지만 완강하게 그 충동에 저항했다.

이 남자는 너무 강렬하고 위험한 남자였다. 그녀가 상상할 수 있는 것보다 수십 배는 더 위험했다. 그녀의 몸이 그의 손길에 그의 키스에 부들거리고 있었다. 그의 무모함까지 갈망의 대상이었다.

라자가 헐떡이며 입술을 떼어냈다.

"이게 대답이 아니라고 말할 수 있어?"

그녀는 대꾸할 만한 상태가 아니었다. 정신을 차릴 수가 없었다. 그저 까칠한 나무에 머리를 기대고 정신을 차리려 안간힘을 썼다.

그는 씁쓸하게 바다로 시선을 돌렸고, 그녀도 힘없이 고개를 돌려버렸다. 그들은 그렇게 태양이 완전히 솟아오를 때까지 앉아 있었다.

12

이 무슨 빌어먹을 재앙인가.

애초에 그 여자를 만나지 않았더라면 좋았을걸. 머리를 조금만 돌렸더라도 알레그라 몬테베르디를 데리고 오면 이런 일이 생기리라는 것을 짐작할 수 있었으리라. 이 여자와 엮여버린 지금, 그의 사타구니와 가슴의 모든 것들이 뒤죽박죽 엉켜버렸고 머리도 돌아가지 않았다.

무엇보다도 조금씩 치밀어 오르는 의심, 그것이 증오스러웠다. 가슴 깊숙이 죽여버린 채로 신경쓰지 않는 것이 훨씬 편했는데, 어떻게 감히 그 여자가 그의 의무에 대해서 입을 놀린단 말인가?

이미 초저녁이 되어 있었다. 해가 떠오른 후에 특별하달 만한 일은 일어나지 않았다. 새로운 시작 따윈 없었고, 그런 걸 바라지도 않았다. 빌어먹을, 처음 이 배에 태운 날 그 여자를 꺾어버리는 것으로 계약을 다 청산했어야 했다.

라자는 트렁크로 걸어가 너저분하게 흩어져 있는 옷가지 속에서 셔츠 하나를 찾아 입었다. 그리곤 프랑스산 셰리주를 들이키며 발코니로 나가, 배의 꽁무니로 따라붙는 거품을 지켜보았다.

잔인한 여자 같으니. 이렇게 그를 고문하다니 잔인하기 그지없는 여자였다. 그 여자가 오래 전에 말라붙은 딱지를 떼어내 다시 피가 터지게 했다. 그의 마음속에 전쟁을 일으켜 놓았다. 그리고 오늘 첫번째 공격이 시작되었다.

'아버지는 너에게 도망칠 시간을 벌어주려고 살인자들과 필사적으로 맞서 싸우셨다. 자신의 목숨을 내놓으셨다. 당신의 후계자, 라자가 살아남아 왕권을 이어받으리라 믿으면서.'

살아남은 게 아니었다, 그는 백성들에게 공포를 안기는 해적이 되었다. 그 여자가 뭐라고 했더라? 운명을 거역할 수는 없다고 했던가? 지금의 날 보면서도 그런 말이 나와? 그는 역겨움에 치를 떨며 또 한 모금 술을 들이켰다.

오늘 아침 망대에 올랐을 때 그 여자가 인정할 수밖에 없도록 만들었다. 그녀에게 인정하는 것이 아니라 그 자신에게 인정할 수밖에 없도록 했다. 그가 지금 아버지의 소망을 어기고 있다는 사실을. 애초에 타고났던 운명, 열세 살 때 그에게 맡겨진 책임과 의무를 저버리고 있다는 사실을.

그 여자가 말한 그대로였다.

그는 겁쟁이였다. 쓸모 없고 이기적인 놈, 누구에게도 불필요한 인생을 살아가는 놈이었다. 억지로 진실을 보게 한 그 여자가 미웠다. 어떤 수법을 쓴 건지도 알 수 없었다. 그 여자는 한낱 어린애였다. 하지만 만만치 않은 새끼 고양이, 맑은 눈의 천사였다. 익숙한 비참함에 빠져 그나마 평화로웠던 그에게 평지풍파를 일으킨 그 여자가 원망스러웠다. 그녀한텐 그럴 권리가 없었다. 더구나 몬테베르디였다. 맙소사, 그런데도 맹목적으로 지독하게 그 여자가 갖고 싶었다. 그 여자를 가져야만 했다.

이제 곧 그렇게 되리라.

욕망을 억누르는 건 건강에 좋지 않다고 의사들이 말하지 않던가.

빌어먹을, 그에겐 섹스가 필요했다. 아니, 그 여자가 필요했다. 하지만 그 해방의 순간이 전보다 더 멀어진 듯했다. 몬테베르디 양이 그의 진짜 정체를 믿게 된다면 결코 용서하지 않을 것이었다. 백성에게 등을 돌려버린 왕자이니까. 그가 어센션으로 돌아가지 못하는 이유를 설명해 줄 수도 없었다. 그것은 무덤까지 가지고 갈 그의 비밀이었다.

모든 것이 다 소용없었다, 그래서 지옥의 불길처럼 고통스러웠다.

그는 바다를 노려보며 술 한 병을 다 마셔버렸다. 술이 제공하는 무감각과 무심함의 세계에 고통을 익사시켜버릴 작정이었다. 30분 후에 그는 웬만큼 취할 수 있었고 그 점이 다행스러웠다.

'술은 역시 좋은 친구야.'

선실로 돌아가서 지친 기분으로 안락의자에 내려앉았다. 무엇이든 심각하게 받아들이지 않는 게 현명한 행동이었다.

의자에 머리를 기대자 알 쿰의 그 추악한 장소가 떠올랐다.

그곳을 생각할 때마다 이상하게 머릿속이 흐릿해졌다. 그곳에 대한 기억들은 언제나 아편의 몽롱함과 함께 찾아왔다. 말썽 부리는 노예를 얌전하게 만드는 법, 그 방법을 말리크는 잘 알고 있었다. 아편에 중독시키는 것이다. 영악한 놈.

이상한 일이다, 아직도 가끔씩 그게 피우고 싶다니. 그는 경멸스레 입술을 일그러뜨리며 한 손에 머리를 기대고 앞을 노려보았다.

길어지는 오후의 그림자가 묘한 색채로 변신을 했다. 고동색, 올리브색, 짙은 자주색, 흙색. 꾀죄죄한 고양이가 책상에 올라앉아 번쩍이는 초록색 눈으로 그를 쳐다보았다.

"왜 쳐다봐?"

그의 험악한 기분을 감지한 듯 고양이가 냉큼 달아났다.

그는 눈을 감았다. 알 쿰. 경도 제로, 희망도 제로인 곳.

높다랗게 솟은 하얀색의 아치, 밝은 색채의 타일, 예쁜 지옥, 설화석고 분수대의 물방울─끝도 없이 이어진 사막에서 청량감을 주던 소리. 신도들에게 충성을 요구하는 회교의 기도 종소리, 한밤중에 울리는 고요한 음악소리, 그리고 그의 관자놀이에 닿는 말리크의 권총, 무릎 꿇어!

부르르 몸서리치며 그는 질끈 눈을 감았다.

사랑하는 왕자가 실제로 어떤 인간이 되어버렸는지 안다면 알레그라는 어떤 기분일까? 그의 메마른 입술에 광기 어린 미소가 스쳤다. 인장 반지를 갖고 있었다면 좋았을 것을. 그녀의 목구멍에 그걸 쳐 넣어 줬을 텐데.

한때는 확실한 증거가 있었다, 고상한 출신을 말해 주는 증거. 아주 아주 오래 전에는.

포효하는 사자 그림이 그려진 인장 반지. 그 사자의 눈은 피오레 전통에 따라 엑셀시어의 칼자루에서 빼낸 루비였다. 그가 권좌를 물려받게 될 때 검의 루비도 제자리를 찾아갈 것이고, 그 후에는 그의 후계자가 갖게 될 인장 반지에 다시 그 보석이 박힐 것이었다.

하지만 그런 순환의 고리는 끊어졌다.

그의 반지, 그의 신분을 말해 주는 마지막 증거를 빼앗겼으니까. 그의 자부심과 자존심도 함께. 세이프-델-말리크, 그자가 이제 반지의 소유자였다. 바다에서 반 죽어 있었던 어린 왕자를 건져 올려 알 쿰으로 데려갔던 그자가 반지의 주인이었다.

무슨 일이 있더라도, 어떤 대가를 치러야 하더라도, 그는 결코 그곳으로 돌아가지 않을 것이었다.

알레그라는 비좁고 어두운 창고에서 힘없이 뒷 목덜미를 문질렀다. 지난 몇 시간 동안 여기서 아버지의 서류 상자들을 뒤져보았다. 그리고 어센션에서 남은 여생을 매일매일 마주 보며 살았더라도 알지 못했을 정보를 알게 되었다. 그녀는 아버지라는 낯선 사람에 대해서 많은 것을 알게 되었다.

하지만 마음이 기쁘기는커녕 무겁기만 했다. 아버지가 돌아가신 직후에 아빠가 뇌물 수수와 공금 횡령, 무고한 사람을 감옥에 넣거나 증거도 없이 사형에 처했다는 사실을 증명해 주는 서류를 읽게 된 것은 그야말로 그녀의 상처에 소금을 끼얹는 격이었다.

그러한 사실들이 라자의 주장에 더 믿음을 실어주었다. 아빠가 부와 권력을 위해 알폰세 왕을 배신했고 그 더러운 일에 자객을 고용했으며, 나중에 자신이 저지른 그 죄목을 덮어씌워 자객들을 죽여버렸다는 것이 사실일 것 같았다. 아빠의 자살도 자신의 죄를 인정하는 것이나 다름없었다.

하지만 어떻게 인정할 수 있단 말인가? 위대한 피오레의 실종된 왕자가 바로 이 난폭한 해적이라는 것을 어떻게 받아들일 수 있겠는가?

모르겠어, 아무것도 모르겠어. 그녀는 한숨을 내쉬며 묵직한 궤짝을 선반으로 밀어 넣고 두 팔과 목을 쭉 뻗으며 일어났다.

선선한 바람이 부는 저녁이었다. 아직 남아 있는 저녁 노을이 아이보리색 돛들을 분홍색으로 물들였다. 뒷 갑판과 타륜이 있는 곳을 쳐다보았지만 선장의 모습은 보이지 않았다. 아침에 망대에서 내려온 후로 그를 보지 못했다. 오늘 또 야간 순찰을 맡으려는 걸까?

갑판에서 비카가 대여섯 명의 선원들에게 성경을 읽어주고 있었다. 그녀도 그 옆으로 끼어들어 허둥지둥 자리를 만들어 주는 사내들에게 가벼운 미소를 보냈다. 하지만 요한복음의 한 구절을 들으면서 그녀의 마음은 정처 없이 방황을 거듭했다. 대장이 야간 순찰을 맡아 밤에 선실로 돌아오지 않는 이유를 이제 알 것 같았다. 한편으로는 그것이 다행스럽기도 했지만 다른 한편으로는 침대를 눌러주는 그 따뜻한 무게와 그의 깊고 고른 숨소리가 전해주는 위로가 그리웠다. 밤에 느끼는 바다는 너무나 거대하고 쓸쓸했다. 끽끽대는 배의 삐걱거림도 덫에 걸린 유령의 신음소리 같았다.

결국 그녀는 비카와 다른 사람들에게 잘 자라는 인사를 하고 심란하게 아래로 내려갔다. 아래서도 라자의 모습은 보이지 않았다. 혹시 대포들을 점검하고 있지 않을까 해서 선원들 구역을 들여다보았지만 그곳에도 없었다. 하코트 씨가 지브롤터 해협을 지나는 오늘밤 격전을 치르게 될지도 모른다고 말해 주었다.

그녀는 응접실을 거쳐서 선실로 다가갔다. 문을 살짝 노크했다. 대답이 없었다. 문을 열고 들어가자 침대 끄트머리에 웅크려 있는 거대

한 형체가 보였다. 라자가 잠들어 있었다. 그녀는 자신도 모르게 미소
지으며 조용히 문을 닫았다. 하지만 빈 술병이 눈에 들어오자 눈살을
찌푸리며 발코니로 걸어갔다. 바닷바람을 맞으면 그의 기분이 상쾌해
질 수도 있겠다 싶어서 발코니 문과 몇 개의 창문을 열어 놓았다.

그는 커다란 팔로 베개를 끌어안은 채 평화롭게 잠들어 있었다.

그 모습이 왠지 그녀의 가슴을 쥐어짰다. 너무나 남성적이면서도 지치
고 상처 입은 듯한 모습. 그는 참으로 순진해 보였다. 이런 남자가 일부러
누군가를 해칠 리 없었다. 비록 거칠긴 하지만 이 남자는 좋은 사람이었
다. 그가 세상에 칼을 휘둘렀다면 자신이 고통스러웠기 때문이리라.

'신실한 요나여, 깨어나세요. 다른 곳에서 당신의 운명이 기다리고
있어요.'

그녀는 발코니의 문지방에 서서 은빛 물고기의 행렬을 지켜보았다.
문득 침대 쪽에서 이상한 소리가 들렸다. 돌아보니 그는 여전히 잠든
채였다. 하지만 꿈을 꾸고 있는 듯 고통스럽고 화난 표정이 그의 얼굴
에 스치면서 희미하게 신음소리를 냈다.

"안 돼, 안 돼."

그녀가 그를 깨워야 할지 아니면 그대로 놔둬야 할지 고민하는 사이
그는 다시 잠으로 빠져들었다. 거의 15분 동안 그녀는 계속해서 그를
쳐다보았다. 다른 여자였다면 아마 그의 침대로 기어 들어갔으리라. 그
를 애무하여 깨우고 함께 누웠으리라—단지 약속을 지키기 위해서만
이 아니라…….

'날 사랑해 줘.'

그녀도 이젠 잘 알고 있었다. 자신의 손길이 그에게 커다란 기쁨이
된다는 것을. 물론 이 남자가 여자에 굶주려 있는 것은 아닐 것이다,
그럴 리가 없었다. 하지만 그가 위로처럼 매만져 주고 안아주고 사랑
해 주는 손길을 좋아한다는 것도 사실이었다. 게다가 그녀에게 있었는
지도 몰랐던 감정의 일부는 그가 요구하는 무엇이든 내주고 싶어했다.

어쩌면 그의 말이 맞는지도 몰랐다. 살을 섞는 것이 그들의 괴로움

에 대한 해답일지 몰랐다. 말은 언제나 싸움만 일으키지 않았던가.

'저 사람에게 다가가.'

그녀는 꿀꺽 침을 삼키며 그에게 휴식이 필요할 거라고 자신을 타일렀다. 그리곤 읽을 거리를 찾아 선실을 둘러보았다. 흐릿한 달빛 아래서 책이나 읽어볼 작정이었다.

그런데 갑자기 라자가 비명을 지르며 벌떡 일어나 앉았다. 입을 그는 꾹 다물고 번들거리는 눈으로 앞을 노려보았다.

알레그라가 놀라서 돌아보았다. 그의 눈에 공포가 서려 있었다. 갈곳 잃은 어린애처럼 여리고 연약한 모습이었다.

문 밖에서는 살인이라도 일어난 게 아닐까 의심하는 것처럼 누군가 쿵쿵쿵 노크를 해댔다.

"왜 그러세요, 대장? 괜찮으세요?"

라자는 화들짝 정신을 차리며 문 쪽을 쳐다보았다.

"그래…… 괜찮아."

알레그라가 서둘러 그에게 다가갔다.

"정말 괜찮으세요?"

"빌어먹을."

그는 베개에 털썩 드러누워 눈 위로 팔뚝을 올렸다. 창피한 걸까?

"괜찮아요?"

그녀가 다시 한 번 물었지만 대답이 없었다.

방금 전까지 무적의 전사처럼 보였던 남자의 눈에서 두려움을 보게 되다니. 알레그라는 떨리는 마음을 진정시키며 물 한 잔을 따라 가지고 가서 침대 모서리에 걸터앉았다.

그는 눈에서 팔을 떼어내지 않았고 움직이지도 않았다. 그의 몸에 팽팽한 긴장감이 감돌았다.

그녀가 물잔을 그의 손에 쥐어주려 했다.

"건드리지 마."

"물 좀 드세요, 대장님."

그의 목소리에 분노가 섞였다.

"내 이름은 라자야."

그녀는 한숨을 푹 내쉬고 다시 시도했다.

"그럼 부디 이 소녀의 물 수발을 받아주시겠어요, 전하?"

"꺼져."

그의 투지가 되살아난 것이 다행스러웠다.

"당신이 뭘 두려워하는지 이제야 알겠어요. 도메닉도 당신에게 패했고, 나의 아버지도 패했고, 아버지의 군대인 제노바 해군도 당신에게 졌어요. 그렇다면 당신이 두려워하는 상대는 단 하나, 자기 자신이겠군요."

"하나가 아니야."

"사람은 누구나 무서운 게 있는 법이에요. 술을 마신다고 해결되지는 않아요."

"나한테 설교하지 마, 입에 재갈을 물려버리기 전에."

"어머나, 왜 이래요?"

그녀가 그의 배를 찌르며 놀렸다.

"설마 창피해서 이러는 건 아니겠죠?"

"망할."

"뭐라구요?"

"버르장머리없고 거만한 망할 계집."

알레그라는 물잔을 뒤집어 그의 머리에 물을 부어버렸다.

그가 어이없다는 듯 벌떡 일어나 앉아 그녀를 바라보았다. 그의 얼굴과 가슴으로 물이 흘러내렸다.

그녀는 순진하게 미소지었다.

"모험을 해보시겠다?"

그가 입술의 물을 빨아먹었다. 그녀도 그 물을 핥고 싶었다.

그의 눈이 번득이는가 싶더니 와락 그녀를 움켜쥐고 침대에 쓰러뜨렸다. 꼼짝 못하게 내리누르고는 그녀가 그만하라고 비명을 지를 때까지 간지럼을 태웠다. 그는 그녀의 어깨를 깨물고 더 가까이 다가와 목에 얼굴을 비볐다. 알레그라는 짐짓 그의 가슴을 밀어내는 척했다.

"저리 가요. 술 냄새 나요."

"당신한텐 체리 냄새가 나. 난 체리가 좋아."

그가 키스하며 중얼거렸다.

그녀도 이내 그의 목을 끌어안으며 키스를 맞아들였다.

잠시 후 그가 낄낄 웃어댔다.

"방안이 빙글빙글 돌아. 아직도 취했나 봐."

그리곤 무거운 돌덩이처럼 그녀의 위에 털썩 쓰러졌다.

"조금 있다 당신이 배를 맡아야 하잖아요. 준비해야죠."

"내가 알 게 뭐야? 상관없어. 당신만 있으면 돼."

그는 음탕한 미소를 던지며 그녀의 다리 하나를 자신의 허리에 척 걸쳐 올렸다.

"나한테 화난 거 아니었어요? 하루 종일 피해 다니길래 그런 줄 알았는데."

"난 오래 화내는 사람이 아니야."

그녀가 웃음을 참으며 고개를 갸우뚱했다.

"그래요? 복수를 맹세했던 사람이 누구였더라? 도시를 불태웠던 사람이 누구였죠?"

그가 눈을 가늘게 뜨고 인상을 썼다.

"토론은 나중에 해. 지금은 내가 하고 싶은 걸 할 거야. 나한테 다리 감아."

그녀의 얼굴이 금세 빨개졌다.

"싫어요."

"어서. 당신을 처음 봤을 때부터 이 뇌쇄적인 다리가 내 몸에 감기는 상상을 했어."

"설마!"

"설마가 아니야. 폭포에서 동굴로 끌어올릴 때 다 봤거든."

"거짓말."

“젖은 옷이 찰싹 달라붙어 있었어. 그 모습을 영원히 못 잊을 거야.”

그녀는 그의 긴 속눈썹 아래 모여 있는 욕망을 보았다, 키스로 젖어 있는 입술도. 그가 그녀의 허벅지를 잡아 부드럽게 자신의 허리로 올렸다. 그녀는 그의 요구대로 발목을 교차시키며 그에게 키스했다.

“음, 좋아, 훌륭해.”

라자가 속삭였다.

다리 사이에 있는 그의 느낌이 마음에 들었다. 그에게 들어맞도록 살짝 몸을 꿈틀거리는 것도 자연스러운 것 같았다. 이사벨 이모는 수줍음은 촌스럽다고 말하지 않았던가.

“당신을 만나기 전에는 이러지 않았어요. 당신이 날 방종한 여자로 만들었어요.”

“나는 원래 그랬어.”

그녀가 팩 토라지며 다리를 밑으로 내렸다.

“뭐야!”

라자가 인상을 찌푸리며 쳐다보았지만, 그녀는 생각에 잠긴 표정으로 그를 밀어냈다.

“무슨 꿈을 꿨는지 얘기해 줘요.”

그의 표정이 어두워졌다.

‘아직 얘기할 준비가 안 된 거야.’

그녀가 그의 뺨을 천천히 어루만졌다.

“괴물이 나타났나요?”

다소 장난스럽게 물었다. 다시 그 어두운 곳으로 그를 보내고 싶지 않았다.

그가 고개를 끄덕였다.

“당신을 잡아먹으려 하던가요?”

그의 얼굴에 슬픈 미소가 떠올랐다.

‘아, 이 남자한테 빠져버릴 것 같아.’

“말해 줘요. 당신을 괴롭히는 게 뭐예요, 라자? 돕고 싶어요.”

“안 돼, 알레그라.”

그가 애원하는 눈빛으로 그녀를 내려다보았다. 어떤 돌 심장이라도 녹여버릴 수 있는 시선으로.

“말 못해, 알레그라.”

“괜찮아요. 괜찮아요, 라자. 나의 라자.”

그녀가 그의 머리를 매만지며 입술에 키스했다.

“나의 기사님. 나의 해적 왕자님. 라자.”

그녀가 아까처럼 그에게 다리를 감았다. 그가 격렬하게 키스해 왔다. 그녀는 차라리 이 남자가 왕자가 아니길 바랐다. 니콜레트 공주가 이 일을 아신다면 얼마나 화를 내실까?

라자의 입술이 그녀의 무릎에 닿았다. 그가 뚫어져라 그녀를 응시하며 치마를 끌어올렸다. 그녀는 긴장했다, 하지만 당연히 긴장해야 할 만큼은 아니었다.

치맛자락이 올라가면서 뽀얀 허벅지 속살이 점점 드러났다. 치마가 더 높이 올라갔다.

라자의 고개가 밑으로 내려갔다.

그녀는 충격적인 숨을 들이키며 짜릿한 쾌감에 바르르 눈을 감았다.

더 이상은 안 돼. 중지시켜야 돼. 이건 부적절한 짓이야. 하지만 너무나 황홀했다. 그 후에는 예의범절 따윈 잊어버릴 정도로 무기력해졌다. 목마른 사자가 강가에 이른 것처럼 그의 입술이 허벅지 사이에서 그녀를 들이키고 있었다.

시간이 흘러갔다. 크게 숨을 들이켰을 때에야 그녀는 자신이 이 음탕한 쾌감에 숨죽이고 있었음을 알았다.

누군가 교대 시간을 알리며 문을 두드렸지만 그는 신경쓰지 않았다. 고집스레 그녀를 탐할 뿐이었다. 그녀는 넋을 잃고 무아지경으로 빠져들었다. 그에게 자신을 내어주며 그의 굶주림을 받아들이며, 그가 그녀의 반항과 거절에도 굴하지 않고 끈기 있게 찾아낸 이 아픈 욕망을 인정했다.

이 사람은 틀림없이 좋은 사람이야……

아랫부분에서 느껴지는 그 혀의 움직임, 머리카락의 애무가 미칠 듯
이 이어졌다. 그녀는 신음을 터트리며 시트자락을 비틀었다. 아, 이 남
자를 사랑할 수밖에 없을 것 같았다. 그녀는 그 정도로 어리석었다.
　‘어리석으면 어때?’
　더 이상 생각할 수도 없었다. 바로 어제 절정에 오르는 방법을 알게
되었다. 절정을 기다리는 법, 그 후에 붙잡는 법을 그가 가르쳐주었다.
그 순간이 도달하자 그녀는 그의 이름을 불렀다. 정신없이 그의 이름
을 부르며 땀에 젖은 손으로 그의 어깨를 움켜잡았다.
　이윽고 그녀는 한 팔로 얼굴을 반쯤 가린 채 침대에 누워 있었다. 움
직일 기운이 없었다. 하지만 차츰 가쁜 호흡이 가라앉으면서 자신이
얼마나 위험한 상태에 빠져 있는지를 생각하게 되자 이 남자에게 거의
화가 날 지경이었다.
　“왜 당신을 증오하게 내버려두지 않죠?”
　“당신은 내 애인이니까.”
　“아니에요. 난 당신 인질이에요.”
　“당신에겐 내가 필요해. 그건 당신도 알고 나도 알아. 그리고 나 또
한 당신을 필요로 할지도 몰라.”
　“아직 술이 덜 깼군요.”
　“아니.”
　“새로운 계략을 짠 거겠죠, 또 다른 복수의 음모…….”
　“아니. 복수는 끝났어.”
　그녀는 점점 불안해졌다.
　“나한테 왜 이러는 거예요? 왜 날 겁탈하지 않아요?”
　“그런 짓은 절대 안 해.”
　그가 셔츠를 벗어 얼굴을 닦았다.
　“왜요?”
　그가 등을 돌렸다.
　“그게 어떤 기분인지 아니까.”

13

"뭐라구요?"

알레그라가 팔꿈치로 몸을 일으켰다.

몇 분이 지나도 침묵은 깨지지 않았다.

라자는 얼굴을 닦아내며 대야에 물을 따른 후 간단하게 씻어냈다. 심장소리가 크게 울려왔다.

"라자? 그게 무슨 말이에요?"

그녀가 부스럭부스럭 침대에 일어나 앉았다.

그는 깨끗한 셔츠를 걸쳐 입고 천천히 책상으로 걸어가 랜턴 불을 밝혔다. 점점 밝아지는 불빛 너머로 그녀를 응시했다. 그녀는 물의 순수함, 공기의 깨끗함, 태양의 따뜻함을 지녔다, 그에게 간절하게 필요한 것들. 하지만 자신을 속이지는 말아야 했다. 이 여자에게 그가 얼마 후에 자살할 놈이라는 것을 알려주는 편이 나았다.

쓸데없는 희망의 싹은 지금 잘라버리는 편이 나았다.

그는 침대로 걸어가 그녀의 옆에 앉았다. 그녀가 커다래진 눈으로 마주 보았다.

믿지 못하는 거겠지. 그녀는 얼마나 사랑스러운 모습인가, 키스로 부풀어 오른 입술과 한쪽 어깨로 흘러내린 밤색 머리채. 그녀의 얼굴에 뿌려진 주근깨 하나하나에 키스하고 싶었다.

하지만 그는 그렇게 하지 않았다. 대신 고개를 숙이고 소맷자락을 걷어올렸다. 무릎 위에 손등을 올려놓고 그녀에게 손목을 보여주며 기다렸다.

그녀가 그것을 살펴보았다. 그는 침착하게 경멸과 거부의 말이 터져 나오기를 기다렸다. 어차피 조만간 그 상처를 보게 될 것이었다. 이런 상처를 지녔는데도 그녀가 받아들여줄 거라고는 생각지 않았다. 스스로 생명을 끊어버린 부모를 지닌 여자에게 더 이상을 요구하는 것은 무리였다.

그녀는 말없이 앉아 있었다. 그는 단단히 마음을 다잡았다. 그녀가 그의 손을 무릎으로 끌어당겼다. 그는 저항하지 않았다. 그녀의 손가락이 그의 손목에 하얗게 난 상처를 따라 옮겨갔다. 한 때 깨진 접시 조각으로 그가 잘라냈던 그 푸른 혈관을 따라서.

또다시 조용히 시간이 흘러갔다. 그는 그녀가 경멸하지 않을지도 모른다고 믿고 싶어지기 시작했다.

그는 계속 기다렸다. 그녀의 손이 그의 손목을 부드럽게 감았다. 그 자국이 그의 영혼에까지 끔찍한 낙인을 찍어버린 흉한 상처가 아니라 쓸어낼 수 있는 먼지 자국이라도 되는 것처럼.

한때는, 아주 오래 전에는 그도 젊고 이상에 가득 차 있었노라고 말하고 싶었다. 하지만 번개에 맞아 어쩔 수 없이 뒤틀려 자라날 수밖에 없었던 작은 나무처럼 그는 꺾이고 말았다.

그녀가 무슨 말이든 해주길 바랐다.

그때 고개 숙인 그녀에게서 눈물 한 방울이 흘러내려 그의 손목에 똑 떨어졌다. 그들은 그 눈물을 쳐다보았다. 잠시 후에 그녀가 살갗에 고여 있는 눈물 방울을 닦아내기 시작했다, 그게 아무리 오래 묵은 상처라도 지워버릴 수 있는 연고인 것처럼. 그리곤 그의 왼쪽 손목도 똑같이 문지른 다음 말없이 그를 끌어안았다. 쉴새없이 요동치는 검은 바다에서 확고부동하게 떠 있는 푸른 섬처럼 그를 힘껏 끌어안았다.

둘다 한참을 그대로 있었다. 그는 자신의 눈에 소금기가 어리는 것을 알았다. 목구멍까지 치밀어 오른 덩어리를 꿀꺽 삼키고 알레그라의 등을 어루만졌다. 그녀가 속삭였다.

"그들이 무슨 짓을 했나요? 당신에게 무슨 짓을 한 거예요?"

그는 대답할 수 없었다. 다시 몸서리를 치며 그녀의 목덜미에 얼굴을 파묻고 그녀의 향기를 들이켰다. 이 상처를 만들었던 아편과 달리 치유의 효과를 지닌 향유 같으면서도 똑같이 정신을 아득하게 하는 향기였다. 알레그라는 그의 머리와 등을 가만가만 쓰다듬었다. 오랫동안 이 여자를 안고 싶어했으면서도 지금은 몸이 뜨거워지지 않았다. 단지 심장에 고여 있던 고통의 시큼한 줄기가 빠져나가는 것 같았다.

그는 경이로웠다. 이 따뜻하고 순결한 여신에게 더 필사적으로 매달렸다.

"왜 이런 짓을 했어요?"

"죽어야 했으니까. 나한테 용기가 조금만 있었더라도 죽었을 거야. 난 짐승이었어, 본능만 있고 자존심은 없는 짐승. 난 가족을 죽게 내버려뒀어. 나도 죽어야 했어."

"아니에요, 라자, 아니에요."

그녀는 아버지를 위해 며칠 밤낮을 슬퍼했던 것처럼 지금도 소리 없이 흐느꼈다. 그의 뺨으로 흘러내린 한 방울의 눈물에 키스하며 살짝 입을 벌려 그 소금물을 빨아들였다. 그는 이 눈물에 수치심을 느끼지도 못할 만큼 고통스러웠다. 이 여자의 품에 숨어버리고 싶었다.

잠시 후 그녀가 그에게 이마를 기댔다. 가슴을 어루만지며 다른 손으로 목을 끌어안았다.

"알고 있었어요, 터널에 들어섰을 때부터 당신이 누군지 알고 있었어요. 그런데도 믿을 수 없었어요."

"기대하지도 않았어."

"라자 디 피오레, 다시는 당신을 부인하지 않을게요."

그녀가 흐느끼며 맹세했다.

오랫동안 감겨 있었던 그의 눈이 열렸다. 알레그라의 눈을 들여다보았다. 그 안에는 사랑인 듯, 아니면 적어도 동정인 듯한 감정이 담겨 있었다. 그녀의 동정을 바라진 않았다. 그는 고개를 돌렸다.

그녀는 부드럽게 그의 얼굴을 감싸 자신에게로 되돌렸다. 안타깝게 그를 살피며 그의 눈썹과 입술을 살짝 매만졌다. 그는 황량한 표정으로 앉아 그녀의 판결을 기다렸다. 걱정스레 찌푸린 그녀의 모습이 자식을 염려하는 어머니 같았다. 그녀는 훌륭한 어머니가 되리라.

쓸데없는 생각이다. 하지만 이 여자의 배가 자신의 아이로 부풀어오른다면 얼마나 황홀할까. 하나의 생명, 새로운 창조물…… 그의 머릿속에 이런 생각이 찾아들다니 기적이었다.

소용없어.

알레그라는 가장 처참한 그의 일면을 보았다. 이제 그녀에게 무엇을 숨기려 해봤자 소용없는 짓이었다. 이 여자는 그의 진면목을 알아버렸다. 당연히 그를 원하지 않을 것이다. 그녀를 원망할 마음도 없었다. 그가 언제 어느 때고 다시 자살할 수 있는 위인이라는 것을 알았을 테니 말이다.

그에게 어울리는 곳은 딱 두 군데뿐이었다. 무덤이나 바다 속.

그녀가 눈물을 글썽이며 그의 뺨을 매만졌다.

"너무 무서웠어요, 그래서 당신을 믿지 못했어요. 나의 비겁함을 용서하세요."

"뭐든지 용서할게."

"고마워요. 당신은 마음이 넓은 분이에요."

"아니야."

"이제부터는 내가 곁에 있을 게요. 약속해요, 라자. 어떻게 해서든 당신을 도와드릴게요. 다시는 당신을 실망시키지 않을게요."

"날 믿는 거야?"

그녀가 정성껏 고개를 끄덕였다.

"당신을 믿어요."

그는 멍하니 쳐다보았다. 지금이 아마 그녀를 유혹할 수 있는 절호의 기회일 테지만, 마음의 상처가 휑하니 드러나 버린 상태라 그럴 기력이 없었다. 단지 그녀의 곁에 있고 싶을 뿐이었다.

알레그라는 그의 눈썹에 입술을 누르고 뒤로 물러났다. 그 순간 라자는 그녀의 눈에 새로운 불길이 담기는 것을 보았다. 우아하게 뻗은 황갈색의 눈썹 밑으로 결연한 의지가 뿜어져 나왔다. 천사 같은 침착함과 강렬함이 혼합되어 있는 표정이 경이로웠다. 그녀가 그의 손목을 들어올려 진심 어린 키스를 전했다. 그런 다음 그의 어깨를 감아쥐며 엄숙하게 바라보았다.

"더 이상 당신은 혼자가 아니에요. 당신을 사랑하는 친구로 내가 옆에 있을 게요. 나에겐 뭐든 말해도 돼요. 그리고 어떻게든 우리가 이 잘못된 일들을 바로잡아 나가야 해요."

그녀는 이제 이해했다. 라자는 자신의 인생을 선택한 것이 아니라 빠져들었던 것뿐이었다. 어센션을 떠나온 것도 그가 무책임하거나 향락주의자라서가 아니라, 너무 아팠기 때문이었다. 그가 던진 농담도 모두 상처를 견뎌내기 위한 방법이었다. 사랑하는 가족이 몰살당한 후이 가엾고 고결한 남자는 살아 남은 자신을 용서할 수 없었던 것이다.

어떻게 한순간이나마 그를 의심할 수 있었을까?

알레그라는 밤바다처럼 신비롭고 어두운 그의 눈동자를 응시하다가 입술로 시선을 내렸다. 저 입술이 그녀가 알고 싶어하는 것, 그에 대한 모든 것을 말해 줄 수 있으리라.

하지만 거대한 배를 구성한 나무들만 삐그덕 소리를 낼 뿐이었다.

라자는 불안해 보였다. 아무 말도 없이 완강하게 그녀의 시선을 피하기만 했다. 그녀는 무슨 말로 그의 용기를 북돋아주어야 할까 고민했다. 그런데 갑자기 선원 하나가 그의 구세주 역할을 맡은 것처럼 쿵쿵 문을 두들겼다.

"지브롤터가 20킬로미터 남았어요, 대장! 올라오실 겁니까?"

"그래!"

라자는 홱 문을 돌아보며 대답했다. 그리곤 다행이라는 듯한 시선을 그녀에게 돌렸다. 하지만 달아나고 싶어하는 것만큼 다른 한편으로는 무거운 비밀의 짐을 벗어버리고 싶어하는 듯한 갈등이 느껴졌다.

"가봐야 돼."

그가 조심스레 말했다.

"나도 같이 갈까요?"

"나야 좋지."

그가 그녀의 손에 입을 맞추고 나서 일으켜 주었다. 그녀는 방금 전에 쾌락을 경험했던 일이 너무 드러나지 않도록 옷차림을 정돈하려 노력했다. 그는 책상 위의 해양 지도를 훑어본 다음 랜턴을 끄고 선실 문으로 향했다. 문을 열기 전에 그가 멈춰 서서 커다랗고 따뜻한 손으로 어둠 속에서 그녀를 찾아 손가락을 엮었다.

"미안해요. 그 동안 심하게 말했던 거……."

그가 그녀의 입술에 손가락을 대고 더 이상의 말을 막았다.

"모두 나한테 필요한 말이었어. 앞으로도 항상 정직하게 말해 줬으면 좋겠어. 어떤 배에든 나침반이 필요한 법이야."

그녀가 관대함에 대한 감사의 표시로 그의 손가락에 쪽 입을 맞추자 라자는 미소지었다.

"이제 할 일을 해야지."

문을 활짝 열어 젖히며 라자는 갑판으로 향했다.

그녀는 이제 확고한 믿음으로 그의 뒤를 따랐다. 이제는 라자를 믿었다. 엄마가 알폰세 왕을 믿었던 것처럼. 복수의 칼날을 갈아 왔으면서도 그녀의 가족을 살려주었던 라자에게, 어떻게든 아빠가 저지른 죄의 용서를 구하리라.

능숙하게 키를 잡고 부하들에게 명령하는 그를 지켜보았다. 내면의 고통스런 흔적은 보이지 않았다. 그를 바라보면서, 아버지의 죄를 사죄해야 한다는 책임감과 그와 함께 펼칠 수 있는 이상이 그녀의 마음속에 무럭무럭 피어올랐다.

라자의 불행, 무법자로 정처 없이 살아왔던 삶, 어쎈션의 소요와 무정부 상태. 지금까지는 그것들이 전부 따로따로였지만, 어쎈션과 라자가 하나로 합쳐진다면 그 모든 곳에 평화가 찾아오리라. 라자가 정당한 권좌를 되찾을 때 상처 입은 어쎈션과 이 비참해하는 선장이 완벽한 하나가 되리라.

모진 고통을 겪어 온 그에게 그 업적을 이룰 수 있는 능력과 특권을 누릴 자격이 있음을 한치도 의심하지 않았다. 그녀의 가족에게 보여준 자비심은 그가 공평하고 올바른 왕이 되리라는 것을 증명하였다. 상상할 수 없는 공포를 겪어 왔으면서도 아직 온화함과 심지어 자신을 조롱할 수 있는 능력까지 남아 있다는 것이 그의 깊이를 알려주었다. 그는 어쎈션이 찾아 헤매던 바로 그 사람이었다.

'알폰세보다 더 위대한 왕이 될 거야.'

밤바람에 머리를 나부끼며 그녀는 그 황홀한 환상에 젖어들었다. 그를 위해서라면 무엇이든 할 수 있을 것 같았다. 악마를 물리치는 일같이 아무리 불가능한 도전에도 맞서 싸울 수 있을 것 같았다.

하지만 그 무엇보다 아슬아슬한 순간에 자신에게 분별력을 주셨던 하나님께 감사를 드렸다. 하늘을 올려다보며 뺨에 부딪히는 바람의 애무를 위안으로 받아들였다. 신중하게 행동한 것이 얼마나 다행이었던가. 그녀가 그에게 반해버렸다는 것을 드러내지 않은 게 얼마나 다행이었던가. 그들은 이제 친구가 될 수 있었다. 사랑하는 친구, 함께 할 수 있는 동지가 될 수 있었다.

그 이상은 아니었다.

공허하고 허탈한 기분이 들긴 했지만, 그것이 최선이라는 걸 알았다. 라자는 어쎈션에 있어야 할 사람, 오스트리아의 공주에게 가야 할 사람이었다. 그녀의 남자는 아니었다. 합스부르크의 뜻이 아직 여전하다면 그는 어센션에서 제노바를 몰아내기 위해 그 동맹이 필요했다. 그를 사랑하게 되면 그녀에겐 고통만 있을 뿐이었다. 차지할 수 없는 남자를 사랑했던 엄마의 비극을 되풀이하고 싶은 마음은 없었다. 그의 친구가 되는 편이 나았다. 그를 길들이는 역할은 니콜레트 공주에게 맡겨야 하리라.

더 이상 그의 정열에 가까이 가는 모험도 하지 말아야 했다. 지금 자신이 어떤 기회를 놓치고 있는지 차라리 모르는 편이 나았다. 실연의 상처도 필요치 않았다.

라자가 그녀를 억지로 안지 않은 것도 당연한 일이었다. 알폰세 왕의 아들이 그런 짓을 할 리 없었다.

문득 오늘밤의 대화를 이끌어냈던 말을 곰곰이 생각해 보았다. 그는 겁탈당하는 기분을 안다고 했었다. 그녀가 지닌 지식의 한도 내에서— 그리 폭넓은 것은 아니었지만—겁탈당하는 것은 여자뿐이었다. 하지만 그녀가 잘못 들은 것이 아니라면…… 그 일은 더 이상 알고 싶지 않았다.

아마 자신이 겪은 비극들을 은유적으로 표현한 것이리라, 그녀는 그렇게 결론지었다.

순수함을 잃는다는 게 얼마나 잔인한 일인가.

어렸을 때 그녀는 엄마를 잃은 충격에서 한참 동안 헤어나지 못했었다. 하지만 라자는 가족 모두, 자신의 집과 왕국, 유산과 세상 전체를 잃어버렸다. 그런데 경이롭게도 그 시련을 이겨냈다. 과거의 어느 때 생명을 끊으려 했던 것을 비난할 수는 없다. 그가 실패했다는 사실만이 감사할 따름이었다.

지브롤터 해협에 가까워지자, 라자는 배의 불을 모조리 *끄라고* 명령했다. 스페인 최남단, 영국군이 주둔하는 지역을 통과해 가야 하기 때문이었다. 알레그라의 눈으로도 멀리 육지의 조그만 불빛을 확인할 수 있었다.

배에 긴장된 침묵이 자리잡았다. 물살 가르는 소리를 최대한 줄이기 위해 천을 감싼 노로 배를 저었다.

그녀가 조그맣게 이유를 물어보자, 라자는 영국군 때문에 여기서 지체하게 되면 그들을 쫓아오는 제노바 함선들이 따라잡을 것이고 그럼 전투를 벌여야 하기 때문이라고 설명했다. 그들이 질 경우 붙잡히는 자들은 모조리 사형감이라고 했다.

그녀는 몸서리를 치며 하늘에 계신 분께 이들을 보호해 달라고 간청했다.

한 번 두 번 노를 저어갈 때마다 지중해의 입구에 가까워졌다.

알레그라는 동쪽으로 고개를 돌렸다. 저 멀리 어딘가에 있을 어센션을 생각하면서, 다시 올 날을 기약하며 자신의 고향에 일시적인 작별을 고했다.

다음 순간, 라자가 그녀를 옆으로 끌어당겼다. 그들은 체온을 함께 나누며 훼일 호와 다른 여섯 척의 배가 좁은 해협을 통과할 때까지 숨죽이고 기다렸다.

얼룩덜룩한 구름이 하늘을 흐릿하게 만들어 그들의 조용한 전진을 숨겨주었다. 두 시간만에 그들은 안전해졌다. 라자의 작은 함대가 무사히 대서양으로 들어섰다. 선원들이 동시에 안도의 한숨을 내쉬며 긴장을 풀어냈다. 술통이 차례차례 돌아가고, 드문드문 달빛 고요한 갑판에 낮은 웃음소리가 번졌다.

일곱 척의 배가 대서양으로 접어들자, 라자는 그녀의 몸을 돌려세우고 오랫동안 키스했다. 그녀도 그의 목을 끌어안았다. 조심해야겠다던 방금 전의 결심을 다 잊어버리고 그와 함께 승리의 기쁨을 나누었다.

누군가 랜턴 하나를 밝혔다. 라자가 키스를 끝내고 해적다운 대담한 미소를 던졌다.

"포로 아가씨, 침대로 가서 쉽시다."

"오늘 당신이 야간 당번이잖아요?"

그녀가 순간적으로 긴장하며 물었다.

그는 지친 선장의 시선으로 갑판을 둘러보았다.

“몇 시간 더 키를 잡아야겠군, 그 후에 당신에게 갈게.”
‘오, 맙소사.’
“기다릴 필요 없어. 내가 깨울 테니까.”
“잠이 오지 않을 것 같아요.”
그녀는 조심스럽게 말을 골랐다.
“아버지의 서류를 좀더 살펴볼까…….”
“왜 그런 일로 머리를 힘들게 하려는 거야?”
그가 부드럽게 그녀의 얼굴을 감쌌다.
“우리 둘다 이 일을 기다려 왔잖아. 때가 됐어.”
“하지만…….”
“아무 생각하지 마, 알레그라. 그냥 느끼기만 해. 당신 몸이 신호를
보내고 있어. 날 쳐다볼 때마다 눈동자가 짙어지고 옷 속의 젖꼭지도
단단해져. 포기해, 알레그라. 이제 우리 사이를 가로막는 건 없어. 아닌
척할 필요도 없어.”
“하지만…….”
“알레그라, 당신은 이미 준비가 됐어.”
그걸 부인하는 건 거짓이었다.
“지금도 촉촉하게 젖어 있을걸, 그렇지?”
그의 목소리는 최면을 걸 듯 유혹적이었다.
“아까 쾌락의 끝까지 가봤다고 생각하겠지? 하지만 우리가 하나가 되
면, 내가 당신 몸 속에 들어가면, 그 전의 기쁨은 비할 바가 아니야.”
그녀의 눈꺼풀이 바르르 떨렸다. 알레그라는 후들거리는 무릎을 지
탱하기 위해 난간에 몸을 기대야 했다.
“내려가서 와인 한 잔 마셔 둬. 나도 금방 갈게.”

라자는 드디어 하코트에게 키를 넘기고 갑판을 마지막으로 점검한
후에, 부푼 가슴을 안고 승강구로 향했다.
그녀의 영혼과 그의 영혼이 합해지리라는 기대감에 현기증이 일어

날 지경이었다. 스스로도 놀라웠다. 바다에서의 전투, 습격, 결투를 제외하고 이렇게 흥분한 적은 없었다. 마침내 알레그라가 자신의 진실한 부분을 알았다는 것이 다행스러웠다. 그녀의 눈에서 본 결의가 어떤 의미였는지 다소 걱정스럽기는 했지만.

그는 불 꺼진 통로를 천천히 내려가 자신의 선실로 향했다. 응접실을 가로질러 선실 문을 가볍게 노크하고 안으로 들어갔다. 그리곤 불쑥 멈춰 섰다. 그의 입에서 힘없는 웃음이 새어나왔다.

"아, 셰리."

알레그라가 서류더미를 양옆으로 쌓아두고 안락의자에 반쯤 기댄 채 잠들어 있었다. 아직 꺼지지 않은 랜턴 불빛이 그녀의 모습을 은은하게 비쳐주었다. 그의 가슴이 따뜻하게 죄어들었다.

의자에 어색하게 기대 있는 자세 때문에 그녀의 목이 아플 것 같았다. 라자는 조용히 문을 잠그고, 흩어진 서류 사이로 걸어가 그녀를 안아들었다. 침대로 데려가서 가만히 내려놓았다. 그녀가 치맛자락을 부스럭대며 평소의 습관대로 옆으로 돌아누웠다. 라자는 그 옆에 앉아 쳐다보았다.

"사람들에게 케이크를 갖다줘요."

그녀가 여왕처럼 중얼거렸다.

"알겠습니다, 마담."

"내 초록…… 드레스……."

그녀의 목소리가 잦아들었다.

"아, 셰리, 당신을 어쩌면 좋겠소?"

그는 잠시 생각에 잠겼다가 커다랗게 하품하며 패배를 인정했다. 사실은 자신도 매우 피곤했다. 거의 새벽녘이 된 지금, 굳이 그녀를 깨울 필요는 없으리라. 오늘은 순결을 취하지 않으리라.

그는 뒷목을 주물럭거리고 나서 바지를 벗었다. 알레그라의 드레스도 벗겨낸 다음 침대로 올라 그녀를 품으로 끌어당겼다. 그녀의 자세가 그의 가슴에 얼굴을 파묻고 배에 팔을 걸치는 것으로 자연스럽게 바꿔었다.

잠으로 빠져 들어가면서, 라자는 햇살과 안개가 가득한 덤불 숲 속의 오렌지 나무들을 상상했다. 잘 익은 토마토와 격자에 대롱대롱 매달린 포도송이들이 보였다. 그 후에는 알레그라가 보였다, 발목까지 치마를 올려 쥐고 커다란 나무 통 안에서 맨발로 열심히 포도를 밟으며 웃고 있었다. 그런 목가적인 상상을 할 때마다 늙은 회색 말이 등장했지만, 이번에는 그 게으른 짐승 위에 세 명의 어린애들이 올라타 있었다.

그의 눈이 번쩍 뜨였다. 그래, 피오레의 혈통을 다시 이을 수 있다. 피오레의 이름이 자신을 끝으로 이 땅에서 사라질 필요가 없었다.

권좌의 무거운 짐을 질 필요도 없고 끝없는 위험에 노출될 필요도 없으며 그저 자유롭고 안전하게 살아갈 수 있으리라. 부하들을 울페의 소굴에 데려다놓고 이 브레드렌의 새 지도자를 선출하게 한 다음, 알레그라와 같이 새로운 삶으로 떠나면 될 것 아닌가.

마르티니크나 플로리다의 해변, 아니면 어센션이 바라다 보이는 나폴리나 시칠리아 어느 곳이든 좋으리라.

그는 어둠을 응시하며 빠르게 머리를 굴렸다. 지금껏 살면서 제일 행복한 순간이라는 생각이 들자 자신이 우스워졌다. 하지만 결국 알레그라의 말이 진실이라는 것—언제나 희망이 있다는 것을 인정해야만 했다.

아이들! 맙소사, 믿을 수 없을 정도로 경이로운 기분이었다.

지금까지는 여자들에게 언제나 신중했었다. 간혹 마음에 드는 여자는 있었어도 자신의 자식들을 낳기에 적당한 여자는 없었다. 그에게는 가문의 자존심을 지켜야 할 책임이 있었으니까. 그래서 그가 아는 한, 이 세상에 그의 사생아는 단 한 명도 없었다.

그런데 여기 아름답고 용감하고 도덕적인 여자가 있다. 7백 년을 이어온 왕가에 자손을 낳아주기에 손색이 없는 여자가.

그는 이제 얼간이처럼 보이지 않고도 그녀에게 결혼 신청할 방법을 궁리하기 시작했다. 그때 머릿속의 음흉한 녀석이 찬란한 상상의 세계에 어두운 그림자를 던졌다. '네가 사랑하는 사람, 너의 가족들은 모두 죽어버렸어. 그 저주받은 운명이 너의 행복을 그대로 봐줄 것 같아?' 바다에서 너무 오랜 세월을 보낸 탓인지 모르지만, 여느 뱃사람들처럼 그도 미신을 무시하지 못하는 약점이 있었다.

어리석은 생각이야. 그가 흥, 코웃음을 쳤다. 비카를 봐. 10년 이상 그의 곁에 있었어도 아픈 데 하나 없이 잘 살고 있지 않은가.

하지만 그의 위험한 생활이나 과거의 죄 때문에 알레그라가 다칠 수도 있다는 생각은 진저리나게 두려웠다. 그녀를 위해서는 맘씨 착한 마르티니크의 어느 지주에게 가는 것이 더 안전하리라. 하지만 그럼 아이들은 어떻게 되지?

그의 표정이 험악하게 변해갔다. 알레그라가 이기적이라고 욕한 적이 수도 없이 많았지만, 그 중에서도 이것이 제일 이기적인 행동이리라. 그의 곁에 있다가 죽을 가능성을 열어놓는 것.

마음속에서 갈등이 일어났다. 자객들과 그때 당시 계획을 짰던 원로원의 늙은 공모자들은 죽었다. 이제 몬테베르디까지 죽었다. 지금쯤 그의 부하들이 도메닉 클레멘테도 조물주에게 보내버렸을 것이다.

다 끝났다. 끝나야만 했다.

그러니 그에게 달라붙어 있었던 저주도 당연히 사라졌을 것이다. 이미 한 번 가족을 잃어버린 그에게 설마 두 번이나 똑같은 일이 닥치겠는가. 벼락이 같은 곳에 두 번이나 내려칠 수 있겠는가?

하지만 알레그라의 고른 숨결을 느끼면서, 조금의 가능성조차 용납할 수 없다는 것을 알았다. 그럴 수 없어, 이젠 운명의 속임수에 농락당하지 않겠어. 최대한으로 타협만 보는 거야.

그녀와 결혼하진 않으리라.

법적인 부분만 제외하고 그녀는 모든 면에서 그의 아내가 될 것이다. 그럼 하늘도 그에게 걸린 저주를 그녀에게 가하지 못할 것이다. 세상의 혼란과 폭력에서 벗어나, 그들의 사랑스런 농장에서 새로운 피오레 가문을 일궈나가는 것이다. 위험이 닥칠 경우에는 무슨 수를 써서라도 자신의 핏줄을 보호할 수 있었다. 그것만은 장담할 수 있었다.

그래, 결혼하지만 않으면 다 괜찮을 거야. 다만 그녀가 이해해 주기를 바랄 뿐이었다.

불안하고도 어렵게 그 문제를 매듭지으면서 라자는 결국 잠이 들었다.

14

하얀 아침 햇살을 받으며, 알레그라가 잠자는 왕자님을 키스로 깨워
냈다.

자신은 이미 일찌감치 일어나 옷을 입고 식사를 마쳤다. 라자에게
해야 할 말을 하기 전에 그의 기운을 북돋아주기 위해서 아침식사도
챙겨 들여왔다.

그에게 꼭 해야 할 말이 있었다.

그녀의 키스에 라자가 나른하게 꿈틀거렸다. 그가 장난을 걸어오기
전에 얼른 뒤로 물러날 생각이었지만, 이미 그에게 손목을 붙잡히고
말았다. 그가 밝은 햇살에 눈을 껌벅거렸다. 헝클어진 머리와 단잠을
자고 난 부드러운 표정이 그녀의 마음에 쏘옥 들어왔다.

그가 졸린 미소를 보내며 일어나 앉았다. 쟁반 위의 오렌지 주스를
집어들고 단번에 꿀꺽 꿀꺽 들이켰다. 그의 목젖이 위아래로 움직이는
걸 지켜보면서, 그녀는 주스 마시는 남자가 이렇게 아름다울 수 있다
는 걸 예전엔 미처 몰랐다고 생각하며 속으로 한숨지었다. 라자가 만
족스런 소리와 함께 잔을 내려놓았다.

“잘 잤어, 고양이?”

그리고는 당장 그녀를 품으로 끌어당겨 정열적으로 키스해 왔다.

그녀가 다급하게 밀어냈다.

“왜 그래?”

“커피 식겠어요.”

“우리 옆에 있으면 더 뜨끈뜨끈해질 거야.”

그가 그녀의 콧등에 입을 맞췄다.

그녀가 다시 그를 밀어내려 했다.

“할 얘기가 있어요…….”

“얘기 말고, 키스를 해줘.”

라자가 그녀의 허리를 바짝 끌어당겼다. 그 즉시 그의 매우 남성적
인 부분이 확실하게 깨어 있음을 알게 되었다.

“라자, 어센션에 대해서 애길 해야 돼요!”

“무슨?”

그가 이런 식으로 귓불을 깨물고 있을 때는 생각하기가 어려웠다.
알레그라는 다시 한 번 벗어나려고 기력을 모았다.

“내 말 좀 들어봐요. 할 일이 아주 많아요…….”

“음, 음.”

그는 아랑곳하지 않고 그녀의 손을 자신의 아래쪽으로 이끌었다.

그 거대한 남성의 느낌에 부르르 몸이 떨렸다. 하지만 협조해 주는
대신 그의 얼굴에 손가락을 들이댔다.

“그만해요! 점잖게 행동하세요. 날 풀어주고 침대에서 일어나세요.
낭비할 시간이 없다구요.”

“맞아. 난 당신을 갖고 싶어서 미치기 일보 직전이야.”

“절대 안 되요!”

그녀가 그의 손을 뿌리치고 선실 구석으로 멀리 달아났다.

그의 까만 눈썹이 금방이라도 벼락을 내릴 것처럼 가운데로 모였다.

“절대 안 된다고?”

"당신은 이미 약혼한 몸이잖아요."

그녀가 조그만 목소리로 대꾸했다.

그는 어이없다는 표정이었다.

그녀가 얼른 책상의 서류더미를 집어들어 그에게 내밀었다.

"여기에 다 있어요. 오스트리아 니콜레트 공주와의 약혼. 지참금이 금화 2백만 냥이에요. 라자, 어센션의 파산을 막을 정도로 충분한 금액이에요! 알폰세 왕을 모셨던 충신들 이름과 주소도 다 있어요. 폐하께서 돌아가신 후로 유럽 각지에 숨어살고 있어요. 여우라는 별명으로 불렸던 파스콸레 총리 대신, 군대를 이끌었던 엔초 카렌드리 장군. 프란시스코 추기경…… 그분은 당신도 기억나시죠?"

그는 충격에 빠진 듯 입을 열지 못했다.

"이분들이 당신을 도와줄 거예요. 라자, 당신의 왕국을 돌려 받을 수 있어요. 어센션을 되찾을 수 있는 길이 여기에 다 있어요!"

그는 알레그라의 손에 들린 서류와 그녀를 번갈아 쳐다보고 나서, 침대에 털썩 드러누워 끄응 신음하며 머리 위로 이불을 뒤집어썼다.

오, 이런. 알레그라는 이불 위로 툭 튀어나온 코의 윤곽을 쳐다보며 눈살을 찌푸렸다.

"당신은 훌륭한 왕이 될 거예요. 거친 면을 조금 다듬기만 하면요."

두 번째 신음이 이불 밑에서 새어나왔다. 라자는 한 손으로 이마를 내리눌렀다.

"당신의 인생 목표가 날 미치게 만드는 거야?"

그녀가 턱을 높이 쳐들었다.

"내 아버지가 반역자일지는 몰라도, 어센션에 대한 나의 충성심은 누구도 의심할 수 없어요. 당신을 도와드릴게요."

그는 이불을 홱 잡아 던지고는 옆으로 돌아누워 한 손으로 머리를 괸 채, 그녀를 단호하게 쳐다보았다.

"대체 '뭘' 도와준다는 거요?"

"당연히 왕위를 되찾으실 수 있도록."

그가 웃음을 터트렸다.

"뭐가 그렇게 재미있어요?"

그는 창 쪽으로 시선을 돌리며 길게 한숨을 토해냈다.

"당신이 어센션에 대해서 갖고 있는 그 맹목적인 집착을 내가 모르는 바는 아니오. 당신의 자유주의적 이념이나 자선활동에 대해서도 익히 들었어. 하지만 이 일에 간섭하지 마. 헤엄쳐 나오지 못할 아주 깊은 수렁에 빠지는 셈이니까."

그가 침대 옆자리를 툭 두드렸다.

"자, 이리 와서 나의 사랑이나 받으라구."

그녀는 뜨거운 눈동자와 하얀 이불을 매만지는 그의 손을 간신히 외면했다.

"당신한테 물어보고 싶은 게 많아요. 그 습격에서 어떻게 살아났어요? 그 동안 어떻게 지냈어요? 어떻게 해적이 됐어요……."

"물어보지 마. 그냥…… 이대로."

"돕고 싶어서 그래요. 아직 피오레 가에 충성하는 귀족들을 내가 골라낼 수 있어요. 원로원 처리를 도와드릴 수도 있고, 파리의 거물을 몇 명 아니까 당신의 혁명을 지지해 달라고……."

"혁명?"

그가 버럭 소리질렀다.

"혁명 따윈 없어! 없을 거야, 빌어먹을."

벌떡 일어나서 짜증스럽게 세면대로 걸어갔다.

"거기엔 안 가, 당신도 못 가. 그러니까 다 잊어버려. 제노바더러 가지라고 해."

그녀의 표정이 멍해졌다.

"진작에 알아봤어야 하는 건데."

그가 사방으로 물을 뿌려대며 과격하게 얼굴을 씻어내고는 의자에 걸린 셔츠로 얼굴과 손을 닦았다.

그녀는 얼이 빠져버렸다. 그의 냉소적인 말들이 어센션을 되찾고 싶

어하는 마음의 표현이라고 생각했는데……. 이럴 줄은 몰랐다. 상상도
못했다.

그가 무겁게 의자에 내려앉아 부츠를 신을 때에야 그녀는 마침내 목
소리를 낼 수 있었다.

"라자!"

"왜?"

"설마…… 진심은 아니겠죠."

"왜 아니야?"

그가 다른 쪽 부츠마저 홱 끼워 신었다.

"제노바를 몰아내고 당신이 어센션을 통치할 수 있는데 그냥 떠나버
리겠다는 뜻은 아니겠죠? 설마 아무 계획이 없다는 말도 아니겠죠?"

그가 벌떡 일어났다.

"내가 계획한 건 복수였어. 2년 동안 공들였다가 마지막 순간에 당
신의 그 예쁜 눈물 때문에 망쳐버린 복수!"

"그건 신경쓰지 말아요. 이제부터 계획을 세우면 돼요. 이 서류에서
정보를 얻을 수 있어요. 우선 예전의 대신들에게 편지를 보내……."

그는 성큼성큼 다가오더니 그녀의 손에서 서류들을 빼앗아 홱 던져
버렸다.

"이런 건 쓸모가 없어. 아무 의미도 없어. 종잇장에 불과해! 아무것
도 아니야! 나한텐 증거가 없어! 증거가 없다구! 알아들어? 난 권좌를
주장할 수 없어. 왜냐하면 내가 누군지 증명할 수 없으니까!"

그가 몸을 떨어대며 노려보았다.

"하지만 그 당시의 당신을 아는 사람들이 아직 많아요. 한번 만나보
기만 하면 모두 당신을 인정할 거예요……."

"제노바 통치의 기득권에만 관심 있는 그 타락한 쓰레기들 말인가?
어디 보자, 내가 어떻게 해야 할까? 원로원 회의장에 씩씩하게 들어가
서 신분증이라도 보여줄까? 물론이야! 그럼 모두들 엎드려 절하면서
'신께서 왕을 살려주셨군요' 하겠지. 그 후로는 영원히 행복하게 살 테

고 믿어."

"왜 그렇게 냉소적이에요?"

"당신이 너무 순진한 거야. 놈들은 내 아버지한테 한 것처럼 똑같이 날 찢어 죽일 거야. 지금보다 더 하잘 것 없는 존재로 날 죽여 없앨 거야. 너무 늦었어, 알레그라. 모두들 내가 죽었다고 생각해……. 장담하지만 지금 이대로가 모두를 위해서 더 나아."

"굶주려 죽어 가는 백성들을 위해서도 그게 나을까요? 부당하게 감옥에 갇힌 사람들한테는? 토지를 빼앗긴 사람들……."

"누구나 참고 견뎌야 할 짐이 있는 거야."

"라자!"

"날 봐. 이 꼴로 어셴션에 가봤자 아버지 이름만 더럽힐 뿐이야."

"절대 아니에요. 당신이 공정하고 훌륭한 지도자가 될 것 같지 않았다면 내가 왜 이런 얘길 꺼냈겠어요? 당신을 돕지도 않을 거예요."

"당신이 뭘 안다고 그래?"

"그럼 어젯밤에 우리가 했던 말은 뭐예요?"

그가 욕설을 중얼거리며 휙 돌아섰다. 어제 한 말을 후회하는 것이 분명했다.

"당신은 아직 모르는 게 많아."

"말해 보세요."

"잊어버려."

"그 손목의 상처와 관련된 일인가요?"

그는 대답하지 않았다.

그녀가 크게 숨을 들이켰다.

"라자, 당신이 겁탈당했어요?"

그의 얼굴이 하얗게 질렸다.

"웬 괴상망측한 소리야! 당신이 그런 구역질나는 말을 하다니 놀라워."

그가 뻣뻣하게 벽장으로 걸어갔다.

그녀는 그를 지켜보았다. 그건 거짓말이다.

옷가지를 걸쳐 입는 그의 몸이 딱딱하게 굳어 있었다. 공포가 뿜어져 나왔다. 그녀는 숨이 막히는 느낌으로 시선을 내려뜨렸다.

참을 수 없는 분노가 치밀었다.

아빠, 아빠는 지옥에 떨어져야 할 사람이에요.

그가 눈이 보이지 않는 사람처럼 필사적으로 조끼를 찾고 있는 동안 그녀는 그 고통스런 침묵을 어떻게 감당해야 할지 알 수 없었다.

'누가 그랬어요? 누가 감히 당신한테 그런 짓을 했어요?'

틀림없이 아주 오래 전의 일이리라. 아무 힘없이 길 잃은 어린아이였을 때.

그녀는 목구멍으로 치밀어 오르는 울음을 삼키며 그를 바라보았다.

그의 움직임은 너무나 어색하고 거칠었다. 셔츠 단추를 잠그는 손이 더듬거리고 있었다. 이 순간 그녀가 해야 할 일은 그의 자존심을 지켜주는 것이었다, 그의 거짓말을 믿는 척해야 했다. 지금 위로의 말을 건넨다면 그는 더 무너져버릴 것이다. 그녀는 도도하게 턱을 치켜들었다.

"라자 디 피오레, 당신에게는 의무가 있어요."

최대한 차가운 어조로 말문을 열었다.

그는 분노와 안도감이 뒤섞인 묘한 표정으로 돌아보았다.

"멋대로 생각하지 마. 난 내 한 몸만 간수하면 그만이야."

"당신의 아버지까지 희생당했는데 어떻게 그런 말을 할 수 있어요?"

"아버지는 죽었고 난 살아 있어. 난 이대로 살 거야. 내버려둬."

"싫어요."

"싫어?"

그는 한참을 험악하게 쳐다보다가 마침내 크게 한숨을 내쉬며 그녀에게 다가왔다.

"나한테 실망스럽긴 하겠지만, 알레그라……."

"실망 안 했어요."

"당신한테는 미안해. 당신의 이상주의가 감탄스럽긴 하지만 난 못해. 어센션으론 안 돌아가. 난 영웅이 아니야, 순교자도 아니고. 지금

당신이라면 세평정이든 짓으고 끝이야, 내가 이 짧고 불행한 인생을
좀더 연장시키고 싶어한다 해두 탓할 순 없을걸.”

“난 당신의 활약상을 지켜봤어요. 당신이 누군가를, 하물며 세노바
를 두려워한다는 건 믿어지지 않아요.”

처연한 웃음을 흘리며 라자가 고개를 흔들었다. 그녀의 어깨에 두
손을 내리고 가볍게 뺨을 토닥였다.

“줄기차게 욕민 해대다가 이제 한마디 칭찬하는 거야? 당신이 한 말
들을 읊어 볼까?”

그는 짐짓 농담을 시도해 보려 했다. 하지만 그 눈에 드러난 적나라
한 절망은 그를 꼭 제자리로 돌려보내야 한다는 그녀의 결의를 더 굳
게 만들었을 뿐이었다.

그녀가 슬프게 미소지으며 그의 손을 잡았다.

“라자, 당신이 만들 수 있는 변화들을 생각해 봐요! 당신이 어센션
을 새롭게 바꿀 수 있어요. 드디어 당신에게 어울리는 과업이 생겼어
요. 알폰세 왕이 꿈꿔 왔던 개혁들을 당신이 실현할 수 있어요.”

“그 정도로 날 믿어주다니 놀랍군.”

그가 중얼거렸다.

“물론이죠, 당신은 그런 사람이에요. 백성들이 당신을 따를 거예요.
당신을 환영할 거예요. 당신이 믿음을 갖기만 하면 우리가 해낼 수 있
어요. 백성들이 얼마나 당신을 사랑할지…….”

“알레그라, 돌아버릴 지경이야. 이제 그만해.”

그가 지친 듯 눈을 감았다.

“지금 이 상황은 너무 부당해요! 너무 불공평해요! 참을 수가 없어
요, 이게 모두 내 아버지의…….”

“다 지난 일이야. 이젠 조용하고 평화롭게 살고 싶어. 포도 농장을 가
꾸면서, 내 목이 언제 잘릴까 걱정할 필요 없이 편하게 잠들고 싶어.”

“그런 말 말아요. 내가 도와드릴게요. 어떻게든 도와드릴게요.”

“그럼 이런 식으로 도와줘.”

그가 그녀를 끌어안으며 입술을 내렸다.

"모든 걸 잊게 해줘. 내가 계획을 하나 세웠는데 들어볼래? 당신을 저 침대로 데려가서 사랑을 나누는 거야. 당신이 내 아이를 가질 수 있게. 우리의 아이 말이야. 과거는 다 잊어버리고 당신과 미래를 만들어 보고 싶어."

그녀의 몸이 휘청거렸다. 그의 고동치는 심장을 손바닥에 느끼며 어떻게 이 남자를 밀어낼 수 있을지 알 수 없었다.

"나랑 같이 살자. 당신과 우리 아이들을 잘 보살필게. 나한테 황금이 있으니까 커다란 농장을 사서……."

그녀는 그의 가슴을 애써 밀어내고 등을 돌린 채 구석으로 걸어갔다. 자신의 몸을 끌어안고 울음이 터지지 않도록 입을 틀어막았다.

이 남자는 미쳤어. 어떻게 자신의 왕국보다 그녀를 선택할 수 있단 말인가? 이 제안을 거절하는 게 얼마나 어리석은 짓인가?

그녀는 침착성을 찾으려 안간힘을 쓰며, 그를 위해서 무엇이 최선인지를 생각하려 했다. 그리고 어센션을 위한 최선이 무엇인지 생각해야 했다.

"당신과 결혼할 수 없어요……."

침묵이 흘렀다.

"날 원하지 않는 거로군."

그녀는 더 힘껏 입을 틀어막아 진심이 터져 나오지 않도록 억눌렀다.

'당신이 잃어버린 모든 것을 나 하나로 어떻게 보상받을 수 있어요? 나 하나로는 충분하지 않잖아요.'

"날 원하지 않아."

그의 목소리가 점점 차갑게 변해갔다.

"그래, 좋아. 당신 마음이 정 그렇다면."

그녀는 아무 말도 할 수 없었다, 돌아설 수도 없었다. 라자의 목소리가 거칠게 이어졌다.

"오늘밤, 빚을 갚도록 해. 난 참을 만큼 참았어."

선실 문이 세차게 닫혔다.

"사랑하는 자기."

마리아가 지하 와인 창고에 대고 소리쳤다.

"점심 준비 다 됐어요!"

"알았어!"

그가 짜증스럽게 되받아 소리쳤다.

빌어먹을, 귀찮아 미치겠군. 도메닉은 그를 죽이려고 쫓아왔던 세 명의 야만인들 앞으로 천천히 걸음을 옮겼다.

우선 협조하지 않을 경우에 생길 일을 알려주기 위해 한 놈을 처치했다. 의자에 묶인 채 엎어져 있는 그놈이 가늘게 신음하고 있었다. 곧 죽을 것이다.

두 번째 놈은 도메닉의 부하에게 죽도록 두들겨 맞았다. 제기랄, 그 두 번째 놈도 조만간 쓸모 있는 정보를 토해내지 않는 한 오래 가지 못할 것이다.

도메닉은 제퍼스라는 이름의 세 번째 놈에게 가장 큰 기대를 걸고 있었다. 지금까지 그놈의 몸은 말짱했다. 자신의 차례가 될 시간을 끔찍하게 기다렸을 뿐이다.

"해적이라고? 또 그 소리야? 못 믿겠다고 했잖아. 야, 소리내지 마."

도메닉이 두 번째 사내에게 고함쳤다.

"마지막으로 묻겠다. 말해. 그자가 누구야?"

제퍼스는 부들거리며 이미 수백 번 들었던 질문에 똑같은 대답을 되풀이했다.

"안티구아의 악마예요, 이름은 라자."

"라자, 그 다음이 뭐야? 성이 뭐냔 말이야!"

"그런 건 들어본 적 없어요."

"우린 해적이야, 정말이다!"

두 번째 사내가 갑자기 비명처럼 소리쳤다.

"브레드렌 해적! 울페 소굴에 대해서 말해, 제프! 어서 말해! 이젠 상관없어…… 다 죽든지 말든 상관없어!"

죽어 가는 사내가 숨넘어가는 신음을 냈다.

도메닉은 말짱하게 앉아 있는 포로의 정직성을 가늠해 보았다.

그 동안 붙잡았던 폭도들이 나불거렸던 말과 이자들의 말은 전혀 상반된 것이었다. 어느 쪽을 믿어야 할까?

이 겁에 질린 놈들의 말에 의하면 그 검은 눈의 야만인은 진짜 안티구아의 악마라 불리는 해적이고, 원래 어센션 출신이다. 그리고 몬테베르디에게 복수할 일념으로 여기까지 왔으며, 마지막 순간에 복수를 포기했다는 것이었다.

그 이상의 정보는 없었다.

그 외에는 백성들 사이에 알폰세 왕의 아들 라자가 피오레의 권좌를 되찾으려고 죽음에서 부활했다는 전설이 무르익어 간다는 것 정도였다.

"자기야! 음식 다 식어요. 어서 오세요, 내 사랑!"

마리아가 쾌활하게 계단 위에서 소리쳤다.

"닥쳐!"

저 계집은 하인이 아니라 부인이라도 되는 것처럼 행동하고 있었다. 물론 특별한 부류의 하인이긴 하지만. 저 주둥이만 꽉 다물고 있으면 꽤나 쓸 만했다.

"해적, 해적, 해적."

그는 생각에 잠겨 사내들의 앞에서 왔다갔다했다.

'아니면 왕자…… 아니, 왕이라고 해야 하나?'

놈들의 대장이 정말 라자 디 피오레라면, 이 평범한 부하들에게 자기의 진짜 정체를 밝히지 않았을 가능성도 있었다. 어차피 충성심이란 그런 설명으로 생기는 게 아니니까.

솔직히 어센션의 하잘 것 없는 천민에게 당했다기보다 왕에게 졌다고 생각하는 편이 도메닉의 허영심을 채워주기에는 더 나았다.

"이놈들이 정말 모를 수도 있겠어. 쓸데없이 내 시간만 낭비한 건지도 몰라.”

지하실의 끝에서 끝으로 걸어다니며 자신의 목표를 손가락으로 꼽아보았다.

첫째, 그 야만인에게 알레그라를 되찾아오는 것. 그렇지 않으면 백성들이 약혼녀를 모른 체한다고 생각할 수도 있다. 그런 소문은 그리 바람직하지 않다.

둘째, 그놈이 만약에 라지 디 피오레라면 권좌를 되찾으러 오기 전에 놈을 막아야 한다. 진짜 라자 디 피오레라면 틀림없이 돌아오려 할 것이다. 그래, 최악의 상황까지 대비해 두어야 한다. 발바닥의 때만도 못한 놈들 앞에서 수도 없이 비굴하게 낮아지며 힘들게 얻은 권력인데 빼앗길 수는 없는 일이다. 암, 그렇고 말고.

하지만 피오레가 왜 떠나갔을까?

그놈은 그와 맞먹을 정도의 기량을 지녔다. 머리 돌아가는 것도 그에 못지 않을 것 같았다. 물론 절대 도메닉 클레멘테보다 나을 리야 없지만 말이다. 아직은 상대의 전술을 파악하지 못했다. 라자 디 피오레가 돌아올 경우에 이 권력을 부지할 수 없다는 것만 알 뿐이었다.

하지만 방법이 아주 없는 건 아니다…….

그자가 피오레의 후계자라고 나서기 전에 해적으로 잡아서 끝장을 내버리는 것이다. 도메닉은 피식 미소지으며 다음에 할 행동을 구상했다.

일단 그 해적의 머리통에 엄청난 상금을 내걸어야겠다. 그리고 알레그라를 안전하게 찾아와서 결혼식을 올리겠다고 선언하리라. 그럼 알레그라를 사랑하는 백성들의 마음이 그에게도 쏠리게 될 것이다. 그녀가 순결을 잃었다 해도 백성들에게 관대한 마음을 보여주는 것이 우선이었다.

그 검은 눈의 불한당이 그녀의 가랑이 사이에 비집고 들어갔다는 사실조차도 기꺼이 무시해 주리라. 그 커다란 녀석이 울며 반항하는 그녀의 몸 위에서 헐떡이는 장면을 생각하니 그의 사타구니도 불끈 일어섰다. 적어도 그 쌀쌀맞은 계집에게 결코 즐거운 경험이 아니었을 거라는 확신이 조금쯤 위안이 되었다.

순순히 내주지 않는 게 좋을걸, 알레그라. 그럼 내가 진짜 화나게 될
테니까.

최후 통첩을 날리다니 풋내기나 하는 짓이다. 상처받은 자존심을 달
래려고 그런 짓을 하다니! 그 말이 입 밖으로 나가는 즉시 라자는 후회
스러웠다. 그런 식으로, 화를 내는 식으로 그녀를 갖고 싶지 않았다. 그
런데 그 연약한 여자를 이제 무너뜨릴 수밖에 없었다. 자신의 위협을
실행하지 않는다면 그녀는 그를 이기적인 쾌락주의자, 자살을 시도했던
겁쟁이뿐만 아니라 의지력까지 약한 놈으로 생각할 것이었다.

그 여자가 날 어떻게 생각하든 무슨 상관이야. 이 욕망만 풀어버리
면 돼.

그는 자신에게 계속해서 되뇌며 할 일을 찾아다녔다. 비카조차도 그
에게 감히 접근하지 못했다. 시선이 닿는 곳마다 모조리 신경에 거슬
리는 모습뿐이었다. 어느 놈은 빈둥거리고, 어느 놈은 명령에 재깍재깍
따르질 못하고, 다른 놈들은 저능아들처럼 헤헤거리고 있었다.

선원들이 자신의 험악한 분위기에 긴장하는 걸 알았으므로, 그는 오
로지 혼자 있을 자리를 찾으려고 망대 위로 올라갔다.

망원경으로 수평선을 쳐다보아도 브레드렌단의 여섯 척 배들과 거
대한 뭉게구름 외에 보이는 것이 없었다.

"제기랄."

그는 무겁게 한숨을 내쉬며 망원경을 내렸다.

어쩌다 이런 궁지에 몰려버렸을까? 그 여자를 너무 가까이 받아들인
탓이다. 이젠 빠져나갈 구멍이 없었다. 그녀에게 지나치게 집착하는 자
신이 한심해서 미칠 지경이었다. 자신의 감정은 하늘 위로 한껏 솟아
버렸는데, 그 여자는 전혀 그와 비슷한 상태가 아닌 것이 틀림없었다.

'나는 최선을 다해서 나 자신을 보여줬어. 이 이상 뭘 원하는 거야?
내가 결혼 신청을 하지 않아서 그러나?'

그의 가슴이 묵지근하게 조여들었다.

결혼은 아니었지만 그것은 그가 여자에게 제공할 수 있는 최상의 제안이었다. 그런데 그녀는 생각할 시간을 달라고도 하지 않았다. 단칼에 거절했다. 아이를 낳아 달라고만 하면 그의 발 밑에 엎드려 입맞출 여자가 50명도 넘을 텐데. 그런데 그 골칫덩어리 여자는 받아들이지 않았다. 망할 놈의 여자, 그 고상한 순교자는 받아들이지 않았다.

이제부터는 이기적이고 속물적인 여자만 고르리라. 절대 처녀가 아니어야 한다는 점도 추가 조건이었다. 하지만 그녀의 반응을 그가 잘못 읽었을 리 없었다. 분명 그 여자는 그를 원했다. 충분히 느낄 수 있을 정도였다.

멍청한 여자. 세상을 구하고, 라자라는 인간도 함께 구하겠다는 일념에 사로잡혀 자기 행복 따위는 생각지도 않는 여자. 그것만으로도 진저리가 쳐졌다.

한심한 가족을 구하려고 자기 목숨을 내던진 것만으로도 모자라서 빌어먹을, 이젠 그 성녀 알레그라 님께서 어센션을 위해 자신이 원하는 것도 모조리 포기하려 들고 있었다.

그를 위해서, 그의 행복을 위해서라는 게 이유였다.

그게 대체 뭔데?

그 여자한테 이기심이라는 게 있을까? 현실감각은 제대로 갖고 있는 걸까? 자신이 망가지는 건 안중에도 없는 걸까? 그 여자가 희생당하게 할 수는 없었다. 그가 용납하지 않을 것이었다.

필요하다면 그는 충분히 무자비해질 수 있었다. 그녀에게 자신의 뜻대로 밀고 나가리라. 그래, 오늘밤 그녀를 유혹하는 것만이 아니라 임신까지 시켜버리는 거다. 그의 아이를 갖게 되면 어쩔 수 없이 행복의 길을 받아들이겠지, 빌어먹을.

'맙소사, 내가 무슨 생각을 하는 거야?'

반항하는 여자한테 뭘 어쩌겠다고? 이 무슨 구역질나는 상상인가? 여자 하나 때문에 이렇게 심각해진 걸 알면 울페 선장이 얼마나 비웃을까. 애초에 그녀를 데리고 온 이유는 침대로 끌어들이기 위해서였다. 그녀에게 정욕을 채우자마자 원래의 공허한 인생으로 돌아가면 그만이었다. 그럼 다시 머릿속이 맑아지리라.

그는 망대를 내려와 선실로 걸어갔다. 문을 활짝 열어젖히니, 다행히도 여자가 안에 없었다.

자신의 무른 마음을 비웃으며 그는 문을 잠그고 최고급 럼주를 커다란 잔에 따랐다. 그 후에 순결한 순교자가 책상 위에 놓아둔 서류들을 힘없이 쳐다보았다.

몬테베르디의 사무실에서 가져온 그 서류에는 어센션의 상황이 조목조목 기록되어 있었다. 어깨 너머에서 그를 어르고 달랠 알레그라가 없었으므로, 그는 간단히 살펴보기만 하자고 생각했다. 불안하게 들썩이는 육체를 가라앉히는 수단으로 사용할 작정이었다. 거의 세 시간 동안 격분하며 몰입할 생각은 전혀 없었다.

오후가 저녁으로 바뀌는데도 라자는 여전히 책상에 앉아 분노로 눈꺼풀을 부들거리고 있었다. 이제라도 당장 어센션의 파산 경고가 서류에서 튀어나올 것 같았다. 파멸을 막아보려는 계획 하나조차 찾아볼 수 없었다.

이 정도면 발정난 말조차 진정시킬 수 있겠어. 그가 험악하게 뇌까렸다.

제노바가 어센션을 말아먹은 방법이 서류에 정확히 나타나 있었다. 제노바는 금고를 싹싹 긁어서 한재산 챙긴 다음에 조용히 떠나가고 있었고, 어센션은 이제 몰락이 임박한 상황이었다.

부자들의 비인간적인 범죄와 농민들의 반란도 낱낱이 기록되어 있었다. 어마어마한 부랑자와 유아 사망률을 담은 통계, 턱없이 부족한 의사, 부정부패가 만연한 단체, 갈수록 확대되는 범죄 조직들…….

그런데도 해결책으로 제시된 게 전혀 없었다.

경제적으로 가장 효과적이라고 알려진 현대화 이론조차 무시당했다. 현대적인 수로나 도로, 도시를 정비하려는 계획도 하나 없었다. 단지

극악무도한 악당들이 그가 어린 시절 친구들과 로빈 훗 놀이를 했던 어센션의 숲에서 재목을 잘라가려는 계획만이 보일 뿐이었다.

그는 짜증스런 한숨을 터트리며 서류더미를 밀어냈다. 여자를 원하는 이 육체적 욕망에 두통까지 찾아들어 더 비참해지고 말았다.

벌떡 일어나 굳어진 몸을 쭉 뻗으며 브랜디를 한 잔 따랐다. 어센션의 병폐를 해결할 수 있는 전략들을 30분 정도 궁리해 보았다. 물론 가정이라는 전제를 자신에게 덧붙이면서. 무의식적으로 그 거창한 계획에 열정이 찾아들기 시작하자 라자는 얼른 고개를 흔들어 떨쳐버리고는 서류 상자를 닫아버렸다.

알레그라의 환상에 붙잡히는 일은 없을 것이다. 그는 그녀가 바라는 그런 남자가 아니었다, 그녀의 왕자도 아니었다. 아니, 그 왕자이긴 하지만 이름만 라자일 뿐이었다. 고상하거나 이타적인 정신을 타고나지 않았다. 그 점이 차라리 다행스런 일이다. 그는 불쾌하게 눈꺼풀을 떨어대며 다른 일이나 생각하라고 자신에게 호통을 쳤다.

예를 들어 알레그라의 젖가슴이라든가, 오늘밤 그녀의 몸에서 느끼게 될 환희라든가…….

그녀의 몸을 뜨겁게 만들어 주리라. 어렵진 않을 것이다. 그의 이름을 간절히 부르며 요동치도록 해주리라. 그녀의 도덕심과 그 오만한 경멸을 그가 어떻게 여기고 있는지 보여주리라. 그래, 격렬한 섹스로 그녀의 분수를 알게 해주는 거다.

그는 잔인한 초록의 바다에 시선을 떨어뜨렸다. 태양이 저물어가고 있었다.

쓸쓸하게 브랜디 잔을 들어올리며 그는 생각했다. 침대…… 적어도 그녀를 실망시키지 않을 장소가 한 군데는 있었다.

이미 날이 저물었는데도, 알레그라는 여전히 선장의 최후통첩에 어떤 대답을 해야 할지 결정하지 못했다.

아버지의 서류를 정리하고 옷을 수선하고 어머니의 초상화를 들여다보는 등 할 일을 찾아 분주한 하루를 보냈다. 창고에서 잠을 청하려 노력하기도 했다. 언제든 그가 들이닥칠 수도 있는 선실에서는 잠잘 수가 없었기 때문이다. 하지만 바닥이 끔찍할 정도로 딱딱했고, 삐걱거리는 뱃소리와 함께 망령들이 주위에서 울부짖는 듯했다.

그 외중에도 그녀는 하루종일 라자를 생각했다.

라자는 과거를 잊어버리고 싶어한다. 그녀와 함께 미래를 만들어 보고 싶어한다.

너무나 용감하고 사랑스러운 그 남자가 그녀와 같이 살고 싶어한다. 아직도 그의 말이 현실처럼 느껴지지 않았다. 그는 그녀를 나침반에 비유했었다, 모든 배에는 나침반이 필요하다고. 자신을 사랑해 달라고 말하기도 했다. 그녀에게 아름답다고 속삭여 주었고 그녀와 함께 가정을 꾸리고 싶다고도 했다. 라자 디 피오레, 그녀의 왕자님이.

그런데 그녀는 안 된다고 대답했다.

울고 싶었다. 반짝이는 은 쟁반에 환상적인 요리가 담겨 나왔는데 그녀는 그걸 먹을 수가 없었다. 그녀가 그를 필요로 하는 것보다 더 어센션이 그를 필요로 했다. 라자에게 진정으로 필요한 것도 그의 왕국, 그의 집이었다. 자신의 정당한 자리를 되찾고 나면 그의 영혼에 낙인 찍혀 있는 수치스런 상처들도 치유될 수 있을 것이다.

'날 원하지 않는군.'

어떻게 그런 생각을 할 수 있을까? 바보! 왜 이렇게 그녀를 고문한단 말인가? 왜 이대로 내버려둘 수 없는 것일까? 그리고 오늘밤에는 어쩐단 말인가? 그에게 저항해야 할까? 맞서 싸워야 할까?

과연 그럴 수 있을까?

그의 키스 한 번이면…… 아니 손가락 하나 건드리지 않아도 그의 시선만으로 그녀는 무기력해질 것이다. 그것이 가장 가혹한 부분이었다. 오늘밤 그가 악마처럼 다가와 그녀의 도덕성을 시험하고 그 유혹의 기술로 약점을 잡아내려 할 것이다. 자신의 몸이 이토록 그를 부르짖고 있는데, 그의 시선 하나하나가 욕망의 끈을 당기는데, 어떻게 거부할 수 있을까? 그가 요구하는 대로 모든 것을 내주는 것 말고 다른 결과가 있을 수 있을까?

안 돼, 그를 부추겨서는 안 된다. 강해져야 한다.

그에게 어센션을 되찾아주기 위해서라면 무슨 짓이든 할 수 있었다. 하지만 자신의 남자가 될 수 없는 사람에게 마음을 허락하지는 않으리라. 남은 평생 외로움으로 치를 떨고 싶지 않았다. 오늘밤 그에게 몸을 내어준다면 한 번 터져 버린 둑을 도저히 막을 도리가 없을 것이다.

그의 찬란한 미래를 위해 자신의 감정을 부인하는 것이 현명한 행동이었다. 라자와 그들의 아이와 함께 목가적인 농장에서 살아갈 수 있다면 얼마나 행복할까? 하지만 어센션의 백성들이 핍박받고 있었다. 그들을 저버릴 수는 없었다.

하지만 그는 어떻게든 그녀를 소유할 것이다. 거절의 말을 들었을 때 그 눈에 드러난 상처를 보지 않았던가. 그 상처난 자존심 때문에라도 복수의 행동을 취할 것이다.

아, 그들의 목표를 둘다 이룰 수 있는 방법이 없을까? 라자는 왕이 되고, 그녀는 그의 애인이 되면 어떨까? 권력을 쥔 사내들이 애인을 거느리는 건 일반적인 사실이었다. 어차피 결혼이란 서로의 이익을 위한 계약이었다.

'때로는 아내보다 애인을 더 사랑하는 남자도 있어.'

니콜레트 공주가 왕비가 되고 그녀는 그의 애인이 되면 어떨까?

아, 그것은 하나님의 제6계명을 어기는 짓이었다.

불가능한 일이었다. 그녀 자신이 신실함을 지키지 않는다면 그에게, 어센션에게 무슨 도움이 될 수 있겠는가?

하지만 그래도 감행해야 할지 모른다. 소망의 샘에 동전을 던져 넣듯 그의 바다에 몸을 던지고, 고통을 받아들이고, 그를 위해 도덕의 굴레를 깨뜨려야 할지도 모른다.

그는 아마 그것으로 만족하리라. 그녀는 비참해졌다.

한참 후 그녀는 일어나서 어깨를 쭉 펴고 머리를 정돈하고 어두운 통로로 걸어갔다.

진실해지자. 단단해지자. 자부심을 갖자.

응접실은 비어 있었다. 그들을 위한 저녁 식탁도, 비카도 보이지 않았다.

알레그라는 떨리는 손을 진정시키며 선실 문고리를 잡았다. 어두운 방안에서 발코니 문의 커튼들이 소름 끼치게 휘날렸다. 그의 모습이 보이지는 않았지만 느낄 수 있었다. 다음 순간 그의 목소리가 들려왔다.

"문 잠가."

15

낮은 명령소리에 순종하여 방으로 들어선 후에야, 알레그라는 안락의자에 커다란 형체가 앉아 있는 것을 알아보았다. 다행히도 옷을 다 갖춰 입은 듯한 윤곽이었다. 아니, 해적답지 않게 매우 우아한 차림으로, 의자 팔걸이에 팔꿈치를 기대고 편안하게 다리를 꼬고 앉아서 와인을 홀짝이고 있었다.

"이리 와."

그녀는 머뭇머뭇 걸어가서 다섯 발자국쯤 떨어진 곳에 멈춰 섰다. 더 가까이 가지 않더라도 그의 위험스런 분위기를 능히 감지할 수 있었다. 지금의 라자는 그녀가 가족을 살려달라고 애원했을 때와 비슷할 정도로 험악했다.

"더 가까이."

그녀가 한 걸음 다가섰다. 그는 말없이 그녀의 몸을 훑어보았다. 수치스럽게도 그녀의 몸에서 곧장 반응이 일어났다.

"머리 풀어."

그녀는 최면에 걸린 사람처럼 고분고분하게 복종했다.

"완력을 쓰진 않겠어. 아마 그럴 필요도 없을 거야."

그의 시선을 응시하며 그녀는 마약 같은 욕망에 저항하려 안간힘 썼다.

"왜 이런 짓을 하나요? 난 당신이 잘되길 바랄 뿐이에요. 당신도 알잖아요."

"옷 벗어, 셰리."

그녀는 꿀꺽 침을 넘겼다.

"꼭 이래야 되요?"

"그래. 날 위해서 옷을 벗어."

그럴 수는 없었다.

그녀는 덫에 걸린 토끼처럼 그를 바라보기만 했다.

그녀가 움직이지 않자, 라자는 자리에서 일어나 약탈의 신처럼 성큼 다가왔다. 그녀의 호흡이 더 빨라졌다. 오늘밤 거대한 절벽처럼 그녀의 앞에 우뚝 선 그의 눈에는 불꽃이 없었다. 그의 입술에 미소의 흔적도 없었다.

"난 당신과 싸울 힘이 없어요. 당신이 날 파멸시킬 거예요."

"너무 과장하지 마. 섹스일 뿐이야."

그의 손이 드레스 뒤로 돌아가 능숙하게 단추를 풀기 시작했다.

"라자, 아까 당신에게 상처 주려고 그런 게 아니었어요. 나도 당신과 함께 농장에서 살 수 있다면……."

"그 제안은 이제 무효야."

그녀의 몸이 굳어졌다.

"진심이라고 생각지도 않았어요."

그의 손이 멈칫했다.

"그런데도 여기 서 있군."

"그래요."

"그럼 황홀한 섹스를 기대하는 거겠지?"

그는 그들이 함께 했던 아름다운 순간을 일부러 퇴색시키려 하고 있었다.

"아뇨, 여기 오고 싶지 않았어요. 약속을 지키려고 왔을 뿐이에요. 난 겁쟁이가 아니니까요. 이 배에 달리 숨을 데도 없구요."

"바로 맞았어."

그의 뜨거운 숨결이 목덜미에 전해지며 그의 손이 옆구리를 타고 내려가 엉덩이를 부여잡고 자신의 사타구니에 잡아당겼다.

"당신은 내 거야. 숨을 곳은 없어. 도망치면 어디라도 따라가서 찾아낼 거야. 그 동안에는 당신 꿈속으로 쳐들어갈 거야."

그녀는 눈을 감은 채 그의 동작 하나하나가 자신에게 불러일으키는 욕구에 몸을 긴장시켰다. 그가 단추를 모두 풀어내고 손을 밀어 넣어 두 손으로 젖가슴을 감싸쥐었다. 그리고 천천히 그녀의 젖꼭지를 애무했다.

그녀는 자신의 의지력을 믿을 수 없었다. 단 몇 분 이 남자와 같이 있었을 뿐인데, 이미 그의 손길에 반응하고 있지 않은가.

"제발 놔주세요."

"난 유령이 아니야, 알레그라. 피와 살이 있는, 욕망이 있는 남자야. 이게 꼭 필요해."

"이러면 난 당신을 극복하지 못할 거예요, 라자. 당신에게 항상 상처 입히게 될 거예요."

"그게 내가 바라는 거야, 셰리. 당신이 나와 같이 지옥에서 불타는 거."

그녀의 힘이 더욱 약해졌다. 그가 드레스를 한쪽으로 끌어내려 어깨에 키스하기 시작하자, 몸 깊은 곳이 그를 갈망하며 고동쳐댔다.

이성을 되찾아야 한다. 하지만 그가 드레스 안쪽으로 다리 사이까지 매만지자 고통스런 흐느낌이 새어나왔다.

"그래, 촉촉하게 젖어 있어."

"라자 디 피오레, 내 마음을 아프게 하시는군요."

그가 멈칫 손을 떼어냈다. 그녀의 부들거리는 어깨를 잡고 푹 숙인 고개를 손가락으로 들어올렸다.

"왜? 왜 그런 말을 해?"

"이젠 아니까요. 당신이 명예를 포기한 대가로 살아남았다는 거."

그의 눈동자에 충격이 서렸다가 분노로 돌변했다.

"무슨 말이야?"

그녀가 드레스를 끌어올리며 뒤로 물러났다.

"당신은 자신을 희생양으로 생각해요. 당신이 핍박받았기 때문에 방해되는 것들을 어떻게 처리하든 상관없다고 합리화해요. 하지만 진짜 희생양은 어센션의 백성들이에요. 나의 아버지가 알폰세 왕을 배신했다고 했나요? 하지만 지금 당신도 그분을 배신하고 있어요."

그는 새하얗게 질린 얼굴로 노려보았다.

"그 따위로 말하지 마."

"사실이잖아요. 당신은 올바른 일을 할 때까지 계속 고통스러워할 거예요. 그걸 모르시나요? 내가 당신을 아끼기 때문에 이런 말까지 하는 거예요. 당신은 당신의 백성, 당신의 아버지, 그리고 자신을 배신했어요. 그런 남자에게 나를 바칠 수는 없어요."

그가 충격에 빠진 얼굴로 입을 벌렸다. 하지만 목소리가 나오지 않았다. 라자는 홱 돌아서서 문으로 걸어갔다. 천둥치듯이 문을 닫고 선실을 떠나갔다.

그의 성난 발소리가 응접실을 가로질러 복도로 멀어졌다.

알레그라는 부들거리며 서 있었다.

"맙소사, 내가 무슨 짓을 한 거지? 난 이제 끝장이야."

얼른 선실 문을 잠그고 그 앞에 책상까지 밀어붙였다. 두 손이 걷잡을 수 없이 바들거렸다. 이번엔 도가 지나쳐도 한참 지나쳤다는 걸 알았다.

발코니로 이어진 문지방에 웅크리고 앉아 위에서 들리는 목소리에 귀를 기울였다. 라자의 목소리도 끼어 있는 것 같았다. 그녀가 산산이 흩어진 정신을 기도로 진정시켜 보려 안간힘 쓰고 있을 때, 첫번째 대포소리가 울려 퍼졌다.

'빌어먹을. 쌍.'

라자는 격분한 상태로 선미에 올라섰다. 당황하는 키잡이와 야간 당번들에게 닻을 내리라고 명령한 다음, 대포 옆으로 걸어가 직접 대포를 쏘아 다른 배들에게 정지 신호를 알렸다.

대포에 불 붙였던 성냥으로 시가 불을 붙이고는 담배 연기 사이로 파도를 노려보며 마음이 진정되길 기다렸다.

여섯 척의 배들이 닻을 내렸다는 신호를 보내 왔다. 하지만 선장들이 보트를 타고 건너올 때까지 아직 시간이 있었다.

"대장, 무슨 일입니까?"

하코트가 물었다.

"두고 보면 알 거 아냐!"

큰 고함소리에 그 사내가 주춤주춤 물러났다. 라자는 잇사이로 시가를 깨물고 맨 앞의 돛대로 기어올라가 뱃머리의 삼각돛에 매달려 하늘을 올려다보았다.

별들의 조그만 빛마저 먹어 들어가는 어두운 하늘을 응시하며 그는 자신에게 조롱을 퍼부었다. 채찍질 당하는 소년을 한껏 비웃었다. 그의 영혼이 이미 시험대에 올랐다. 이제 자신의 안에 아버지의 용기가 한 조각이라도 들어 있는지 알아볼 작정이었다.

"될 대로 돼라."

하늘에 대고 그가 악의적으로 뇌까렸다.

'알레그라, 그 말 취소하고 싶을 거야. 하늘이 우리 둘다를 도와야 할 거야.'

"그건 자살행위예요!"

템페스트 호의 선장 비커슨이 말했다.

라자는 이글거리는 눈으로 그를 쏘아보았다. 비카와 여섯 명의 선장들이 모여 있는 응접실에는 랜턴 하나만이 어둑하게 타고 있었다.

"보상도 없나요?"

피츠휴가 물었다.

"없어."

하운드 호의 선장 피츠휴는 텁수룩한 회색 구레나룻과 눈썹을 지닌 과묵한 사내였다. 비카와 비슷한 나이의 스코틀랜드 출신이었고, 브레드렌단 초기부터 울페의 밑에 있었던 자로 이 중의 어느 누구보다 신중했으며 해적 행위도 하나의 사업으로 간주하는 사내였다. 하지만 그의 작은 배에 가장 많은 무기가 실려 있었다.

"남들이 뭐래든 난 같이 가겠습니다, 대장."

설리반이 간단하게 한마디하고는 팔짱을 낀 채 방안을 돌아다녔다. 뭔가 생각할 것이 있는 모양이었다.

"모리스 선장, 당신은?"

비카가 자칭 양심머리 하나 없는 해적이라 말하는 미국인 젊은 선장에게 물었다.

"생각중이에요."

지저분한 소매의 레이스를 만지작거리며 그가 대답했다.

술타나 호의 포르투갈인 선장 루소가 탁자에 주먹을 쾅 내리치고는 동료들을 노려보며 라자에게 손가락을 뻗었다.

"대장은 너희를 부자로 만들어 줬어. 너희 모두를 위해 울페의 매질을 대신 맞았던 사람이야! 대장이 요구하는 거라면…… 그냥 해!"

"쿠바에 물건을 가져가야 하잖아. 늦어지면 우리 거래상들이 싫어할 거라구."

거구의 네덜란드인 비커슨이 고집했다.

"그놈들은 걱정 안 해. 그보다 뒤에서 쫓아오는 제노바놈들이 더 걱정이야."

젊은 모리스가 느릿한 말투로 끼어들었다.

라자가 두 손을 탁자로 올렸다.

"랜도, 자넨 말이 없군."

그는 신사 계급의 사생아이자 꾀 많은 프랑스인인 드래곤플라이 호의 선장이었다.

"난 대장이 우리한테 아무 설명도 안 해주는 게 불만이에요. 우릴 쫓아오는 놈들과 한 판 붙어야 할지도 모르는 길로 되돌아가서, 암초에 걸려 꼼짝달싹 못할 수도 있는 곳으로 가자는 것뿐이에요. 보상도 하나 없이 말이에요. 적어도 왜 거기 돌아가야만 하는 건지 말해 줘야 하잖아요."

"합류하든지 거절하든지 둘 중 하나만 택하면 돼. 세세한 건 알 필요 없어."

"배짱 한번 두둑하구만."

모리스가 껄껄 웃으며 술을 들이켰다. 그리곤 지저분한 레이스로 입을 닦으며 선언했다.

"제기랄, 난 가겠어."

"그럼 셋이야. 피츠휴는?"

비카가 그를 흘깃 보았다.

"이건 미친 짓이야. 무모한 혈기로밖에 생각할 수 없어. 여자한테 한 번 근사하게 뻐기고 싶은 모양인데, 대장 아랫 물건 하나 재밌게 해주려고 내 부하들까지 엿먹이긴 싫어."

그 순간 신호라도 받은 듯 알레그라가 응접실로 들어섰다. 비카를 선두로 다른 사내들이 서둘러 자리에서 일어났다. 전혀 아는 척하지 않는 라자만 제외하고.

"전투가 벌어졌나요?"

그녀가 다급하게 물었다.

여섯 명의 사내들이 저마다 신호하는 대포소리였다고 그녀를 안심시켰다.

비카가 몬테베르디 양에게 선장들을 소개시켜 주는 동안 라자는 자신의 손만 노려보았다. 하지만 시선 한 번 돌리지 않았어도 그녀의 모든 것을 알아차렸다. 복숭아 색 드레스는 다시 새침하게 단추를 잠근 상태였고, 금발 섞인 머리채도 갓 수녀원에서 나온 아가씨처럼 단정하게 틀어 올렸다.

저 연약해 보이는 외모 밑에 독사의 혀가 날름거리고 있다는 것을 어느 누가 짐작할 수 있을까?

젊은 모리스가 그녀와 대화하는 동안, 랜도는 알 만하다는 듯이 라자를 쳐다보았다. 자기 차례가 되자, 성벽에서 라자에게 감히 도전했던 알레그라의 용기에 감탄했던 터라 랜도가 기분 좋게 자신을 소개하며 그녀의 손에 입을 맞췄다. 그 후에 라자에게 시선을 돌렸다.

"좋아. 이 게임에 한 번 끼어보겠어. 언젠가 이유를 알 날이 오겠지. 하지만 경고하는데 대장, 내 배에 흠집 하나 나는 날에는…….'"

라자는 피식 미소짓고 늙은 피츠휴와 인사하는 알레그라를 지켜보았다. 오랫동안 바다 밥을 먹은 그 선장이 가슴에 모자를 부여잡은 채 섬세한 도자기라도 되는 듯 그녀의 손을 조심스레 붙잡고 있었다. 루소의 따듯한 환영인사와 설리반의 공손하고도 불안해하는 인사를 맞아들인 후, 알레그라가 라자의 의자 뒤로 돌아가서 그의 어깨에 한 손을 올렸다.

자신에게 이미 보호자가 있다는 것을 이 사내들에게 알려주려는 모양이었다.

간이 배 밖으로 나왔군. 몸을 바치라는 명령을 거절하고 평생에 받아보지 못했던 모욕을 그에게 던진 후에 보호해 달라고 요구하다니.

그럼에도 그는 자신의 오른쪽 어깨에 걸쳐져 있는 그녀의 손을 잡았다. 그리곤 말없이, 무표정하게 동료들을 바라보았다.

가까이 서 있는 그녀에게서 두려움이 느껴졌다. 그 점은 만족스러웠다. 어차피 이 여자에게 느낄 수 있는 만족이란 이 정도뿐일 터였다. 아까 자신이 했던 말과 행동이 조금쯤 미안하기도 했지만, 그는 그런 감정을 코웃음으로 밀어내 버렸다.

'웃기지 마, 이 여자가 원하는 걸 주면 되잖아.'

피츠휴가 알레그라를 물끄러미 바라본 후에 그에게 호소하는 시선을 던졌다.

"대장 마음이 정 그렇다면 황천길로 간다 한들 내가 어떻게 막을 수 있겠습니까. 하지만 이 어린아이만은 데려가지 마십시오!"

“난 라자와 함께 갈 거예요.”

알레그라가 조용하면서도 단호하게 말했다.

“아가씨, 이 일은 아주 위험합니다.”

“정말이에요?”

그녀가 라자에게 물었다.

“피츠휴는 거짓말 안 해.”

그녀가 똑바로 그 스코틀랜드인을 쳐다보았다.

“무슨 일이 생기든 나는 이 사람 곁에 있을 겁니다.”

라자의 가슴에 고통스런 불길이 일었다. 방금 전만 해도 그 날카로운 혀로 그를 조각조각 잘라내더니 이제 충실한 아내인양 옆에 서서 하는 말이라니…… 내가 가는 곳 어디든 따라가겠다고?

갈 곳이 어딘지 안다면 마음이 달라질걸.

“거, 맘에 드는군요, 아가씨.”

루소가 크게 웃어젖혔다.

반대하는 사람이 비커슨 하나로 줄어들자, 그의 항의도 흐지부지 되어 곧 상황은 만장일치로 판결이 났다.

한 시간, 후 라자는 동남쪽으로 함대의 방향을 돌렸다.

이제 그 매서운 헛바닥의 계집이 무릎 꿇고 애원한다 해도 그 몸을 취하지는 않겠지만, 라자는 다시 한 번 인정해야 했다. 그녀의 말이 옳았다는 것을. 그 여자가 지금 상태로 그를 존경할 리 없었다. 이 행동을 하지 않는다면 자신도 스스로를 존경할 수 없을 것이다. 피할 수 없는 마음의 갈등에 휩싸이는 것도 지긋지긋했다.

알레그라를 차지하고 싶으면 어센션을 구해야 했다. 어센션의 정당한 왕자로 인정받으려면 인장 반지를 찾아야 했고, 그것은 곧 최악의 악몽에 부딪혀야 한다는 뜻이었다. 기필코, 있는 힘을 다 동원해서 말리크를 지옥 밑으로 아니면 하늘 높이 날려버리고 그 깔아뭉개도 시원치 않을 반지 쪼가리를 손에 넣을 것이다.

아니면—이쪽 가능성이 더 크겠지만—그 사이에 자신이 죽어 엎어지든지.

그 후로 30분간, 그는 제노바 함대와 맞닥뜨릴 경우에 대비하여 항로, 바람, 전투 진열들을 다른 선장들과 의논했다. 마침내 다른 선장들이 다 자신의 배로 돌아가고 설리반만 남아서 미적거렸다.

"상의할 게 있어요, 선장."

그가 조심스레 알레그라를 쳐다보았다. 그녀는 줄곧 그의 의자 뒤에 조용히 서 있었다.

"신경쓰지 말고 말해."

"어센션에서 몰래 따라온 놈이 있어요. 지금 독방에 가둬놨습니다."

"데려와."

설리반이 밖으로 나가 포로를 데려오라고 명령하는 동안 라자는 비카에게 시선을 돌렸다.

"당신은 선실 좀 치워놔."

비카가 잠시 어리둥절하게 바라보다가 의미를 알아차린 듯 몬테베르디 양에게 고개를 숙인 다음 응접실을 나섰다. 문 앞에서 설리반이 그에게 밤 인사를 건네며 다시 문을 닫고 들어왔다.

"그놈이…… 자꾸 이상한 얘기를 떠들어대요."

그가 눈살을 찌푸리며 더듬거렸다.

"대장이 자기네 섬의 적법한 왕이라고. '왕'이라고 했다구요! 못된 놈들이 대장 가족을 죽였지만 백성들 모두 돌아오길 바라고 있다고."

"그래?"

라자는 가볍게 대꾸했다.

설리반이 당혹스런 표정을 지었다.

"놈을 가둬놓긴 했는데 그 자식 얘기가 퍼져버렸어요. 부하들이 꼬치꼬치 캐묻고 있는데 뭐라고 대답을 해야 할지 모르겠다구요. 제기랄, 그 말이…… 사실인가요?"

라자는 오랫동안 그 믿음직한 친구를 응시했다.

"맞아. 사실이야."

설리반이 미처 반응을 보이기도 전에 포로가 방으로 끌려들어왔다. 다름 아닌 광장에서 머리를 조아리던 기타리스트 베르나르도였다.

"폐하! 오, 나의 군주여. 당신을 위해 저 한 목숨 기꺼이 바치겠나이다……."

전 총독의 딸이 있는 것을 알아차리는 순간, 그의 작은 눈이 악의적으로 바뀌었다. 알레그라는 담담하게 그의 적대적인 시선을 마주 보았다. 라자가 찌푸린 얼굴로 입을 열었다.

"몬테베르디 양은 내가 보호하기로 했어. 훼일 호로 옮겨 타는 건 허락하겠지만 이 아가씨한테 잘못하는 날에는, 그 역겨운 냄새를 이 여자 코에 풍기기만 해도, 상어 밥으로 던져버릴 거야."

설리반과 베르나르도를 내보내자마자 라자는 벌떡 일어나 선실로 들어갔다.

알레그라도 조심스레 간격을 두고 그 뒤를 따라갔다. 하지만 하마터면 순결을 잃을 뻔했던 그 방의 문지방을 감히 넘어서지는 못했다.

그녀는 푸른 밤하늘에 닿아 있는 그의 거대한 어깨선과 넓은 등을 슬금슬금 쳐다보았다. 그가 딱딱하게 굳은 옆얼굴을 드러내며 불안정하게 선실 안을 걸어다녔다.

"이 방에 있는 소지품 챙겨."

"여, 여기엔 아무것도 없는데요. 내 물건은 다 아래 창고에 있어요."

라자가 세면대로 가서 그녀의 머리핀을 집어들었다. 그리곤 험악한 표정으로 팔을 쭉 뻗어 건네주었다. 그녀는 당황스레 핀을 받아들었다.

"따라와."

그가 그녀의 옆을 지나 응접실로 되돌아나갔다. 계속 걸어서 계단 아래 끼워 넣듯 자리잡은 두 번째 선실로 들어갔다. 그의 선실 이외에 단 하나 있는 선실로 비카, 의사 라레이, 갑판장 하코트, 사무장 도날드슨, 수석 목수 뮤트가 함께 쓰고 있는 곳이었지만 지금 그들의 침낭과 소지품들이 모두 밖으로 운반되는 중이었다.

그녀는 죄스럽게 고개를 숙였다. 자신이 대장의 뜻을 받들지 않았기 때문에 괜한 사람들이 피해를 보고 있었다. 하지만 하코트가 걱정 말라는 듯 미소지으며 그녀의 옆을 지나쳤고, 비카도 찡긋 윙크를 보내며 선원들의 공동 구역으로 걸어갔다.

라자는 자기 방의 반 정도밖에 안 되는 선실을 못마땅하게 살펴본 후 간단히 고개를 끄덕였다.

"그럼 편히 쉬시오, 몬테베르디 양."

"라자, 왜 방향을 바꾼 거예요? 어디로 가는 거예요? 위험한 소굴이라는 게 뭐예요? 얘기해 주세요."

그는 반쯤 돌아선 채로 가장 근엄하고 해적 두목다운 시선으로 그녀를 노려보았다.

"좋아, 설명해 주지. 당신이 다시 내 뜻을 꺾었어. 축하해. 이번엔 목숨이 사라질 수도 있지만 걱정할 거 없어. 내가 죽으면 당신 순결이 말짱하게 남을 테니까."

"어센션으로 돌아가는 거예요?"

그의 눈동자는 까맣고 차갑기만 했다.

"우선 날 증명해 줄 게 필요해."

오, 세상에. 그가 진심으로 이 일을 받아들이고 있었다!

"그 증거가 뭐예요? 어디에 있어요?"

"너무 기대하진 마."

그가 경고했다.

"제발 말해 줘요."

그는 천천히 다가오며 그녀를 벽으로 몰았다. 그리곤 그녀의 앞에 험악하게 우뚝 섰다.

"우린 바바리 해안으로 출발했소, 마담. 지옥이라고도 알려진 곳이지."

그는 그녀의 다리 사이로 손을 뻗어 살살 쓰다듬으며 그녀의 뺨에 입술을 들이댔다.

"그 정도 가치가 있어야 할 텐데 말이야."

그리곤 그녀가 밀어내기도 전에 문 쪽으로 성큼 물러났다.

"문에 자물쇠가 달렸어. 잘 사용해 봐."

곧바로 그가 떠났다.

그녀는 머리핀을 가슴에 움켜쥔 채 휘둥그래진 눈으로 서 있었다. 그리곤 이미 부들거리고 있는 무릎으로 스르르 주저앉았다. 바바리 해안에 있다는 그 증거가 대체 무얼까?

16

라자의 쌀쌀맞은 태도가 이틀 동안 계속되었는데도, 알레그라는 아직 자신의 가차없는 정직함에 대해 사과할 방법을 생각하지 못했다.

첫날은 그런 대로 흐뭇한 기분으로 보낼 수 있었다. 자신의 순결을 지켰을 뿐 아니라, 그 억센 고집쟁이 라자 디 피오레를 권좌 쪽으로 한 걸음 내딛게 했다는 점이 기분 좋았다. 그가 계속 자신을 무시했어도 뒤에서 코웃음칠 수 있었다.

망나니 왕자님이 고집이 꺾였다고 골 나신 거야! 갖고 싶은 장난감을 손에 쥐지 못해서 화가 나신 거야. 실컷 심통 부리라고 하자! 모든 배에는 나침반이 필요하다고 했잖아. 항상 진실을 말해 달라고 부탁까지 했잖아. 하지만 진실을 받아들이기가 아무래도 힘든 모양이다.

그렇게 혼자서 하룻밤을 보냈다.

두 번째 날, 그의 차갑고 예의바른 태도가 조금은 두려워졌다. 친구를 잃어버린 것처럼 그의 유들유들한 미소가 그리워졌다. 그리고 그가 맞서야 한다고 말했던 위험에 대해서 생각하기 시작했다.

당연히 죽을 정도로 위험한 일은 아니리라. 괜히 그녀에게 죄책감을 심어 주려고 엄포를 놓은 것이리라.

그래도 라자가 자신을 선실에 들이지 않는다는 점에는 다소 초조하고 안달이 났다. 어센션의 부흥을 위해 그가 계획을 세울 때 돕고 싶었기 때문이다. 하지만 그가 지금은 일부러 그녀를 제외시키고 있지만 조만간 그녀의 도움이 필요하다는 걸 인정할 수밖에 없으리라 확신했다. 그는 어센션에서 오랫동안 떠나 있었던 사람이지 않은가.

그날 오후, 그녀는 가장 예쁜 모슬린 드레스를 입고 보닛까지 받쳐 쓰고서 할 일을 찾아 갑판으로 올라갔다.

푸른 하늘과 생동감 넘치는 남색 바다가 그녀를 맞아주었다. 펄럭이는 돛대 아래 라자의 모습이 보였다. 삼각형의 모자를 눌러쓰고 등에 뒷짐을 진 모습이 영락없는 바다의 대 선장이었다. 그녀는 황금 대리석처럼 고요하기만 한 그의 가늠할 수 없는 표정을 살피며, 다가가서 말을 붙여 볼까 잠시 고민했다. 하지만 그녀를 알아차리는 순간 그가 휙 방향을 바꾸어 좌현 쪽으로 걸어가 버렸다.

그녀는 원망스레 그를 노려보고 나서, 돛을 수선하고 있는 선원들 쪽으로 발길을 돌렸다. 기분 좋게 잡담을 나누고 있는 그들에게 그녀가 돕겠다고 자청을 했다. 그리곤 그늘진 곳에 자리를 잡으며 물었다.

"대장님 별명이 왜 안티구아의 악마예요?"

"아, 전설적인 일화가 있지요! 4년 전만 해도 브레드렌단에 다른 대장이 있었는데……."

"울페 선장 말인가요?"

남자들이 고개를 끄덕였다.

"어떤 사람이었어요?"

자크가 씨익 웃으며 고개를 흔들었다.

"교회에서 여호와 그림 본 적 있어요? 바로 그렇게 생겼어요. 하얀 수염을 길게 기르고 눈동자는 무시무시한 회색이고…… 다른 게 있다면 다리 하나가 없었죠. 어느 날 낚시하고 있는데 상어가 덤벼들었대요. 당연히 상어는 그날로 끝장났어요. 선장이 놈을 잡아죽여서 부하들에게 먹으라고 던져주었대요.”

“어머나, 대단하네요.”

“그럼요, 엄청 대단한 사람이었어요. 하지만 성질이 꼬이는 날에
는…… 완전 미친놈이었어요. 잔인한—아, 용서하십시오, 아가씨—개
새끼였어요.”

피에르가 낄낄 웃었다.

“그래도 썩 괜찮은 대장이었어요. 아홉 개 줄이 달린 채찍을 휘둘렀
다는데 그것 때문에 망조가 들었죠.”

“라자가 그 선장을 죽였나요?”

그의 등에 난 상처 자국을 떠올리며 그녀의 눈이 커다래졌다.

“아니에요, 아가씨! 대장은 그 늙은이를 좋아했어요.”

“좋아해요? 그럴 리가요. 울페 선장에게 채찍을 맞았다던데.”

“말하자면 기 싸움을 벌인 거예요. 결국 울페가 두 손 두 발 다 들고
자기 아들로 삼았어요.”

“정말이에요?”

“그렇다니까요. 대장이 우리 해적단에 들어왔을 때 꽤 꼬마였거든요.”

“몇 살 때였어요?”

그의 나이 열세 살 때 실종되었음을 생각하며 그녀가 날카롭게 물었다.

“열다섯인가, 열여섯인가? 하여튼 열일곱 살은 넘지 않았을 거예요.”

자크가 웃으며 말을 이었다.

“어휴, 그때는 정말 무시무시했어요. 잘못 건드리면 당장 칼이 날아
올 정도였다니까요. 그 후로 많이 얌전해진 거죠.”

그럼 어센션에서 사라진 후 울페 선장 밑으로 들어가기 전까지는 어
디에 있었던 걸까?

다른 선원 하나가 그들에게 일을 끝냈느냐고 질문하여 대답이 오고
가는 동안, 그녀는 은근하게 갑판 위의 라자를 살펴보았다. 여송연을
쥔 손을 허리춤에 걸치고 다른 손은 입 주위에 대고서 선원들에게 지
시를 내리고 있었다. 선장 일을 진심으로 좋아하는 것 같았다. 이따금

씩 망원경으로 바다를 내다보며 다른 배들의 항로를 점검하기도 했다.

두 명의 선원이 그녀에게 관심을 되돌렸다.

"어쨌든 4년 전에 안티구아에서 큰 싸움이 있었어요. 정말 어려운 싸움이었죠. 다들 반미치광이 같았다니까요. 중간에 스무 명쯤이 반란을 일으켜서 울페를 죽여버렸어요."

두 사내가 험악한 시선을 교환했다.

"대장이 놈들을 제압하고 해군이 들이닥치기 전에 우리를 끌고 나왔어요. 그 후에 돌아가서 주모자들을 처형했죠. 대장 자리가 비어 있었기 때문에 우리가 라자를 대장으로 뽑았어요. 그때부터 쭉 라자가 우리 브레드렌의 대장이었어요."

"선장으로 뽑았다구요? 투표를 했다는 건가요?"

"그럼요, 우린 뭐든지 투표로 결정해요. 그게 우리 방식이에요."

그녀가 놀란 시선으로 그들을 쳐다보았다.

"라자가 민주적으로 통치한다는 뜻인가요?"

두 남자가 서로를 쳐다보았다.

"그 말도 맞는 것 같네요."

"지도자로서 라자를 어떻게 생각해요?"

"그보다 나은 대장이 없죠."

"엄격하긴 해도 공평해요."

자크와 피에르가 번갈아 대답했다.

"잔인하게 군 적 없어요, 울페처럼? 채찍질한 적 없어요?"

"라자는 절대 그런 짓 안 해요. 몇 가지 규칙이 있긴 하지만 그걸 어겨도 한 번 더 기회를 줘요. 그 다음에야……."

자크가 손가락으로 권총 모양을 만들어 그녀의 머리통에 쏘는 시늉을 했다.

"빵."

그 손짓에 그녀는 저절로 몸서리가 쳐졌다. 아빠와 친척들이 바로 그렇게 죽을 뻔했다고 생각하자 팔뚝으로 소름이 쭉 돋았다.

“얼마나 많이 죽였어요?”

그녀가 조그맣게 물었다.

“정확히는 몰라요. 직접 물어보세요.”

“에이, 이놈이 장난치는 거예요, 아가씨.”

두 사내가 낄낄대며 서로를 쳐다보았다.

“뭘 물어보라는 거야?”

깊이 있게 울리는 목소리가 불쑥 끼어들었다.

라자가 그들의 위쪽에 서 있었다. 알레그라가 자신에 대해 꼬치꼬치 캐물었던 내용을 다 들은 듯 꽤나 거들먹거리는 표정이었다. 그녀는 용기를 끌어모아서 대담하게 물었다.

“얼마나 많은 사람을 죽이셨나요, 대장님?”

“굳이 세어 본 적 없소, 몬테베르디 양.”

그가 상냥하게 대꾸하고는, 부하들에게 엄한 경고의 시선을 보내고 나서 어슬렁어슬렁 다른 곳으로 걸음을 옮겼다.

‘어쩜 저렇게 밉살스러울까.’

그녀는 기막혀 하며 그의 뒷모습을 노려보았다.

그날 밤 응접실에서 라자와 알레그라와 비카의 조용한 저녁식사가 이어졌다. 라자는 애써 대화를 시도하려고도 않고 와인 대신 물만 들이키며 생각에 골몰해 있는 듯했다. 앞으로 위험한 모험을 해야 하기 때문일까? 아니면 이 자리를 불편해하는 것일까? 알레그라는 흘금흘금 그를 살피며 생각했다. 하지만 어떤 모험을 하려는 것이든, 라자가 두려워하는 게 있다고는 상상할 수 없었다.

어쩌면 그녀를 인질로 잡아온 것 자체를 후회하고 있을지도 몰랐다. 그녀를 임신시키지 않은 게 다행이라고 생각할지도 몰랐다. 그랬다면 그녀와 아이에게 영원히 묶이게 될 테니까 말이다. 책임감 때문에라도……

그녀는 침울하게 접시를 내려다보았다. 한때는 다른 누구보다 서로의 몸을 잘 알았던 그들이 처음 보는 이방인처럼 이렇게 앉아 있다니.

마치 그의 손이 그녀의 몸 속에 닿은 적도, 그의 입술이 젖가슴에 닿은 적도 없었던 것처럼. 이제 라자는 그녀를 쳐다보려고도 하지 않았다. 이렇게 앉아 있느니, 차라리 방으로 돌아가 이불을 뒤집어쓰고 이 항해가 끝날 때까지 누워 있는 게 나으리라. 하지만…… 이 남자 없이 혼자 눕는 침대는 너무 외로웠다.

잘못한 사람은 바로 이 남자인데 왜 자신이 이렇게 비참해져야 하는 걸까. 그녀는 이해할 수 없었다. 순결을 지키겠다고 결심했으면서 이 남자에게 무시당하는 이 상황이 왜 이리 가슴 아픈지도 알 수 없었다.

그녀는 바라던 바를 이루었다.

이제 곧 어센션으로 돌아가게 되면 그는 니콜레트 공주와 결혼하게 될 것이었다. 그녀가 그를 위해 바라던 대로 될 것이었다.

그 생각 때문에 더 마음이 비참해졌다.

그녀가 와인을 한 모금 들이키고 시선을 들어올리는 순간, 갑자기 라자가 냅킨을 내려놓고 일어나 실례를 고한 뒤 더 이상의 미련 없이 식탁을 떠나버렸다. 라자의 모습이 사라지자마자 알레그라는 허물어졌다. 식탁에 팔꿈치를 기대고 두 손으로 머리를 부여잡았다.

"생각이 많아서 그래요. 당신 탓이 아니랍니다."

비카가 신사답게 위로의 말을 전했다.

"견딜 수가 없어요. 날 증오하는 남자 손에 내 운명이 달려 있다니."

"당신을 증오하는 것 같진 않은데요."

그가 쿡쿡 웃음을 터트렸다. 그리곤 다정하게 그녀의 뺨을 토닥였다.

"신경쓸 거 없어요. 당신 뜻대로 밀고 나가세요. 괜찮을 거예요."

그녀는 미소를 지어 보이려 노력했다.

"당신은 참 친절하세요."

"원, 별 말씀을."

나이 든 신사가 살짝 얼굴을 붉히며 와인을 홀짝였다.

"비카, 라자가 여자를 몇 명이나 납치했었나요?"

와인을 마시다 말고 그가 캑캑거렸다. 그는 얼른 냅킨으로 입을 닦아냈다.

"몬테베르디 양, 당신이 처음이에요. 대장의 이성을 잃어버리게 한 첫번째 여자이기도 하구요."

그녀의 어깨가 축 처졌다.

"그래서 날 이리도 경멸하는 거로군요."

"다른 쪽으로 생각할 수도 있겠지요."

비카가 눈을 반짝반짝 빛내며 대꾸했다.

나중에 두 손을 머리맡에 깍지 끼고 침대에 누운 채 그녀는 천장을 응시했다. 더 이상 진실을 부인할 수 없었다. 자신이 라자에게 상처를 입혔다. 그것도 아주 심하게.

그의 말대로 그는 유령이 아니었다. 피와 살이 있는, 욕망을 느끼는 남자였다.

게다가 그녀에게도 그런 욕망이 있다는 것을 가르쳐주었다. 꺼칠한 그의 손길이 그리웠다.

'왜 그에게 상처를 주고 말았을까?'

'아, 대체 왜 그랬어?'

그녀는 자신에게 호통을 쳤다. 성마르게 엎드린 자세로 돌아누워 삐그덕거리는 나무소리와 뱃전에 부딪히는 파도소리에 귀기울였다.

몇 분이 흘렀을까? 눈을 감을 때마다 그의 얼굴이 보였다. 감히 상상할 수도 없는 그곳에 키스하며 몰입하던 그 표정이. 그 순간을 생각하는 것만으로도 신음이 터지려 했다.

'그런' 행위를 허락한 후에 순결을 고집히디니, 얼마나 우스운 노릇인가?

자신의 몸에 그의 손길이 닿는 듯한 느낌이었다, 넓은 어깨를 부여잡는 자신의 두 손이 눈앞에 보이는 듯했다. 그의 탄탄한 가슴을 어루만지고 그의 허리를 바짝 잡아당겨 자신에게……

문득 그가 자신에게 허락해 준 만큼 그에게도 즐거움을 주고 싶었다. 단 한 번이라도 그를 자신이 만들어 낸 쾌락의 바다에 빠뜨리고 싶었다.

그럴 수만 있다면 얼마나 황홀할까! 하지만 라자는 그녀에게 육체의 쾌락만 알려주었을 뿐, 되돌려주는 방법은 전혀 가르쳐주지 않았다.

그녀는 이제 잠들려는 노력조차 포기해버렸다. 침대에서 일어나 낮에 입었던 옷을 다시 주워 입고 라자를 찾으러 나섰다. 용기가 사라지기 전에 그에게 사과하고 싶었다.

그게 현명한 짓이라고, 자신에게 변명하듯 속삭였다. 그 남자의 손에 자신의 운명이 달려 있지 않은가. 그런 남자를 모욕하고 화나게 하는 건 바보들이나 하는 짓이었다.

응접실은 비어 있었다. 선실 문 밑으로도 불빛이 보이지 않았다. 그녀는 어두운 통로를 지나 윗갑판으로 나갔다. 사다리를 반쯤 올라갔을 때 그의 깊은 웃음소리가 들려왔다.

"그래서 어떻게 됐어요, 대장? 궁금해서 미치겠네."

"내 밤일에 웬 관심들이 많아?"

라자의 느릿한 목소리였다.

"벌써 싫증났어요?"

"포기한 거 아니죠, 대장?"

"내버려둬. 신사처럼 굴어보는 것도 재밌잖아."

도날드슨으로 짐작되는 목소리가 말했다.

"그 여잔 내 타입이 아니야. 그게 전부야."

라자가 태평스럽게 웃으며 대답했다.

감탄사와 코웃음이 뒤섞여 들리는 동안, 알레그라는 숨죽인 채 그 자리에 얼어붙었다.

"그게 정말이면 우리한테 넘겨요!"

"아직은 내가 그 여자 보호자야."

"그럼 같이 안 잘 거예요, 대장?"

"세상 여자가 그 여자 하나뿐이라 해도 사절이야."

알레그라의 입이 떡 벌어졌다.

"왜요? 예쁘게 생겼잖아요."

'정말 그 이유가 뭐죠?'

"그래, 예쁘긴 해."

"머리도 똑똑한 것 같고, 여자치고는."

"아, 그래. 머리도 잘 돌아가. 미덕을 많이 갖춘 여자야."

라자가 악감정 없이 자연스럽게 수긍했다.

"미덕이 지나치게 많아서 하나님 바로 밑에 닿을 정도야. 우리네 비천한 뱃놈들은 그 여자 치맛자락도 못 건드려."

사내들이 와자지껄 웃어댔다. 알레그라는 여전히 입을 벌리고 서 있을 뿐이었다. 하지만 그의 말은 아직 끝나지 않았다.

"그래, 매력적이긴 해. 하지만 너무 얌전한 척하는데다 잔소리는 또 어찌나 심한지, 그 여자랑 결혼할 정도로 운 나쁜 사내는 평생 그 손에 쥐어 살다가 일찌감치 무덤에 들어가야 할 거야."

알레그라의 눈에 눈물이 핑 돌았다. 한 손으로 입을 틀어막고 사다리를 내려와 선실로 달려들어갔다. 문을 잠그고는 그 후에야 펑펑 울음을 쏟아냈다.

그 말이 모두 사실이라는 걸 알기 때문이었다.

그날 밤늦게, 라자는 두 번째 선실 문 앞에서 어정쩡하게 서 있었다. 주위는 이미 어둠에 잠겼고, 몇 시간째 아버지의 예전 충신들에게 편지를 쓴 터라 피곤이 엄습했다. 하지만 잠을 청할 때마다 끔찍한 악몽이 찾아들었다. 그래서 이렇게 알레그라의 방문 앞까지 오게 되었다.

알레그라를 품에 안고 잠들 수만 있다면.

그녀와 한 침대를 썼던 며칠이 그에게는 가장 평화롭고 달콤한 시간이었다. 이런 상황을 만들어버린 자신이 한심스러웠다. 그 거만하고 멍청한 최후통첩을 되돌릴 수만 있다면 이 배와 지금껏 훔친 금화를 몽땅 바쳐도 아깝지 않을 것이다.

그는 그녀의 선실 문에 한 손을 대고 이마를 기댔다.

'도와줘, 셰리. 미치도록 겁이 나.'

부르르 몸서리를 치며 길게 한숨을 토해냈다. 하지만 노크를 하진
않았다. 그녀에게 또 경멸받을 짓은 하지 않으리라, 그럴 수 없었다.
그녀가 쏟아낸 말들이 아직 독화살처럼 달라붙어 있었다. 그녀에게 존
경받을 만한 사내가 되어야 했다.

그는 그녀의 왕자가 아니었다, 그녀에게 어울리는 완벽한 남자도 아
니었다. 하지만 그렇게 되고 싶었다.

'이번에 내가 살아남는다면, 어쩌면 당신에게 어울리는 남자가 될
수 있을 거야, 셰리.'

다음날 저녁, 대장의 호출을 받았을 때 알레그라는 선실 밖으로 나가
는 것만으로도 커다란 용기가 필요했다. 갑판에 나서기가 너무 부끄러워
서 하루종일 상처난 감정을 달래며 자신의 작은 선실에 숨어 있었다.

대장의 선실로 걸음을 옮기며 그녀는 위엄 있게 침묵을 지키겠다고
결심했다. 적어도 그가 유혹해 올까 봐 두려워할 필요는 없었다. 이 세
상에 남은 마지막 여자라 해도 사절한다고 하지 않았던가. 차마 떨어
지지 않는 발길을 옮겨 그의 선실 문에 노크를 했다.

"들어와."

고압적인 허락이 떨어졌다.

그녀는 심호흡을 한 후 턱을 치켜들고 안으로 들어섰다. 라자가 처
음 보았던 날처럼 온통 까만 옷차림으로 책상 뒤에 서 있었다.

저 야만인 옷을 왜 입었을까? 좋은 징조가 아니야.

알레그라는 문을 닫고 무표정하게 두 손을 뒤로 맞잡았다.

"무슨 일이신가요?"

"앉으시오."

그는 쳐다보지도 않고 서랍에서 권총 두 개를 꺼낸 다음 그 옆에 화
약 주머니를 놓았다. 그녀는 뻣뻣하게 안락의자로 걸어가 새침하게 두
손을 맞잡은 채 똑바로 앉았다.

그는 그녀에게 시선을 돌리지도 않고 침착하게 권총을 장전했다.

“난 30분 후에 하선할 거요. 그 전에 몇 가지 충고할 게 있어. 첫째, 여기 일이 다 끝날 때까지 당신은 갑판 밑에 틀어박혀 있어야 돼.”

이유를 물어보고 싶었지만 입을 꾹 다물기로 했던 결심을 되새겨 조용히 앉아 있었다. 이 남자에게 그녀가 일일이 잔소리하지 않는다는 사실을 보여주리라! 이 남자도 다 생각을 하며 행동할 테니까.

라자가 힘없이 이마를 문질렀다.

“둘째, 당신에게 할 말이 있소.”

책상 뒤에서 빠져 나와 가슴 앞으로 팔짱을 끼고서야 그가 그녀를 쳐다보았다. 그녀는 어젯밤에 들었던 그 잔인한 말들을 하나하나 가슴에 새겼다.

“지난번에 내가 심하게 굴었던 거 사과하겠소, 몬테베르디 양.”

그녀가 경악스레 시선을 쳐들었다.

“용서해 주겠소?”

“물론이에요.”

멍하니 대답했다.

“고맙소.”

그가 돌아섰다.

“이제 와서 하는 얘기지만 사실 모든 것이 후회스러워. 난 당신의 인생을 망쳤어. 그런데도 당신은 내가 갚을 수 있는 것 이상을 나에게 주었소.”

그녀는 할 말을 잃은 채 그의 널찍한 등만 쳐다보았다.

‘이게 뭐지, 대체?’

“그래서 내 유산을 받을 사람으로 당신 이름을 적어놓았소. 손 내밀어 봐.”

“유산이요?”

그녀가 고분고분하게 손을 내밀자 그는 시선을 들지도 않고 그녀의 손에 작은 열쇠를 쥐어 주었다.

“금고 열쇠야. 내가 돌아오지 못하면 당신이 피오레 유물을 간직해

줘. 그걸 팔지 않을 거라고 믿어. 후견인으로는 피츠휴를 지정해 뒀어.
피츠휴가 마르티니크에 있는 나의 지인들에게 당신을 소개시켜 줄 거
요. 당신이 적당한 신랑감을 구할 때까지 거기 노부인들이 샤프롱을
맡아줄 거야. 적어도 당신의 전 약혼자보다는 참을 만한 자가 나타나
리라 믿소. 당신이 아직…… 그러니까 신랑에게 그간의 일을 설명하기
는 그리 어렵지 않을 거요.”
　　그녀의 얼굴이 점점 창백해졌다.
　　“라자, 당신 정말로 위험한 거예요, 그런 거예요?”
　　그가 흘깃 쳐다보았다.
　　“드디어 날 걱정하게 된 건가, 셰리?”
　　“여기에 왜 온 거예요?”
　　“개인적인 일이야.”
　　그는 책상으로 돌아가며 거만하게 대꾸했다.
　　그녀의 심장이 쿵쿵 고동치고 있었다. 열쇠를 쥔 손바닥이 땀으로
젖어갔다.
　　“이젠 말 못할 것도 없잖아요. 여기가 어디예요?”
　　“지옥.”
　　그는 씁쓸하게 미소짓고는 고개 숙였다.
　　“어렸을 때 한동안 여기서 살았어. 이곳 주인이 왕실의 인장 반지를
빼앗아갔어. 그걸 되돌려 받아야 돼.”
　　“그 사람이 누구예요?”
　　그가 말해야 할지 말아야 할지 판단하는 듯 잠시 망설였다.
　　“세이프-델-말리크.”
　　“돌려받을 수 있는 거예요?”
　　“내 부하들이 알 쿰에 대포를 겨냥하고 있다는 걸 알면 혹시 모르지,
기가 꺾일지도.”
　　“거절하면 어떻게 되나요?”
　　그는 오랫동안 말하지 않았다.

"최선을 다할 거야. 하지만 그자가 날 모욕하려 들면 죽을 때까지 싸우겠어. 다시는 놈한테 당하지 않아. 생명을 빼앗길지언정 내 자존심은 다시 건드리지 못하게 할 거야."

"그래요."

그녀가 억지로 목소리를 쥐어짰다. 라자가 짐작하는 것보다 그가 당한 모욕의 종류를 더 잘 알고 있으니까.

"당신은 이제 어린아이가 아니에요. 게다가 같이 싸워줄 동료들이 있어요……."

"아니, 나 혼자 갈 거야."

알레그라는 골리앗의 거대한 주먹에 얻어맞았을 때와 똑같은 느낌이었다.

"혼자?"

"그 방법밖에 없어."

그가 험악하게 미소지었다.

"힘내시오, 몬테베르디 양. 내가 두 시간 내로 돌아오지 않으면 브레드렌이 알 쿰에 일제 사격을 시작할 거야. 그럼 당신은 영원히 날 떼어버릴 수 있어."

라자는 성큼성큼 선실 구석으로 걸어가 상자에서 숫돌을 꺼낸 다음, 무어식으로 휘어진 칼날을 날카롭게 갈기 시작했다.

알레그라는 주먹을 불끈 쥐고 발딱 일어났다. 공포스럽게 그를 쳐다보는 동안, 가슴이 쿵쿵거리고 손이 얼음장같이 식어갔다. 반면에 두 뺨에는 뜨거운 열이 올랐다.

"이건 모두 내 잘못이에요."

떨리는 목소리로 입을 열었다.

"내가 한 말 때문에 생명을 걸 필요는 없어요. 다 취소할게요. 내가 한 말, 모두 다 취소할게요. 가지 말아요."

"가야 돼, 어센션을 되찾으려면. 그게 당신이 원하는 거잖소, 알레그라?"

그녀는 무기력하게 그의 까만 눈동자를 마주 보았다.

"그래요. 하지만…… 다른 사람을 보내요. 당신한테는 수많은 백성이…… 라자, 자존심 싸움을 하기엔 너무 위험해요."

"자존심이 아니오, 알레그라. 명예 때문이야. 난 싸울 수 있어."

그녀가 잠시 할 말을 잃은 채 멍하니 있는 동안 칼날은 계속해서 불꽃을 튀기며 숫돌 위로 움직였다.

"제발 이러지 말아요. 뭔가 다른 방법이 있을 거예요. 인장이 없어도 괜찮아요. 예전의 충신들을 만나기만 하면, 아무도 당신을 부인하지 못할……."

그녀의 목소리가 차츰 잦아들었다. 자신의 말이 전혀 먹혀들지 않는 것을 보았기 때문이다.

그는 엄지와 집게손가락으로 칼날의 날카로움을 시험하면서, 백만 마일 이상 멀리 떨어진 곳에 생각이 가 있는 듯했다.

"라자, 내 말 좀 들어요……."

"지금은 실랑이할 때가 아니야."

"이럴 필요까진 없다구요!"

"아니, 필요 있어."

그는 조용하고도 난폭하게 말했다. 그의 눈동자에 번득 번개가 스쳐지나갔다.

그녀는 두 손을 꼭 움켜잡아 턱 밑으로 끌어올렸다. 눈을 질끈 감고 고개를 숙였다.

"부하들을 데려가세요. 라자, 제발. 틀림없이 당신이 숨기고 싶어하는 비밀을 죽을 때까지 지켜줄 사람이 있을 거예요."

"비카가 같이 갈 거야."

그는 피식 웃으며 천장을 올려다보았다.

"그 인간만큼은 설득할 수가 없었어."

"비카! 그 사람이 뭘 어쩌겠어요? 싸우는 방법도 모르잖아요! 설리반이나 루소 선장을 데려가요. 아니면 젊은 미국인이나……."

“이건 그런 싸움이 아니야.”

“무슨 말이에요?”

“당신은 말리크를 모르니 이해할 수 없을 거야.”

그는 칼과 숫돌을 책상 위에 던졌다.

“그럼 내가 같이 갈게요. 힘으로 하는 싸움이 아니라면 내가 같이 못 갈 이유도 없잖아요.”

그가 낄낄거렸다.

“당신이 뭘 어쩔 거지? 성난 새끼 고양이처럼 그 악당한테 대들기라도 할 건가?”

그녀가 이글거리는 눈동자와 턱을 들어올렸다.

“어떻게 해서든 당신을 돕겠어요!”

“관둬.”

그는 계속 전투 준비를 했다. 허리춤에 권총을 차고 머리 위로 검 끈을 올려 가슴에 드리웠다.

시간이 갈수록 알레그라의 두려움은 절망으로 변해갔다. 아, 어센션에 대한 책임을 들먹였던 것이 너무나 후회스러웠다. 그녀가 책상을 돌아 그에게 다가가 목을 끌어안았다.

“제발 여기 있어요. 증거 같은 거 필요 없어요. 날 사랑해 줘요. 제발 가지 말아요.”

그는 우뚝 서서 그녀를 내려다보았다. 천천히 고개를 흔들며 그녀의 팔을 목에서 풀어냈다.

“당신한테 아비 없는 자식을 키우게 할 순 없어.”

그녀가 주먹을 쥐고 그의 가슴을 때렸다.

“그만둬요! 당신, 죽으면 안 되요! 내가 허락 못해요!”

물끄러미 그녀를 내려다보던 그의 표정이 점점 처연해졌다.

“당신에게 말하고 싶었어, 알레그라. 당신이 얼마나 아름다운지.”

그가 힘겹게 침을 삼키며 고개를 돌렸다.

“얼마나 아름다운지.”

그녀가 그의 조끼 자락을 부여잡고 애원했다.

"제발 떠나지 말아요. 당신 없이 난 못 살아요."

눈물을 삼키며 있는 힘껏 그를 껴안았다.

라자가 그녀의 허리를 감아쥐고 격하게 키스를 눌러왔다. 그녀도 그의 키스를 탐욕스럽게 받아들였다. 눈물이 흘러내렸다. 이제야 알았다, 라자가 작별 인사를 하러 불러들였다는 것을.

너무나도 금방 라자의 입술이 떨어져나갔다.

그는 그녀의 뺨에서 눈물을 닦아내며 두 손으로 얼굴을 감쌌다.

"돌아올게, 꼭."

그녀는 그 뜨거운 시선에서 그의 갈등을 보았다. 자신이 그에게 더 모진 짓을 하고 있다는 것도 알았다. 그래서 피눈물나게 간절한 애원을 꿀꺽 삼켰다.

"알레그라, 날 위해 기도해 줘."

그녀는 흐느낌이 터지기 전에 홱 돌아섰다. 지금 눈물을 보여 봤자 그의 자신감만 더 갉아먹을 뿐이었다.

"마음대로 해요! 난 상관 안 해요! 그냥 가세요!"

"알레그라……."

그의 말이 이어지지 않았다.

"안녕, 셰리."

조용히 문이 닫혔다.

그녀는 흐느끼며 속삭였다.

"안녕, 나의 왕자님."

17

라자는 비카를 대동하고 건널판을 힘차게 내려갔다. 손에 든 횃불 하나가 어둠 속에서 동그란 불빛을 만들어 냈다. 몇 걸음쯤 걸었을까, 무너질 듯한 부두에 흔들림이 느껴지더니 그들을 향하여 우르르 발소리가 밀려들었다. 스무 명도 넘는 장정들이 뜨겁고 메마른 아프리카의 어둠 속에서 불쑥 튀어나왔다.

"마르하바, 나의 형제들이여. 아살라무 알라이쿰."

라자가 칼을 내리며 소리쳤다.

그들이 멈춰 섰다. 맨 앞에 있는 인물이 천천히 다가와 라자의 가슴에 단검을 겨눈 채 주위를 맴돌았다. 높은 직위가 아닌 녀석들인데도 하나같이 무기 다루는 솜씨가 놀라웠다.

"훼일 호야!"

뒤쪽에 있던 한 명이 놀라며 외쳤다. 다른 몇몇도 뱃머리로 달려가서 배의 모양을 확인했다.

"맞아."

그들이 라자의 주위에 에워싼 동료들에게 알려주었다.

"샤이탄 파샤? 정말 당신이세요?"

단검을 쥔 첫번째 사내가 조심스레 물었다.

라자는 힘없이 미소지으며 고개를 끄덕였다.

그 남자가 소리를 지르며 다른 사내들에게 돌아섰다.

"신의 평강이 함께 하시길, 형제여! 나의 형제여. 위대한 악마! 그가 돌아왔다! 아란 바 샤란, 샤이탄."

그리곤 다시 돌아섰다.

"환영합니다! 주인님께서 기뻐하실 겁니다."

"알란 비크. 그렇겠지."

그는 그자의 무기 쥔 손을 붙잡은 다음 자신의 가슴에 그 손을 댔다. 그것은 정직의 표시였다.

"그대에게 축복이 있기를, 형제여. 전에 만난 적이 있었던가?"

그 건장한 사내가 하얀 이를 드러내며 가까이 다가섰다.

"만난 적은 없지만, 저는 당신의 위대하신 전설을 익히 들어서 잘 알고 있습니다. 제 이름은 함디, 이브리힘의 아들입니다. 저희가 주인님께 모셔다드리겠습니다."

라자가 감사를 표하며 고개를 끄덕였다.

"이건 기적입니다."

함디가 쉬크의 궁궐로 안내하며 고개를 절레절레 저었다.

"주인님께서 어센션의 위대한 전쟁 소식을 들으신 그날 당신이 오실 거라고 예측하셨어요."

"그랬나?"

그는 부츠 밑으로 부드럽게 빠져나가는 모래를 지켜보았다. 그곳에 사는 전갈들이 떠올랐다. 말리크의 요새로 가는 길은 드문드문 작은 야자수와 몇 개의 바위가 늘어져 있을 뿐이었다. 사방이 버려진 것처럼 황량했고, 아래쪽 바다도 하얀 모래사장을 씻어내며 죽어 가는 듯했다. 앞쪽으로는 유다가 배신의 대가로 받은 은화처럼 푸른 들판에 달빛 받는 건물의 윤곽이 드러나 보였다.

과거의 기억들이 밀려들었다. 그는 애써 그 기억을 밀어내며 술병을 입에 올려 들이켰다. 술이 주는 용기가 필요했다. 하지만 세상의 어떤 술로도 씻어낼 수 없는 씁쓸함이 입안에 고였다.

그때 나이 열세 살이었다. 겨우 열세 살…….

앞에 걸어가는 자들의 펄럭이는 로브 자락을 노려보았다. 살아날 수 없으리라는 걸 알면서도 칼자루를 움켜쥐었다.

"괜찮아?"

비카가 옆에서 속삭였다.

비카의 목소리가 떨리고 있었다. 4년 전 그때를 생각하고 있으리라. 말리크에게 복수하려고 알 쿰에 돌아왔을 때. 브레드렌단의 새로운 대장이 되어 안티구아 반란자들을 모조리 없애버린 것을 자랑스러워하며 라자는 자신이 꽤나 두려움 없는 인물이라고 생각했다. 이번에는 영원히 머릿속의 악마들을 쫓아낼 수 있을 줄 알았다.

그런데 그는 실패했다.

말리크의 분신과도 같은 친위병인 그의 오랜 친구들이 난폭하게 그를 매질하여 멍투성이의 몸뚱이로 수치심에 떨며 배 위에서 정신을 차리게 했다. 그들은 오랫동안 그의 이런 시도를 예상하고 있었고, 그것이 사실로 입증되었다. 그들은 그를 너무나 잘 알았다. 아무도 놀라지 않았고, 말리크는 꿈쩍도 하지 않았다. 모두가 그를 비웃었다.

신경쓰지 마. 다 지난 일이야. 별 것도 아니야.

4년 전 그날, 그는 자신과 비슷하게 말리크에게 고문을 당했던 그들이 자신과는 다르게 아무 영향도 받지 않았음을 깨달았다. 그들은 그 고문이 그의 영혼을 어떻게 갉아먹었는지, 그 증오스런 알 쿰의 악마가 그를 어떻게 망쳐 놓았는지 알지 못했다. 그리고 그 결과를 알리기에는 그의 자존심이 허락하지 않았다.

화들짝 시선을 들었을 때, 그는 이미 너무나 익숙한 황금과 대리석의 살롱에 들어와 있었다. 진홍빛의 길다란 소파, 실크로 바른 벽과 으리으리한 타일들이 눈에 들어왔다. 웅장한 황금의 권좌에 세이프-델-말리크가 있었다. 미동도 없이 아름답게, 상어처럼 치명적인 모습으로.

그는 두 손가락으로 입술을 매만지며 생각에 잠겨서 라자를 응시했다.

라자의 몸이 즉시 굳어졌다. 그 느긋하고 날카로운 시선을 결코 잊지 못하리라. 영겁의 세월이 흘러도 지워지지 않을 것이다.

"그래."

말리크가 나른하게 빨설이로 손을 벌어뜨리며 입을 열었다. 그의 눈에서 사막의 열기가 피어났다.

"나의 어린 독수리가 돌아왔구나. 천국을 향해 날아갔지만 진짜 주인을 아직 기억하고 있었던 거야. 언제나 너의 주인은 말리크가 될 것이다. 그렇지, 라자?"

알레그라는 끔찍이도 두려웠다. 라자와 비카가 부두로 내려가는 것도, 이교도의 악당들이 그의 주위에 몰려들어 이해할 수 없는 말을 지껄이는 것도 모두 보았다. 그들이 달빛 비치는 백사장으로 뻗은 길을 걸어가 멀리 야자수가 듬성듬성 보이는 산등성 너머로 사라졌다.

그녀가 남아 있는 사내들에게 돌아섰다. 하지만 모두들 그녀의 애원하는 시선을 외면했다. 위험하다는 걸 느끼면서도 명령을 어길 수 없는 것이다. 해안에서 멀리 떨어진 곳에서는 여섯 척의 다른 배들이 닻을 내리고 기다리는 중이었다. 두 시간이 지나도 라자가 인장 반지를 갖고 돌아오지 않는다면, 사막과 요새 쪽으로 사격이 시작될 것이다. 이렇게 용감한 사내들을 뇌두고 혼자 가버린 라자가 죽이고 싶도록 미웠다. 그 빌어먹을 자존심! 고집쟁이!

"이대로 있을 순 없어."

그녀가 허공에 대고 말했다. 이대로 서서 기도나 드리고 있을 인내심은 없었다.

그녀의 옆으로 베르나르도가 다가왔다. 마음에 들지 않는 사내이긴 했지만, 그 충성심만큼은 인정해야 할 것이다.

"아가씨도 저와 똑같은 생각을 하고 계시는 거겠지요?"

그가 무뚝뚝하게 입을 열었다.

"라자를 도와야 해요."

"무기 다룰 줄 아십니까?"

"몰라도 해야죠."

"그럼 하선하시지요."

라자는 오래 전 자신을 고문했던 사내의 눈동자 말고 다른 아무것도 의식하지 못했다.

"당신이 나에게 훔쳐간 것을 받으러 왔소."

"훔쳐가…… 무슨 소리야? 내가 도둑이라는 건가? 난 네가 자발적으로 바치지 않은 걸 가져간 적이 없어."

라자가 분개하며 권총으로 손을 뻗었지만, 미처 빼내기도 전에 여섯 개의 칼날이 그의 목을 에워쌌다.

말리크가 부드럽게 웃으며 호통을 쳤다.

"조심하게, 성급한 젊은이. 내 부하들에게 쓰러지지 않도록. 하지만 자신을 좀 보게! 너는 아직 서른 해도 넘기지 않은 애송이야. 쯧쯧, 너무 어려. 내가 몇 가지 알려줄까?"

그가 손가락을 삼각형으로 세우며 그 너머로 말했다.

"제노바의 배 서른 척이 널 쫓아오고 있어. 어센션의 새로운 총독은 네 목에 현상금을 걸었어. 이름이 아마 도메닉 클레멘테라지? 천 루이. 맞았어, 넌 지금 아주 위험한 상태야."

라자는 흘깃 뒤돌아 말리크의 부하들이 길을 막아서고 있는 것을 그리 놀랍지 않게 확인하였다.

"자, 자, 왜 그렇게 걱정스런 얼굴이야, 라초? 넌 나한테 그보다 더 가치가 있어. 난 너를 배신하지 않았단다."

말리크가 시종에게 커피 잔을 받아들고 커피를 홀짝였다.

"놈들에게 널 넘겨준다면 다시는 너와 함께 하는 기쁨을 누리지 못할 테니 말이야."

“그런 일은 없을 거요.”

말리크가 피식 미소지었다.

“그래? 나야 물론 너와 너의 부하들을 보호하고 싶어. 하지만 내 밑의 부하 녀석들이 아주 욕심이 많아서 어떻게 될지 모르겠단 말이지. 빠른 배에…… 훌륭한 선원들까지. 제노바가 두둑하게 보상해 줄 거야. 당연히 곧장 사형장으로 보내버리겠지. 하지만 너, 너만은 내가 무슨 수를 써서라도 내 옆에 남겨두겠다.”

“여기 항구에 여섯 척의 배가 들어와 있어. 두 시간 내에 내가 돌아가지 않으면 대포를 쏠 거야.”

말리크의 웃음소리가 크게 울렸다.

“그렇겠지, 그렇구말구.”

“허풍 아니야. 인장 반지를 돌려줘. 그것만 받으면 돼.”

말리크는 시종에게 흘깃 시선을 보내 라자의 주장이 사실인지 알아보라고 신호했다.

“그 말이 사실이라 해도 네가 여기 있는 동안은 쏘지 못할걸.”

라자가 어깨를 으쓱했다, 하지만 그의 허세가 약해지고 있었다.

“반지를 돌려줘. 안 그러면 내가 직접 찾겠어.”

“너의 시간을 낭비하게 할 수야 없지, 라초. 우리가 자주 했던 게임 기억나나?”

물론 기억하고 있었다. 그 단순한 한마디가 출입구를 봉쇄한 일당들보다 더 그의 자제력을 뒤흔들어놓았다. 말리크도 그 점을 알고 있었다.

갑자기 이곳의 저주가 견디기 힘들 정도로 그에게 죄어들었다. 냄새만으로도 숨이 막혔다.

비카가 매서운 어조로 끼어들었다.

“신실하신 군주께서 어찌 형제의 아들을 위협하시려 합니까? 알라를 칭송할지어다.”

말리크는 황금 의자에 기대앉아 가볍게 두 손을 모아 쥐고 미소지었다.

“여전히 고상하시군, 사우스웰 박사, 하지만 울페 선장은 이미 죽었어. 그리고 이 노예에게도 입이 있으며 나의 병사로서 싸우는 법도 배운 바 있다. 그러니 당연히 너의 옷자락에 매달릴 필요가 없다. 남자라면 말이야. 네가 남자인 건 맞겠지, 라초?”

라자는 수치스러움으로 굳어버린 채 고개를 숙였다. 움직일 수도 말할 수도 없었다.

말리크가 사슬에 묶인 아이에게 그랬듯이, 방어할 힘도 없는 아이에게 그랬듯이 껄껄 웃어댔다.

“이게 위대한 군주의 대접인가요?”

비카가 싸늘하게 말했다.

하지만 라자는 그들의 말소리가 들리지 않았다. 공포스레 대리석 바닥만 내려다볼 뿐이었다.

왜 여기 왔을까? 뭘 믿고 자신을 무적이라 생각했을까? 이 계획이 성공하리라 생각하다니 얼마나 우매했던가? 그는 사막이 싫었다. 여기 있고 싶지 않았다. 비명을 지르며 사라져버리고 싶었다. 저 음흉한 검은 눈을 뽑아버리고 싶었다. 하지만 움직일 수 없었다.

문득 말리크의 부하 하나가 비카의 목에 칼을 들이대는 모습이 눈에 들어왔다. 라자가 앞뒤 가릴 것 없이 주위의 칼날을 밀쳐버리고 권총을 뽑아 그자의 뒤통수에 들이댔다. 그리고 무기를 버리라고 명령했다.

말리크는 나지막이 웃기만 했다.

라자가 그자를 돌아보며 700년 왕실의 분노를 담아 명령했다.

“나에게 훔쳐간 것을 내놓아라!”

말리크는 다시 입술을 매만지며 킬킬거렸다. 오랫동안 생각에 잠겼다가 커피 잔을 노예에게 돌려주고는 손목을 흔들었다. 그러자 마법처럼 인장 반지가 나타났다.

“네가 찾는 것이 혹시 이것인가?”

반지를 들어 황금과 마노, 루비까지 박힌 보석의 무게를 가늠했다.

“나를 즐겁게 해준다면 돌려 받을 수 있을지도 몰라.”

라자의 자제력은 이제 광기 어린 분노로 변해가기 시작했다. 이번에

는 살아 나갈 수 없으리라는 것이 서의 확실했다. 그것도 상관없다는
생각이었다. 그는 말리크가 던지는 불결한 도전에 굴복할 수 없었다.
죽을 때까지 싸울 것이다. 이번에는 죽을 때까지.

"우린 할 얘기가 많단다, 라초."

"꿈도 꾸지 마."

말리크가 짜증스럽게 손가락을 퉁겼다. 무이인들이 몰려들이 라자의
팔을 붙잡았다.

"건드리지 마, 나쁜 새끼들아!"

비카가 격하게 소리지르며 자신을 붙잡고 있는 사내와 몸싸움을 벌
이자 다른 사내가 권총의 손잡이로 비카를 기절시켰다. 라자가 달려드
는 무어인들을 뿌리치며 비카의 이름을 불렀다.

말리크가 짝짝 손뼉을 쳐서 자신의 친위병들을 호출했다.

"자, 그럼 게임을 시작해 볼까."

말리크의 덩치 큰 친위병들에게 자리를 내주며 나머지 말리크의 해
적 부하들이 살롱 가장자리로 비켜섰다. 그때 심부름 갔던 자가 돌아
와 훼일 호와 여섯 척의 배가 항구에 정박해 있노라고 전했다.

"그럼 서둘러야겠군."

그가 라자 뒤의 몇 명에게 손짓을 했다.

라자가 홱 돌아섰다. 한 명은 금발머리의 영국계 거인이자 그의 오
랜 친구인 고든이었다. 하지만 그의 회색 눈동자에 예전의 친밀감은
남아 있지 않았다. 다른 한 명은 산처럼 거대한 검은 피부의 아프리카
젊은이였다. 그의 갈색 눈동자도 고든처럼 살인적으로 무감각했다.

말리크가 권좌에서 일어나 몇 계단 밑으로 내려섰다. 그리곤 뒤쪽에
서 라자의 권총을 빼앗아갔다.

"이건 필요 없어."

그 후에 그의 단검과 장검, 조끼까지 차례차례 거둬들였다.

"이기면 이걸 주겠다."

말리크가 손가락 사이로 인장 반지를 굴리며 말했다.

"지면?"

"그럼 영원히 집에 온 거지, 라초. 너의 주인에게로."

라자가 알면 악마처럼 화를 내겠지만 상관없었다. 알레그라는 그를 어떻게 도와야 할지 도울 방법이 있기나 한지 확신하지 못하는 상태였지만, 베르나르도와 같이 라자가 사라진 모래사장으로 내려섰다.

사막의 들짐승 하나가 괴상하게 울어댔다. 그녀는 얼른 고개를 숙여 키다란 셔츠에 배어 있는 라자의 냄새로 위안을 얻었다. 그의 셔츠뿐 아니라 까만 바지와 그의 벨트까지 빌려 입었다. 긴 머리는 어두운 색의 스카프 속으로 숨겨놓았다.

남자 옷을 입어야 한다는 것은 베르나르도의 아이디어였다. 그래야 그녀에게 시선이 덜 쏠릴 거라는 주장이었다. 하지만 그녀는 정말이지 우스꽝스러운 기분이었다. 급하게 차려입은 이 옷으로 누굴 속일 수 있겠는가? 단검으로 무장한 것도 불안감을 더할 뿐이었다. 그 무기가 필요하지 않았으면 좋겠다는 희망만을 되새겨주었다. 폭력적인 싸움이 없을 거라던 라자의 말에 필사적으로 매달리는 도리밖에 없었다.

또다시 짐승의 울음소리가 밤하늘을 채웠다가 점점 잦아지며 무시무시한 적막을 더 강조하였다. 백사장에 부딪히는 파도소리만이 가늘게 이어졌다.

"저게 뭔지는 몰라도 굶주린 모양이에요."

베르나르도가 중얼거렸다.

그녀는 흘깃 어깨 너머를 쳐다보며 짐승이 따라붙지 않았음을 확인했다. 하얀 돛을 늘어뜨린 채 얌전하게 기다리는 훼일 호가 보였다.

앞쪽 모래 언덕 너머로 고풍스런 요새가 솟아 있었다. 가까이 다가갈수록 그 요새의 진짜 모습이 드러났다. 천년쯤 메마른 열기를 견뎌오면서 천천히 무너져가고 있는 듯했다. 로브를 입은 사내들이 현관 앞 계단에서 어슬렁거리고 있었다.

100미터 이상 떨어진 곳에 그녀와 베르나르도가 멈춰 섰다. 아직은 아무도 그들을 눈치채지 못했다.

"저리로 들어갔어요. 가요."

그녀가 계속 걸어갔다. 무어인 몇 명이 자신을 알아차렸을 때 베르나르도에게 돌아섰다. 그런데 그 즉시 그녀의 눈이 휘둥그래졌다. 그 뚱뚱한 남자가 꽁무니를 빼며 달아나고 있었던 것이다. 맙소사. 황당한 기분으로 그녀는 다시 기무스름한 이방인들에게로 방향을 돌렸다. 그리곤 천천히 두 손을 들어 무기가 없다는 것을 보여주었다.

"샤이탄이라는 남자를 어디로 데려갔죠? 그 사람을 만나고 싶어요." 최대한 강한 어조로 말했다.

그들이 그녀의 말을 이해했는지는 알 수 없었다. 남자 두 명이 그녀의 팔을 잡고 허리춤의 단검을 빼낸 다음 요새로 데리고 갔다. 다른 사내들이 계단 아래서 길다란 파이프로 담배를 뻐끔거리며 이상한 말로 그녀의 옆에 있는 사내들에게 말을 걸었다.

"날 샤이탄에게 데려다줘요. 말리크에게 데려다줘요."

그녀가 그들을 이해시키려고 말리크의 이름을 대자, 그 사내들이 의미심장한 눈초리를 주고받으며 웃어댔다. 그 대화 중에서 유일하게 알아들을 수 있는 단어는 말리크뿐이었다.

요새 안의 모습은 무척이나 이색적이었다. 금박과 설화석고로 장식된 홀이 이어져 있었다. 외부의 쓰러질 듯하던 모습은 쓸데없이 시선을 끌지 않으려는 방어막이었던 모양이다. 그야말로 눈이 부실 정도였다. 바닥에는 순수하게 반짝이는 하얀 대리석, 벽에는 색색가지의 정교한 타일이 장식되어 있었다. 그녀는 무어인들의 손아귀에서 빠져나가려 애쓰며 지나치는 방 하나하나를 들여다보았다. 이 거대한 미로 어딘가에서 시합이라도 벌어지는 듯 시끄러운 함성소리가 메아리쳤다.

그녀는 거대한 두 명의 환관들이 버티고 선 넓은 문으로 끌려갔다. 그 문에 걸린 비단 망사가 내부의 모습을 흐릿하게 가리고 있었다. 사내들이 툭툭 밀어 들어가라는 신호를 보내자, 알레그라는 조심스럽게 하늘하늘한 망사를 양쪽으로 벌려 안으로 들어섰다.

높은 버팀목 위에서 불꽃이 낮게 타오르는 커다란 방이었다. 향냄새가 묵지근하게 피어올랐고, 하얀 기둥들이 줄지어 서 있는 중앙에 상큼하게 물이 흐르는 욕조가 있었다. 사방 어디를 둘러보아도 두터운 양탄자와 화려한 비단의 물결이었다.

그녀가 출입구를 찾아 둘러보고 있을 때, 뒤쪽에서 발 끌리는 소리가 들리더니 두 개의 기둥 사이에 열네 살쯤 돼 보이는 소년이 나타났다. 그 아이가 좌우를 살피고 나서 그녀에게 손짓을 했다.

굉장히 아름다운 소년이었다. 나이에 어울리지 않을 정도로 탄탄하게 균형 잡힌 몸에 까만 머리와 길고 숱 많은 눈썹 아래 자리잡은 검은 눈동자, 게다가 어린 나이에 어울리지 않는 관능적인 입술이 눈에 띄었다. 밖에 있는 남자들처럼 하얀 로브 차림이었지만, 질적으로 비교되지 않는 고급 옷감이었다. 그녀가 다가가자, 아이는 아라비아어인 듯한 말로 질문을 던졌다.

그녀가 어깨를 으쓱하며 고개를 흔들었다.

"난 그런 말 몰라. 이탈리아어 할 줄 아니?"

그들은 결국 스페인어로 합의점을 찾아냈다.

"난 안달루시아 출신이고, 이름은 다리우스 산티아고예요."

눈까지 도달하지 않는 짧은 미소를 지으며 그가 말했다.

"날 좀 도와줘! 말리크를 만나려면 어떻게 해야 돼?"

"걱정 말아요. 이제 곧 당신을 만나러 올 테니까."

그가 차갑게 웃었다.

"새로 들어온 노예한테 아주 관심이 많거든요."

그녀는 잠시 어리둥절한 채 그를 쳐다보았다.

"노예라니?"

"몰랐어요?"

오, 세상에. 그녀는 이제야 깨달았다. 라자도 이곳의 노예였던 것이다.

너무나 큰 충격과 공포에 숨조차 쉴 수 없었다. 주위 세상이 와르르 무너지는 느낌이었다. 하지만 지금은 이럴 때가 아니었다.

　재빨리 자신을 소개했다. 다리우스는 남장 여자라는 말을 믿는 것 같
지 않았지만 그녀의 설명을 주의 깊게 들었다. 한 시간 후에 이 도시에
포격이 시작될 거라고 알려준 후에 라자가 이곳 어딘가 있을 거라고 말
하자, 그 순간 아이의 보석 같은 눈동자가 경외감으로 반짝거렸다.
　"그래서 오늘밤 이 난리가 벌어진 거규요! 위대한 샤이탄 파샤가 여
기 오다니!"
　"그 사람을 알아?"
　"물론이죠."
　아이가 눈가의 검은 머리카락을 불어 넘겼다.
　"어떻게 모를 수 있겠어요? 그의 얘길 얼마나 많이 들었는데……
내가 죽어버리고 싶었을 때 그 사람 얘기를 들으면서 버텼어요. 말리
크는 내 영혼을 꺾지 못해요! 난 도망칠 거예요, 샤이탄처럼. 그리고
똑같이 위대하고 강한 남자가 될 거예요! 하지만 말리크를 죽이러 올
때는 절대 실패하지 않을 거예요."
　그의 눈동자가 야만적으로 번득였다.
　"우릴 도와줄 수 있겠니?"
　"가능할지도 모르죠. 상황부터 살펴보고. 여기서 기다리세요."
　"나도 같이……."
　"놈들이 보내주지 않을 거예요. 난 어디든 마음대로 다닐 수 있지만."
　"제발 서둘러 줘."
　그는 말없이 걸음을 옮겼다. 하지만 문에 도착하기 전, 홱 돌아서서
엄한 시선을 보냈다.
　"그 사이에 말리크가 들어오거든 내 말대로 해요. 동정을 구하지 말
아요, 비명도 지르면 안 돼요. 그자는 두려움과 고통을 먹고사는 괴물
이에요."
　다리우스가 하얀 로브 자락을 펄럭이며 문 밖으로 미끄러져 나갔다.
알레그라는 잠시 눈을 감고 마음을 진정시키려 안간힘썼다.
　낯모르는 아이에게 라자의 운명과 그녀의 운명, 그리고 어센션의 운

명까지 의탁하였다. 하지만 지금으로선 달리 선택의 여지가 없었다.

여기서 이대로 기다리고만 있지 않을 수 있다면 무엇이든 할 수 있으리라. 라자의 고통과 짓밟힌 순수함이 메아리치는 이곳에 잠시도 있고 싶지 않았다. 예쁘장한 모든 것들이 그녀의 울분을 자극했다. 아름답고 사랑스런 분위기를 자아내는 곳이지만 여기서 의지할 데 하나 없는 순진한 어린아이가 짓밟혔음을 아는 이상, 이보다 더 흉측한 장소는 세상에 없을 것 같았다.

그녀의 시선이 구석에 있는 새장으로 향했다. 진주빛 깃털을 휘감은 아름다운 앵무새가 한 마리 갇혀 있었다. 그 천국에서 내려온 듯한 새가 맞은편에서 그녀를 살피는 듯했다.

어떻게든 움직여야 할 것 같은 기분으로, 그녀는 새장으로 걸어가 작은 문을 열었다. 새가 밖으로 나오지 않자 안으로 손을 집어넣었다. 다행히 깨물지도 않은 채 사람의 손에 익숙한 듯 그녀의 손길을 견뎌내기만 했다.

하지만 창가로 데려가서 밤 공기를 맞아들이는 순간 그 새가 들썩거렸다. 날개를 퍼덕이며 발톱으로 그녀의 손을 할퀴기 시작했다.

그녀는 두 손을 들어 그 보드라운 몸뚱이를 풀어주었다. 하얀 새가 날개를 활짝 펼쳐 까만 밤하늘로 자유롭게 날아올랐다.

라자는 점점 지쳐갔다.

온몸이 불타는 바윗덩어리 같았다. 찢어진 입술에서 피맛이 났다. 백년 동안 쉬지 않고 싸우는 기분이었다. 이마의 머리카락이 땀에 들러붙은 것을 제외하고 인간적인 냄새 하나 풍기지 않는 고든이 계속해서 그에게 달려들었다.

아프리카 사내는 라자에게 팔을 뽑힌 후에 물러났다. 이제 고든과의 싸움이었다. 이제야 공평한 싸움이 되었다, 전에 두 놈이 한꺼번에 덤벼들어서 이미 지쳐 있다는 사실만 빼면.

그는 오랜 친구의 야만적인 공격에 기가 막혔다. 친구의 눈에는 악

의만이 살아 있었다. 그것이 자꾸만 그의 신경을 분산시켰고, 고든은
이런 기회를 이용하고도 남을 만큼 능숙한 투사였다. 라자가 좀더 인
간적인 반응을 끌어내려고 몇 마디 대화를 시도해 보았어도 아무 소용
이 없었다. 그래서 그는 험악하고 조용하게 그리고 절망적으로, 무적의
상대에게 있는 힘을 다해서 대항하였다.

그들이 서로에게 달려들었다. 주먹을 휘두르고 떨어져서 거칠게 숨
을 몰아쉬며 다시 빙빙 돌았다. 하얀 바닥 여기저기로 찢어진 상처와
코에서 흐르는 핏물이 뚝뚝 떨어졌다. 라자가 강력한 왼쪽 주먹으로
고든의 턱을 올려붙였다.

고든이 주춤 물러났다가 다시 앞으로 달려들어 머리통으로 그의 이
마를 박았다. 라자의 눈앞에 별들이 날아다녔다. 그 사이에 고든이 그
의 목을 조르기 시작했다. 무어인들이 황급하게 비켜서자 라자의 등이
벽으로 밀어붙여졌다.

라자는 목에 감긴 강철 같은 손을 움켜잡고 떼어내려 했다. 숨이 막
혔다. 놈의 배를 가격했지만, 또 한 번 무릎으로 배를 걷어차였을 뿐이
었다. 숨을 쉬지 못한 채 시간이 흐르고, 거대한 홀이 점점 어두워지면
서…… 멀어지기 시작했다. 고든이 그를 바닥으로 툭 떨어뜨렸다. 대
리석에 그의 머리가 깨질 것처럼 부딪혔다.

라자는 차가운 바닥에 누워서 숨을 몰아쉬었다. 눈앞에 검은 구름이
몰려들어 시야가 흔들거렸다. 고든의 승리를 외치는 말리크의 목소리
가 들렸다, 그 목소리에 담긴 열기도 알았다.

라자는 절망적으로 신음했다. 동물처럼.

다시 눈을 떴을 때, 그에게 다가오는 무어인들이 보였다. 그의 손은
이미 질긴 밧줄로 묶여 있었다. 모든 일들이 꿈처럼 느리게 진행되었
다. 그들이 그를 일으켜 세워 캄캄한 독방으로 끌고 갔다.

15분 후, 다리우스가 어두운 살롱으로 살며시 되돌아왔다. 그의 심
각한 시선을 보는 순간 알레그라의 가슴이 철렁 내려앉았다.

"놈들이 데려갔어요."

"무슨 일이야? 그 사람이 다쳤어?"

"이거."

소년이 로브 안쪽에서 두 개의 권총을 꺼내 그 중 하나를 건네주었다. 알레그라는 손이 부들거려 떨어지려는 권총을 힘껏 움켜잡았다. 그가 라자의 장검을 내밀어 그녀의 손에 가죽으로 싸맨 칼자루를 쥐어주었고 알레그라는 끔찍하게 그 무기를 쳐다보았다.

"이걸 어디서 찾았어?"

"말리크의 권좌 밑에서 훔쳤어요. 난 뭐든지 훔칠 수 있어요. 가요. 우린 이제부터 숨어야 돼요."

그녀의 심장이 격하게 쿵쾅거렸다. 귓가에 피가 솟구쳤다. 그들이 베일이 드리워진 곳 뒤의 길다란 소파 옆에 웅크리고 있은 지 몇 초가 지났을까, 문으로 다가오는 발소리와 목소리가 들렸다.

"놈들이 늙은 영국인을 지하 감옥에 가뒀어요."

다리우스가 재빨리 속삭였다.

하얀 로브 차림의 사내가 시야로 들어왔다. 꽤나 동요한 상태인 듯 초조하게 방안을 돌아다녔다. 다리우스의 몸이 긴장하는 것으로 보아, 그자가 세이프-델-말리크인 것을 짐작할 수 있었다.

라자가 문으로 들어오는 순간, 그녀의 심장은 그야말로 갈기갈기 찢어지고 말았다.

앞으로 내밀어진 두 손에 밧줄이 묶인 채 지치고 고통스럽게 늘어져 있었다. 어두운 불빛 속에서도 그의 몸에 번들거리는 땀과 핏자국을 볼 수 있었다. 처절하게 망가진 모습이었다.

그녀의 몸 깊은 곳에서 전에 느껴본 적이 없는 신성한 분노가 부글부글 치밀어 올랐다.

말리크는 병사들과 죄수의 행렬을 따라 종종걸음쳐서 복도 끝에 있는 왼쪽 문을 열어 라자를 안으로 들여보냈다. 그런 다음 다른 사내들을 물리쳤다.

그녀의 옆에서 다리우스가 떨고 있었다. 처음에는 두려움 때문인 줄 알았지만 그의 말문이 열렸을 때 증오 때문이라는 걸 알았다.

"가요."

모골이 송연해질 정도의 차가운 목소리였다.

소년을 따라 넓은 복도를 걸어가는 동안, 그녀도 이상하게 진차해지기 시작했다. 닫힌 문 앞에 다가서서 다리우스가 문에다 귀를 들이댔다. 그 후에 조용히 라자의 권총을 벽 쪽에 내려놓았다.

"얘기하는 중이에요. 내가 말리크의 신경을 분산시킬 테니까, 등을 돌리고 있을 때 쏴 죽여요."

그녀는 고개를 끄덕였다. 그래, 죽여버리겠다. 라자를 위해서, 이 더러운 짐승을 양심의 가책 하나 없이 죽여버리리라.

그녀는 지금 그 어느 때보다 더 라자를 깊이 이해했다. 그녀의 가족을 몰살시키고 리틀 제노바를 잿더미로 만들어버리려 했던 그의 복수심도, 그의 분노도 알 수 있었다.

다리우스가 문에서 떨어지라고 손짓한 다음 노크를 했다. 말리크의 고함소리에 자신의 이름으로 대답을 했다. 다리우스는 똑바로 앞을 쳐다보았다. 말리크의 화난 목소리가 환영의 어조로 바뀌며 끈적한 초대의 말이 전해졌을 때도, 빨갛게 달아오른 뺨으로 앞만 노려보았다.

다리우스가 뻣뻣하게 긴장한 몸으로 걸어 들어갔다. 안에서 아편 연기가 모락모락 피어오르고 있었다. 다리우스가 문을 살짝 열어놓았고, 알레그라는 기다렸다.

"들어오너라. 방금 아주 멋진 생각이 떠올랐어."

말리크가 이번에는 스페인어로 말을 이었다.

"자, 가엾은 라초에게 가서 상처를 닦아주거라. 겁낼 거 없어. 단단히 묶어 놓았으니까. 우리에 갇힌 사자 같지 않니?"

알레그라는 이를 악물었다. 커다란 검을 쥔 손바닥이 땀으로 축축해졌다. 말리크를 죽이려면 가까이 접근해야 한다는 것을 깨달았다. 조용히 권총을 꺼내다가 다시 허리춤에 집어넣었다. 총을 사용할 수는 없었다. 한번에 맞추지 못할 수도 있고 라자가 너무 가까이 있었다.

"건드리지 마."

라자의 낮은 으르렁거림이 들렸다. 다리우스의 비명소리도, 말리크의 악랄한 웃음소리도 들렸다.

그녀는 문으로 살금살금 다가갔다. 숨죽인 채 열린 틈새를 들여다보았다. 라자가 다리우스를 방의 중간쯤으로 날려버렸고, 말리크는 그녀에게서 다섯 걸음쯤 되는 곳에 등을 돌린 채 서 있었다. 바닥에 쓰러진 다리우스를 쳐다보면서.

"애들아, 친하게 지내거라. 이런 녀석은 아주 찾기 힘들어, 라초. 심장은 늑대처럼 잔인하지만 얼굴은 이슬처럼 상큼하지."

그녀의 머릿속은 고요하고 깨끗했다.

알레그라는 뺨에 흐른 땀방울을 닦아내고, 십자가를 그어 기도한 다음 천둥처럼 쿵쿵거리는 자신의 심장소리를 들으며 방으로 걸어 들어갔다. 한순간의 망설임도 없이, 있는 힘껏 말리크의 어깨 사이를 검으로 푹 찔렀다. 손목이 얼얼해질 정도로 힘껏.

말리크가 울부짖었다. 펄쩍 뒤로 물러난 알레그라에게 그가 흉포하게 일그러진 얼굴로 휙 돌아섰다.

다리우스가 문을 닫으러 달려갔고, 알레그라는 그 자리에 얼어붙은 채 남자의 등에 삐죽 튀어나온 칼자루를 쳐다보며 두 손으로 입을 틀어막았다. 말리크가 몸을 비틀어대며 고래고래 소리질렀다. 털썩 그의 무릎이 바닥으로 떨어졌다.

"저놈의 입을 막아."

라자가 말했다.

다리우스가 그녀의 옆을 스쳐지나가서 말리크의 몸에서 칼을 뽑아낸 다음 목을 베었다. 완벽한 솜씨로. 말리크가 앞으로 푹 고꾸라졌다.

사방이 피로 물들었다.

한동안 소년은 이 현실이 믿어지지 않는 듯 말리크를 내려다보았다. 칼을 들고 가슴을 들썩이는 그의 하얀 로브로 핏물이 주르르 무늬를 그리며 흘리네꼈디. 디음 순긴 다디우스가 심뜩한 웃음을 터브렸나. 선장에 대고 크게 웃어대고 나서 그 웃음소리가 악의적인 울부짖음으로 변했다. 그는 말리크의 몸 위에 한쪽 무릎을 올리고 시체에 수십 번 더 칼을 찔러 넣었다.

"다리우스!"

그녀가 경악을 금치 못하며 움찔했다. 소년이 싸늘한 만족감으로 죽은 사내를 노려보며 일어섰다.

"천벌을 받은 거예요."

그리고는 다시 침착하게 말리크의 옷자락으로 피 묻은 칼날을 닦아냈다. 라자가 들어올린 두 손 사이의 밧줄도 정확하게 잘라냈다. 소년이 머리를 숙이고 칼자루를 앞으로 뻗어 라자에게 내밀었다.

"어센션의 왕자여. 부디, 당신과 같이 고통받았던 자의 도움을 받아주십시오. 지금 달아나야 합니다. 어서 가세요. 당신의 친구는 지하 감옥에 있습니다. 제가 안내해 드리겠습니다."

하지만 라자의 시선은 알레그라에게 향해 있었다.

그 무너져버린 시선을 마주 보며 그녀의 눈에 눈물이 차 올랐다. 그녀가 형편없이 부풀어오른 그의 얼굴로 손을 뻗었다. 하지만 그는 그녀의 손을 가로막았다.

"건드리지 마."

이제 몽롱한 마비상태에서 빠져 나온 듯 그가 문 밖으로 나섰다. 다리우스는 그의 신호를 놓치지 않고 곧장 뒤를 따랐다. 알레그라는 갑자기 시체와 단 둘이 남게 되어버렸다. 죽은 사내를 흘깃 내려다보며 걷어차 버리고 싶은 충동에 휩싸였다. 혐오스럽게 시선을 돌리려는 순간, 바닥의 황금빛 물건이 그녀의 눈을 사로잡았다.

그녀는 말리크의 주위에 번져 있는 끈적한 피 웅덩이를 돌아 그 물건을 집어들었다. 그들이 목숨을 걸고 이곳까지 찾아 들어왔던 이유, 피오레의 문장이 새겨진 사자 문양. 아이의 손가락에 맞춰서 만들어진 라자의 인장 반지였다.

그의 증거이다.

'이젠 기쁘니?'

그녀는 그를 여기까지 몰아내 이런 꼴을 당하게 만든 자신이 원망스러웠다. 자신의 행동이 후회스러웠다.

'아직도 그의 고통이 충분치 않았다는 거니?'

'날 사랑해 줘.'

라자가 요구했던 것은 그것이 전부였다. 그녀는 고개를 푹 떨구며 반지를 움켜쥐었다. 라자가 이 일을 이겨낼 수 있을까? 괜찮아질 수 있을까?

멀리서 경비병들의 고함소리가 들려왔다. 알레그라는 퍼뜩 정신을 차리고 밖으로 뛰쳐나갔다. 라자와 다리우스가 앞쪽 모퉁이를 돌아서고 있었다. 기다려 달라고 소리칠 수도 없었으므로 그저 그들의 뒤로 죽을힘을 다해 달렸다.

"지하 감옥을 통해서 나가는 길이 있어요."

다리우스가 횃불이 켜진 복도로 숨가쁘게 뛰며 말했다.

라자는 이미 오래 전부터 본능적으로 움직일 수 있도록 단련되었다. 바로 코앞에서 대포가 터진 것처럼 머릿속이 멍했다. 아무것도 현실처럼 느껴지지 않았다. 곡괭이에 베인 벌레처럼 그의 영혼이 두 조각났다. 하지만 그의 몸은 머리의 명령을 거치지 않고도 제멋대로 살아 움직였다. 죽음이 가장 유일한 일이었을 때조차 죽기를 거부했다. 마치 유령처럼 자신의 행동을 허공에서 지켜보고 있는 것 같았다.

출입이 금지된 문이 그들의 앞을 가로막았다. 알레그라가 멀리 떨어져 있지 않다는 건 알고 있었다. 하지만 그녀가 따라와야 할 것이다. 그는 그녀를 쳐다볼 자신이 없었으니까.

라자는 무의식적으로 권총을 빼들어 자물쇠를 조각낸 다음 그 거대한 문을 열어젖혔다. 작은 들고양이처럼 우아하게 다리우스가 발소리를 울리며 어둠 속으로 달려들어갔다. 오물과 곰팡내가 역하게 풍겨나오고, 고문 도구들이 구석에 괴물처럼 늘어져 있었다. 라자가 조심스럽게 열 개쯤의 계단을 내려갔다.

그가 가로막는 간수를 한 주먹에 날려버리는 동안, 다리우스는 비카를 찾아 줄지은 감옥들을 누비고 다녔다. 라자가 비카의 감옥 앞으로 다가가서 자물쇠를 박살냈다. 다른 죄수들이 창살을 두들겨대며 풀어달라고 애원하는 동안, 그는 비카에게 괜찮냐고 물었다. 형편없는 몰골이면서도 비카는 자신 있게 고개를 끄덕였다.

라자는 소년에게 길을 안내하라고 손짓했다. 다리우스가 구불구불한 지하 감옥의 다른 편으로 움직여 지지분한 계단 몇 개를 오르자 육중한 문이 하나 나타났다.

"이게 원형극장으로 연결돼 있어요. 아직은 거기까지 나온 놈들이 없겠지만 최대한 서둘러야 돼요."

라자가 고개를 끄덕였다. 자물쇠에 손을 뻗으려 할 때 다리우스가 뒤쪽을 가리켰다.

"누가 와요!"

돌아선 라자의 눈에 가냘픈 실루엣이 보였다. 누구냐고 물어볼 필요도 없었다. 그가 고통스런 짐승처럼 신음하며 턱을 앙 다물었다.

"저 아가씨가 여기서 뭐 하는 거야?"

비카도 끄응 신음을 흘렸다.

"아가씨?"

다리우스가 놀라며 외쳤다.

"내가 데려올게."

비카가 알레그라를 데리러 가는 사이, 라자는 그 소중한 시간에 권총을 재장전했다. 비카가 계단을 내려서서 감옥들을 지나 씩씩하게 간수의 시체를 넘어섰다.

"몬테베르디 양, 여기예요!"

"비카?"

깜깜한 지하 감옥에 그녀의 떨리는 목소리가 울려 퍼졌다.

그 사랑스런 메아리 소리에 라자의 몸이 움찔했다.

어떻게 다시 그녀의 눈을 마주 볼 수 있을까? 그녀에게 존경받는 남자가 되고 싶었는데, 그 대신 수치스런 꼴을 다 들켜버리고 말았다.

시간이 되었다. 오래 전에 했어야만 했던 일을 감행할 시간.

'한 시간만 버티자. 알레그라와 비카, 나를 도와준 아이가 배에 안전하게 돌아갈 때까지만. 그 후에는 더 이상 고통이 없으리라.'

그는 팔짱을 낀 채 문을 노려보았다. 소년이 왜 그러냐는 듯 쳐다보았지만 무시해버렸다. 잠시 후 비카가 알레그라의 손을 잡고 돌아왔다. 흘깃 한 번 보는 것으로도 라자는 그녀가 자신의 셔츠를 입고 있다는 사실, 그리고 필사적으로 용감한 체해 보이려 한다는 것을 알아차렸다.

그는 재빨리 시선을 돌렸다. 그녀의 눈에 담겨 있을 혐오감을 보고 싶지 않았다.

더 이상의 지체 없이, 그가 두 개의 권총을 빼들고 문을 열어젖혔다. 하지만 원형극장은 텅 비어 있었다. 한때 친구들과 함께 훈련하거나 말리크의 즐거움을 위해 수없이 피 흘렸던 그곳 위로 별들이 총총한 사막의 밤이 떠올랐다.

아직은 요새와 가까웠다. 밖으로 새어나오는 소리로 미루어, 말리크의 시체가 발견되었음을 알 수 있었다. 그 악마가 죽은 것을 기뻐해야 마땅하리라. 하지만 그는 아무런 느낌이 없었다. 전혀 아무런 느낌도.

라자가 작은 무리를 이끌고 극장의 출구로 출발했을 때, 해안에서 포격이 시작되었다. 부하들이 이곳을 잿더미로 만들어버리라는 그의 명령에 따르는 것이다.

"뛰어!"

비카가 소리쳤다.

간헐천에 날아오르는 모래바람 사이로, 그들이 배를 향하여 전력 질주했다. 알 쿰의 파멸은 이제 예정된 수순이었다.

18

무사히 배에 도착한 후, 알레그라는 조심스레 라자를 살펴보았다. 왠지 불길한 예감을 떨쳐버릴 수가 없었다. 그녀를 한 번도 쳐다보지 않는다는 점만 제외한다면—마치 그녀가 이 세상에 존재하지 않는 것처럼—썩 괜찮은 상태인 것 같았는데도.

하지만 그의 마음속은 이미 갈가리 찢어져 있을 터였다. 다만 그가 주위로 쌓아올린 견고한 벽에 단 한 군데 비집고 들어갈 틈이 보이지 않을 뿐이었다.

그는 뒷갑판에 서서 부하들에게 지시를 내리고 있었다. 사내들이 부지런히 닻을 감아 올리고 건널판을 끌어올리고 밧줄과의 씨름을 계속하면서, 배가 천천히 해안을 빠져나갔다. 그는 베르나르도의 사죄를 끈기 있게 들어준 다음 용서해 주었다. 심하게 부풀어오른 비카의 머리를 치료하라고 반 강제로 선실에 데려다 놓고, 잠시 후에 다시 돌아와 배가 안전하게 모래톱에서 벗어나 지중해의 파도에 몸을 실을 때까지 지휘하였다.

그는 다리우스에게 자신의 옷가지도 몇 개 건네주었다. 그 옷이 아

이한테 맞을 리 없었지만, 아랍식의 혐오스러운 노예 복장보다는 나았
다. 아이에게 식당에 가서 요기를 하라고 했다가 다시 다른 생각이 난
듯 불러 세우고는 자신의 무어식 장검을 건네주었다. 소년이 경외감과
숭배의 표정으로 그 선물을 받아들었다. 다리우스가 그 칼을 소중히
사용하리라는 건 믿을 수 있었다. 하지만 알레그라는 라자가 애지중지
하는 자기 무기를 남에게 주었다는 것이 너무나 불길하게 느껴졌다.

그녀는 계속해서 그를 지켜보았다. 그가 갑판장 하코트에게 정확한
항해 진로를 설명하고, 여전히 그녀를 무시한 채 뱃머리로 걸어가서
바다를 내다보았다. 깊은 생각에 빠져 있는 듯했다.

그녀는 머뭇거렸다. 어떻게 그에게 다가가야 할지 알 수가 없었다.
그에게 미처 다가서기도 전에, 그가 뱃머리를 떠나 돛대를 지나치며
잠깐 돛을 올려다보았다. 그리고는 한참 동안 다정하게 돛대의 나무를
어루만졌다. 그제서야 그녀는 알아차렸다.

그가 마지막을 준비하고 있는 것이다. 할 일을 다 정리한 후에 자신
의 사랑하는 배에 작별 인사를 하고 있는 것이다.

"오, 맙소사, 안 돼."

무릎이 후들거렸다. 상어의 날카로운 이빨처럼 공포가 그녀를 엄습
해 왔다.

라자가 고개를 숙이고 몸을 돌려 천천히 승강구로 걸어갔다. 그녀는
자신이 잘못 생각한 거라고 필사적으로 믿어보려 했다. 이제 와서 최
악의 악몽이 나타나지는 않을 것이다. 그녀의 용감한 라자가 이대로
포기하지는 않을 것이다. 승리를 거머쥔 바로 지금 설마…….

그가 시야에서 사라지는 순간, 그녀는 화들짝 그의 뒤로 달려가기
시작했다.

라자는 선실 문을 잠그고 책상 앞의 의자에 털썩 내려앉았다. 자존
심은 무너질 대로 무너졌고 영혼은 만신창이가 되었으며 육신은 고통
스러웠다. 윗서랍을 열어 이 순간을 위해 남겨놓았던 은색 탄환을 찾

아보았다.

찾을 수가 없었다. 다급하게 문 두드리는 소리에 그의 시선이 들렸다. 어센션에 대해 기록되어 있는 서류 더미가 눈에 들어왔다. 그는 격하게 그것들을 바닥으로 쓸어버렸다. 서랍을 와락 끄집어내서 뒤집어엎었다.

"빌어먹을, 어디 있는 거야?"

"제발, 라자, 문 좀 열어요."

그는 대답하지 않았다. 그녀가 비명을 지르며 멀어지는 소리를 들었다. 남자들에게 문을 부수라고 말하려는 것이리라. 쭈그리고 앉아 서랍 속의 내용물들을 뒤졌다. 하지만 마침내 작은 총탄을 마침내 찾아냈을 때, 자신이 감히 해내지 못하리라는 것을 알았다.

알레그라에게 이런 짓을 할 수는 없었다.

더 이상 어떻게 살아갈 수 있을지 알 수 없었지만, 생명이 그를 붙잡았다. 사자의 이빨처럼 그를 깨물고 놔주질 않았다.

숨을 쉴 수가 없었다. 그는 비틀비틀 일어났다. 권총집을 빼내서 다시 유혹에 빠지기 전에 방 건너편으로 던져버렸다. 검이 매달린 끈도 와락 잡아뜯어 버리고 은색 탄환을 움켜쥔 채 발코니로 나갔다. 난간에서 그 탄환을 최대한 멀리 바다로 집어던졌다. 그리곤 두 손으로 난간을 움켜쥐고서, 절망적으로 고개를 떨구었다.

비카가 선실 열쇠를 갖고 있었다. 하지만 알레그라의 손이 사시나무처럼 부들부들거려 구멍에 끼워 넣을 수가 없었다. 끔찍하게 몇 초가 지나고 드디어 잠금쇠가 풀어졌다.

그 후에 그녀의 평생에 가장 힘든 순간이 찾아왔다.

마음을 다잡으며 그녀는 문고리를 잡았다. 하지만 그걸 돌리기도 전에 그 고리가 저절로 돌아갔다. 문이 열리고 어둠 속에 우뚝 선 라자의 모습이 나타났다.

"난 괜찮아. 다들 돌아가."

라자가 조용하게 부하들에게 명령했다.

알레그라는 울음을 터트리며 그의 허리를 부둥켜안았다. 그의 몸을 샅샅이 훑으면서 그가 혹시라도 저질렀을지 모르는 자해의 흔적을 찾아보았다. 두들겨 맞은 상처를 제외하고 그는 괜찮았다.

'감사합니다, 하나님.'

그의 가슴에 얼굴을 기대고 그의 심장박동 소리를 들었다. 안도감으로 온몸의 기력이 빠져버렸다. 라자를 끌어안은 채로 남자들을 돌아보며 소란 피워서 미안하다고 사과를 했다. 그들이 그녀와 라자를 조심조심 쳐다보고는 고개를 끄덕이며 각자 하던 일로 되돌아갔다. 비카도 예리한 시선을 던졌을 뿐 아무 말 없이 돌아섰다.

알레그라는 마지막으로 떠나는 남자에게 부탁을 했다.

"뜨거운 목욕물 좀 준비해 주세요. 에밀리오에게 먹을 것도 갖다 달라고 말해 줘요. 씹기 쉬운 것으로."

시퍼렇게 멍든 그의 턱을 쳐다보며 덧붙였다.

"찜질약과 붕대도 챙겨서 갖다주세요."

그 선원이 고개를 끄덕이고 서둘러 발길을 옮겼다.

라자는 초연한 표정이었다. 화강암으로 빚어놓은 듯 아무 감정도 보이지 않았다. 그녀를 마주 안아주려고도 하지 않았다. 그녀를 밀어내지도 거부하지도 않은 채 그대로 서 있기만 했다.

그녀는 그의 손을 붙잡고 선실 안으로 들어갔다. 문을 잠근 다음 잠깐 그의 얼굴을 살펴보고 나서 편안한 의자로 데리고 가 앉으라고 말했다.

그가 그녀의 말대로 앉았다. 그리고는 알레그라가 머리에 묶은 스카프를 풀어내는 동안 물끄러미 그녀를 지켜보았다. 스카프를 풀고 난 후에 그녀는 맞은편에 선 채로 그의 몸에 난 상처들을 꼼꼼하게 살펴보았다.

문득 그의 눈동자에 담긴 황량함을 알아차리는 순간, 그녀의 눈에서 왈칵 눈물이 터졌다. 그에게 다가가서 그의 뺨을 어루만졌다. 라자가 그녀의 손에 뺨을 대고 지친 듯 눈을 감았다.

"왜 왔어? 오지 말았어야지."

아, 그녀의 대담하고 자부심 강한 해적 선장, 그녀의 왕자님은 단지 겉으로만 상처를 입은 것이 아니었다. 영혼 속까지 무너졌다. 그의 상처가 마치 자신의 고통인 것처럼 너무나 아프게 전해졌다.

"라자 디 피오레, 당신을 내 목숨보다 더 사랑해요."

그의 눈이 화들짝 열렸다. 그리고는 의심스러운 듯 눈썹을 찌푸렸다. 긴 침묵이 흘렀다. 그가 그녀의 손을 떼어내며 고개를 돌렸다.

"동정은 필요 없어. 내버려둬. 날 혐오스럽게 생각하잖아. 이런 거짓 놀음까지 할 필요 없어."

"라자, 날 봐요."

그녀가 부드럽게 가로막았다.

그가 오만하게 시선을 들었다.

"왜?"

"지금 내 표정이 혐오하는 것처럼 보여요?"

그녀는 진심을 담은 눈으로 그를 쳐다보았다.

"당신은 내가 아는 누구보다도 용감하고 위대한 사람이에요. 그런 곳에서 살아 남았던 것 자체가 경이로워요."

"날 괴롭히지 마."

그가 허물어지는 표정으로 시선을 내렸다.

"실패한 것만으로도 충분히……."

"당신은 실패하지 않았어요. 약간의 도움이 필요했을 뿐이에요."

그녀가 바지 주머니에서 인장 반지를 꺼내 그에게 내밀었다.

"당신이 이걸 찾았어요, 라자. 당신은 아버지에게 한 약속을 지켰어요."

그는 천천히 반지를 받아들었다. 그의 눈에 눈물이 차 올랐다가 재빠르게 사라졌다.

"이제 어센션은 당신의 왕국이에요, 당연히 그랬어야 했던 것처럼."

그는 고개를 숙이고 한참 동안 입을 열지 않았다.

"당신한테 잘 보이고 싶어서 찾으러 갔던 것뿐이야. 하지만 이젠 다 소용없어. 당신이 날 사랑할 리 없어."

그 솔직한 고백에 그녀의 목이 메어들었다. 목소리가 나오질 않았다. 그저 그의 넓은 어깨와 머리를 꼬옥 끌어안았다. 자신의 가슴으로 그를 힘껏 감싸안았다.

"당신을 사랑해요. 그래서 따라갔던 거예요. 당신이 위험하다는 걸 알았기 때문에."

"날 구하려고 알 쿰에 들어왔어?"

그가 멍하니 중얼거렸다.

"지옥에라도 따라갔을 거예요, 라자."

"당신은 정말 지옥으로 따라왔던 거야."

"그래도 우리는 해냈어요. 혼자가 아니라 둘이라서 더 강할 수 있었기 때문이에요. 당신은 이제 안전해요."

그녀가 그의 머리를 부드럽게 쓰다듬었다.

"하지만…… 알레그라."

"사랑해요, 라자. 아무것도 그걸 바꾸진 못해요."

그가 그녀의 팔을 잡아 무릎으로 끌어 앉혔다. 그리고는 그녀의 영혼이라도 들여다보려는 것처럼 유심히 눈을 쳐다보았다.

"왜 그래요?"

"날 사랑한다고?"

거의 들리지도 않는 목소리로, 너무나 많은 감정들이 담긴 한마디로 그가 물었다. 그녀의 눈에 다시 눈물이 그득해졌다.

"그래요. 진심으로."

"난 모든 걸 잃었어, 내가 사랑했던 사람은 다 떠났어. 당신마저 잃게 된다면……."

그녀가 무릎을 꿇으며 확고하게 그를 올려다보았다.

"그런 일은 절대 없어요. 절대로. 난 언제까지나 당신 옆에 있을 거에요."

"난 당신과 결혼할 수 없어."

그가 무겁게 내뱉었다.

"알아요. 당신이 약혼한 몸이라는 기. 그게 이센션을 위해 최선이에요. 당신 인생의 일부만 나에게 주세요. 당신의 연인이 될게요. 당신의 친구, 당신이 바라는 건 무엇이든 될게요, 라자. 당신 옆에 있게만 해줘요."

그는 슬프게 눈을 감은 채 그녀의 손을 들어올려 오랫동안 그 손에 입을 맞췄다.

"당신은 그렇게 살면 안 돼. 당신을 아내로 맞고 싶어. 하지만 난 그럴 수가 없어."

그녀가 부드럽게 미소지었다.

"마음으로는 당신의 아내예요. 나한텐 그걸로 충분해요."

그녀가 그의 손길에 이끌려 무릎에 올라앉으며 그의 어깨에 머리를 기댔다.

"내 곁에 있어 줘, 셰리."

"쫓아내도 안 떠날 거예요."

그들은 서로에게 매달렸다. 의지할 데 없이 세상에 둘만 남은 고아처럼 서로를 끌어안고 위안을 찾았다. 한참 동안 말없이 앉아서 서로의 머리와 등과 팔을 쓰다듬으며 마음을 주고받았다. 서서히 안도감이 그들을 휘감았다. 그녀는 그의 목을 어루만지며 손가락 끝에 닿는 맥박을 행복하게 느낄 뿐이었다.

"당신에게 뭐든 다 주고 싶어. 알레그라, 이런 순간을 위해서였다면 다시 몇 번이라도 그런 고통쯤은 참을 수 있어. 이렇게 당신을 가질 수만 있다면 언제라도. 나, 누구한테도 이런 말 해본 적 없어. 알레그라, 당신을 사랑해."

그녀가 눈시울을 붉히며 그를 보았다.

"당신처럼 사랑스런 남자는 세상에 없을 거예요. 나도 사랑해요, 라자."

"키스해 줘."

그녀가 아주 다정하게 입을 맞췄다. 키스가 깊어지려는 순간, 그가 움찔하며 고개를 뒤로 빼냈다.

"아야."

그가 부풀어오른 턱을 살살 매만졌다.

알레그라는 미소지으며 고개를 흔들었다.

"몰골이 볼 만하군요, 피오레."

"남자 옷 입은 여자한테 나올 법한 말이군, 알레그라."

그녀가 다정한 손길로 오른쪽 눈썹 위의 찢어진 곳을 매만졌다.

"가엾어라, 오늘은 더 이상 키스하면 안 되겠어요."

"그래도 아픈 만큼 대가가 있었잖아."

그가 예전과 거의 비슷하게 장난스런 미소를 지으며 다시 키스하려 했다. 하지만 그녀가 그의 입술에 부드럽게 손을 올렸다.

"지금 시작하면 키스로 끝날 것 같지 않아요. 당신 이제 정말 괜찮 겠어요?"

그는 조용히 생각에 잠기고 나서, 알 수 없는 시선으로 그녀를 쳐다 보았다.

"당신 탓이 아니에요. 절대로. 내 눈으로 직접 봤는 걸요. 그자는 악 마였어요. 죽여버린 게 얼마나 기쁜지 몰라요."

그의 눈이 휘둥그래졌다. 그리곤 갑자기 웃음을 터트렸다.

"뭐야, 이거? 나의 새끼 고양이가 암사자로 돌변한 건가?"

그녀가 느릿하게 미소지었다.

"맞았어요."

"지금의 내 모습을 참을 수 있다면, 전에는 더 참을 만했겠는걸?"

"한 가지 말해 줄까요?"

그녀가 그의 목에 입술을 눌렀다.

"오늘밤에는 더 참아보고 싶어요."

그의 몸이 살짝 떨렸다.

“그래?”

그들의 애무가 나른한 유혹의 몸짓으로 변해갔다. 라자는 의자에 등을 기대고 그녀를 바라보았다. 그녀가 그의 조끼를 벌려 가볍게 가슴을 어루만졌다.

“다친 곳을 죄다 보여주어야 할 거예요, 나의 기사님. 내가 거기다 다 키스해 줄게요.”

“그러려면 한참 걸릴 텐데.”

“그럼 더 좋죠.”

그녀가 그의 가슴에 쪽 입을 맞췄다.

그들의 짜릿한 놀이는 노크소리로 중단되었다. 선원들이 목욕물을 가져온 것이다. 알레그라가 고개를 빼내며 미소지었다.

“저의 시중을 받아주시겠어요, 대장님?”

“분부만 내리시지요, 아가씨.”

그가 그녀의 콧잔등을 톡톡 두드리며 대답했다.

알레그라가 만족해하며 그의 무릎에서 내려 선원들에게 문을 열어주었다. 라자는 의자에 나른하게 기대앉아 그녀의 행동을 지켜보았다.

선원 두 명이 커다란 욕조에 물을 채우는 동안, 알레그라는 촛불 세 개를 켜고 두 잔의 와인을 따랐다. 남자들이 떠나자, 그녀는 다시 문을 잠그고 욕조 안에 마른 꽃잎을 흩뿌렸다. 그리고는 라자가 있는 의자로 다가와 손을 내밀었다.

“일어나세요.”

그가 그녀의 손을 잡아 입을 맞췄다.

그녀는 조심조심 그의 옷을 벗기기 시작했다. 조끼를 벗겨서 내려놓고 대담하게 허리띠로 손을 뻗었다. 그가 재미있다는 듯 그녀의 모습을 지켜보았다. 그의 시선에 얼굴이 뜨거워졌지만, 그녀는 용감하게 바지 앞자락도 풀어냈다.

“잘하는데.”

그의 눈동자에 즐거움이 가득했다.

곧 조각 같은 나신이 그녀의 앞에 나타났다. 단단하게 뭉친 가슴의 근육, 조각칼로 고랑을 낸 듯한 배, 구릿빛으로 멋지고 탄탄하게 뻗어 있는 살갗. 그녀는 그의 강인한 다리와 발도 보았다. 그런 다음 가장 남성적인 부분도 보았다. 그곳이 이미 커다랗게 부풀어 있었다. 저기 걸렸다가는 살아남지 못할 것 같아, 그녀가 생각했다.

그녀의 생각을 읽은 듯 그가 껄껄 웃으면서 욕조로 걸어갔다.

"이젠 몸을 닦아주시겠소, 몬데베르디 양?"

"구석구석 닦아드릴게요."

그녀가 빨갛게 상기된 얼굴로 대답했다.

그가 기분 좋은 한숨을 내쉬며 욕조 안으로 내려앉았다.

"이제 당신 마음대로 하시오. 당신이 하고 싶은 대로."

그녀가 두 손을 살짝 뒷짐지고 몇 걸음 앞으로 다가갔다.

"편안해요?"

"으음."

그의 까만 속눈썹이 스르르 밑으로 내려갔다.

"다행이에요."

그녀는 그의 시야 안으로 걸어가서 옷가지를 벗어내기 시작했다. 전에 라자가 요구했던 그대로.

라자는 욕조에 두 팔을 기대고 불꽃이 이는 눈동자로 그녀를 지켜보았다.

옷을 다 벗고 나서 알레그라는 머리채를 풀어 어깨 너머로 넘겼다. 이제 그녀는 벌거벗은 채 그의 앞에서 바르르 떨었다. 달콤한 통증처럼 그의 시선을 의식하였다. 그는 얕은 숨을 내쉬고 있을 뿐 꼼짝하지 않았다. 뱃전에 부딪히는 파도와 그 파도에 밀려 끼익거리는 뱃소리만이 선실 안의 정적을 강조하였다. 시간이 흘러갔다. 산들산들 밤바람이 그녀의 살갗을 시원한 리본처럼 어루만지고 그녀의 뒤에서 길다란 커튼이 느릿하게 나부꼈다.

"이리 와, 알레그라."

　마침내 그가 입을 열었다.

　그녀는 사뿐사뿐 걸어가 그의 손을 잡고 욕조 안으로 들어갔다. 그의 두 팔이 그녀를 감싸안았다. 그녀를 바짝 끌어당겨 자신의 벌거벗은 감촉을 고스란히 전해주었다. 알레그라는 황홀하게 눈을 감았다.

　라자가 그녀의 여린 손목에 입을 맞췄다. 손바닥과 손가락 관절 마디마디에 입을 맞췄다. 손가락을 살짝 핥아보고 코로 문질러 보기도 하고, 새끼손가락을 이로 깨물기도 했다. 그런 다음 그녀의 손을 자신의 어깨에 올려 더 가까이 끌어당겼다.

　눈앞에 펼쳐진 그의 아름다움이 그녀를 유혹했다. 엉덩이에 닿아 있는 그의 강인한 허벅지도, 단단한 요새처럼 뻗은 어깨도 모두 아름다웠다. 그녀가 천천히 그의 등을 감싸며 그의 귓불에서 목으로 가벼운 키스를 퍼부었다.

　그가 그녀의 허리까지 쓸 듯이 어루만지며 그녀의 머리에 얼굴을 묻었다.

　"이 시간을 너무 오래 기다렸어."

　"알아요. 나도 그래요."

　알레그라가 그의 목뒤로 손을 깍지끼었다. 그녀의 숨결이 깊고 빨라졌다. 그녀의 엉덩이를 움켜잡으면서 그의 숨결도 빨라졌다. 바다같이 검은 그의 눈동자가 갈망의 호수로 변해 있었다.

　"사랑해."

　그가 그녀에게 키스를 전했다. 그녀의 눈꺼풀에, 뺨에, 입술 양쪽에. 그리고 그녀가 더 깊은 키스를 요구하자 그녀의 입술을 탐욕스럽게 빨아들였다.

　그들의 움직임에 따라 목욕물이 옆으로 출렁거렸다. 욕조에서 피어오르던 수증기는 이내 그들의 땀이 되어 몸을 뒤덮었고, 젖은 꽃잎들이 그들의 몸 여기저기에 달라붙었다.

　그녀는 자신의 배에 닿는 단단한 남성을 느꼈다. 야릇한 기분으로 몸을 꿈틀거리며 그의 아래쪽을 향해 조금씩 손을 내렸다. 그녀의 손

바닥 밑에서 그의 몸이 뜨거운 전율을 일으키며 떨렸다. 그녀의 손이
그 단단한 물건을 스치자 그가 숨을 들이키며 고개를 젖혔다.

"좋아요?"

그가 꿈을 꾸듯 고개를 끄덕였다.

그녀는 그 신기한 곳을 매만져 보았다. 살짝 감아쥐었을 때 그의 쾌감
이 커지는 것을 알았다. 그가 그녀의 손을 감싸쥐고 말없이 자신의 비밀
스런 욕망을 가르쳐주었다. 이제 그녀의 손놀림이 더 부지런해졌다. 그
가 거칠게 들썩거릴 때까지 그의 황홀한 육체를 마음껏 실험했다. 그녀
를 붙잡지 않은 그의 한쪽 손이 욕조 끝을 관절이 하얘지도록 부여잡고
있었다. 그의 신음소리까지도 황홀하게 그녀의 핏속에 있는 야성을 끌어
내는 듯했다. 갑자기 그가 그녀의 손을 움켜잡아 중단시켰다.

"더는 안 돼."

그의 가슴이 심하게 들먹거렸다. 그가 부르르 떨며 머리를 긁어 올
렸다.

"그럼 이제 목욕시켜 드릴게요, 나의 라자."

그녀는 자신의 놀라운 힘에 지극히 만족하며 그의 귀에 키스했다.

"목욕이 끝나면 영원히 과거의 때가 사라질 거예요."

그때부터 천천히 꼼꼼하게 그의 몸을 닦아나갔다. 퉁퉁 부어오른 얼
굴은 손가락으로 부드럽게 닦으며 마사지했다. 그녀가 살짝 키스를 하
자 그가 신음하며 그녀의 아랫입술을 깨물었다. 이번에는 그녀가 깊은
키스를 퍼부었다. 그의 입술을 벌려 그 안에 자신의 맛을 가득 부었다.
그녀의 정열에 그가 더 굶주린 듯이 그녀의 혀를 빨아들였다.

그의 입술이 그녀의 목덜미와 어깨와 가슴으로 키스를 퍼부으며 움
직였다. 젖가슴에 입술이 닿자 그녀의 입에서 뜨거운 한숨이 새어나왔
다. 그녀가 기절해버릴 것 같을 때까지 그는 그녀의 젖꼭지를 번갈아
희롱하며 혀를 휘감아 부드럽게 빨아먹었다.

그의 손이 그녀의 다리 사이로 내려가 쾌락의 근원지를 찾아냈다.
촉촉하고 매끄러운 그곳을. 하지만 그녀는 속삭임으로 그를 가로막았

다. 오늘밤 그를 더 기쁘게 만들어 주고 싶었다.

"기다려요. 아직 목욕이 끝나지 않았잖아요."

그는 심장이 떨릴 만한 미소를 지으며 다시 욕조에 나른하게 기댔다.

"당신은 날 성인군사로도 만들 수 있어, 몬테베르디 양."

그녀가 다시 그의 상처 난 등을 조심스레 닦아주기 시작했다. 마지막으로 눈을 감으라고 말한 다음 물 속에 푹 담갔다가 얼굴의 물을 닦아주었다.

"당신에게 말하고 싶은 게 있어. 제일 지독한 것까지 알아버렸으니, 나머지도 얘기할게."

"해봐요."

그는 잠시 침묵한 후에 말문을 열었다.

"그날 밤, 아버지가 나더러 도망치라고 했어. 그래서 도망쳤어. 놈들이 절벽 끝까지 쫓아왔을 때, 난 그놈들 손에 잡혀 죽든지 뛰어내리든지 둘 중 하나를 선택해야 했어. 그래서 바위 밑 절벽으로 뛰어내렸지. 아버지가 어떻게든 어센션을 위해 살아 남아야 한다고 했어. 난 그분 명령을 따라야 했지. 간신히 바위에 찢어지지 않고 바다에 떨어졌고, 폭풍우에 실려 멀리 떠내려갔어. 스무 시간 정도 바다에 있었을 거야. 다음날까지…… 난 거의 제정신이 아니었어."

그가 잠시 입을 다물었다가 다시 말을 이었다.

"날 괴롭힌 건 갈증도 아니고 피로도 아니고, 아주 크고 흉측한 상어였어. 그대로 죽는 줄 알았지. 내가 어떻게 꼼짝 않고 있었는지는 모르겠어. 하지만 시간이 지나자 놈들이 나한테 관심이 없어졌는지 다른 데로 가버렸어. 그 전에 피를 흘리지 않은 게 천만다행이었어. 머리 위로는 뜨거운 태양이 날 구워삶으려 하고 밑에서는 빌어먹을 상어떼들이 득실거렸지. 그때 배 한 척이 다가왔어. 작은 범선이었는데, 뭔지 몰라도 아주 이상해 보였어. 하지만 상관없었어. 나중에 알고 보니 그건 바바르 해적들이 타고 다니는 펠루카였더군."

"어머나."

그녀가 놀라며 소리쳤다.

"말리크와 그의 부하들이 당신을 구했군요."

"그걸 구해준 거라고 말해야 할지는 모르겠어. 하지만 그들이 날 바다에서 끌어올려서 물을 먹여줬지."

"그런 이교도들 사이에서 깨어나다니 얼마나 끔찍했을까."

"기억 안 나. 아마 그랬겠지만, 내 가족이 처참하게 죽는 걸 보았으니 내가 어떻게 되든지 말든지 관심도 없었어. 난 알 쿰으로 실려가서 2년 동안 거기 있었어. 울페 선장이 말리크와 아편 거래를 할 때까지. 울페는 날 가엾어했어. 아니, 이용가치를 알았던 거라고 해야겠지. 그래서 내가 탈출할 수 있게 도와주었어."

"2년씩이나? 오, 세상에. 어떻게 그 긴 세월을 견뎌냈어요?"

그가 어깨를 으쓱했다.

"1년쯤 지나니까 견딜 만하더군."

그녀의 동정 어린 시선을 피하려는 듯 그가 시선을 돌렸다.

"말리크가 나를 자기 부하들과 같이 훈련시켰거든. 어릴 때 붙잡혀온 노예들을 자기 친위병으로, 그자를 보호하는 목적으로 길들이는 거야. 거의 무적 군대야. 나도 이슬람으로 개종해야 했어. 난 그 훈련에서 배울 수 있는 건 죄다 배웠어. 복수하겠다는 일념으로."

그가 뒤틀린 웃음을 웃었다.

"첫 해에는 어땠어요?"

그는 불편한 표정으로 그녀를 흘깃 쳐다보았다.

"다리우스와 비슷했어, 하인이었지. 하지만 난 계속 도망치려다가 문제를 일으켰어. 살롱에 불을 지른 적도 있었는데, 그 일로 말리크가 날 죽이려 들었지. 그랬으면 차라리 나았을 텐데. 하지만 그 대신 그자는…… 달리 길들이는 방법을 찾아냈어. … 아편. 한 번 거기 맛들이니까 그걸 얻을 수만 있다면 못할 짓이 없어지더군. 끝없는 추락이었어. 노예보다 더한 노예."

그녀가 위로하려고 손을 뻗었지만 그는 거부했다.

"그것 때문에 내가 평생 그놈의 노예로 살지도 모른다는 걸 알았을 때, 그때부터 어떻게든 버티려고 했어. 미치겠더군. 환각도 일어나고. 한번은 내 손목까지 그어버렸어. 열세 살 때."

그녀의 눈에 눈물이 가득 고였다.

"이젠 다 지난 일이에요. 이젠 괜찮아요."

"아니, 알레그라, 그렇게 될 것 같지가 않아."

"왜 그런 말을 해요?"

그가 쓸쓸한 표정으로 어깨를 으쓱했다.

"악몽을 꾸거든."

"라자."

"그래도 당신과 같이 잘 때는 악몽을 꾸지 않았어."

그녀가 그의 어깨에 머리를 기대며 가만히 안겼다.

"라자, 남자와 여자가 하나가 되면 서로의 고통을 나누는 거래요. 나도 당신의 고통을 나누고 싶어요."

그는 그녀의 머리채와 등허리를 쓸어 내렸다.

"난 당신한테 이런 선물을 받을 자격이 없어."

"왜요? 내가 선물을 누구한테 주든, 그건 내 맘이에요."

"난 자격이 없어. 처음엔 당신을 죽일 작정이었어, 알레그라. 당신을 쏘려고……."

"오래 전에 지난 일이잖아요."

"알레그라……."

"라자, 나더러 사랑해 달라고 했죠? 사랑해 드릴게요. 당신도 날 사랑해 줘요. 당신과 하나가 될 수 있게 해줘요."

그가 무기력하게 바라보는 동안, 그녀는 사랑을 담아 그를 애무했다. 그가 눈을 감고 신음을 흘릴 때까지 정성껏 어루만졌다. 마침내 라자는 그녀의 목덜미를 휘어잡고 격렬하게 입술을 부딪혀 왔다. 물 속으로 손을 넣어 그녀의 몸을 매만지기 시작했다.

둘다 욕망으로 부들거릴 때쯤, 그가 그녀를 안아들고 욕조 밖으로 나섰다. 줄기차게 키스를 퍼부으며 그녀를 침대에 내려놓았다. 알레그라는 천천히 드러누우면서 그에게 손가락을 엮어 자신의 몸 위로 잡아당겼다.

그의 키스가 이어졌다. 그녀는 숨을 한 번 내쉴 때마다 그에게 자신의 영혼을 주었다. 라자의 몸이 더 강하게 내리눌렀다. 그녀는 완벽하게 순종하며 그를 맞았다. 이제 숨길 것이 없었다, 라자가 원하는 것이라면 무엇이든 할 수 있었다. 그가 최대한 부드럽게 그녀의 다리를 열어 젖은 부분을 쓰다듬었다.

그리곤 그녀의 몸으로 들어왔다.

그는 신성한 땅에 들어온 남자처럼, 그녀의 굴복에 오히려 정복당한 것처럼 움직였다. 그녀도 여신과 같은 우아함으로 자신을 내어주었다. 흠집이 나고 타락에 빠졌던 남자. 아무것도 약속해 주지 않는 남자지만, 너무나도 절실하게 그녀를 필요로 하는 남자이니까.

라자는 정말 천천히 하고 싶었다. 그녀에 대한 욕망으로 온몸이 부들거렸지만, 아주 부드럽게 그녀의 입술에 코를 부볐다. 자신의 안전함보다 그를 채워주려는 소망이 앞서서 가장 귀한 선물을 주고 있는 이 용감한 여자에게 강렬한 보호본능을 느끼면서, 그녀의 황홀하고 뜨거운 몸으로 조금씩 천천히 들어갔다. 그녀의 처녀막이 가로막을 때까지.

그녀의 숨결이 거칠게 귀에 닿았다. 그녀의 나긋나긋한 몸이 그의 몸처럼 떨리고 있었다.

"아플 거야."

그녀의 팔이 그를 힘껏 껴안았다.

"알아요. 괜찮아요, 라자."

그는 눈을 질끈 감고 그녀의 처녀막을 뚫고 들어갔다. 알레그라의 비명소리가 충격처럼 전해졌다. 다급하게 몸을 빼내려 했지만 그녀가 놓아주지 않았다. 그는 꼼짝하지 않고 그녀의 몸이 적응할 때까지 기다렸다. 달콤하고 보드라운 손에 키스를 퍼부으며 그녀의 고통이 쾌감으로 변하기를 끈기 있게 기다렸다. 그리고 그녀가 그 쾌감을 찾아냈다.

몇 분이 지나고 그녀의 엉덩이가 황홀하게 들썩이기 시작했다.

다행이었다, 구원이었다.

그녀가 그의 옆구리와 허리를 매만지며 용기를 안겨주었다. 지금까지 그가 경험했던 섹스와는 전혀 달랐다. 마치 꿈을 꾸는 것 같았다. 그는 지금 조물주의 손으로 다시 빚어지는 것처럼, 새롭게 태어나 생명의 파라다이스를 찾아낸 아담이었다.

"사랑해."

자신의 혀끝에 닿는 그 단어를 스스로 경이로워하며 그가 속삭였다.

알레그라가 정열과 놀라움이 뒤섞인 시선으로 그를 쳐다보았다. 그는 다정하게 미소지으며 그녀의 얼굴을 매만졌다.

"겁내지 마. 이제 괜찮아."

그녀가 고개를 끄덕였다.

"라자?"

"응?"

그녀의 눈이 뿌옇게 흐려졌다.

"아파요, 하지만 너무나 황홀해요."

그는 감격적인 기분으로 그녀에게 키스를 전했다. 자신에게 있는 줄조차 알지 못했던 지극한 부드러움으로 그녀를 사랑했다. 그녀의 가슴에 경의를 표하고, 그녀의 팔과 가슴과 사랑스런 엉덩이를 아름답게 애무했다.

그녀가 몽롱한 신음을 흘리며 그의 허리를 움켜잡았다. 이제 더 많은 것을 달라고 요구해 왔다. 그는 다시 그녀의 몸 속으로 움직였다. 여전히 조심스럽게. 잠시 뒤로 물러났다가 다시 찾아 들어갔다. 몇 번이 지나고 그의 욕망은 점점 더 강해졌다. 심장이 터질 듯하고 자제력이 흩어져버릴 것 같았다.

그녀가 그의 이름을 소리쳐 불렀다. 그 소리가 그의 내부에 오랫동안 참고 있었던 폭풍우를 불러냈다. 어떤 여자에게도 풀어낸 적이 없는 정열의 격랑을 불러일으켰다.

그는 숨가쁘게 그녀에게 속삭였다. 다른 남자를 쳐다보지 말라고, 절대 그의 곁을 떠나선 안 된다고, 매일 밤 그의 옆에 있어야 한다고. 그녀는 그 거친 속삭임에 모두 알았다고 대답했다. 점점 더 급한 물살이 그를 폭발 지점으로 몰아갔다.

"알레그라."

그녀가 그의 입안으로 혀를 들이밀었다. 해적처럼 거칠면서도 그 순결한 키스가 그의 남아 있던 자제력을 산산이 흩어버렸다.

그는 태풍처럼 그녀를 가졌다.

너무 거칠고 너무 빨랐다, 그걸 알고 있었지만 멈출 수가 없었다. 이것은 악마의 유혹이 아니었다. 그는 이 여자와 사랑을 나누고 있었다, 다른 누구도 아닌 이 여자와 사랑을 하고 있었다.

짐승의 생존 본능처럼 맹목적인 욕망으로, 자신의 몸을 두 손으로 지탱하며 고개를 젖혀 그녀의 몸 속으로 거대하게 밀고 들어갔다. 그녀의 젖가슴이 그의 리듬에 따라 출렁거렸다. 배 전체가 흔들리는 것 같았다. 그녀의 손톱이 그를 할퀴고, 그녀의 신음이 그의 신음과 뒤섞였다. 그들의 신음소리가 점점 커졌다.

그녀가 갑자기 광적인 비명을 질러대며 단단하게 굳어졌다. 그녀의 몸이 젖은 비단장갑처럼 그를 꽉 죄어들었다.

그녀의 강렬한 오르가슴이 그를 끝까지 몰아붙였다. 그녀를 움켜잡은 채 커다란 신음소리와 함께 휘몰아치듯이 그녀에게 달려들어 자신의 정열로 그녀의 몸 속을 가득 채웠다. 하늘의 별빛이 그의 머리에 닿아 천 갈래로 흩어지는 것처럼 세상이 찬란하게 부서졌다.

마침내 그가 부들거리며 땀으로 범벅이 된 채 그녀의 몸 위로 풀썩 쓰러졌다.

"아, 라자."

알레그라의 만족스런 신음소리가 들렸다. 베개에 얼굴을 대고 숨을 고르며 그는 혼자서 흐뭇하게 미소지었다.

몇 분 후 그는 간신히 고개를 들어올릴 힘을 찾아 그녀를 내려다보

왔다. 행복해하는 그 표정에 저절로 웃음이 새어나왔다. 그녀는 그의
품에 안긴 비너스였다, 적당히 타락한 관능의 여신이었다.

"괜찮았어?"

그녀가 눈을 꼭 감은 채 고개를 끄덕였다.

그가 그녀의 몸 밖으로 빠져나가자 그녀의 몸이 부르르 떨렸다. 그
가 옆으로 돌아누워 그녀의 배에 한 팔을 걸쳤고, 그녀는 베개 주위로
밤색 머리를 폭포처럼 흩뜨려놓은 채 머리맡에 아무렇게나 한 팔을 올
렸다.

그는 그녀의 우아한 뺨에 코끝을 문질렀다. 따뜻한 침묵이 그들을
감쌌다. 라자는 남은 평생 이 여자 옆에서 이 향기를 맡을 수만 있다면
부러울 것이 없으리라고 생각했다. 만약에라도 그것이 지루해진다면
그녀의 주근깨를 세는 것으로 보충하리라.

그녀가 그의 손에 손가락을 엮고 한숨지으며 다시 눈을 감았다.

그들은 꼼짝 않고 누워 있었다. 거의 탈진한 상태로, 여전히 몸을 꼭
맞댄 채로 하나씩 평화로운 꿈의 세계로 빠져 들어갔다.

19

그 후로 그들의 배가 대서양을 가로지르는 3주일 동안은 알레그라의 인생에서 가장 피곤하고도 환희에 넘치는 나날이었다. 그녀는 라자와 함께 식사시간도 잊어버리고 잠들기도 아까워하면서 어센션의 미래를 계획하는 일에 몰두하였다.

어느 해안에 조선소를 만들까, 형법을 어떻게 바꾸어야 할까, 상의할 일은 수도 없이 많았고 서로의 의견을 내세우며 열띤 토론을 벌였다. 그들이 토론을 거치지 않고도 동의에 이르렀던 부분은 단 하나였다. 라자가 합스부르크의 니콜레트 공주와 결혼해서 그녀의 지참금 금화 2백만 냥을 받아야 한다는 것이었다. 그들은 그 일에 대해서 딱 한 번 얘기했을 뿐 그 후로 되도록 그 주제를 입에 올리지 않았다.

알레그라는 어센션에 그 돈이 필요하다는 걸 너무나 잘 알고 있었다. 자신의 아버지가 이렇게 막다른 골목으로 밀어 넣어버렸다. 니콜레트 공주는 왕비가 되기 위해 태어나 양육된 여자였고, 그녀는 라자의 애인으로 만족해야 할 것이다. 라자의 사랑을 받으면서 어센션의 통치에 의견을 제시할 수 있는 애인이 되리라…… 한때 착한 소녀가 되려고 열심히 노력했던 여자에게 한 남자의 정부가 된다는 것은 고통스런 추락이었다. 하지만 그녀는 라자를 미치도록 사랑했고 피오레 왕가의 자리를 되돌려주고 싶었다. 그녀가 갖고 있는 모든 것은 그가 요구하기만 한다면 무엇이든 그의 것이었다.

라자와 한 침대에서 잠들 때마다 그녀는 점점 더 깊이 그에게 빠져들었다. 그의 결혼식 날 어떻게 견딜 수 있을지 의심스러울 정도로, 그녀의 마음은 걷잡을 수 없이 깊어만 갔다.

서류 상자들을 선실로 끌어내서 열어본 순간부터, 라자는 눈앞에 차곡차곡 드러나는 그 어마어마한 문제의 규모에 오히려 활기와 도전정신을 찾아내는 듯했다. 그는 지칠 줄을 몰랐다. 한 번에 열 가지의 다른 문제에 정신을 집중시킬 수 있었고, 한 가지 해답을 발견해 냈을 때 남들이 예상치 못한 식으로 그 해결책을 다른 몇 가지 문제에 연결시키기도 했다. 능숙하고 영리하게 자신의 머릿속 생각들을 엮어나갔다. 그가 지도자로서의 능력을 타고났다고밖에는 설명할 도리가 없었다. 어떤 남자보다도 똑똑하다는 결론에 이를 수밖에 없었다. 그녀는 아무것도 없는 허공에서 왕국 하나를 건설해내는 그의 능력이 경이로울 뿐이었다.

하지만 알레그라도 자신이 해야 할 역할을 담당하였다. 어센션 평민의 자녀들이 다닐 수 있는 학교 건립 계획, 가난한 연금 수령자들의 집을 고쳐주는 계획 등을 제안하였다. 그리고 억울하게 도살당한 사람들을 위해 기념수를 심어 나무 하나하나마다 그들의 이름을 붙여주어야 한다고 제안했다. 그녀가 하나의 계획에 흥분할 때마다 라자는 새로운 불씨를 던져주었다. 세계 각지를 여행하며 보고들은 경험을 활용해서 색다른 아이디어를 제시하였다. 어센션의 운송 문제는 네덜란드의 방식에서 해결책을 찾아냈고, 법적인 부분은 고대 로마법에서부터 브레드렌단의 규칙에 이르기까지 다양한 범주를 활용하였다.

어느 날은 비카의 도움을 받아서 영국식 모델에 기초한 어센션의 헌법과 국회제도를 고안하였고, 다음날은 파리의 모습을 본 딴 현대식 벨포르 시를 구상하였다. 중세 벨포르 성의 기반에 넓은 도로와 웅장한 공공 건물을 들여놓기로 했다. 그날 밤에는 어센션에 자연적인 항구가 발달되어 있다는 점에 착안하여 기존에 충분하지 못했던 선착장 문제에 돌파구를 열었고, 그 항구에 창고를 건립해서 어센션 주민들이 잡아들이는 생선들을 산업으로 활성화시키겠다고 했다. 그는 대학도 만들어야겠다고 결심했다. 적어도 육군과 해군 대학이 있어야 침입이 닥칠 때 훈련된 상비군이 나라를 지킬 수 있다고 강조하였다.

그녀가 눈 좀 붙이라고 설득했을 때에도, 그는 세법 개혁안을 떠올리며 깨어났다. 그의 손가락은 잉크로 얼룩 졌고 옷가지는 꼬깃꼬깃하게 구겨졌다. 하지만 아이디어를 적은 종이들의 바다에 둘러싸인 채 그가 피곤한 미소를 보내올 때면, 그녀는 지금이 가족을 잃은 후로 그에게 가장 행복한 때가 아닐까 하는 생각이 들었다.

그런 일련의 작업들을 거치면서 라자의 분위기도 변해갔다. 해적 같은 면모가 줄어들고 왕자다운 풍모가 더 강하게 풍기기 시작했다. 더 정확히 말하면, 오랜 기간의 잘못된 추방에서 풀려나 본국으로 돌아갈 준비를 하는 젊은 왕의 모습 같았다. 그의 얼굴에는 사자 같은 침착함이 자리를 잡아 그 불 같은 눈동자의 격함을 부드럽게 조절하였고, 건들거리던 걸음걸이 또한 정확하고 단정해졌다. 대장간의 용광로에서 쇳덩이가 명검으로 달구어지듯이 그의 내부에 있던 불순물들이 모두 사라지는 것 같았다.

그의 부하들도 그 변화를 느끼는 듯했다. 그가 진짜 정체를 알려주지 않았는데도 그를 대하는 태도가 달라졌으며 더 민첩하게 명령에 순종하였다. 전에는 그가 다듬어지지 않은 힘과 카리스마를 지닌 대장이었다면, 지금의 그는 진정한 권위와 지배력을 지닌 대장이었다.

그는 이제 자신을 증명해 줄 인장을 갖고 있었고, 서인도 제도에서 아버지의 충신들과 합류할 예정이었다. 하지만 제노바를 어센션에서 축출하려면 힘이 필요하다는 걸 인식하였다. 그래서 자신의 부하들이 동의해 준다면 브레드렌단을 어센션 최고의 왕실 해군으로 만들겠다고 결심하였다. 알레그라가 어떻게 그런 일이 가능하겠냐며 배꼽을 잡고 웃어댔는데도 그는 그 생각이 불가능하지 않다고 극구 주장하였다.

브레드렌단에는 노련한 선장들과 조선 기술자와 용감하고 잘 훈련된 뱃사람들이 있다고 그는 반박했다. 그들이 죄악의 삶에서 벗어나겠다고 맹세한다면 어센션은 바다에서 가장 훌륭한 해군을 거느리게 되는 셈이었고, 어센션 고지대에 있는 재목들로 이익이 많이 남는 조선 산업도 시작할 수 있다는 설명이었다.

그날 저녁 그들의 배는 카리브해로 접어들었다. 어센션의 젊은 왕이 발코니에 서서 거품 이는 파도를 내려다보고 있었다. 그녀가 다가갔을 때에도 그는 고개를 들지 않았다. 그녀는 이미 바다에 빠질지도 모른다는 두려움을 벗어 던진 지 오래였다. 떨어져 봤자 얼마나 깊이 떨어지겠는가.

그의 골똘한 표정으로 보아 무슨 일 때문인지 그의 마음이 무거운 상태인 듯했다.

그녀가 그의 뒤로 다가가서 넓은 등을 어루만졌다. 자신의 손길이 그의 근심에 위로가 될 수 있기를 바라는 마음이었다.

"식사했어요?"

그가 애매하게 대답을 중얼거렸다. 그녀는 가만히 그의 팔을 매만지며 불과 몇 주일 전에 라자가 했던 말을 떠올렸다. 남은 인생을 목가적으로 살아가자고 했던 그 말. 책임감 따위는 바람에 날려보내고 '좋아요'라고 대답했다면 얼마나 좋았을까.

라자가 난간에 놓인 그녀의 한 손에 손가락을 엮었다.

"그 사람들이 장난으로 받아들이면 어쩌지? 약속장소에 안 오면 어쩌지?"

"충신들 말인가요?"

그녀가 자신감을 담아 미소지었다.

"꼭 올 거예요."

"난 확신이 서질 않아. 엔초 장군은 아마 올 거야. 그 늙은 곰은 두려워하는 게 없으니까. 하지만 파스콸레가 오지 않으면 소용이 없어."

"모두 다 올 거예요."

그는 한참 동안 생각에 잠겨 파도를 바라보았다. 하지만 그녀에게 시선을 돌렸을 때, 그 눈동자에는 깊은 상념 대신 황금빛의 불길이 자리잡았다.

"당신이 날 좀 쉬게 해줄래?"

그는 난간에 기대어 그녀를 양쪽 팔로 가두었다. 굶주린 듯 키스를 하고 그녀의 손을 자신의 아랫부분에 누르며 말없이 요구를 해왔다.

어느 누가 왕의 명령에 불복할 수 있겠는가.

그녀는 이미 그의 옷을 벗기는 데 능숙해졌다. 하지만 바지를 풀어내기 전부터 그의 아랫부분이 커다랗게 부풀어 있었다.

"당신 입으로 해줘."

그녀가 무릎을 꿇고 내려앉아 그의 명령대로 했다. 그가 고개를 뒤로 젖히며 발코니의 문틀에 기대섰다.

그들은 침대로 가지도 않았다. 둘 다 거의 옷을 입은 채로, 그가 그녀의 치마를 걷어올려 뒤에서 들어왔다. 그녀는 이미 준비가 되어 있었다. 그녀의 허리를 부여잡은 채 그가 천천히 미칠 듯한 몸짓으로 그녀의 몸을 흔들었다. 굳은살 박힌 손으로 그녀의 등을 어루만지며 자신의 남성을 다시 또다시 안으로 밖으로 매끄럽게 움직여댔다.

그녀의 신음이 점점 커졌다. 자제력을 찾으려는 듯 그의 동작이 잠깐 멈추었을 때, 이번에는 그녀가 입술과 손으로 그의 열기를 몰아붙였다. 라자가 그녀의 머리채를 손에 감고서 무자비하게 그녀를 환희의 나락으로 몰아나갔다. 그녀의 등위로 몸을 웅크려 야생의 동물처럼 그녀를 소유했다.

그의 숨결이 거칠고 빠르게 들려왔다.

"당신한테 필요한 사람이 누구지, 셰리?"

그녀는 계속 그의 이름을 부르며 손과 무릎으로 지탱한 채 그에게 몸을 들이밀었다. 쾌락 너머로 마음 깊은 곳에 상처와 외로움이 생겨나기 시작했지만 그런 감정을 무시해버렸다.

"더 들어갈까?"

그가 오만하고 뜨거운 숨결로 그녀에게 속삭였디.

그녀는 숨가쁘게 신음했다. 몸 속 깊은 곳까지 그의 남성이 와 닿았다. 라자가 그녀의 옷 사이로 단단해진 젖꼭지를 애무하다가 갑자기 허벅지 사이로 손을 내렸다. 그녀의 이성이 사라졌다. 해방의 정점을 찾아 필사적으로 꿈틀거렸고, 라자의 놈도 점점 더 빨라졌다.

몇 분 후 알레그라는 눈을 감고서, 완벽하게 자신을 앗아가 버린 사랑의 격정과 자신의 방종한 반응에 어이없어했다. 무엇 하나 감추지 못하고 그에게 철저하게 굴복해버렸다는 사실이 불편했다. 어차피 이 남자는 그녀의 남편이 아니지 않은가.

라자가 숨을 고르며 그녀의 위에 누워 있었다.

그녀는 그가 풀어줄 때까지 그대로 누워 있었다. 그의 몸이 떨어져 나가자, 팔다리에 스며든 비참함을 수습하려 애쓰며 힘없이 몸을 일으켰다. 무릎을 꿇고 멍하니 바닥에 깔린 러그를 쳐다보았다.

"알레그라, 왜 그래?"

마치 아무 일도 없었던 것처럼 옷매무새를 가다듬고 있는 라자를 올려다보았다.

그녀는 시선을 내렸다. 불평할 수 없었다, 자신이 자발적으로 타락을 선택했던 거니까. 후회하지 말아야 했다.

"아무것도 아니에요."

"정말?"

그녀는 고개를 끄덕였다.

"다행이군."

그가 씨익 웃으며 쪼그려 앉아서 그녀의 뺨에 살짝 입술을 눌렀다.

"고마워."

그리고는 경쾌하게 다시 활력이 살아난 듯 문으로 걸어갔다.

고마워?

'고맙다고?'

믿을 수가 없었다. 그 말이 그녀의 뺨이라도 후려갈긴 듯 느껴졌다. 똑바로 앞을 노려보았다. 울지 않을 거야. 그녀는 라자를 사랑했다, 라자는 그녀의 왕자님이었다. 그가 원한다면 얼마든지 이용당해도 좋았다. 그렇게 생각하고 싶었다.

"이봐, 늙은이."

비카가 안경 너머로 무슨 일이냐는 듯 쳐다보았다. 평소처럼 그늘에서 책을 읽고 있는 그에게 라자가 걸어오고 있었다.

"요즘 얼굴 보기가 왜 이리 힘들어?"

비카의 주름진 얼굴에 따뜻한 미소가 떠올랐다. 하지만 라자의 뒤쪽에 졸래졸래 따라오는 다리우스를 보았을 때 그 미소는 흐려졌다.

그 아이는 라자의 경호원이 되겠다고 스스로 다짐한 듯했다. 14살의 나이에 어울리지 않는 심각하고 조용하며 준엄한 표정으로 언제나 라자의 그림자처럼 따라다녔다.

비카의 얼굴에 불만스런 찌푸림이 나타났다. 어린 다리우스를 위해 나름대로 세워둔 계획이 있는 모양이었다.

라자가 낄낄 웃었다. 이번에는 비카도 만만치 않은 상대를 만난 것이 확실했기 때문이다.

"이 아이를 자네 기사로 임명했나?"

비카가 교장 선생님 같은 눈으로 아이를 훑어보자, 다리우스가 험악하게 쏘아보았다.

"조심해. 애는 그게 농담인지 모를 거야."

비카는 안경걸이 하나를 입술에 토닥거리며 물었다.

"사격 연습은 잘돼 가?"

라자가 피식 웃으며 다리우스를 보았다. 그 아이는 눈 위로 흘러내린 검은 머리카락을 훅 불어 넘겼다. 라자조차도 감히 그 아이의 머리를 건드리지 못했다, 팔이라도 잘라버리면 큰일이니까.

"총은 많이 다뤄보지 않았나 봐. 하지만 검술솜씨는 아주 뛰어나. 그렇지?”

“배우면 돼요.”

다리우스가 자신 있게 대답했다. 라자가 평소에 하던 대로, 비카의 여송연 하나를 집어 책상의 초롱으로 불을 붙였다. 그러자 다리우스도 똑같이 여송연으로 손을 내밀어 하나를 집어들려 했다. 비카가 그 손을 찰싹 때려서 물리쳤다. 다리우스가 반항과 실망이 섞인 눈으로 그를 노려보다가, 라자가 자신의 여송연을 건네주자 그제야 비카에게 거들먹거리는 미소를 던지며 담배 연기를 빨아들였다. 순간, 당장 숨이 막힌 듯 얼굴이 빨개졌다. 기침하지 않으려고 안간힘을 쓰긴 했지만.

“이젠 알겠냐?”

비카가 호통을 쳤다.

다리우스는 결연한 표정으로 기침을 삼켰다.

“넌 무기 사용법 대신 역사, 문학, 수학 같은 걸 배워야 돼.”

비카가 못마땅한 시선으로 라자를 흘깃 쳐다보았다.

“알 건 다 알아요.”

다리우스가 진지하게 대꾸했다.

“애야, 그건 매우 어리석은 태도란다. 대장에게 물어보렴. 대장은 예술에 대해서도 잘 알아. 시를 암송할 수도 있어. 지금은 몰라도, 몇 대 얻어맞아서 머리가 이상해지기 전에는 외웠어.”

“내 머리엔 아무 이상 없어.”

다리우스가 의심스레 라자를 올려보았다.

“시를요? 설마.”

“거짓말은 아니야.”

라자가 아이의 어깨를 툭 쳤다.

“어쩔 테냐, 꼬마야? 네가 내 생명을 구했으니 빚을 진 셈인데 학교에 보내줄게. 어느 학교에 가고 싶으냐?”

다리우스는 놀리지 말라는 듯 웃음을 터트렸다.

“진심이야. 비용은 걱정할 거 없어.”

아이의 웃음소리가 딱 멈추더니, 경계하는 태도로 양쪽 사내를 번갈아 쳐다보았다.

라자는 그 모습이 너무나 안쓰러웠다. 말리크가 한 사람의 인생을 얼마나 망쳐놓을 수 있는지 누구보다 잘 알고 있었으니까.

비카가 씩씩하게 입을 열었다.

"처음부터 학교에 다닐 필요는 없어. 내가 오늘 이 책의 1장을 읽어줄 테니 내일 토론해 보자. 내가 질문을 하면 네가 대답하는 거야. 대답 못하면 그 벌로 갑판 청소를 도와야 돼."

다리우스는 위태로워 보이는 위엄과 오만함으로 턱을 곧추세우고는 혐오스러운 듯 책을 쳐다보았다. 비카가 내민 책을 받아들려고 하지도 않았다.

"그런 책, 안 읽어도 돼요. 나한테는 육감이 있으니까."

라자는 굳이 끼어 들지 않고 뻐끔뻐끔 여송연만 피웠다. 왠지 아이의 말을 믿을 수 있을 것 같았다. 지금까지 보아온 다리우스는 실천하지 못할 일을 함부로 내뱉는 아이가 아니었다.

그런데도 비카는 재미있다는 듯 미소지으며 노련하게 되받아 쳤다.

"글을 읽지 못한다는 뜻인 모양이구나."

"갑판을 청소하겠어요. 힘든 일 따윈 겁나지 않아."

다리우스가 거만하게 대꾸했다.

라자는 턱을 긁어대며 늙은이와 어린 녀석의 기 싸움을 지켜보았다. 예전에 비카와 자신이 으르렁대던 시절이 생각났다. 하지만 이 아이를 잘못 건드리면 꽤나 위험할 것 같았고, 늙은이의 목을 이 아이가 베어버릴까 봐 심히 걱정스러웠다. 그래서 그는 방금 생각난 것처럼 말했다.

"꼬마야, 심부름 좀 하거라. 취사실에 가서 언제 저녁을 먹을 수 있는지 알아봐. 그 다음에 몬테베르디 양에게도 시간을 알려줘."

"네, 대장님."

아이가 다시 눈가의 머리카락을 불어 넘기며 고양이처럼 소리 없이 사라졌다.

비카가 라자를 쳐다보며 고개를 절레절레 흔들었다.

"대체 저런 녀석을 어디서 찾았어?"

라자는 킥킥 웃었다.

"내가 찾은 게 아니라 녀석이 날 찾았어."

"이제부터 자네 옆에 달라붙어 있을 작정인가 봐."

"참 묘한 녀석이야. 자기를 모른 체하거나 무슨 일을 시킬 때만 편해하는 것 같거든. 게다가 너무 급하게 뛰어다녀. 누가 때리려고 덤벼드는 것처럼 말이야."

라자가 어깨를 으쓱했다.

"하여튼 에밀리오한테 많이 좀 먹이라고 말해 놨어. 제대로 먹으면 10센티미터 이상은 훌쩍 클 거야."

"키를 키우는 것도 좋지만, 교양 있게 키워줘야 돼."

"글쎄, 그게 가능할지 모르겠어."

"아가씨는 어떠신가?"

라자의 입술이 얇게 오므라들었다. 잠시 여송연의 재를 털고 나서 신발 축으로 뭉개서 껐다.

"별로 좋질 않아. 아니, 전혀 좋질 않아."

"몸이 불편해서 그러나? 나한테 할아버지 소리할 녀석이 생긴 거야?"

"그게 아니야. 그 여잔 지금 불행에 빠져 있어. 괴로워하고 있다구. 나와의 관계 때문에."

그가 가슴을 매만졌다.

"그래서 나도 미치겠어."

"그 문제에 대한 내 입장은 알고 있겠지?"

"알아."

라자는 느릿하게 연기를 내뿜고는 그것이 사라지는 모습을 지켜보았다.

"그래도 난 그 여자와 결혼할 수 없어."

비카의 엄한 시선이 느껴졌다. 라자가 느끼고 있는 죄책감이 아직도 충분치 않은 것처럼.

"자네의 저주를 핑계삼지 말게. 자네에게 저주가 걸렸다면 그 고집스러움밖에 없어."

"그 여자에게 조금이라도 피해가 가면 안 돼. 일말의 가능성도 허락할 수 없어. 그 여자를 사랑하기 때문에 결혼할 수 없는 거야."

"그 얘길 알레그라한테도 해봤어?"

"아니."

"비웃음을 살까 봐 두려웠겠지. 비웃는 게 당연할 테고."

라자는 분한 듯 그를 노려보았다.

"너무 심한 거 아니야? 난 알레그라를 위해서 최선을 다하는 중이라구."

"자신한테건 그 아가씨한테건 얼마든지 거짓말해 봐. 하지만 나한테는 안 먹혀."

라자가 한숨을 내쉬며 돌아섰다.

"어떻게 될지 뻔하잖아. 알레그라가 떠나버릴 거야. 당장에."

"말도 안 돼! 어떻게 다 자란 어른이, 교육도 받을 만큼 받은 사람이 그런 형편없는 미신에 매달리는 거야?"

라자는 팔짱을 낀 채 엄지손가락으로 턱을 매만졌다.

"그녀가 자신감을 잃어가고 있어, 나 때문에."

"그게 놀라운 일인가? 그럼 뭘 기대했지? 그 여자가 제일 소중하게 여기는 걸 자네가 버리라고 했잖아."

"난 그런 적⋯⋯."

비카가 성이 난 듯 그의 말을 가로챘다.

"그 여자는 자네의 과거 애인들처럼 게으르고 하릴없이 재잘거리는 얼간이가 아니야."

라자는 눈썹 하나를 들어올렸다.

"그 여자들을 그렇게 생각했어?"

비카가 코웃음쳤다.

"자넨 노새보다 더한 고집쟁이 바보야. 자네가 찾아낸 게 얼마나 희귀

한 건지 알아? 난 자네처럼 사랑을 받아본 적이 없어. 이 배에 있는 어떤 사내도 자네처럼 사랑받은 적이 없어. 그런데도 자넨 그걸 함부로 집어 던지고 있어. 특이해, 정말 특이해! 알레그라가 자네의 그런 어리석음을 못 본다는 게 놀라울 뿐이야. 아주 이성적인 여자인데 말이야.”

“그럼 나더러 뭘 어쩌라는 거야?”

“그 여자와 결혼해. 평생에 단 한 번이라도, 권총과 검이 아닌 다른 것에 믿음을 가져 보라구.”

비카가 책을 탁 덮고는 일어서서 걸어갔다.

라자는 그의 뒷모습을 노려보았다.

“빌어먹을.”

허리춤에 두 손을 버티고 서서 그가 중얼거렸다.

그 저주는 어쩌면 헛된 망상일지도 모른다.

그는 알레그라가 아니라는 이유만으로 합스부르크의 니콜레트가 싫어지기 시작했다. 제대로 알지도 못하는 여자에게서 자식을 얻어 그 아이에게 모든 것을 물려줘야 하고, 사랑하는 여자에게서 얻은 아이한 테는 사생아라는 취급밖에 줄 것이 없다니. 게다가 알레그라는 또 어떤 취급을 받겠는가?

알레그라는 마음이 여린 여자였다. 사람들이 보이는 경멸과 멸시에 상처를 입게 될 것이다. 사람과 세상에 대한 믿음에도 상처가 생길 터였고, 그녀의 가장 사랑스러운 눈망울에 그 상처가 드러날 것이다.

하지만 무엇보다도 그녀의 책임감과 애타적인 천성을 이용했다는 사실, 그녀와 결혼하지 않으려는 이유에 대해서 거짓말을 했다는 사실이 가장 죄스러웠다. 그녀는 지금 백성들이 반역자의 딸을 왕비로 받아들이지 않을 것이며, 어셴션의 경제를 안정시키기 위해 왕녀의 지참금이 필요하다고 믿고 있을 것이다. 하지만 사실은, 그런 장애물쯤 능히 극복할 수 있었다. 몬테베르디에 대한 백성들의 반감도, 어셴션의 파산도 약간의 시간만 들이면 해결할 수 있는 문제들이었다. 그가 결혼하지 못하는 진짜 이유는 자신에게 걸린 저주 때문이었다. 그런데 만약 그 저주가 자신의 생각일 뿐이라면 어쩔 것인가?

그녀는 자신의 명예를 지켜 달라고 요구한 적이 없었다. 그의 곁에 있게 해달라는 것 말고 아무런 요구도 한 적이 없었다. 오로지 헌신과 희생만 보였을 뿐이었다. 그런데도 그는 아내가 아닌 애인으로 옆에 있어 달라고 더한 희생을 강요하였다.

빌어먹을, 그건 공평한 짓이 아니었다. 알레그라는 왕비가 될 자격이 충분했다. 그녀는 어센션에 필요한 존재였고, 그에게도 그녀가 필요했다. 그녀가 지닌 이상과 비전이 어센션에 커다란 이익을 안겨줄 것이었고, 그에게는 그런 여자를 다시 못 찾을 만큼 과분한 사람이었다.

하지만 만약에 저주가 진짜로 있는 거라면……?

그럼 어쩐단 말인가?

'이런 건 죄다 비이성적인 생각이다. 있지도 않은 것을 믿다가 일생을 허비하게 되면 어쩔 셈이냐?'

하지만 증거가 있었다. 자신만 빼고 그의 가족 모두가 죽어버렸다. 울페도 죽었다. 그가 배에서 기르던 개까지도 죽었다, 폭풍우가 몰아칠 때 바다에 빠져서.

안 돼, 위험이 너무 컸다. 그녀를 애인의 자리에 남겨두어야 했다. 자신에게 걸린 저주 때문에 그녀마저 죽게 할 수는 없었다. 그의 운명에는 분명 저주가 뿌려져 있었다. 평생에 단 한 번, 자신보다 타인을 더 생각하려고 노력할 것이다. 알레그라를 위해서 끝까지 자신의 소망을 채우지 않을 것이다.

대서양의 짙푸름이 카리브해의 따뜻한 청록색에 자리를 내어주었다. 지난·이틀 동안 숨막힐 듯이 후텁지근하고 우중충한 날씨가 이어져, 조만간 닥쳐올 폭풍우를 예고하였다.

라자와 알레그라는 어센션 어디에 대학을 세워야 할지 이야기하며 서로에게 종이조각을 던져대고 있었다. 몹시 배가 고프던 참이라, 저녁 식사로 어떤 요리가 나올지에 대해서도 기분 좋게 이야기를 했다.

그런데 갑자기 쾅 하는 굉음이 들려왔다.

"천둥이 치나 봐요."

알레그라가 놀라며 발코니 쪽을 쳐다보았다. 날이 어둑어둑하긴 했지만 아직 빗줄기가 보이지는 않았다.

그녀를 응시하던 라자의 얼굴이 서서히 창백해졌다.

"아니, 대포소리였어. 공격당한 거야."

선원들의 거친 고함소리가 그 말을 확인해 주었다.

"대장, 영국 해군이에요. 놈들이 또 우리 피를 빨아먹으러 왔어!"

라자는 단 세 걸음만에 그녀의 앞으로 다가와 어깨를 붙잡았다.

"물, 음식, 붕대, 양초를 챙겨. 담요와 베개도 챙겨서 중앙 갑판에 있는 화물칸에 들어가. 피오레의 유물도 같이……."

"우리 공책은요?"

"그래, 그것도 가져가. 권총을 줄 테니까 비카에게 장전해 달라고 하고"

그녀가 입을 열기도 전에 그가 재촉했다.

"빨리. 여기 후미에 있으면 안 돼. 뱃머리와 여기로 포탄이 날아들 거야."

그녀는 휘둥그래진 눈으로 고개를 끄덕였다.

"조심하세요."

"걱정 마."

그가 씩 웃었다.

"이래 봬도 해적으로 이름을 떨친 몸이야. 사랑해, 알레그라."

그녀가 사랑한다고 미처 말하기도 전에, 그는 쪽 입을 맞추고 문 밖으로 뛰쳐나갔다.

겉으로는 태평하고 침착해 보였지만, 사실 라자는 지금만큼 싸움을 피하고 싶었던 적이 없었다. 하코트가 그의 명령을 전달하는 동안, 맨발의 사내들이 갑판 위로 분주하게 뛰어다녔다.

"빨리빨리 움직여! 이봐, 위로 올라가! 전속력으로!"

선원들의 얼굴에 별다른 표정은 없었지만, 모두들 늑대 무리처럼 강인하고 효율적으로 훈련된 자들이었다. 라자는 초조하게 윗 갑판을 걸어다녔다.

선원들이 밧줄과 쇠사슬과 돛과 씨름하는 동안, 공격을 맡은 자들은 대포를 정돈하고, 목수들은 구멍이 생기거나 함선에 불이 날 경우를 대비하여 필요한 물품들을 끌어 모았다. 라자는 배의 오른쪽 수평선으로 돌아서서 망원경으로 쳐다보았다.

걱정할 필요 없다. 일단은 도망칠 생각이었지만, 싸우게 되더라도 쉽게 이길 수 있었다. 브레드렌단의 배가 일곱 척인데 비하여 상대는 겨우 열 척이었다. 아직까지는.

영국 해군이 울페의 소굴로 돌아가는 그들을 막으려고 매복을 하고 있었던 모양이었다. 작고 이름 없는 십여 개의 섬들 중에 어디가 정확히 해적들의 소굴인지 그들은 아직 모를 것이었다. 라자는 망원경으로 적을 관찰했다. 저쪽 함대가 아무리 빠르고 군사들을 많이 태웠다 해도, 훼일 호의 공격력에 대적할 수는 없으리라. 브레드렌의 다른 배들도 살펴보았다. 모두 준비가 된 것 같았다. 나이 어린 모리스 선장이 어리석은 짓을 저지르지 말아야 할 텐데.

저녁 어스름이 내리고 바람도 강해졌다. 서로를 탐색하는 차원에서 몇 번 총격전을 벌이고 나서 조용히 물러설 수 있다면 좋으리라. 그럴 가능성도 있었다. 하늘이 험악한 여름 폭풍우를 예고하고 있었다.

하룻밤만 여유가 생긴다면, 싸움 없이 빠져나가기 위해 최선을 다할 것이었다. 지금은 걸린 것이 너무 많았다. 지금 이 세상에서 떠나고 싶지 않았다. 평생에 처음으로 살고 싶을 만큼 너무나 많은 것이 그의 손에 쥐어져 있었다.

사랑하는 여자가 이 배에 타고 있었고, 그 여자의 몸에 자신의 아이가 꼬물거리고 있을지도 모르는 일이었다.

그래, 억지로 버티는 것보다는 영악하게 도망을 치는 편이 나았다.

그의 마음은 싸움보다 도망가는 쪽으로 기울어졌다. 그는 앞 돛과 뒤쪽의 보조 돛을 준비하고 윗 돛대를 약간만 줄이라고 지시했다. 부하들도 그의 결정을 반가워했다.

다음 한 시간 동안 태양은 수평선 위까지 내려왔고 뒤켠 남동쪽에서 검은 구름이 몰려들었으며, 거의 전속력으로 달릴 수 있을 만큼 바람이 강해졌다. 목수들은 화약 창고에 있는 공격조에게 비막이 방수포를 건네기 시작했다. 라자는 바람에 등을 돌리고 여송연에 불을 붙이며 하코트에게 명령을 내렸다.

"중간 돛을 풀어, 두 배로 기울여! 망루 그대로 감아! 네모 반듯하게! 머리쪽 돛이 바람을 받도록!"

저녁 하늘이 얻어맞은 눈두덩처럼 자주색으로 변했다.

라자는 바람이 너무 강해질 경우를 대비해서 부표 닻을 풀자는 하코트의 제안을 거절했다, 적과의 거리가 멀어졌을 때 다시 생각하겠다고 대답했다. 지금으로서는 속력이 제일 중요했다.

'더 빨리.'

그가 다급하게 생각했다.

어둠을 틈탈 수만 있다면 영국군의 미행을 떨어뜨리고 울페의 소굴로 돌아갈 수 있었다. 하지만 날씨가 너무 거칠어지면 범포를 내릴 수밖에 없었다. 그렇게 하지 않으면 그들의 목숨까지 위태로웠다. 하지만 모든 돛을 내리는데 최대 20분밖에 걸리지 않는다고 계산한다면 기다리며 지켜볼 시간은 아직 있었다.

망루 높은 곳에서 보던 선원이 소리쳤다, 열한 번째 배가 나타났으며 모양으로 보건대 프랑스 배인 듯하지만 깃발이 달려 있지는 않고 왼쪽 편으로 80킬로미터쯤의 속도로 빠르게 다가온다는 내용이었다.

"프랑스라고?"

지금 어센션의 총독인 도메닉 클레멘테가 그의 목에 커다란 상금을 걸었다고 하더니, 그 보상금을 노리는 놈들까지 달려든 모양이었다. 드디어 그가 진짜로 걱정하던 일이 현실로 다가왔다. 어수룩한 해군이 아니라 제대로 무장을 갖추고 냉혹하고 교활하며 돈에 굶주린 채 효과적으로 싸울 줄 아는 사냥꾼들이 나타난 것이다. 이제 그가 내켜하든 말든 싸움을 피할 수 없게 되었다.

"좋았어. 놈들에게 우리 대포 맛을 보여주자."

하코트가 씩 웃으며 명령을 하달했고, 갑판에 낮은 웅성거림이 번지며 해적들이 사격거리가 제일 긴 총들을 준비했다.

비가 내리기 시작했다. 그 비는 금세 차가운 폭우로 변하여 돛에 매달려 있는 사내들의 머리를 뒤덮었다. 하코트가 몸 사리지 말라고 고함을 쳤지만, 그럴 필요도 없었다. 그들은 하나하나가 안티구아의 악마였고 싸움에 이골이 난 해적들이었다.

라자의 여송연도 금방 젖어버렸다. 그것을 파도에 던져버리고 여미지도 않은 비옷 속에서 어깨를 으쓱했다.

"대장!"

갑자기 높은 톤의 목소리가 그를 불렀다. 돌아보니 다리우스가 옆에 서 있었다.

"아래로 내려가. 여긴 네가 있을 곳이 못돼."

"싫어요!"

라자가 험악하게 노려보았다.

"뭐야?"

"늙은이와 여자들처럼 숨지 않겠어요. 난 남자예요! 남자가 할 일을 주세요! 나도 싸울 수 있어요!"

"넌 머리에 피도 안 마른 애송이야. 어서 내려가."

"하지만……."

"걸리적거린단 말야!"

아이의 표정이 일그러지자 그는 좀더 목소리를 부드럽게 바꾸었다.

"얘야, 네가 알레그라를 지켜줘. 아마 많이 무서울 거야. 비카가 있긴 하지만 비카는 금세 멀미가 나서 아무 도움이 못될 거야. 네가 나 대신 그녀를 지켜주겠니?"

다리우스는 한숨을 내쉬고 낮게 웅얼거렸다.

"알았어요."

라자는 축 늘어져서 내려가는 아이를 지켜보고 나서 하늘로 시선을 올렸다. 남쪽으로 한줄기 번개가 번득여, 가장 가까이에 있는 배 세 척을 보여주었다. 그들은 봉쇄 형태로 진을 치고 있었다. 아무래도 싸움이 길어질 듯했다.

남색으로 짙어지는 수평선을 응시하며 그의 입술에 위험한 미소가 스쳤다. 망원경으로 빗줄기 사이를 살펴보았다. 수킬로미터 저편에 한줄기 돌풍이 일어나는 것을 구분할 수 있었다. 영국놈들도 그것을 보았는지 몇 척의 배에서 임박한 폭우를 이겨내려고 닻과 돛을 내리고 있었다. 빌어먹을 겁쟁이들. 하지만 다른 해군과 보상금을 노리는 사냥꾼들은 아직 빠르게 그들을 향하여 접근하고 있었다.

머리 위에서 천둥이 치고 검은 먹구름이 얼음장 같은 비 세례를 퍼부었다. 날카로운 번개가 그의 내부에 있는 야성을 풀어놓았다. 그는 천둥소리 너머로 공격조에게 무기를 장전하라고 소리쳤다. 잠시 후 훼일 호는 첫번째 경고 사격을 쏘아보냈다. 해적들이 기운을 북돋기 위해 럼주를 돌리며 특유의 함성을 내질렀다.

해군의 육중한 배가 훼일 호의 옆으로 붙으려고 오른쪽 뒤편으로 다가들었다. 왼쪽에서는 보상금 사냥꾼들이 쏘아대는 총성이 울리면서 전투가 시작되었다.

그 후로 두 시간 동안 귀를 먹먹하게 하는 대포소리와 천둥소리가 뒤섞였고, 거세게 부딪히는 파도와 내리치는 비까지 뱃전에 뒤엉켰다. 돛대 위로 대포의 번득임과 격렬한 칼날과 번개가 부딪혀댔다. 바로 눈앞의 손도 거의 보이지 않을 정도의 어둠이었다. 배가 한쪽으로 기우뚱하는 찰나, 라자는 밖으로 밀려나지 않으려고 닻 감는 기계를 움켜잡았다. 순간 그 옆에 도사린 몸뚱이를 보고는 멱살을 움켜잡았지만 그 즉시 다리우스 녀석이라는 걸 알아차렸다.

"빌어먹을!"

라자가 아이의 멱살을 잡은 채로 갑판을 가로질러 아래로 툭 떨어뜨렸다. 반항하는 녀석 위로 해치를 쾅 닫고 윗 갑판으로 쿵쿵거리며 돌아왔다.

커다란 대포소리와 함께 훼일 호가 몸서리를 쳤다. 범포가 찢어지고 나무가 조각조각 날아갔다. 돛대 하나가 부러져 바닥으로 쓰러지기 직전 그는 얼른 자리를 피해 위기를 모면했다. 곧바로 또 한 번의 나무 쪼개지는 소리가 이어졌다. 그는 사랑하는 배가 부서지는 모습을 지켜보며 자신의 뼈가 부러지는 듯 움찔했다. 부러진 돛이 무너지면서 흠뻑 젖은 범포를 끌어내리고 거미줄처럼 얽힌 밧줄까지 한꺼번에 쓸어버렸다.

그의 부하들이 하늘에서 쏟아지는 공격을 피하려고 우르르 반대쪽으로 달려갔지만, 그 중에 두 녀석이 밧줄에 매달린 채 바다로 떨어졌다.

죽일 놈의 영국놈들! 용서하지 않겠다!

그는 길다란 노를 내리라고 고함쳤고, 적군의 배를 잡아당길 수 있는 쇠갈고리가 곧바로 준비되었다. 부하들에게 제자리를 잡으라고 소리치며 키잡이에게 5도 남쪽으로 방향을 돌리라고 지시했다. 거대한 노가 바다로 내려졌다. 커다란 노가 차례차례 물 속으로 푹 박히고, 그가 명령했던 자리로 이동했던 것이 금세 효과를 발휘했다. 그가 하코트에게 소리쳤지만, 연푸른 빛의 번개 속에서 나타난 얼굴은 도날드슨이었다.

"하코트는 전사했습니다, 대장! 돛에 맞았습니다."

라자는 욕설을 퍼부으며 또다시 쳐들어오는 파도에 맞서서 돛대의 밧줄을 움켜잡았다. 얼굴에 흐르는 짠물을 닦고는 갑판을 돌아다니면서 쉬지 않고 부하들에게 사격 명령을 내렸다.

칠흑 같은 어둠에 싸여 훼일 호는 상대의 포격이 그칠 때까지 집중적으로 바람이 부는 쪽에 있는 함대에 사격을 가했다. 적의 앞 갑판에서 불꽃이 일어났다. 빗물과 파도에 그 불이 꺼지기 전에 라자는 상대의 배가 철저하게 무능력해졌음을 알아보았다. 돛대 두 개가 쓰러진 나무처럼 반으로 접힌 채 그 배의 선원들이 보트로 뛰어내리고 있었다.

훼일 호의 해적들이 환호성을 울렸다.

다음 순간 빗줄기가 다시 폭우로 강해졌다.

보상금 사냥꾼의 배가 그들의 정면으로 포격을 퍼붓기 시작했다. 훼일 호도 일제 사격을 돌려보내야 했다. 훼일 호가 시시각각 부서지고 있었다. 라자는 쓰러지는 나무와 파편에 맞지 않으려고 이리저리 몸을 피하면서, 키잡이에게 북쪽으로 7도 이동하라고 지시했다. 그럼 강풍에 밀려 사격 범위 밖으로 달릴 수 있으리라는 계산이었다. 바람을 맞아들이자마자 훼일 호는 빠르게 보상금 사냥꾼의 배를 지나쳐갔다. 얼마나 피해를 입혔는지 얼마나 피해를 입었는지 알지 못한 채 무작정 앞으로 달려나갔다.

적들은 감히 그들을 따라오지 못했다.

갑작스런 돌풍이 일어나더니 바다가 마녀의 솥 단지처럼 부글부글 끓어올랐다. 훼일 호가 20피트 높이의 파도 위로 들어올려졌다가 양쪽으로 격하게 흔들리며 밑으로 곤두박질쳤다.

"대장, 돛을 접어야겠어요!"

도날드슨이 소리쳤다.

"깨져버리겠어요!"

"명령은 내가 해!"

그가 우르렁거리는 뱃소리 너머로 되받아쳤다.

그는 이리저리 미끄러지며 갑판을 걸어 직접 방향타를 잡으려고 키가 있는 곳으로 갔다. 키잡이의 힘이 다 빠져 있는 것을 알아차리고는 라자가 단호하게 고개를 끄덕여 보인 다음 키를 잡았다. 악전고투를 해야겠지만 불가능하지는 않다고 믿었다. 지금 계속해서 배를 조종하지 않으면 폭풍우가 그친 후에 망가진 훼일 호의 상태로는 금세 영국놈들에게 붙잡히고 말 것이다. 더구나 앞으로 보상금을 노리는 놈들이 속속 밀려들 것임은 의심의 여지가 없었다.

"제발 말 좀 들어라, 이 녀석아. 자리를 잡아. 힘을 내."

훼일 호가 사람인 것처럼 그는 열심히 달랬다.

"이런 파도에 질 순 없잖아. 대장이 잡아줄게. 싸워 보자구."

팔이 끊어질 것 같았다. 육중한 파도 아래로 배를 처넣으려는 바다의 시도에 맞서서 온 힘을 다해 싸웠다.

"하나라도 닻을 내려야 돼요!"

도날드슨이 바락바락 악을 썼다.

"좋아. 하나만! 망할 놈."

위에서는 번개가 내려치고 아래서는 파도가 뒤엎으려 밀려들었다. 이제 그들의 싸움은 순전히 자연과의 싸움이었다.

얼마나 오래 바다와 하늘과 드잡이질을 했는지 알 수 없었다. 하지만 마침내 번개가 그치고, 바람이 잦아들고, 여전히 무시무시하지만 파도의 높이가 반으로 줄어들었다.

폭풍우가 끝나고 동쪽이 새벽빛으로 뿌옇게 밝아 왔을 무렵, 그의 팔과 등과 어깨는 돌덩이처럼 마비되어 버렸다. 적의 함대는 눈에 보이지 않았다. 루소의 배, 랜도의 배, 비커슨의 배도 종적이 묘연했다. 라자의 부하들은 만신창이가 되어 갑판에 널브러진 채 새벽의 장밋빛이 찬란한 햇살로 바뀌어 옷을 말려주기만 기다리고 있었다.

피로에 지친 그는 미끈미끈한 갑판으로 발을 질질 끌며 승강구가 있는 쪽으로 움직여갔다. 하지만 피곤함의 저편에 승리의 환희가 있었다. 자연과 싸워 이겼다. 또 한 번 그는 죽음을 격퇴시켰다.

지금은 바람이 어느 쪽으로 부는지 생각할 필요도 없었다. 그들이 어디에 있는지도 전혀 알 수 없었으니까. 아마 수백 마일을 달렸으리라. 우선은 자신의 여자가 안전한지를 확인한 후에 잠을 자고 싶은 마음뿐이었다.

반쯤 죽은 듯한 선원들과 갑판 위로 푹푹 패인 구덩이를 돌아 걸어가고 있을 때, 도날드슨이 비틀비틀 다가왔다.

"대장!"

"뭐야?"

하품을 간신히 억누르며 물었다.

"보고가 들어왔는데……."

사소한 잡일 때문에 침대로 직행할 수 없는 처지에 짜증이 났다.

"말해 봐."

"아래쪽, 왼쪽, 배 중앙에 32곳 맞았습니다. 공격조가 거의 다 죽었습니다. 대포를 맞은 곳에 구멍이 뚫리긴 했지만, 목수들이 막아서 침몰할 정도는 아닙니다. 돛대의 피해 상황은 보시면 아실 테구요."

그는 목덜미를 문지르며 돛대와 찢어진 돛들을 흘깃 보았다.

"그래, 형편없군."

"사망자는 23명, 부상자는 50명……."

도날드슨이 말을 멈추고 흠흠 목을 가다듬었다.

그제야 사무장이 긴장해 있는 것을 알아차리며 불길한 예감이 라자의 등줄기로 흘러내렸다.

"부상자들은 라레이가 잘 돌보고 있겠지? 진통제나 붕대도 충분하잖아?"

"네, 대장. 그런데……."

그의 말이 또 끊겼다.

"그런데 뭐야? 무슨 일이야?"

"어떻게 이 소식을 전해야 할지 모르겠습니다."

라자의 피로감이 싹 달아났다.

"대장, 저…… 대포가……."

라자는 서서히 피가 차가워지는 걸 느끼며 그를 응시했다.

'알레그라.'

"대포가 화물칸에 맞았습니다. 화물칸 바로 아래서 터졌습니다. 비카가 중상을……."

"알레그라는?"

부하의 어깨를 움켜쥐고 그가 소리쳤다.

"그분은 괜찮습니다. 꼬마 녀석이 터지기 직전에 빼냈거든요. 하지만 비카가……."

라자는 이미 쓰러질 듯 휘청거리며 승강구 쪽으로 달리고 있었다.

20

알레그라는 아래 갑판에서 라자를 맞이했다. 라자의 몸에 상처가 없
다는 것이 다행스러웠지만, 비카의 상태를 그가 어떻게 받아들일 것인
지 걱정스러웠다. 비카의 상처는 위중했다, 가슴에서 쉬지 않고 피가
흘러나왔다.

"난 괜찮아요."

미친 듯이 그녀의 몸을 훑어보는 그에게 그녀가 안심시켰다. 그녀에
게 아무 이상이 없다는 것을 확인하자마자, 그는 사다리에서 껑충 뛰
어내려 병상이 있는 곳으로 달려갔다. 그녀도 뒤따라갔다.

그녀가 모퉁이를 돌았을 때쯤, 절단 수술과 두려움에 찬 비명이 난
무하는 혼란 속에서 라자가 비카의 간이침대 옆에 서 있었다. 그녀가
재빨리 다가갔다. 그의 얼굴에 공포가 드리워졌다가 다음 순간 모든
힘을 잃어버린 것 같았다.

"오, 맙소사."

그의 몸이 간이침대 옆 의자에 털썩 내려앉았다.

긴 나무로 된 병상은 마치 관의 내부 같았다. 녹슨 랜턴들이 배의 움

직임과 함께 끽끽대며 흔들리는 동안 비카의 숨 넘어가는 소리가 끔찍하게 이어졌다. 그의 눈은 굳게 닫혀 있었다.

그녀가 그의 어깨에 한 손을 올리며 입을 열었다.

"갈비뼈가 부러지면서 폐를 찔렀대요."

라자는 숨소리 하나 내지 않고 어깨를 늘어뜨린 채 앉아 있었다. 비통하고 넋을 잃은 표정으로.

그녀는 그의 옆을 떠나지 않았다. 그의 어깨를 감싸안고 조용히 서 있었다. 30분도 채 지나기 전에 비카는 조용히 숨을 거두었다. 라자가 늙은 사내의 손을 풀어놓고 두 손에 머리를 파묻었다.

'또다시 사랑하는 사람을 잃었어. 라자가 이 일을 어떻게 견뎌낼 수 있을까?'

알레그라의 얼굴에 눈물이 흘러내렸다. 상냥했던 학자를 위한 눈물, 그리고 라자의 고통에 대한 눈물이었다. 어머니가 자살하고 난 뒤에 그녀도 너무나 잘 알게 되었다, 가장 고통받는 사람은 언제나 뒤에 남겨진 채 살아야 하는 사람이라는 것을. 이런 순간에는 아무런 말도 도움이 되지 않았다. 그것을 알기에 그녀는 고통의 일부라도 씻어줄 수 있기를 바라며 라자의 등을 어루만지기만 했다.

마침내 그가 일어섰다, 팔로 얼른 코를 닦아내고 한 마디도 없이 돌아섰다. 라자가 병실을 떠나자, 그녀는 비카의 얼굴 위로 피 묻은 시트를 끌어올린 다음 적당한 거리를 두고 그의 뒤로 따라 걸어갔다.

예전의 우아했던 선실은 폐허가 되어버렸다. 문의 경첩이 일부 떨어져나가 닫혀지질 않았다. 그 문이 부서지지 않았더라면 아마 라자는 그녀의 면전에서 잠가버렸으리라. 그녀는 불길한 예감에 젖어 조심스럽게 선실 안으로 들어갔다.

여전히 그는 그녀에게 돌아서거나 쳐다보지 않았다. 말없이 방 한가운데 서서 바닥에 난 구멍들과 쪼개진 책상과 산산조각난 창유리 몇 개를 허탈하게 둘러볼 뿐이었다.

알레그라가 문에 기대서서 두려움과 걱정이 뒤섞인 눈으로 그를 지켜보았다.

"난장판이군."

그가 입을 열었다.

"치우면 돼요."

그녀가 달래듯이 말했다.

갑자기 그가 번개처럼 움직이더니, 선실의 물건들을 부수기 시작했다. 그나마 온전하게 남아 있던 것들을 모조리 망가뜨렸다. 불 꺼진 랜턴을 온전한 창유리로 내던져 산산조각냈다. 책상 의자를 들어올려 벽으로 내동댕이쳤다. 으르렁거리며 옷 궤짝을 문으로 집어던지고 거울을 주먹으로 내리쳤다. 그의 손등에서 피가 배어 나왔다.

알레그라는 두 손으로 머리를 부여잡고 겁먹은 눈으로 그를 쳐다보았다.

"왜? 왜 또? 이건 공평하지 않아."

그가 고래고래 소리질렀다.

"난 모든 걸 잃었어! 공평치 않아! 내가 뭘 어쨌다는 거야?"

세면대를 쓰러뜨리고 다시 나무 의자를 들어 책상 위로 쾅 내리쳤다.

"이유가 뭐야, 하늘에 있는 놈아, 대답해 봐! 내가 뭘 어쨌다는 거야? 난 잘못한 거 없단 말이야!"

나무의 파편들이 날아올라 그의 뺨에 생채기를 냈고 그들이 지난 며칠간 정성스럽게 만들었던 서류들도 갈래갈래 흩어졌다.

분노를 다 쏟아낼 때까지 그는 멈추지 않았다. 마침내 그의 손에 의자의 남은 동강만이 곤봉처럼 들려 있었다.

라자의 거친 숨소리와 그녀의 빠른 심장소리가 오랜 침묵을 메웠다.

"나가, 알레그라. 나한테서 멀리, 멀리 떨어져."

그가 두려울 만큼 낮은 소리로 말했다.

"왜, 왜요?"

라자는 손가락으로 머리를 쓸어 올리며 한없이 슬픈 웃음을 터트렸다.

"왜냐고? 당신을 사랑하지 않으니까."

바닥을 노려보면서 그가 힘없이 고개를 흔들었다.

"당신을 원하지도 않아."

그녀는 뚫어져라 그를 쳐다보았다.

"농담하지 말아요."

"지극히 진담이야."

그가 날카롭게 그녀를 쏘아보았다.

"나가."

그녀가 미동도 없이 당혹스레 쳐다보기만 하자, 그는 나무 곤봉을 들어올리며 천천히 다가들기 시작했다.

"여기서 나가. 나가라구! 내 옆에 얼씬도 하지 마. 알아들어? 당신을 원하지 않아, 내 아내로도, 내 창녀로도! 내 인생에서 사라져버려!"

그녀가 겁에 질려 흐느끼며 밖으로 뛰쳐나갔다.

그날 나중에 그는 가슴 아픈 의식을 간단히 집행했다. 천으로 감싼 비카의 시신과 다른 시신들을 평온하기 그지없는 초록의 바다로 내려보냈다. 남자들의 낮은 울음소리가 들렸다. 하지만 그는 필사적으로 눌러 참았다. 자신은 그들의 대장이니까, 책임을 맡은 사내는 약한 모습을 보이지 말아야 했으니까.

그는 다시 알레그라에게 두 번째 선실을 내주었다. 그녀의 겁에 질린 시선과 상처 입은 표정을 끈질기게 외면했다. 적어도 그녀는 살아 있었다. 그것만으로도 감사했다. 이제는 그녀를 어떻게 해서든 놓아주는 일만이 남았다.

시간이 지나면 그녀도 그를 잊게 되리라. 그렇게 되길 바랐다. 자신은 그녀를 잊고 싶지 않았고 그럴 희망도 없었지만, 자신에게 걸린 저주가 그녀의 소중한 생명을 집어삼키기 전에 최대한 그녀에게서 멀어지기로 결심하였다. 설사 그녀의 증오를 사게 되는 한이 있더라도, 알레그라에게 저주의 손길이 닿지 않도록 할 것이었다.

저녁 식사가 끝난 후 다리우스가 선실 안으로 조용히 들어섰다. 얼굴 가득 눈물범벅을 하고서 비카를 구하지 못해 죄송하다며 라자의 가슴이 미어질 정도로 용서를 빌었다. 그 아이에게는 정말 육감이 있는 모양이었다. 화물칸이 왠지 불안한 느낌이어서 나가자고 했는데 알레그라는 기꺼이 따라나섰지만 비카는 거절했다고 했다. 라자는 저녁의 어스름한 빛 속에 앉아 그의 말을 들었다. 그리고 이 아이에게도 무정해져야 한다는 결심을 했다.

"대장, 전 노력했어요. 비카를 구하려고 했어요."

다리우스가 울먹거렸다.

"제, 제 잘못이에요. 그래도 제발 절 내치지 말아주세요. 전 갈 데가 없어요. 받아줄 사람도 없어요."

라자는 무표정하게 입을 열었다.

"난 너한테 아무 도움이 안 돼."

아이가 한참 동안 그를 뚫어져라 쳐다보다가 이윽고 어둠 속으로 사라졌다.

라자는 시시각각 짙어지는 어둠 속에서 초점 없는 눈으로 앉아 있었다. 마침내 고독의 처벌이 그에게 가해졌다. 이제 곧 왕이 되어서도 이 무거운 짐을 혼자 짊어져야 하리라.

그래, 일 속에 파묻히면 모든 걸 망각할 수 있으리라. 그는 천천히 브랜디를 들이키며 씁쓸히 생각했다.

나 같은 위인이 타인을 위해 희생을 감수하려 하니, 기쁨이 아니라 쓰디쓴 고통이 느껴질 뿐이로구나.

그녀는 도저히 믿어지지 않았다. 라자가 창녀라고 욕을 하다니, 그녀에게. 진심이 아니었을 거야. 틀림없어. 슬픔 때문에 제정신이 아니었던 거야.

'하지만 그게 라자의 눈에 비친 너의 모습이야.'

악랄한 양심의 목소리가 속닥거렸다.

'네가 선택한 일이잖아. 그 결과를 받아들여야 돼.'

어떻게 사랑하지 않는다고 말할 수 있을까? 진심이 아닐 거야. 라자는 틀림없이 그녀를 사랑했다. 화가 나서 그런 말을 했던 것뿐이다.

그날 밤, 두 번째 선실의 침대에 웅크리고 누운 채 알레그라는 라자의 행동을 떠올리며 몸서리를 쳤다. 사랑하는 친구의 죽음으로 상심이 크다는 건 알지만, 왜 그녀에게 화를 퍼부었던 걸까? 왜 그녀에게 위로를 구하지 않았을까? 아무리 생각해도 라자의 행동을 이해할 수가 없었다. 전혀 라자답지 않은 행동이었다.

그녀는 초조하게 노크소리가 나기를 기다렸다. 라자가 곧 사과하러 올 것이다. 비통한 마음을 위로해 달라고 청해 올 것이다. 그의 행동이 도가 지나치긴 했지만, 그녀는 미안하다는 말 한마디만 듣는다면 그를 용서해 줄 생각이었다. 지금은 그녀도 너무나 외롭고 불안하고 가슴이 아팠다. 그의 품에 안기고 싶을 뿐이었다.

몇 시간이 지나도록 그녀는 계속 기다렸다. 언뜻 잠이 들어 깨어났을 때는 이미 아침이 되어 있었다.

내가 잠드는 바람에 라자의 노크소리를 못 들었던 걸 거야. 그녀는 서둘러 옷을 갖춰 입었다.

'당연히 그랬겠지, 이 창녀야.'

양심의 잔인한 목소리에 움찔하면서도 그녀는 그를 찾으러 나갔다.

이제 조금쯤 진정이 되었을 것이다. 사과하러 오고 싶었을 텐데, 할 일이 너무 많아서 시간을 내지 못하는 것이다.

그녀는 미안하단 말을 듣지 못하더라도 개의치 않겠다고 결심했다. 갑판 너머에서 후회하는 듯한 그의 미소를 바라볼 수만 있어도 잘못된 게 없다는 안도감을 느낄 수 있으리라. 하지만 왜일까, 다시는 예전으로 돌아가지 못할 것 같은 이 섬뜩한 예감은.

갑판에 올라서는 순간 라자가 자신에게 찾아오지 못했던 이유를 금세 알 수 있었다.

그래, 당연히 바빠서 못 왔던 거야. 그녀의 불안감이 다소 가라앉았다.

울페의 소굴이라 불리는 해적 섬이 눈앞의 수평선에 나타나 있었다.

초록옷을 입은 바위들이 여름 태양 아래 선명하게 드러났다. 라자는 그 섬에 정박하기 위해 부하들을 감독하는 중이었다. 난간에서 망원경을 쳐다보며 주위 사내들에게 명령을 하달하고 있었다.

알레그라는 놀라울 만큼 금세 기운을 차린 선원들에게 감탄의 시선을 던지고 나서 라자의 모습을 지켜보았다. 내가 먼저 다가가서는 안 돼. 라자가 다가오게 해야 돼. 그녀는 흘끔흘끔 그를 쳐다보며 자리에서 움직이지 않았다.

도날드슨은 이 섬이 산호초에 싸여 있긴 하지만 통로를 훤히 꿰고 있으니까 눈감고도 훼일 호를 정박시킬 수 있다고 큰소리쳤다. 활기찬 해적들이 영차영차 소리지르며 노와 기계들을 움직여 나갔고, 마침내 훼일 호는 안전하게 정박장소에 닿았다.

건널판이 쿵 내려지고 사내들이 선착장으로 우르르 내려갔다. 뭍에 내려서자마자 거대한 밧줄들을 챙겨서 선착장의 낡은 기둥에 함선을 묶어나갔다. 갈매기들이 화들짝 날아올라 머리 위로 맴을 돌았고, 고기를 잡으려고 몰려든 펠리컨들이 선원들의 손짓에 휘휘 쫓겨갔다.

그런데도 아직 라자가 그녀에게 시선을 돌리지 않자, 그녀는 직접 나서야 한다는 결론에 이르렀다. 말을 붙일 만한 구실도 있었다. 이 섬에 그녀가 묵을 만한 숙소가 있는지, 배에 물건을 남겨놓아야 하는지 물어볼 일들이 많았으니까.

마음을 굳게 다지고 뒷 갑판으로 다가가서 라자와 어느 정도 떨어진 곳에 멈춰 섰다.

"라자?"

"무슨 일이오?"

그는 선원들을 훑어보기만 할 뿐 그녀에게 시선을 돌리지도 않았다.

알레그라는 어리둥절하게 그를 바라보았다. 혹시 비카의 죽음을 그녀의 탓으로 생각하는 것일까? 그녀는 침착한 목소리를 내려고 안간힘 썼다.

"나는 무얼 해야 하나요? 할 일을 알려주세요."

“할 일? 당신이 알아서 해. 그건 내가 상관할 바 아니야.”

그녀의 얼굴에서 핏기가 사라졌다.

“왜 이래요, 라자? 왜 나한테 이런 식으로 대하는 거예요?”

그는 조각처럼 굳은 얼굴로 흘깃 그녀를 쳐다보고, 재빨리 해변 쪽으로 시선을 돌려버렸다.

“우리 사이가 끝났다고 했잖아. 걱정 마, 필요한 건 마련해 줄 테니까. 집, 하인, 마차 모두 준비해 줄게. 파리로 돌아가는 게 제일 나을지도 몰라, 그렇지?”

“지금 무슨 말을 하는 거예요?”

그가 한순간 턱을 앙다물었다.

“우리는 더 이상 함께 지낼 수 없어, 알레그라. 절대! 다 끝났어.”

그녀는 따귀라도 얻어맞은 것처럼 움츠러들었다.

“왜요?”

“내가 더 이상 원하질 않으니까.”

그녀는 손을 뻗어 난간을 움켜잡았다, 기절할 것 같았다.

“내가 무슨 잘못이라도 했나요?”

“아니, 그냥 당신이 지겨워졌어. 게다가 내 아내도 좋아하지 않을 거야. 내가 니콜레트와 결혼할 몸이라는 거, 잊지 않았겠지?”

그는 마치 애무하는 것처럼 다른 여자의 이름을 말했다.

“알아요.”

그녀의 목에서 간신히 목소리가 새어나왔다.

“그럼 나한테 뭘 바라는 거야? 돈 문제는 걱정 말라고 했잖아. 파리에 가기 싫어서 그래? 그런 거라면 어디 보자, 당신을 어떻게 하면 좋을까? 랜도 선장한테 가면 어떨까? 그자가 여자들한테 아주 잘해 준다던데. 만족스럽게 말이야. 랜도라면 당신을 행복하게 해줄 수 있을 거야.”

“나한테 감히 그런 식으로 말하지 말아요!”

“감히? 난 곧 왕이 될 사람이야. 내가 하고 싶은 말은 뭐든 해도 돼. 당연히 당신한테 무슨 말이든 할 수 있어. 다시 말하지만, 난 더 이상 당신을 옆에 두기 싫어."

그녀는 믿어지지 않는 심정으로 입을 벌린 채 그를 올려볼 뿐이었다.

"라자."

"왜 그러시오, 몬테베르디 양?"

그의 목소리가 이제 짜증이 나는 듯 거칠어졌다.

"왜 이러는 거예요?"

"당신을 떼어버리려는 거겠지."

그녀의 뱃속이 토할 것처럼 울렁거렸다.

"왜요?"

그는 오만하게 어깨를 으쓱했다.

"나도 몰라. 당신과 여러 가지로 놀아봤더니 이제 스릴이 사라진 모
양이야. 우리는 이제 끝났어."

그녀는 아무 말도 할 수 없었다. 부들부들 떨어대며 자신이 해야 할
말을 적어 놓은 대본이 그곳에 있기라도 한 것처럼, 빤히 갑판을 내려
다보았다.

"오, 맙소사."

죽어 가는 목소리로 중얼거리며 그녀가 돌아섰다.

"이럴 리 없어."

눈을 질끈 감고 두 손으로 얼굴을 가려버렸다. 정신을 수습하려 노
력해 보아도 소용없었다. 믿어지지 않았다.

"난 어쩌면 좋아?"

"필요한 건 대주겠다고 했잖아."

"당신한테 아무것도 받고 싶지 않아요. 내가 어떤 용서할 수 없는
짓을 했길래 당신이 이러는지 알고 싶은 것밖에……."

"그런 거 없어."

그가 드넓은 하늘을 쳐다보았다.

"제발, 더 이상 어렵게 만들지 마."

"어렵게?"

그녀가 비명처럼 되물었다.

"이렇게 될 수밖에 없다는 것만 알아줘."

"알 쿰 때문에 그래요? 그 얘기는 아무한테도 하지 않을게요. 난 비밀을 잘 지켜요……."

"알아."

"… 당신을 사랑해요."

그는 나무토막처럼 고개를 끄덕이며 돛대를 응시했다.

"그래, 그것도 알아."

그제야 가장 끔찍한 가능성이 그녀의 머리에 떠올랐다. 마침내 불신의 벽을 뚫고 현실이 찾아들었다.

"라자…… 날 사랑하지 않나요?"

마치 덫에 걸린 짐승처럼 그의 눈동자에 절망적인 표정이 나타났다. 그녀는 자신이 수도 없이 어루만졌던 그의 황금빛 팔뚝과 근육질의 가슴을 간절하게 바라보았다.

"끝났어. 당신을 원하지 않아. 이제 내 인생에서 나가 줘."

더 이상의 말없이 그가 갑판을 가로질러 걸어갔다. 뒤 한 번 돌아보지 않았다.

그날 밤 라자는 마을 너머의 어두운 열대림 속을 거닐었다. 온갖 형태와 크기의 야자 잎들이 그의 주위를 에워쌌다. 갈색의 코코넛과 초록의 바나나, 반쯤 여문 망고들이 드리워진 나무, 비비틀려서 덩굴로 무성하게 자란 떡갈나무와 소나무도 있었다. 길다란 깃털의 새들이 어스름하게 하늘을 덮은 가지에서 가지 사이로 날아다녔다. 그 새들의 찢어질 듯한 울음소리가 습하고 뜨거운 공기를 채우며, 흙 내음이 묵직하게 콧속으로 파고들었다.

그는 철저하게 비참한 기분이었다. 가슴에 숯 덩어리가 내려앉은 듯 마음이 무겁고 몸뚱이는 둔하기 이를 데 없었다.

위로 쑥 솟아 있는 바위들 위로 올라가 그곳에 숨겨져 있는 대포에 기대섰다. 그리고 오랫동안 어두운 비탈길과 흐릿해지는 하늘, 평온한 바다를 훑어보았다. 아래 마을에는 돌로 만든 부엌 건물과 이엉을 얹은 오두막들이 점점이 흩어져 있었다. 깜빡깜빡 불길이 일어나는 작은 모닥불들 주위에 불확실한 미래를 걱정하는 사내들이 옹기종이 모여 있었다.

습격에 성공하고 돌아왔을 때면 한바탕 축제를 벌이며 미치광이들처럼 흥청망청 곤죽이 되도록 술을 퍼마시는 것이 그들의 관습이었다. 하지만 큰 손실을 입은 채 싸움이 끝난 터라 오늘밤 마을의 분위기는 조용히 가라앉았다. 피츠휴의 배가 아직 돌아오지 않았고, 루소의 배도 폭풍우에 침몰했을 거라는 말이 나돌았으며, 영국놈들이 울페의 소굴을 거의 찾았을 거라는 믿음도 확산되었다.

게다가 비카가 죽은 후로 라자가 보여준 태도도 부하들의 사기를 북돋을 만한 것이 아니었다. 그 점을 라자 자신도 잘 알고 있었다. 하지만 아버지 같던 사람을 떠나보내고 이 세상에서 단 하나 사랑하는 여자를 포기해야 하는 상황에서 죽은 부하들이나 망가진 배에 신경을 쓰기란 결코 쉽지 않았다.

그는 다시 허탈하게 왔던 길을 되돌아 내려와 마을 입구에 도달했다. 부하들의 두려워하는 눈동자와 앞으로의 계획에 대한 질문을 피하려고 눈에 띄지 않는 어둠을 택하여 걸어갔다. 그런데 문득 그의 발걸음을 멈칫하게 하는 대화소리가 들렸다.

"집에 가고 싶어."

언제나 믿음직하던 도날드슨의 목소리였다.

그 사무장과 뮤트, 앤드루 맥콜로우, 미키 더 빈이 불가에 앉아 우울하게 술병을 돌리고 있었다.

"우리가 사형장 말고 갈 데가 어딨어? 가족들도 받아주지 않을 거야. 우린 끝났어."

빨간머리의 젊은이 미키가 쓰디쓰게 대꾸했다.

"대장도 우리한테 신경 안 써."

"영국놈들은 우릴 못 잡아먹어서 안달이야."

앤드루가 말했다.

"우릴 잡기만 하면 일등급 이상 특진할걸. 비카가 여기 있었으면 좋겠어. 비카라면 어떻게 해야 할지 알 텐데."

모두들 한동안 말이 없다가, 수석 목수인 뮤트가 입을 열었다.

"걱정할 거 없어. 우리한텐 대장이 있잖아. 대장이 우릴 죽게 내버려 둘 리 없어. 대장은 언제나 우리 편이야……. 하지만 솔직히 말하면 편하게 늙어갈 수 있는 곳이 있으면 좋겠어. 이런 바위 위가 아니라 집 같은 거. 아내도 있었으면 좋겠고……."

라자는 가슴이 옥죄어드는 느낌으로, 모닥불의 명암이 얼룩져 있는 그 친숙한 얼굴들을 바라보았다. 착하고 충성스러운 자들, 이 절망적이고 비천한 상태보다 더 많은 것을 누릴 자격이 있는 자들이었다. 그들이 그를 따르지 않을지도 모른다, 심지어 그의 말조차 믿지 않을 수도 있었다. 하지만 적어도 그들에게 선택할 수 있는 기회를 주어야 했다.

그는 나른하게 모기를 쫓아내며 어둠 밖으로 걸어나갔다. 네 명의 부하들이 인사를 하면서 럼주를 권했다. 라자가 고개를 흔들어 사양하고는 바닥에 내려앉았다.

"자네들에게 할 말이 있어. 어셴션에 대해서. 긴 얘기가 되겠지만, 이제 말할 때가 된 것 같아……."

그는 피곤기와 패배감이 드리워져 있는 그들의 얼굴을 바라보며 이야기를 시작하였다. 그들의 얼굴에 차츰 호기심이 스며들었고, 오래지 않아 백여 명의 사내들이 불가로 몰려들었다. 어셴션을 공격한 이유가 자신의 복수심 때문이었다는 설명으로 접어들었을 때쯤, 브레드렌단 전원이 다 집합하여 조용히 귀를 기울였다.

"나는 이미 마음을 정했어. 어셴션으로 돌아갈 거야. 원하는 사람은 나와 함께 가도 좋다. 우리가 승리한다면—기필코 이길 것이다—충분한 보상이 있을 거야. 살 만한 집과 새롭게 시작할 수 있는 기회와……."

더 말을 잇기도 전에 우레와 같은 환호소리가 공터에 가득 울려 퍼졌다. 저마다 소리 높여 같이 가겠다고 고함을 쳤다. 승리의 함성을 외쳐댔다. 라자는 놀라워하며 부하들을 둘러보았다. 처음으로 합법적인 지배자가 된 사람의 설레임처럼 등줄기로 전율이 흘러내렸다. 하지만 다음 순간 그의 마음은 다시 무거워졌다.

알레그라가 같이 하지 않는다면, 그에겐 모든 것이 무의미했다.

일주일이 지났는데도 그녀는 여전히 믿고 싶지 않았다.

라자가 그녀에게 등을 돌리다니. 평생에 가장 사랑했던 친구, 그녀의 왕자님이자 마음으로 정한 남편이자 그녀의 왕인 라자가 그녀를 밀어내다니…… 믿을 자신이 없었다. 울페의 소굴이 생전 처음 보는 열대의 낙원이었어도, 알레그라는 분홍색 해변이든 은색의 폭포이든 푸르고 얕은 바다와 원시의 수풀이 얼마나 아름답든 간에 아무런 관심이 없었다. 계속해서 가슴이 찢어지고 뱃속이 메슥거렸다.

알폰세 왕의 충신 두 명이 일주일 후에 도착했다. 하지만 그녀는 자세히 신경쓸 겨를도 없었다. 늙은 남자 두 명이 라자를 한눈에 알아보며 기쁨의 눈물을 흘렸다는 것만 알았을 뿐이었다. 프란시스코 추기경은 친절하고 근엄해 보였다. 하지만 금색 눈동자와 매부리코의 파스콸레는 상대하기 힘들 만큼 영리하고 차가운 사람인 듯했다. 알레그라는 자신이 알폰세를 배신한 몬테베르디의 자손이라는 사실만으로 파스콸레의 경멸 대상이라는 것을 알아차렸다.

하지만 그래도 상관없었다. 그녀는 거의 언제나 마비 상태에 빠진 채 사람들을 멀리하였다.

랜도 선장이 가끔 그녀에게 다가와 말을 붙이려 노력했다. 친절하고 용감하며 재치도 있고 세심한 사람이었다. 하지만 그녀는 대화를 끌어나갈 능력마저 상실하였다. 라자가 이 남자의 정부가 되라고 했다, 어떻게 그런 말을 할 수 있었을까? 상대가 라자이기에 가능했던 그 일을 어떻게 랜도와 같이 하라고 말할 수 있었을까?

틀림없이 진심이 아니었을 것이다. 몇 번쯤은 단지 자신이 아직 살아 있다는 것을 라자에게 알려주려는 목적으로, 그 제안을 받아들이는 것처럼 행동해 볼까 하는 충동도 일어났다. 하지만 그런 생각을 하는 것만으로도 피곤하고 힘이 들었다.

그들이 카리브해를 떠나기로 결정한 날로부터 일주일 전, 또 한 명의 남자가 섬에 도착했다. 도메닉을 죽이라는 명령을 받고 어센션에 남겨졌던 남자였다.

라자가 왜 도메닉을 죽이고 싶어했을까? 그녀는 이유를 알 수 없었다. 단순히 그를 싫어하기 때문이었을까, 아니면 그녀를 겁탈하려 했던 행동 때문에 화가 났기 때문일까? 그 자신이 그녀에게 한 일을 생각하면 애들 장난에 지나지 않는 일이었는데. 우스운 일이다.

그 자객은 도메닉의 도전장을 갖고 되돌아왔다. 용기 있으면 돌아와서 맞대면을 하자는 내용과 알레그라를 안전하게 돌려보내라는 요구가 그 도전장에 적혀 있었다.

제퍼스는 도메닉이 어센션을 장악했으며 그 전의 총독보다 더 혹독하고 잔인하게 백성들을 괴롭힌다고 전했다. 제퍼스와 함께 남았던 다른 해적들은 라자에 대해 알아내려는 도메닉의 고문에 시달리다가 죽어버렸다는 숙덕거림도 들려왔다.

도메닉이 라자의 피를 원하는 것은 분명했다. 하지만 그자가 그녀에게 관심 있을 리 없었다. 알레그라 몬테베르디를 돌려달라고 요구한 것은, 그저 라자가 자신의 약혼녀를 데려갔으며 그 사실을 모두가 알고 있다는 점 때문에 자존심이 상했기 때문이리라.

곧 달거리를 하지 않는다면 지금보다 더 수치스러워해야 할 일이 생길 텐데. 그녀는 멍하니 생각했다.

이미 2주일이나 늦었다. 그녀는 극심한 스트레스 때문에 늦어지는 거라고 믿으려 애썼다. 라자에게 버림받은 지금, 다른 가능성은 생각할 수도 없었다. 현명하고 분별력 있고 답답하리만큼 도덕적인 알레그라 몬테베르디가 미혼모가 되다니, 있을 수 없는 일이었다. 다시는 예전에 알던 사람들을 똑바로 쳐다볼 수 없으리라. 그래, 아니야. 단지 충격과 걱정 때문에 늦어지는 것뿐이다.

곧 권좌에 오를 사람 치고 라자는 그리 좋아 보이지 않았다. 비카를 떠나보낸 후로 몇 년쯤 늙어버린 듯했다. 울페의 소굴에 있는 몇 주일 동안, 그는 늘 생각에 잠긴 채 조용했고 점점 수척해졌다. 하지만 그녀가 예상했던 것보다 더 빨리 배들을 수리하였고 해적떼를 어센션의 일급 왕실 해군으로 훌륭하게 변모시켰다. 마침내 무기를 갖춘 배들이 다시는 울페의 소굴에 돌아오지 않으리라 맹세하며 출발하였다.

초록색과 검은색의 어센션 깃발을 휘날리며, 무지개색 테이프들을 장식한 채 라자의 전함이 자랑스럽게 작은 함대를 이끌고 다시 한 번 대서양을 가로질렀다.

라자가 자신을 훼일 호에 태웠다는 것이 알레그라에게는 의외였다. 그녀에게 예전의 매춘부 노릇을 강요할 생각이라면 어림도 없는 일이라고 생각했지만, 그는 한 번도 접근하려 들지 않았다. 라자와 함께 하는 항해는 고문이었다. 하나의 배에 갇혀서 매일 그의 곁으로 지나쳐 다닐 수밖에 없는 지금, 너무나 달라져버린 인생에서 도망칠 방법조차 없었다.

그를 눈앞에 두고도 손을 내밀어 만질 수 없는 현실이 끔찍했다. 그녀는 이미 그의 사소한 손길과 단순한 포옹, 부드러운 애무에 지나치게 익숙해져 있었다. 그런데 그 모든 것이 사라졌다. 그는 그녀와 눈조차 마주치려 들지 않았다.

이제 그녀에게는 수녀가 되는 길밖에 남지 않은 듯했다. 어찌되든 상관없었다. 아무런 감정이 느껴지지 않았다. 물을 다 짜내고 난 스펀지처럼 감정이란 것이 고갈되었다. 다만 다시는 어떤 남자도 원하게 되지 않으리라는 확신과 신에게 다가간다면 라자의 창녀가 되었던 수치심에서 벗어날 수 있을지도 모른다는 희망뿐이었다.

수치스럽고 화가 났다. 하지만 한편으로는 무언가 이상하다는 느낌이 지워지지 않았다. 라자에게서 멀리 떨어져 있는 것은 어렵지 않았다. 그가 밤마다 선미에 걸린 해먹에서 잠을 청했기 때문이다. 바다에서 보내는 마지막 날들을 최대한 즐기려는 거라고, 그녀는 생각했다.

그녀는 잡다한 일에 파묻혀 생각을 마비시키려 노력했다. 하지만 앞에 놓인 시간은 너무도 길고 길었다. 무언가를 쳐다보거나 잠을 자는 공허한 시간들도 모두 다 의미 없었다. 항상 뱃속이 울렁거리는 느낌으로, 라자 디 피오레 때문에 몰락해버린 자신을 쓰디쓰게 관찰하였다. 사랑이라는 이름으로 모든 것을 내어준 여자, 그 여자의 모든 것을 앗아가고 아무것도 남겨두지 않은 남자. 어쩌면 뱃속에 들어 있을지 모르는 아이, 그녀가 원하지 않는 이 아이는 빼고 말이다. 허탈한 웃음이 나왔다.

그녀는 어머니보다 더 어리석었다. 적어도 알폰세 왕은 사랑할 가치가 있는 사람이었으니까.

이사벨 이모도 보고 싶었다. 이사벨 이모라면 그녀에게 갈 길을 알려줄 수 있으리라.

시간이 갈수록 불안감이 자라났다. 아이가 생긴다면 수녀가 될 수 있을까? 수녀가 되지 못한다면, 평생 이모부와 이모에게 이 수치스러운 몸을 의탁해야 할까? 다른 방법이 없을 듯했다. 라자의 도움을 받느니 차라리 죽는 게 나았다.

하지만 그녀가 망가진 몸으로 이모의 집에 들어가게 되면, 이모의 두 딸이 피해를 입을 것이다. 평판이 나빠져서 결혼하기도 힘들어질 것이다. 그녀는 더 이상 두려워하지 않으려고 노력했다. 아직 달거리가 시작될지도 모른다는 희망이 남아 있었다. 제발 달거리의 참기 힘든 고통이 찾아오게 해달라고 열심히 기도를 올렸다. 하지만 8월의 반이 지나도록 아랫배의 통증은 시작되지 않았다.

순풍에 돛을 달고 그들의 함대는 지중해 어귀로 접어들었다. 그곳에서 오스트리아의 함대와 만나기로 되어 있었다. 그들이 어셴션 해협을 가로질러 안전한 코르시카 연안으로 라자 일행을 안내하였고, 그때부터 방문객들이 끝도 없이 이어졌다. 그들이 독수리 같은 파스콸레의 감독을 받으며 라자에게 경의를 표하였다.

그녀는 눈에 띄지 않는 뒤쪽 자리에 남아 있었다. 신분 높은 귀족들이 왕에게 선물을 갖다 바치며 절을 올렸고, 그는 당연히 자신이 받아야 할 대접으로 당당하게 받아들였다. 비참한 심정으로 그 모습을 지켜보며, 그녀는 어쩌면 그가 잔인한 폭군이 될지도 모르겠다고 생각했다. 라자 디 피오레를 증오했다. 너무나 철저하게 복수를 이루지 않았는가. 하지만 그를 사랑했다.

라자는 엄숙하고도 위엄 있는 모습이었다. 28살의 나이에 걸맞지 않게 언제나 해야 할 말과 해야 할 행동을 정확히 아는 듯했고, 검은 밤바다처럼 헤아릴 수 없는 눈동자로 무엇 하나 놓치지 않았다. 만나는 사람들마다 즉시 그를 경외의 대상으로 우러러보았다. 이미 그에게는 지배자의 무거운 무게가 드리워졌다. 하지만 돌덩이로 만들어진 사람이니 그 어떤 무게도 그를 짓누르지 못하리라.

9월 3일, 그들이 배에서 보내는 마지막 밤, 그녀의 아버지가 축제를 열었던 밤으로부터 4개월이 지난 시간이었다.

그날도 밀려드는 방문객들로 북적이는 긴 하루를 보내고 마지막 손님이 굽실거리며 응접실을 나가는 순간, 라자는 끄응 신음을 흘리며 벌떡 일어나서 직접 브랜디를 따랐다.

긴장으로 굳어진 그의 등을 보면서 알레그라는 가슴이 뭉클해지는 기분을 어쩔 수 없었다. 그래서 며칠만에 처음으로 그에게 말을 건넸다.

"잘하셨어요."

"광대가 된 기분이야. 아주 형편없는 싸구려 광대."

그녀는 가혹한 말로 대꾸해 주고 싶었다, 하지만 그럴 수 없었다.

자랑스럽다는 말을 하고 싶었지만 그 말도 하지 않았다.

그 대신 작은 한숨을 내쉬었다.

"모두 다 현실이에요."

그는 생각에 잠긴 채 무심하게 브랜디 잔을 휘휘 돌렸다. 그의 입술이 잔에 닿는 순간, 그녀는 서둘러 시선을 내려뜨렸다. 예전에 그의 입술에서 느꼈던 브랜디 맛이 생생하게 떠올랐다.

"클레멘테가 와서 굽실거렸다면 참을 만했겠지. 하지만 이 따위 예의 격식들이 답답해 미치겠어."

무거운 한숨소리와 함께, 그가 자리에 앉아 고개를 젖히며 눈을 감았다.

그녀는 어찌해야 할지 모르고 그대로 서 있었다. 아직도 그에게 다가가고 싶어하는 마음이 한구석에 남아 있다니, 얼마나 어리석은가.

"알레그라?"

순간적으로 그녀의 마음에 희망이 살아났다. 그 목소리에 담긴 갈망을 익히 알고 있었으니까.

"네?"

긴장으로 채워진 침묵이 감돌았다.

"당신이 그리워."

눈을 뜨지도 않고 그가 중얼거렸다.

"같이 자고 싶다는 뜻인가요?"

그녀는 숨을 죽인 채 물었다. 하지만 그에게 다가갈 수 없었다, 다가가지 않을 것이었다.

그가 고통스러운 시선을 들어 그녀를 쳐다보았다.

그 다음에는 어떻게 되어버린 것인지 알 수 없었다. 그녀가 그의 품에 가서 안겼고, 그들은 떨리는 손으로 서로의 옷을 벗겨내고 있다는 것만 알았을 뿐이었다. 그들 둘다 말하지 않았다. 라자가 다급하게 그녀의 안으로 들어왔다. 부드러운 폭풍우처럼 입술로 그녀의 눈썹을 쓸어대며 그녀의 몸 속으로 파고들었다.

그녀는 아직도 사랑하고 있다는 고백을 하지 않으려고 아프게 입술을 깨물었다. 그의 매끄럽고 따뜻한 피부를 쓰다듬는 손길에 사랑이 고스란히 녹아 있었지만, 그 말만은 하지 않으려고 필사적으로 노력했다.

그의 입술이 젖가슴에 감미롭게 닿았다. 그녀는 그의 머리를 쓰다듬으며 소리 없이 흐느끼기 시작했다.

'라자, 라자, 내 마음이 너무 아파요.'

아무리 진정시키려 애를 써도 거칠게 흐느낌이 새어나왔다. 그의 움직임이 멈췄다. 그가 천천히 그녀의 눈물에 입을 맞췄다. 그녀의 머리를 부여안고 두 뺨에, 그녀의 눈썹에 키스를 전했다. 아무런 의미도 담기지 않았을 그 다정함에 그녀는 더 소리 없이 서럽게 울었다. 죽고 싶었다. 또다시 무너지고 있었다. 라자가 사랑한다는 말만 해주면 용서해주리라. 지금이라도 당장 그에게 돌아갈 수 있었다. 라자가 돌아와 주길 바라기만 한다면.

라자가 있는 이 방에 들어왔던 것이 실수였다. 사랑의 기술로 그녀를 위로할 수 있는 것처럼 그가 그녀의 몸을 부드럽게 소유하는 동안, 그녀는 깨달았다. 그를 잊으려 했던 노력이 모두 헛수고였다는 것을, 그를 잃어버린 상처에서 다시 빨갛게 피가 흐르고 있음을.

하지만 어떻게 된 일인지 그녀의 몸은 그의 손길에 이끌려 환희의 나락으로 들어갔다. 단지 이 순간만 존재하는 환희이며 다시는 맛볼 수 없음을 너무도 잘 알면서도 그녀는 거부할 수 없었다. 너무나 달콤했다. 고통스런, 거의 비통해하는 흐느낌을 내지르며 라자가 자신의 정열을 해방시켰다.

그 후로 몇 시간 동안 그는 그녀의 몸에서도, 침대에서도 떠나지 않았다. 베개에 머리를 기대고 어둠 속에서 그녀의 살갗을 어루만지며, 손가락으로 머리카락을 매만지며 그대로 있었다.

그들은 한 마디도 하지 않았다.

21

다음날 아침에 깨어났을 때 그녀는 혼자였다. 철저한 외톨이였다.

끔찍한 예감에 다시금 몸이 떨려왔다. 알레그라는 대충 옷을 걸쳐 입고 선실 밖으로 뛰쳐나갔다. 응접실에는 아무도 없었다. 통로를 지나 칠 때에도 누구 하나 보이지 않았다. 마침내 승강구를 기어올라 이슬 이 반짝이는 갑판으로 나갔다.

진주빛 연분홍색으로 물들어 있는 새벽 하늘과 담청색의 바다보다 먼저, 뒷 갑판에 있는 라자를 찾아보았다. 차분한 바람을 맞으며 그가 난간에 서 있었다. 그녀는 자존심이 막아 세우기 전에 서둘러 그의 옆 으로 다가갔다.

그가 시선을 돌리지도 않고 동쪽으로 고갯짓을 했다.

태양이 어센션 뒤로 떠오르는 중이었다. 거대하고 웅장한 황금빛 햇 살이 초록의 바다에서 짙은 보라색으로 솟아 있는 그 섬 뒤로 펼쳐져, 들쭉날쭉한 섬의 윤곽을 부드럽게 다듬어 주었다. 황홀한 광경이었다.

"이런 날을 볼 수 있게 해줘서 고마워."

그는 똑바로 앞만 응시하며 말했다.

"당신이 아니었다면 난 여기 있지 못했을 거야. 생각조차 못했을 거야. 당신을 결코 잊지 못할 거요, 알레그라."

그녀의 인생에서 가장 끔찍한 순간이 될 것 같았다. 그 말에 마지막의 의미가 담겨 있었다.

"이게, 작별 인사인가요?"

그녀가 간신히 입을 열었다.

"아니, 그냥 해돋이를 보여주고 싶어서……."

'해돋이.'

그는 난간에 얹혀진 자신의 손을 뚫어져라 쳐다보았다. 그들이 예전에 함께 보았던 해돋이를 기억하고 있는 것이리라.

"그래, 이제 작별이오."

그가 말했다.

"오, 세상에."

그녀는 눈물을 꾹 참으며 다그쳤다.

"자자, 날 봐요. 한 번만이라도 내 눈을 쳐다봐요."

그는 보지 않았다. 자신의 소맷자락만 쳐다보았다.

더 이상 다른 사람이 듣든 말든 상관없었다. 그녀가 소리쳤다.

"도대체 왜 이래요? 나한테 왜 이러는 거예요? 비카가 죽은 게 내 잘못인가요?"

"목소리 낮추시오."

그는 자신의 손만 응시하며 중얼거렸다.

"날 사랑한 적이 있기나 했나요? 아니면 처음부터 갖고 놀았던 건가요?"

"알레그라."

"내가 뭘 잘못했죠?"

"난 저주받은 인간이야."

그가 굳은 목소리로 대답했다.

"당신에게 상처주기 싫어."

“상처주기 싫다고요? 그럼 어젯밤은? 그건 뭐였어요?”

“실수였어.”

그는 턱을 들어올리고 언제나 그녀에게 멀어지고 싶을 때마다 그랬던 것처럼 똑바로 몸을 세웠다.

그를 올려다보며 그녀의 몸이 배신감으로 부들거렸다. 다시 시작할 수 있다는 희망이 생기기 시작했는데 어떻게……

“잘 가, 알레그라.”

“이, 이기적인…….”

그녀가 말을 멈추고는 숨을 가다듬었다.

“폐하, 부디 지옥으로 떨어지기를.”

‘드디어 작별의 말을 해버렸다.’

그녀는 핵 몸을 돌려 달아났다. 처절한 고통을 가슴에 끌어안고 비틀비틀 승강구를 내려섰다. 선실에서 몇 개 되지 않는 소지품을 챙겨 가방에 쑤셔 넣었다. 자신이 뭘 하고 있는지도 알 수 없었다. 눈물을 참으려 안간힘을 쓸 뿐이었다. 당연히 그는 그녀를 쫓아오지 않았다. 왕국을 보살펴야 하는 더 중요한 임무가 있을 테니까.

아직도 정신을 못 차린 거니? 그녀는 어리석게도 그의 셔츠 하나를 훔쳐서 가방에 넣었다. 라자가 입었던 지저분한 셔츠. 럼주와 담배 냄새, 짠 바닷물의 냄새가 달라붙어 있는 그의 셔츠를, 단지 그의 냄새를 맡고 싶다는 이유 하나만으로 가방에 숨겨놓았다.

애초에 그 남자에게 마음 두지 말았더라면 좋았을걸.

새벽 동이 트자마자, 원로원의 늙은이들이 도메닉 클레멘테에게 찾아왔다.

“그자가 왔소, 정말로 왔소.”

“교황이 대관식을 주재하러 오는 중이라오.”

카를로와 엔리크가 번갈아 소식을 알렸다.

“교황이 그자를 알폰세의 아들로 인정한다면 우리로서도 어쩔 수 없소. 교황에게 맞설 수는 없는 일이오."

새로 수선한 살롱의 길다란 마호가니 테이블 상석에 앉아서 도메닉
은 분노와 불신이 뒤섞인 눈으로 그들을 쳐다보았다.

"우리 제노바는 조용히 물러날 거요."

카를로가 무표정하게 말을 이었다.

마침내 도메닉이 완전히 나은 오른손으로 테이블을 쾅 내리쳤다.

"싸워보지도 않고 물러선다는 겁니까?"

"그래 봤자 무슨 소용이지? 어센션은 더 이상 우리에게 아무 이득도
없소."

"빌어먹을, 그자는 사형감입니다! 해적이라구요!"

"그건 핑계에 불과하오. 괜한 소란 피우지 마시오, 클레멘테."

원로원 한 명이 짜증스러운 듯 말했다.

그 즉시 도메닉의 분통이 격렬하게 터져 버렸다.

"난, 난 어쩌고? 난 어떻게 해? 내 인생, 내 미래가 걸려 있단 말이오!"

늙은 남자들이 불편한 듯 서로를 쳐다보았다.

"라자 왕이 당신을 재판에 회부하겠다고 했소."

원로원의 최고 연장자 자이언이 하는 말에, 도메닉은 믿을 수 없어
하며 의자에 등을 기댔다.

"하지만 걱정 마시오, 클레멘테. 그자가 아버지를 닮았다면 우리의
사면 요청을 받아들일 거요."

도메닉이 허탈하게 웃었다.

"사면?"

그 검은 눈의 야만인이 그를 사면해 줄 리 없었다. 절대로.

"당신들 속셈을 내가 모를 줄 알아? 내가 멍청이인 줄 알아? 당신들
은 날 희생양으로 삼으려는 거야, 몬테베르디에게 했던 그대로."

자이언이 날카롭게 그를 노려보았다.

"병사들에게 마을을 불태우고 처녀들을 겁탈하도록 허락한 건 당신
이었소. 우린 그런 지시를 내린 적이 없소. 죄인을 화형시키자고 한 것

도 당신이었고.”

“그 방법이 먹히긴 했잖습니까. 범죄율이 뚝 떨어졌으니.”

“훔칠 만한 게 없어서 그랬겠지.”

카를로가 낄낄거렸다.

도메닉은 궁지에 몰린 토끼처럼 필사적으로 그들을 둘러보았다.

“거정 마시오, 클레멘테. 우리가 제노바에 당신 자리를 만들어 주겠소.”

새빨간 거짓말이었다. 카를로의 눈은 ‘네 일은 네가 알아서 하거라, 아가야’라고 말하고 있었다.

“이 문제는 우리가 정리할 테니 당신은 마리아가 있는 집으로 가서 기다리시오. 폭도들에게 당하지 않도록 수비대도 보내주겠소.”

가택 연금이라니, 이 또한 어이가 없었다. 그를 보호하겠다는 말은 눈속임에 불과하다.

“맞소, 백성들이 지금 대단히 동요된 상태요.”

다른 자가 동의를 했다.

“당연하겠지. 자기들이 믿던 전설이 이루어졌으니.”

도메닉이 벌떡 일어났다. 심장이 빠르게 두근거렸지만 표정만은 침착했다.

“그럼 난 이만 가서 짐을 챙겨야겠습니다.”

애써 뉘우치는 미소까지 만들어 보였다.

“처음엔 충격이 워낙 커서 화를 냈지만, 당신들이 어쩔 수 없는 상황이라는 걸 알겠습니다. 부디 날 위해서 최선을 다해 주십시오. 집에서 좋은 소식을 기다리겠습니다. 제노바로 같이 돌아가려면 서둘러서 짐을 챙겨야겠군요. 굳이 수비대까지 보낼 필요는 없습니다. 신사의 명예를 걸고 다른 데 가지 않겠다고 약속합니다.”

그는 고개 숙여 인사한 다음 당당한 걸음걸이로 방을 나섰다.

하지만 하얀 이중문이 뒤로 닫히자마자 냅다 달리기 시작했다.

원로원들이 그를 늑대의 밥으로 내어주다니 믿을 수가 없었다. 사실은 충격받을 이유도 없었다. 이미 그자들의 속성을 알고 있지 않았는

가. 그는 아직 그를 붙잡으라는 명령을 받게 될 줄 짐작도 못하는 경비병들과 하인들을 쏜살같이 지나쳤다. 관저 문지방에 잠깐 멈춰 서서 리틀 제노바 광장을 험악하게 노려보았다. 벌써부터 어센션 주민들이 라자 왕의 귀환을 축하하고 있었다.

라자 왕? 안 돼!

'죽여버리겠어!'

바로 거기에 해답이 있었다.

갑자기 그의 마음이 차분해졌다. 편안해지기까지 했다. 도망치려면 얼마든지 도망칠 수 있었지만 달아나지 않을 것이다. 그는 겁쟁이가 아니었다, 아버지가 늘 말했던 그런 겁쟁이가 아니었다.

자신이 이제 어떻게 해야 하는지 확실히 알 수 있었다. 왕이 없어진다면 누가 권력을 붙잡겠는가? 모든 걸 되찾을 수 있었다. 원한다면 알레그라까지 되찾을 수 있었다. 그 해적의 시커먼 심장에 총알을 박아주기만 하면 그만이었다.

라자 디 피오레는 불사신이 아니었다, 이 멍청한 주민들이 아무리 헛소리를 지껄인다 해도.

바로 그때 그 멍청이들이 관저 앞에 서 있는 그를 알아보았다. 자기들의 동료 세 명을 화형에 처했던 증오스런 총독을 쳐다보았다. 그 순간 도메닉은 자신도 불사신이 아닐 거라는 판단에 이르렀다.

증오하는 시선으로 자신이 있는 쪽으로 다가오는 무리를 바라보며, 그는 천천히 걸음을 옮겼다. 말에 올라탄 병사에게 다가가서 말과 권총을 내놓으라고 명령한 다음 안장에 뛰어올랐다. 그리고는 조만간 새로운 왕이라는 자가 하선한다는 해변을 향해 질풍처럼 달리기 시작했다.

몇 분 후, 원로원의 명령을 받은 병사들이 그의 뒤를 빠르게 쫓아왔다.

'피오레가 저들을 따돌릴 수 있었다면 당연히 나도 할 수 있어.'

해변이 시야에 나타났다, 멀리 배들도 보였다. 그런데 하필 이런 때 말이 지쳐서 쓰러졌다.

근처에 마을이 하나 있었다. 도메닉은 다른 말을 잡아타기 위해 그

곳으로 방향을 돌렸다. 병사들에게 잡히기 전에 제일 힘 좋은 말을 찾아내리라. 무례하게 구는 자가 있다면 권총으로 해결할 것이다.

그 마을은 변변한 말 한 마리 없을 것처럼 궁핍해 보였다. 말이 없다면 숨을 곳을 찾아야 하리라. 으슥한 곳에 숨어 있다가 왕의 마차가 지나갈 때 명중시키면 된다. 항구로 가는 길이 이곳이니 피오레도 이 길을 지나쳐서 관저로 향할 것이다.

하지만 제일 풍족해 보이는 집으로 달려가고 있을 때, 누군가가 소리를 쳤다. 그를 알아본 것이다.

그제야 도메닉은 공포스럽게 알아차렸다. 마을을 잘못 골랐다. 화형당한 세 놈들이 바로 이곳 출신이었다.

마을 사람들이 악마처럼 그에게 좁혀들어 양쪽 팔을 붙잡았다. 그의 비명소리가 허공에 메아리쳤다.

왕실 수비대로 변한 라자의 부하들이 정오가 되기 전에 알레그라의 선실로 찾아왔다. 그녀를 중세풍의 수녀원으로 데려다주려는 것이다. 9미터 높이의 벽으로 둘러싸이고 숨을 장소가 수없이 많은 곳이었지만, 임신한 여자를 수녀님들이 어떻게 처리하실지는 알 수 없는 노릇이었다.

해변을 향해 내려가면서, 그녀는 어셴션의 저 넘실거리는 바다에 몸을 던질까 하는 생각도 해보았다. 하지만 즉시 코웃음으로 그런 감상적인 생각을 떨쳐버렸다. 그녀는 엄마와 달랐다, 라자도 물론 알폰세 왕이 아니었다. 그런 남자 때문에 생명을 끊다니, 한심하고도 어리석은 짓이다.

대신 그녀는 육신에서 영혼이 서서히 떠나가는 것을 느끼며 멍하니 걸음을 옮겼다. 해변에 도착하자 라자의 부하들이 그녀를 마차 안으로 들여보내고 그 마차 앞뒤에 다른 마차를 한 대씩 배치하였다.

문득 진짜 임신을 한 것이라면 좋겠다는 뒤틀린 마음이 찾아들었다. 그것은 수녀가 될 수 없다는 뜻이었다. 엄청난 수치를 감당해야 한다는 뜻이기도 했다. 하지만 적어도 혼자 남겨지지는 않으리라. 그녀를 사랑하며 계속 곁에 머물러 줄 수 있는 사람이 생기는 것이다.

마차 안에서 다리우스가 심각하게 그녀를 쳐다보았다.

"왜 그렇게 봐?"

평소처럼 그 아이는 혼자만의 생각으로 끝을 내며 어깨를 으쓱한 다음 다시 창 밖으로 시선을 돌렸다.

알레그라는 슬프게 쳐다보았다. 이 아이의 상처도 크다는 것을 알고 있었다. 다만 그 상처를 겉으로 드러내지 않을 만큼 강할 뿐이었다.

그들의 작은 마차가 햇살이 내리쬐는 언덕을 올라가고 있을 때, 어디선가 장작 타는 냄새가 흘러들었다. 성난 고함소리와 비명소리도 들려왔다. 그녀가 부랴부랴 마부석 쪽을 두드렸다.

"무슨 일이에요? 마을에 불이 났나요?"

그녀도 익히 잘 아는 마을이었다. 구빈원 환자들의 약을 가지러 이 마을에 자주 들른 적이 있었다. 마차가 멈추기도 전에 알레그라는 눈 앞에서 벌어지는 상황을 알아차리고 공포스럽게 눈을 치떴다. 마을 주민들이 한 남자를 불태우려고 준비하는 중이었다.

고양이처럼 민첩한 다리우스가 막아 세우기도 전에, 알레그라는 마차에서 뛰어내려 주민들에게 달려갔다.

"그만둬! 당장 멈추지 못해!"

날카로운 목소리에 주민들이 뒤를 돌아보았고 누군가가 놀라며 소리쳤다.

"알레그라 양이다!"

"이게 무슨 짓들이에요?"

사람들이 그녀에게 길을 내주며 웅성거렸다.

"알레그라 양이 라자 왕을 데려왔대……."

"베르나르도가 그러는데 폐하의 목숨을 살렸대……."

두 명의 덩치 큰 사내들이 고래고래 악쓰며 몸부림치는 남자를 붙잡고 있었다. 그녀를 알아보자마자 도메닉이 미친 듯이 울부짖기 시작했다.

"오, 신이여, 신이여, 이들이 날 불태우지 않게 하소서. 알레그라, 도와줘!"

사내 한 명이 그의 따귀를 갈겨 비명소리를 잠재웠다. 그녀가 찬찬히 주위 사람들을 살펴보았다. 장작 타는 소리와 말이 파리를 쫓으며 마구를 덜그럭거리는 소리만이 들릴 뿐 사위가 조용해졌다.

"주님께서 원수를 사랑하라고 말하지 않았어요. 한쪽 뺨을 맞으면 다른 뺨을 대라고도 하지 않았냐구요?"

그녀가 침묵을 깨며 외쳤다.

"이놈이 우리 아들 세 명을 불태워 죽였습니다!"

노파 한 명이 받아쳤다.

"이놈도 타죽어야 돼요!"

"맞아요!"

여러 사람들이 더불어 소리쳤다.

도메닉이 입술의 모양으로 그녀의 이름을 만들어 애원했다, 감히 소리도 내지 못한 채.

"이런 짓을 하면 안 돼요."

그녀가 힘을 끌어 모아서 말했다.

"여러분의 왕은 이런 일을 원하지 않을 거예요. 라자 디 피오레의 기분을 상하게 하려는 건가요?"

마을 사람들이 쭈뼛쭈뼛 서로를 쳐다보았다.

알레그라는 입술을 축이고 다시 말을 이었다.

"이자는 이곳 마을만이 아니라 어셴션 전체에 잘못을 저지른 죄인이에요. 죄인을 처벌하는 것은 왕의 권리입니다. 여러분에게는 권리가 없습니다."

사람들이 그녀의 말을 곰곰이 생각하는 듯했다.

"폐하가 언제 오시나요?"

누군가가 소리쳤다.

"금방 오실 거예요. 여러분의 왕에게 정의의 심판을 맡기세요. 그분의 뜻에 따르세요. 클레멘테 경을 여기 있는 병사들에게 맡겨주세요."

“하지만 이놈은 처벌을 받아야 해요!”

“이런 식으로는 안 돼요.”

그녀는 애원하듯 주민들을 쳐다보며 고집했다.

“복수에 집착하지 말아요. 이 땅에 평화가 찾아오려면 여러분이 먼저 시작해야 합니다. 지금 이 순간부터 시작해야 합니다.”

그들이 다시 서로를 쳐다보았다.

“오, 신이여, 제발.”

도메닉의 쥐어짜는 기도소리가 들렸다.

그녀는 흘깃 뒤를 돌아보았다. 예전에 브레드렌단이었던 왕실 수비대도 험악한 시선으로 도메닉을 응시하고 있었다. 도메닉에게 고문당하여 죽은 형제들의 복수를 생각하고 있는 것이리라.

“여러분.”

그녀가 멋지게 새로운 제복을 차려입는 그들에게 의미심장한 시선을 보냈다.

“여러분이 했던 맹세를 기억하세요. 어센션의 법을 지켜야 합니다. 가서 클레멘테 경을 데려오세요.”

“알겠습니다.”

설리반이 제일 먼저 앞장을 서서 덩치 큰 마을 사내를 팔꿈치로 밀어내고는 도메닉을 데려왔다. 그녀가 자신의 마차에 그를 태웠다.

“알레그라, 당신은 천사요, 천사.”

도메닉이 그녀의 무릎에 머리를 기대고는 흑흑 울음을 터트렸다.

맞은편에 앉은 다리우스가 뚫어져라 그녀를 쳐다보았다. 도메닉에게 경멸스런 시선을 보내긴 했지만 입을 열지는 않았다. 그녀는 다리우스의 시선을 애매하게 피해버렸다. 무슨 생각을 하고 있는지 알기 때문이었다.

‘대장이 좋아하지 않을 걸요.’

‘빌어먹을, 여기 앉아 있느니 차라리 태풍과 싸우는 게 낫겠어.’

라자는 시무룩하게 생각했다.

겉으로는 침착한 모습을 유지했지만 속에선 짜증이 목까지 치밀어 올랐다. 그는 지금 제노바 원로원, 바티칸의 관료들, 예전 어센션의 명문 귀족들과 근처 나라에서 온 대표들, 게다가 스페인, 프랑스, 비엔나 궁에서 온 대사들까지 총망라해서 구성된 위원회의 질문을 견디며 오후를 보내는 중이었다.

자신이 어떻게 그들의 질문에 다 대답했는지 알 수도 없었다. 머릿속에는 알레그라와 함께 했던 어젯밤의 달콤함, 그 견딜 수 없는 달콤함만 가득 차 있을 뿐이었다. 이렇게 약해져버린 자신을 용서할 수 없었다. 하지만 너무나 외롭고 공허했다.

'알레그라의 눈동자는 계피와 꿀이 섞인 색이었어. 그녀의 피부는 상아 같았지. 콧잔등에 열여섯 개의 주근깨가 나 있고…….'

그 빈틈없는 늙은이들이 또다시 질문을 퍼부었다.

라자 디 피오레가 과거에 대해서 모든 것을 말하지 않았다고 의심하는 게 분명했지만, 그들은 라자가 밝히기로 마음먹은 아주 작은 일부만으로 만족해야 할 것이었다. 어센션의 왕이 그들에게 세세하게 보고할 필요는 없다. 어차피 그가 왕으로 복귀했을 때 어떤 이득을 얻게 될 것인가가 그들의 최고 관심사일 터였다.

마침내 매서운 눈초리의 파스콸레가 면접 시간이 끝났다고 선언했다.

"여러분, 우리는 우리의 주장이 진실하다는 증거를 보였습니다. 이제 제노바의 원로원들이 결정을 내리십시오."

연극적인 효과를 극대화시키며 그가 주머니 시계를 흘깃 보았다.

"어센션에 대한 제노바의 권리를 포기할 것이냐, 아니면 새벽에 전쟁을 시작할 것이냐의 여부가 여러분에게 달려 있습니다."

라자는 무표정한 얼굴로, 속으로는 숨을 죽인 채 조용히 상의하는 사내들을 지켜보았다. 이 테이블에 앉아 있는 원로원 의원 중에 그의 가족을 죽음으로 몰아넣고 몬테베르디를 그 음모에 끌어들였던 자가 포함되어 있는지 궁금했다. 하지만 억지로 현실에 정신을 집중시켰다. 과거는 지나갔다. 더 이상 피를 뿌리고 싶지 않았다. 지금까지 어센션이 받았던 고통만으로도 이미 충분했다.

마침내 원로원 위원들이 고개를 들었다.

"우린 싸우고 싶지 않소. 신께서 왕을 구하셨으니 우리도 받아들이겠소."

"신께서 왕을 구하셨다!"

다른 사람들이 자리에서 일어나며 소리쳤다.

"신께서 왕을 구하셨다!"

파스콸레도 주먹을 허공에 휘두르며 소리쳤다.

'그럼 나는 누가 구원해 주지?'

이 승리의 기쁨을 알레그라와 같이 나눌 수 없다는 사실이 서글퍼졌다. 하지만 라자는 강인한 표정으로 턱을 치켜들었다.

"폐하, 한 가지 청을 드리고자 합니다."

제노바 원로 하나가 입을 열었다.

"도메닉 클레멘테를 사면해 주십시오."

"거절하겠소. 그자를 나에게 넘기시오."

놀랍게도 그들은 그의 대답에 전혀 반대하지 않았다.

그가 방을 떠나려고 일어나자 모두 다 일어나서 절을 올렸다. 그 공손한 예우를 받으며 라자는 꽤나 묘한 기분이었다. 예전에 노예였던 사람이 이런 대접을 받다니 그리 나쁘지는 않았다.

파스콸레가 그의 뒤로 따라나왔다.

"방금 엔초에게 연락이 왔는데, 몇 시간 전에 니콜레트 공주의 수행단이 도착했답니다. 내일 결혼식 때문에 프란시스코 추기경이 성당에서 공주의 일행을 만나고 있습니다. 폐하도 참석하셔야 합니다."

라자가 한숨을 내쉬었다.

"그것도 정리를 해야겠군."

터덜터덜 걸어서 자신의 선실로 들어가 문을 잠갔다.

그곳에는 더 이상 그를 기다려주는 알레그라가 없었다. 이 작은 방도 벨포르 성의 불타버린 잔해처럼 텅 비어버렸다.

　그는 무겁게 의자에 내려앉아 무릎에 팔꿈치를 기대고 힘없이 관자
놀이를 문질렀다.
　'폐하, 부디 지옥으로 떨어지기를.'
　고통스럽게 그녀의 말을 떠올렸다.
　'알레그라, 난 이미 지옥에 있어.'

　그들은 요새와 같은 수녀원에 도착하였다. 아직 라자가 왕이라는 공
식 발표가 나지 않았고 전쟁 가능성이 남아 있었기 때문에—그래서 라
자가 알레그라를 안전한 수녀원에 보낸 것이었다. 배에 남아 있었다가
는 전쟁을 치를 수도 있기 때문에—설리반은 병사 몇 명을 딸려서 도
메닉을 라자에게 보내는 것보다 수녀원에 놓아두는 것이 낫겠다고 결
정했다. 서두를 필요가 없을 듯했다. 도메닉은 불타 죽을 뻔한 경험에
큰 충격을 받았는지 온순하기 그지없었다.
　여행 가방이 내려지는 동안, 알레그라와 도메닉은 병사들에게 둘러
싸여 거대한 수녀원 안으로 들어갔다. 사방이 돌로 만들어져서 어둡고
바람까지 휘휘 통하는 식당으로 안내를 받았다. 한쪽 구석에 사람만큼
커다란 벽난로가 자리잡았지만 불기운 하나 없이 싸늘하기만 했다.
　도메닉이 지금껏 본 중에서 가장 감정이 풍부한 표정으로 그녀의 얼
굴을 살펴보았다. 그 시선을 알아차리며 그녀가 입을 열었다.
　"병사들에게 당신을 괴롭히지 말라고 말해 놓을게요. 조만간 라자가
당신에게 맞는 판결을 내릴 거예요. 어떤 선고가 내려질지는 모르지만
최소한 화형은 아닐 거예요. 그 정도로 악랄한 사람이 아니니까."
　그가 간절한 눈동자로 애원했다.
　"알레그라, 부탁이오. 그의 마음을 움직일 수 있다면, 제발 나에게
사면을 내려 달라고 청해 주시오."
　"나에겐 그럴 힘이 없어요, 도메닉. 내 생각에는 부분적인 사면 이상을
받기는 힘들 거예요. 하지만 기회가 닿는다면 그 말을 전해 볼게요."
　"고맙소."

그때 퉁퉁한 원장 수녀님이 친절한 표정으로, 그녀가 보기에는 다소 가엾어하는 표정으로 종종걸음쳐서 다가왔다.

"몬테베르디 양, 다시 뵙게 돼서 기뻐요. 안전하게 돌아오셔서 정말 다행이랍니다. 따라오세요, 사용하실 방을 보여드릴게요."

"감사합니다, 원장 수녀님."

도메닉을 병사들에게 인계하고 알레그라는 수녀님을 따라나섰다. 그녀의 뒤로 다리우스가 커다란 상자를 어깨에 메고 쫓아왔다. 식당을 가로질러 계단으로 오르려는 순간, 계단 위에서 4명의 여자들이 내려오는 것을 보았다. 그 중 한 명은 특히 연한 색의 실크 드레스와 화려한 보석으로 치장한 모습이었다.

원장 수녀가 고개를 숙여 인사했다.

"공주마마, 레이디 여러분, 안녕하십니까?"

뒤쪽에서 쿵쿵 으르렁 소리가 나는 듯하더니, 보석 목걸이를 단 괴물처럼 생긴 불독 한 마리가 방금 돌기둥에서 풀려나 목 밑의 처진 살을 출렁이며 가운데 있는 소녀에게 달려갔다. 그 소녀의 무릎에 발을 올리고 흠모하듯이 낑낑거리자 소녀가 사랑스러워하며 품으로 안아들었다. 그 후에야 알레그라는 그 소녀가 누구인지 알아차렸다.

넋을 잃고 눈앞의 소녀를 쳐다보았다.

니콜레트 공주는 천사가 하늘에서 방금 하강한 듯한 모습이었다. 머리색은 겨울날의 햇살 같았고, 피부는 상큼한 크림 같았으며, 뺨은 연분홍색의 장미, 커다랗고 동그란 눈은 파란색의 수레국화 같았다. 그야말로 라자를 위해 하늘에서 사뿐히 날아 내려온 천사였다.

라자와 이 아름다운 여자 사이에서 태어날 아기는 또 얼마나 완벽한 천사의 모습일까. 알레그라는 씁쓸하게 시선을 내려야 했다.

"이 여자가 그 여자인가?"

공주의 입이 열렸다.

시중드는 레이디들이 니콜레트의 옆으로 다가서서 날카롭게 알레그라를 노려보았다.

"공주마마, 몬테베르디 양을 여기 모시라는 폐하의 명령이 있었습니다. 부디 노여워하지 마시기를."

원장 수녀가 달래듯이 대답했다.

니콜레트는 보조개가 쏙 들어가는 화사한 미소를 보내며, 사탕처럼 달콤한 목소리로 대응했다.

"나의 주인이자 남편이신 분의 뜻에 거역한다는 건 있을 수도 없는 일이라네. 하지만 이 여인을 우리 숙소와 가능한 한 멀리 떨어진 곳으로 배치해 주게나. 또 나중에 폐하에게 알려주시게, 헤픈 여자와 같은 공간에 머물러야 한다는 것이 우리에겐 큰 충격이었다고."

알레그라가 그녀를 빤히 쳐다보았다.

"브리지타, 이 여인이 아직 모르는 모양이구나. 왕비를 그렇게 노려보면 화를 면치 못할 거라고 알려주거라."

브리지타가 성실하게 앞으로 나섰다.

"왕비마마를 똑바로 쳐다보다니 무엄하구나. 시선을 내리거라!"

"아직은 왕비마마가 아니잖아요."

알레그라가 무심코 중얼거렸다.

원장 수녀가 콜록콜록 기침을 했고 다른 여인들이 기겁을 하며 소리쳤다.

"천박해라!"

"비천한 것이 감히!"

알레그라가 얼른 정신을 차리며 공손하게 아뢰었다.

"죄송합니다. 저 같은 여인은 마구간에나 어울릴 것입니다."

"그래, 그러면 우리에게 더 나을 것이다."

공주는 파랗디 파란 눈을 반짝이며 전혀 흔들림 없는 천사 같은 미소로 대꾸했다.

"마구간?"

더 이상 참을 수 없었는지 다리우스가 마침내 입을 열었다.

"대장이 싫어할 걸요!"

공주와 레이디들이 그제야 그의 존재를 알아차렸다. 그리곤 지극히 흥미롭게 아름다운 소년의 얼굴을 살펴보았다. 은근한 추파를 던지기까지 했다. 그 모습을 지켜보며 알레그라는 더 비참해졌다. 다리우스의 아름다움에 이 정도로 감탄할 정도라면 그들이 라자를 보았을 때는 어떻게 될까? 당연히 라자 왕도 이 작고 완벽한 모습의 신부를 보자마자 마음이 흔들리게 될 것이다. 라자가 자신에게 했던 말들을 니콜레트 공주의 귀에도 속삭일 거라고 생각하니 토할 것처럼 뱃속이 울렁거렸다.

알레그라는 외풍이 심한 자신의 거처로 들어서서 창으로 걸어갔다. 두 팔로 허리춤을 감싸고 바깥 풍경을 내다보았다. 수녀들이 정성껏 꾸며놓은 안뜰 너머로 초록의 언덕들이 하늘에 닿아 있었다. 나뭇잎들이 가을 색으로 변하기 시작했고, 벨포르 성의 잔해로 버려진 탑이 울창한 나무 사이에서 뾰족하게 고개를 내밀었다.

그녀의 가슴이 무너져 내렸다. 저 폐허 위에 새로운 벨포르를 세우려고 얼마나 들떠 있었던가. 어센션에 새롭고 멋진 수도를 만들어 보자고 수없이 라자와 다짐하지 않았던가.

하지만 이제 그 계획은 라자와 니콜레트의 것이 되었다. 인생을 함께 살아가며 슬픔과 기쁨을 나누는 것도, 아이를 낳아 가족을 이루는 것도 이제 모두 그들의 미래였다.

도메닉은 수녀원의 거대한 홀에 서서 알레그라와 니콜레트 공주가 마주치는 장면을 지켜보았다. 그들 사이에 흐르는 미묘한 기류와 적대감 속에서 자신이 탈출할 수 있는 방법을 알아차렸다. 성공하리라 장담할 수는 없는 일이었지만 그것만이 유일한 희망이었다. 누군가 그에게 가장 잘하는 일이 무어냐고 묻는다면, 여자 다루는 일이라고 대답할 수 있으리라.

그는 넋이 나간 표정으로 아름다운 공주를 쳐다보았다. 레이디들과 함께 점잔을 빼며 계단을 내려서다가 합스부르크의 니콜레트 공주가 그를 보았다. 입을 벌리고 멍하니 쳐다보고 있던 도메닉이 얼른 시선을 내려뜨렸다. 마치 상사병에 걸린 아이처럼.

그 즉시 공주의 호기심을 느낄 수 있었다. 허영기 많은 여자들은 으레 이런 일에 만족감을 느끼는 법이다. 레이디들의 속닥거림도 들려왔다.

"저 남자 누구야?"

"분위기가 귀족인 것 같아."

"키도 크고 금발머리도 꽤 근사해."

여자들의 작은 웃음소리를 배경으로 삼아, 그가 망설이듯이 공주에게 시선을 들었다. 공주가 살짝 고개를 꺄우뚱하고 나서 그에게 다가오며, 당당한 고갯짓으로 주위에 있는 병사들을 한 걸음 뒤로 물러나게 했다. 전에 여자라곤 본 적이 없는 것처럼 쳐다보는 병사들의 시선이 한심스러웠지만, 도메닉조차도 지금껏 본 여자 중에서 이 공주가 제일 아름다울 수 있겠다고 인정해야 했다.

그는 계속해서 고개를 숙이고 있었다.

"이름이 무엇이냐?"

그녀가 물었다.

"왕의 수행원 중 하나인가?"

"아닙니다, 마마."

"가까이 하지 마십시오, 마마. 이 자는 죄인입니다."

병사 한 명이 제지하려 했지만, 그녀가 얼음장 같은 눈으로 쏘아보았다.

"브리지타, 이자들에게 물어보지 않는 한 입을 열지 말라고 전하라."

그리고는 공주가 다시 그에게 물었다.

"무슨 죄로 붙잡혔느냐?"

"왕의 미움을 샀기 때문입니다. 제가 그분 애인의 약혼자였거든요."

"몬테베르디를 말하는 거냐?"

그녀의 예쁜 입술이 가늘게 오므라들었다.

"네. 라자 왕이 저의 약혼녀를 훔쳐갔습니다. 전 그녀와 같이 이곳에서 떠날 수만 있다면 더 바랄 것이 없습니다. 하지만 왕이 그 여자를 사랑하니 내주려 하지 않을 겁니다."

"사랑이라, 그 여자를?"

"사실입니다, 마마. 라자 왕은 저 같은 가난한 귀족이 감히 상상할 수도 없는 비싼 선물을 그녀에게 보내줍니다. 이러다 어센션의 금고가 바닥날까 봐 걱정스럽습니다."

그녀는 가슴 앞으로 팔짱을 끼고 그를 쳐다보았다.

"그런 일은 없을 거다."

도메닉은 공주의 속을 훤히 들여다볼 수 있었다. 다른 여자에게 자신의 지참금이 소모되는 일을 절대 두고 보지 않을 생각이리라. 틀림없이 시녀 한 명을 보내 피오레를 살펴보게 했을 테고, 자신의 남편 감이 잘생긴 외모와 매력을 갖추고 있다는 보고를 들었을 것이다. 그러니 이 예쁜 공주에게 여자의 질투심이 조금이라도 있다면, 충분히 그 점을 이용할 수 있었다.

"오, 아름다운 레이디여."

그가 한숨을 내쉬었다.

"저는 몬테베르디 양과 이곳을 떠나고 싶을 뿐입니다. 그런데 슬프게도 그 대신에 저의 사랑 때문에 사형에 처해질 처지입니다."

공주에 뒤에 선 레이디들이 동시에 한숨지었다.

도메닉의 구슬픈 목소리가 이어졌다.

"왕은 그녀와 헤어지지 않으려 합니다. 알레그라 몬테베르디가 트로이의 헬렌 이후로 가장 아름답고 사랑스런 여인이라고 말하더군요."

"그거야 두고 보면 알게 되겠지!"

니콜레트는 그를 유심히 살펴보다가 한 걸음 더 가까이 다가왔다.

"내가 마음만 먹는다면 너를 도와줄 수도 있다."

어쩌면 17년의 인생에서 가장 진지할 듯한 태도로 그녀가 말했다.

"오, 온유하신 레이디. 정말이십니까? 저는 아무것도 보답해 드릴 것이 없는데……."

그녀의 상아빛 얼굴에 결의의 표정이 담겼다. 이 파란 눈의 독사가 라자의 인생을 지옥으로 만들어 놓겠구나 생각하니 도메닉의 마음이 한없이 흐뭇해졌다.

"시인들이 항상 토로하지 않더냐, 진실한 사랑은 이루어져야 한다고. 나 또한 그래야 한다고 믿는다. 오늘밤 내가 남편과 식사하고 있을 즈음에, 나의 병사들을 보내어 너와 몬테베르디 여자를 해안으로 보내라고 명령하겠다. 거기서 어디든 가고 싶은 곳으로 떠나거라. 그 여자를 이곳에 데리고 돌아오지만 말아라. 영원히."

"아름다우시고 관대하시기까지 하신 레이디여."

스스로 매우 만족한 표정으로 그녀가 그에게 한 손을 내주었다.

도메닉은 무릎을 꿇고 그녀의 얼굴이 붉어질 때까지 손가락 하나 하나에 입을 맞추었다.

22

　라자는 사제가 서라는 곳에 서고, 앉으라는 곳에 앉고, 사제의 명령
대로 신부감의 작은 발걸음에 맞추어 성당을 걸어다녔다. 성당 안에
촛불들이 활활 타오르며 파티 분위기를 자아내고 있었다. 결혼식에 참
석할 하객들은 내일 자신이 앉거나 서 있어야 할 자리를 배정받는 중
이었고, 언제나 매서운 표정을 자랑하는 파스콸레조차도 오스트리아
수행원과 담소하며 미소짓고 있었다.

　검푸른 바지 주머니에 두 손을 찔러 넣은 채 라자는 힘겹게 상냥한
표정을 유지하였다. 이제 곧 누구라도 부러워할 만한 모든 것을 얻게
되리라. 소중한 자신의 조국, 피오레 왕가의 복귀, 금화 2백만 냥, 죗값
을 치르기 위해 심판을 기다리는 도메닉 클레멘테, 그리고 다루기 어
렵지 않을 만한 아내.

　왕실의 결혼식이니 만큼 웅장한 예식이 될 것이었다. 아니, 거대하
고 사치스러운 희극이 되리라.

　새신랑이 조용히 가라앉아 있는 것에 대해서 사람들이 저마다 의견
을 제시하며 쑥덕거렸다. 어떤 자는 원래 말이 없는 사람인 모양이라

고 했고 어떤 이는 침묵이 지혜의 상징이라고 추켜세웠으며, 말솜씨가 부족하거나 동상에 걸려서 심기가 불편한 거라고 결론 내리는 사람들도 있었다. 반면에 숙녀들은 그를 신비로운 남자라고 속닥거렸다.

하지만 라자는 벗어나고 싶을 뿐이었다.

축하인사를 받을 때마다 억지 미소를 지어 보이며 자신의 진짜 모습을 알고 있는 사람, 자신의 행동이나 말로 판단하지 않는 사람이 옆에 없음을 한탄했다. 그런 사람이 없이 어떻게 이 삶을 견뎌나갈 수 있을까? 여기 모인 사람들에게 그는 신기한 존재에 불과했다. 일에 파묻혀 지내는 수밖에 없을 것이다. 지금 어셴션에 해야 할 일이 충분하다는 것이 그나마 다행이었다.

결혼식 예행연습이 끝나자, 모두들 정교하게 만들어진 마차에 오르기 시작했다. 밀란 공작의 겨울 별장에 가서 늦은 저녁 만찬을 벌일 예정이었다. 공주와 그 수행원들이 마차에 타길 기다리면서 라자는 흘깃 성당을 올려다보았다. 내일 제단에 서서 신에게 공허한 맹세를 중얼거릴 때 번개가 내려치지는 않을지 궁금해졌다.

마차 안에서 여자들의 잡담을 무심히 한 귀로 흘리며 어두운 창 밖을 응시했다. 미치도록, 온몸이 아플 정도로 알레그라가 그리웠다. 평생에 한번만이라도 다른 사람을 위하겠다는 결심을 지키기가 왜 이다지도 힘이 드는 것인가.

문득 그가 상념에서 빠져 나와 현실로 돌아왔다. 어두운 풍경이긴 하지만 섬뜩하게 익숙함이 느껴지는 곳에 접어들었다.

"여기가 어디지?"

팔뚝에 소름이 돋았다.

<오르피오 파스에 도달했을 때, 엄마는 잠든 안나를 무릎에 끌어안고 좌석에 기대어 계셨다. '파도가 너무 거칠었어! 우리 모두 안전해서 정말 다행이야.'>

그가 마차 문을 쾅쾅 두드렸다.

"이봐, 멈춰. 마차 세워!"

라자는 레이디들의 놀란 시선에 아랑곳하지 않고, 마차가 정지하자마자 밖으로 뛰쳐나갔다. 엑셀시어를 뽑아들고 거칠게 주위를 둘러보았다. 하지만 복면을 한 사내들도, 구르는 말발굽소리도, 비명소리도, 번개도 없었다. 번쩍이는 왕실의 보검과 그 자신, 그리고 슬픈 망령들의 한숨처럼 나무 사이로 부드럽게 스쳐 가는 밤바람소리뿐이었다.

"왜 그러십니까, 폐하?"

누군가 뒤에서 물었지만 곧바로 파스콸레의 낮은 목소리가 이어졌다.

"물러서 있거라."

라자는 몇 발짝 움직였다. 심장이 터질 듯한 느낌으로, 가족이 도살당했던 그 길을 노려보았다. 양쪽으로 나무들이 우거져 있는 좁은 길. 검은 뱀처럼 죽음이 꿈틀거리는 곳. 16년 전의 그날로 돌아가 버린 듯했다.

<살아 남아야 한다, 아들아. 네가 이 가문을 이어야 한다.>

마른 잎사귀들을 뭉개며, 그는 한때 어린 소년이 정신없이 도망쳤던 그 숲으로 들어갔다. 오래지 않아 60미터 높이의 절벽 끝에 도달했다. 그는 까마득한 아래 넘실대는 바닷물을 내려다보았다.

'가엾은 놈.'

그는 예전의 어린 자신에게 말했다.

'네가 살아 남은 건 기적이었어.'

멀리 검은 바닷물을 응시하면서 그의 마음 한켠에 깨달음이 찾아들기 시작하였다. 가슴속에 회오리가 몰아쳤다. 규명할 수 없이 뒤틀린 감정과 뜨끈한 고통이 느껴졌다. 마침내 그는 아버지에게 한 약속을 지켰다. 하지만 다른 맹세 하나를 깨뜨렸다. 말로 한 약속보다 더 깊이 그의 영혼에 낙인 찍혔던 그 맹세를.

'마음으로는 당신의 아내예요. 나한텐 그걸로 충분해요.'

그녀가 말했었다.

'아, 알레그라. 당신을 어쩌면 좋단 말이오?'

그는 하늘의 별들을 올려보았다. 알레그라는 그의 나침반이었다, 그를 집으로 인도해 주었던 찬란한 별이었다. 그녀가 그의 영혼을 구원해 주었다. 그에게 모든 것을 내어주었다. 그런데 그는 그 여자를 밀어냈다. 달리 선택의 여지가 없었으니까, 비카의 죽음으로 저주가 끝나지 않았다는 것을 알았으니까.

하지만 어떻게 그것을 진실이라고 장담할 수 있는가? 한때는 자신의 왕국을 되찾을 수 있으리라고는 감히 믿을 수 없었던 시절이 있었다. 하지만 알레그라의 사랑과 그의 사랑이 불가능을 현실로 바꿔놓았다. 어쩌면 그녀를 곁에 두면 안 된다는 생각도 똑같이 잘못된 믿음일지 모른다.

'하지만 만에 하나라도……?'

언제나 이것이 문제였다. 만에 하나라도…… 만에 하나라도 알레그라에게 위험이 닥친다면…….

인생은 어차피 위험한 여정이었다. 어디서 어떻게 바라보든 위험이 도사리고 있었다.

그래, 사랑하는 사람의 죽음과 자신의 죽음이 두려워서 항상 똑같은 수렁에만 빠져 있으면 결국에는 미쳐버리리라. 삶은 죽음과 밀접하게 엮여 있다. 하나를 피하려다가 오히려 다른 하나를 피하는 결과가 되어버린다. 죽음의 두려움에서 벗어나는 유일한 방법은 그 자체를 포용하는 것이다. 그리고 은색 총알을 바다에 던져버렸던 그날 밤 그는 죽음이라는 선택을 내동댕이쳤다.

하지만 삶을 포용하려면 어떻게 해야 하지? 그만한 용기가 있을까?

알레그라를 반역자와 자객들과 그 외의 모든 위험에서 안전하게 지킬 수 있다 해도, 여자들이 아이를 낳다가 죽는 경우도 허다하다. 새로운 생명의 탄생이 죽음과 연결되어 있다니 지독한 일이다. 하지만 그것이 현실이다. 그녀를 다시 그의 인생으로 끌어들여 아이를 낳게 된다면 그 아이들을 사랑하게 될 것이야 말할 것도 없을 텐데, 만약에 그 아이들을 잃게 된다면 이떻게 될까? 장미 꽃송이보다 더 연약한 그들을 잃어버리는 슬픔을 과연 견뎌낼 수 있을까?

알레그라가 가난한 사람들에게 자주 찾아다닌다는 문제도 있었다. 불결한 자들, 병든 자들과 같이 하다가 그 병에 옮기라도 하면 어쩔 것인가? 그녀도 언젠가는 죽을 운명이었다. 그에게 걸린 저주 때문이 아니더라도, 그녀를 땅 속에 묻어야 할 때가 올 것이다.

'너는 진심으로 그녀를 보호하려는 것이냐, 아니면 너 자신의 고통을 피하려는 것이냐. 네 한 몸 구하려고 숲으로 도망쳤던 것처럼 또다시 도망치고 있는 것은 아니냐?'

아래의 바다와 머리 위 별들이 해답을 갖고 있는 듯했다. 분명하게 움켜잡고 싶었지만 찾지 못했던 그 해답을 찾아야 했다. 그는 절벽 끝에서 바람에 깎인 바위에 한쪽 무릎을 꿇고 현기증이 일어날 때까지 바다와 하늘을 쳐다보았다.

무릎에 팔꿈치를 기대고 한 손에 얼굴을 내렸다.

너는 어느 쪽으로든 저주받지 않았느냐.

그는 이 절망적인 자신의 단언에 웃어야 할지 울어야 할지 알 수 없었다.

'사람은 누구나 저주를 끌어안고 산다. 어떤 방식으로든 저주받는다, 그것이 인생이다. 그렇다면 차라리 행복해지는 것이 더 낫다.'

아무렇게나 끼워 맞춘 자신의 개똥철학에 힘없는 웃음이 터져 나왔다. 화롯불 앞에서 어느 소박한 농부나 쪼글쪼글한 할머니가 마늘을 튀기며 들려줄 법한 얘기가 아닌가.

인생이 그렇게 간단해질 수 있는 것일까? 그렇게 간단해져도 되는 것일까?

그는 눈을 질끈 감고 '그렇다'고 대답할 수 있기를 열망했다.

'하지만 운명이 그녀를 나에게서 빼앗아갈 것이다. 난 그것을 참을 수 없다. 왜 모두가 내 곁에서 떠났을까? 왜 나는 사랑하는 사람을 모두 잃는 것일까?'

다음 순간 어디선가 비카의 목소리가 들리는 듯했다. 그의 성급한 기질을 달래주려는 스승처럼 끈기 있고 꽤나 분명한 목소리로 충고했다.

'생각을 바꿔보게. 노새 대가리처럼 한 쪽만 고집부리지 말란 말이야. 자네 생각을 거꾸로 뒤집어 봐.'

몇 분이 지나도록 라자는 꼼짝하지 않았다.

어쩌면 너무 불행에 대한 분노에만 휩싸여 있었던 게 아닐까? 왜 상상조차 못했던 일들이 일어나는지를 묻는 데에만 골몰해 있었던 건 아닐까? 내가 가진 것에 감사할 줄 몰랐던 것은 아닐까?

감사라고? 그 단어가 충격적으로 다가왔다. 감사해야 할 것이 많다는 것도 깨달았다. 사랑이 많은 어머니와 그리스 신화의 영웅 같은 아버지와 행복하게 보냈던 13년의 세월, 사뭇 진지하던 남동생과 시도 때도 없이 낄낄대던 여동생도 있었다. 그 후에는 폭풍우와 바다에서 기적적으로 살아남았다. 친구가 가장 필요했을 때 자신을 아껴주는 친구들도 있었다. 그는 살아 있었다. 건강했다. 그리고 원수의 딸 덕분에 아무나 맛볼 수 없는 인생의 달콤함을 알았다, 무조건적인 사랑을 받았다.

그녀는 아무것도 숨기거나 억누르지 않고 완벽한 사랑으로 그를 감싸주었다.

'내가 그 선물을 받았다.'

그는 반짝이는 바다를 강렬하게 응시했다.

그래, 알레그라는 살아 있다. 알레그라야말로 그의 인생에서 가장 큰 기적이었다. 저주라는 것이 진짜 있다고 해도, 그 저주를 부수고도 남을 만큼 강한 그들의 사랑이 있었다. 맹세코 그 저주를 깨부수면 되지 않겠는가.

그는 한참 동안 고개를 숙인 채 넘실거리는 바다를 지켜보았다. 그의 영혼이 지금까지의 자신을 수치스러워하며 깊은 침묵으로 빠져들었다.

'감사합니다.'

마침내 눈을 질끈 감고 누구에게랄 것도 없이 감사를 드렸다.

라자는 벌떡 일어섰다. 더 이상 낭비할 시간이 없었다. 이미 너무 많은 시간을 낭비해버렸다.

알레그라가 용서해 주지 않으면 어쩌지? 그 생각이 너무나 끔찍해서 기뻐할 여유도 없었다. 그녀가 거부한다면 납치를 해서라도 다시 사랑하게 만들겠다고 다짐하며 기다리는 수행원들에게 성큼성큼 돌아갔다.

그녀에게 선택의 여지를 주지 않으리라. 이 세상에 다시없는 정성으로 그녀를 사랑해 주리라.

그는 비엔나의 공주에게 짤막한 사죄의 말을 전하고 더 이상의 설명 없이 말 한 마리에 올라탔다. 크러뱃을 풀어버리고 프록코트도 벗어버렸다. 이따위 빌어먹을 허례허식은 필요 없었다. 그는 단 하나의 목적만을 마음에 새기며 수녀원으로 질풍처럼 달려갔다.

자신의 아내가 되어야 할 단 한 사람에게 그를 다시 받아달라고 애원할 것이다. 이 반짝이는 하늘 아래서 그들이 나누어야 할 소중한 시간을 더 이상 일분도 낭비하지 않을 것이다.

알레그라는 저녁기도가 끝난 후에도 오랫동안 예배당에 앉아 있었다. 그녀의 머리에는 원장 수녀님이 주셨던 예비 수녀용 검은 망사가 씌워져 있었다. 긴 머리카락 한 올을 손가락에 감아보면서 곧 이 머리를 잘라내야 할 거라고 생각했다.

라자가 싫어할 텐데.

그 생각만으로도 작은 바늘이 심장을 콕콕 찌르는 것처럼 아파 오고 눈에 눈물이 가득 고였다.

'그만해.'

애써 눈물을 참으며 알레그라는 한숨을 내쉬었다.

서원하는 촛불들이 창백한 대리석의 성모 마리아 얼굴 위에서 깜박거리고, 수녀님들의 수정 같은 노랫소리가 메아리처럼 날아들었다. 그 소리와 함께 제단 주위에 꽂혀진 야생화에서 풍기는 부드러운 향기가 은은하게 콧속으로 스며들었다.

그녀는 한참이 지나서야 자리에서 일어나 예배당을 떠났다. 라자에 대한 생각으로 가득한 채 어두운 돌 복도를 걸어 내려갔다. 그의 짙은 속눈썹과 관능적인 웃음소리, 입술 한쪽 꼬리를 올리던 얄미운 미소, 라자와 함께 나누었던 환희…….

'수녀는 이런 생각하면 안 돼.'

비참하게 자신을 질책하며 복도의 모퉁이를 돌아섰다. 문득 여섯 명의 합스부르크 병사들이 그녀의 앞으로 행군해 오는 모습이 눈에 띄었다.

그 중 한 명이 점잖은 프랑스어로 그녀에게 말을 건넸다.

"몬테베르디 양, 저희와 같이 가시지요."

"왜요?"

"몬테베르디 양을 약혼자와 같이 해안으로 모시라는 명령을 받았습니다."

"약혼자라뇨?"

그녀가 멍하니 물었다.

"달링, 드디어 감격적인 재회의 시간이오."

느닷없이 도메닉이 구석에서 나타났다.

그녀는 무의식적으로 뒷걸음질치며 그 남자를 쳐다보았다. 익히 잘 알고 있는 거만한 표정과 그의 손에 들린 권총을 알아보았다.

"무슨 짓이에요? 그 총은 어디서 났어요, 우리 병사들은 어디 있죠?"

그가 그녀의 팔뚝을 단단하게 잡았다.

"왕비마마께서 당신을 보내고 싶어해. 왕만 권력을 지닌 게 아니거든."

오스트리아인들이 이해하지 못하도록 그가 이탈리아어로 속삭였다.

"나는 자유를 얻고 그 여자는 남편을 독차지하고, 당신은 처음에 예정돼 있던 대로 나와 같이 가고. 셋 다 좋은 일이야."

"싫어요. 난 안 가요! 여기 있을 거예요. 당신도 죄의 심판을 받아야 해요."

그녀가 매섭게 쏘아붙였다.

"공주가 당신이 지은 죄를 알고 있나요?"

"당신은 아무 걱정하지 마. 위험할 거 없어. 내가 잘 보살펴 줄 테니까…….”

“나한테 덤벼들었던 그날 밤처럼 보살핀다는 건가요?”

그녀가 획 팔을 잡아 뺐다.

그의 각진 턱이 굳어지고 초록의 눈동자에 불꽃이 일었다.

“우리 둘다 어셴션이 바라지 않는 인물이야, 알레그라. 당신은 반역
자의 딸이고, 나도 당신 아버지처럼 원로원에게 배신당했어. 이제 그만
앙탈 부리고…….”

“그게 무슨 뜻이에요?”

“설명할 시간 없어.”

“말해요! 원로원이 아빠를 배신했다고요?”

그는 잠시 짜증스럽게 천장을 쳐다보고 나서 그녀에게 시선을 되돌
렸다.

“말해 주면 얌전히 따라올 거야?”

“좋아요.”

그녀가 거짓말을 했다.

도메닉이 재빠르고 낮은 목소리로 말을 이었다.

“당신 어머니는 자살한 게 아니었어. 피오레 죽음의 진짜 비밀을 폭로
하려 했기 때문에 제거된 거야. 그녀는 자기 생명이 위험하다는 걸 알고
당신을 파리로 보냈지. 당신 아버지는 그걸 까맣게 모르고 있었어.”

그녀가 하얗게 질린 얼굴로 입을 틀어막았다.

“자, 다 말했으니까 어서 움직여. 우리 수행원들이 마음을 바꾸기 전
에.”

“싫어요.”

“뭐야? 그럼 거짓말한 거야? 당신이?”

그의 눈이 가늘어지더니 그녀의 팔을 더 힘껏 움켜잡아 홀 끝에 위
치한 출입구 쪽으로 끌어당겼다.

“새로운 재주를 배워 온 모양이군. 하지만 내 감옥 열쇠를 순순히
놔줄 순 없어. 어서 따라와. 시간 없어.”

"난 여기 있어야 돼요. 못 가요! 안 가요!"

그녀가 몸부림치며 저항했다.

그가 걸음을 멈추고 흘긋 돌아보았다.

"설마 그놈 때문은 아니겠지? 그놈은 야만스런 짐승이야."

"난 그 사람을 사랑해요! 그 사람 옆에 있어야 돼요!"

"말도 안 돼."

그는 어이없어하며 벽을 노려보았다. 하지만 어쩔 수 없이 전술을 바꾸기로 한 모양이었다. 골난 어린애에게 관용을 베푸는 어른처럼 말했다.

"걱정 마, 달링. 그런 건 때가 되면 잊혀져. 내가 잊게 해줄게. 사랑해 줄게, 알레그라."

그가 다시 그녀의 팔을 붙잡고 걸어가려 했다.

"난 그 사람 아이를 가졌어요!"

그녀는 병사들이 알아듣도록, 그녀를 데려가면 안 된다는 것을 알리려고 프랑스어로 소리쳤다.

'해버렸어.'

마침내 큰 소리로 말해버렸다. 더 이상 그녀의 임신은 혼자만 간직하던 비밀이 아니었다.

오스트리아인들이 서로를 멍하니 쳐다보았고, 도메닉의 얼굴은 하얗게 질렸다.

"그래서 공주가 이 여자를 보내려는 거야."

도메닉이 얼른 사내들을 안심시키고는 그녀를 잡아끌었다.

"빨리 따라와."

"싫어요!"

그녀가 도망치려 했지만, 커다란 병사들이 그녀를 붙잡았다. 설리반과 다른 경호원들을 부르려고 숨을 끌어들였을 때도 병사 하나가 그녀의 입을 틀어막았다.

"실망했어, 알레그라. 당신이 창녀 노릇이나 하다니. 이젠 나랑 잘해 보자구."

도메닉이 중얼거렸다.

그녀가 발길질을 하며 몸부림쳤다. 하지만 소용없었다. 도메닉의 뒤쪽 어둠 속에서 언뜻 다리우스의 모습이 보였다. 그 아이가 꼼짝 않고 상황을 응시하다가 사내들의 눈에 띄지 않게 조용히 사라졌다.

도메닉이 그녀를 병사들에게 인계받아 끌 듯이 안 듯이 밖으로 데려갔다.

라자는 수녀원의 안뜰에 쿵쿵대는 말을 멈춰 세우고 훌쩍 뛰어내렸다. 불이 훤하게 켜진 현관 앞의 브레드렌단 하나에게 고삐를 던졌다.

"어서 오세요, 대장."

사내가 서둘러 대장이라는 단어를 고쳤다.

"아니, 폐하."

라자가 씩 웃어 보이고는 거대한 나무문을 열어젖히며 안으로 들어갔다. 거대한 식당 홀에 자신의 부하들이 모여 있었다.

"여긴 웬일이세요?"

설리반이 놀라며 소리쳤지만, 대답을 듣기도 전에 의미심장하게 웃음 지었다.

"여자는 어딨어?"

라자의 성쾌한 목소리가 울려 퍼졌다.

"이제야 제정신이 돌아오셨군요!"

설리반이 두 손으로 박수를 쳐댔고 다른 사내들이 한마디씩 소리쳤다.

"그 여자, 잔소리가 심해서 싫댔잖아요?"

"세상 여자가 그 여자 하나뿐이라도 사양한다면서요?"

"그래도 우린 다 알고 있었다니깐요, 대장이 그 여자 없이는 못 산다는 거."

"저쪽으로 내려가세요."

설리반이 복도 쪽을 가리켰다.

"예배당에 있을 거예요. 혼자 있고 싶다고 어찌나 가엾게 말하던지, 우리 가슴이 찢어질 뻔했어요."

"친구들, 행운을 빌어주게. 난 이제 손발이 닳도록 빌어야 돼."

라자가 껄껄 웃으며 복도 쪽으로 성큼성큼 걸음을 옮겼다.

"설리반! 도날드슨!"

다리우스가 정신없이 식당 홀로 뛰어들었다. 라자를 보는 순간 아이가 놀라며 멈칫했다. 하지만 더 이상의 지체없이 소리쳤다.

"대장! 놈들이 아가씨를 데려갔어요! 지금 끌고 가요!"

"누가?"

그가 화들짝 다그쳤고, 남자들이 우르르 일어났다.

"외국인 병사들하고 클레멘테가요!"

라자는 이미 칼을 빼들고 달리기 시작했고, 부하들도 바로 뒤를 따랐다. 그가 모퉁이를 돌아서는 순간, 마지막 오스트리아 병사가 복도 끝의 옆문으로 나가고 있었다.

"거기 서!"

그가 고함쳤다.

병사가 돌아보았다.

"폐하!"

그자가 문 앞에서 얼어붙었다. 라자는 눈을 부라리며 문으로 달려가서 다른 오스트리아 병사들도 감히 움직이지 못하고 서 있는 것을 확인했다. 그리곤 거칠게 그들을 옆으로 밀쳐냈다.

"물러서!"

갑자기 클레멘테의 고함소리가 들리며, 알레그라의 머리에 권총이 닿은 것을 보았다.

라자의 발이 딱 멈췄다.

알레그라가 흐느끼듯이 그의 이름을 불렀다.

라자는 검을 내리고 사랑하는 여자의 얼굴을 응시하며 천천히 접근했다.

“괜찮아, 알레그라. 내가 왔어.”

그녀는 주근깨마저 창백해진 얼굴로 그를 쳐다보았다.

“원하는 게 뭔가, 클레멘테? 그녀를 놔줘, 요구하는 건 뭐든지 들어주겠다.”

“그 말을 내가 믿을 것 같아? 해적 나부랭이의 말을?”

도메닉이 신경질적으로 웃어댔다.

“알레그라를 풀어 줘. 원하는 게 뭐야? 사면인가? 좋아. 돈인가? 액수를 대라.”

“내 미래를 내놔! 이 섬은 내 거야!”

라자는 도메닉의 얼굴에 나타난 두려움을 알아차렸다. 그래서 전술을 바꾸기로 했다. 도메닉의 권총에는 총알이 하나밖에 없었다. 그 총알을 자신에게 쏘게 할 수 있다면 알레그라는 무사할 것이다. 그 후에 브레드렌단이 클레멘테를 덮치면 상황은 금방 끝이 난다.

“그건 안 되겠는걸, 이 섬은 내 몫이야.”

그가 태연하게 말을 이었다.

“겁쟁이 자식, 좀 당당해질 수 없나? 여자 치마폭 뒤에 숨어서 목숨을 구하려는 건가?”

“닥쳐!”

“얼빠진 놈.”

라자의 눈동자에 광기 어린 번득임이 드러났다.

“네놈 따윈 두렵지 않아!”

“두려워해야 할걸. 이번에는 그 작은 손목 하나 부러뜨리는 것으로 끝나지 않을 테니까. 네 몸뚱이의 뼈를 모조리 부러뜨릴 거야. 그 다음에는 네놈이 내 부하들에게 했던 것처럼 단검으로 조각조각 잘라주겠어. 상어를 좋아하나, 클레멘테? 우리 해안에는 상어가 아주 많지.”

“입 닥쳐! 죽여버리겠어.”

“날 건드릴 수나 있을까? 어디 한 번 해보시지. 그 총으로 쏴봐.”

“라자, 안 돼요.”

알레그라가 흐느꼈다.

"어때? 겁쟁이 도메닉, 난 겨우 2미터 정도 떨어져 있을 뿐이야. 날 맞출 수 있겠어? 네놈한테 그럴 배짱이 있을까?"

도메닉이 알레그라의 머리에 총을 들이대고 마차로 주춤주춤 물러서는 동안 라자는 천천히 그들에게 다가갔다. 엑셀시어를 검집에 집어넣고 두 손을 펼쳐 보이기까지 했다.

"봤지? 난 이제 무기도 없어. 날 쏴버려. 네가 진짜 죽이고 싶어하는 건 나잖아. 날 제거해버리면 다 해결되잖아? 네가 모든 걸 되찾을 수 있어. 하지만 넌 너무 겁이 많아. 그저 여자 뒤에 숨어서 도망치고 싶을 뿐이야. 물론 무사히 도망칠 가능성이 전혀 없지만 말이야."

"개자식."

클레멘테가 거칠게 숨을 몰아쉬며 내뱉었다.

"이 여자를 쏴버리겠어! 그럼 네놈의 여자와 아기까지 세상에서 사라지는 거야!"

라자가 발길을 멈추고 멍하니 알레그라를 쳐다보았다.

그녀의 얼굴에서 눈물이 흘러내렸다.

"제발, 라자."

그가 방심한 채 그녀를 쳐다보는 사이, 도메닉이 라자를 겨냥했다. 방아쇠를 당기는 순간 알레그라가 비명을 지르며 그의 팔을 위쪽으로 밀쳤다. 총알이 라자의 머리 위로 쌩 지나갔다. 도메닉이 괴성을 지르며 마차로 달려가 허겁지겁 마부석으로 올라갔다.

하지만 라자가 금세 뒤따라갔다. 말들이 두 번째 걸음을 옮기기도 전에 멈춰 세우고는 우악스럽게 도메닉을 끌어내려 마차에 쾅 밀어붙였다. 있는 힘껏 두 번 주먹을 내갈기고 기절 직전인 도메닉을 사정없이 바닥에 내동댕이친 다음 엑셀시어를 뽑아들었다.

하지만 클레멘테를 죽이지는 못했다. 그는 일개 해적이 아닌 라자 디 피오레였다. 여자가 보는 앞에서 사람을 죽일 순 없었다.

라자는 두 손으로 검을 움켜쥔 채 부들거리며 클레멘테의 목에 칼끝을 들이댔다.

"이자를 체포해."

가까이 있는 부하들에게 그가 소리쳤다.

"새벽에 사형을 집행하겠다. 오스트리아 병사들도 잡아와. 어찌된 일인지 알아야겠다."

그는 공주의 부하들을 험악하게 쏘아보며 덧붙였다.

설리반과 비커슨이 정신 잃은 클레멘테의 팔에 수갑을 채우는 동안, 라자는 머리를 긁어 올리며 미칠 듯한 분노를 진정시켰다.

다시 시선을 돌렸을 때 알레그라가 그를 쳐다보고 있었다. 하지만 그녀는 얼른 시선을 내리고 수녀원 문으로 걸어가기 시작했다.

라자가 그녀를 구하려고 자신이 총에 맞으려 했다.

알레그라는 한 발 한 발 앞으로 떼어내는 데에만 정신을 집중시키면서 나무토막처럼 뻣뻣하게 문으로 향했다. 방에 들어갈 때까지 쓰러지지 말아야 했다. 라자의 얼굴을 똑바로 쳐다볼 자신이 없었다. 그의 차가운 무관심도, 임신 사실을 숨긴 데 대한 분노도 지금은 감당할 자신이 없었다. 도메닉에게 그녀를 위해서라면 뭐든 내어주겠다고 한 말도 다 정신을 분산시키기 위한 전략이었으리라. 감히 그 말이 진실이라고는 생각할 수 없었다.

고개를 푹 숙인 그녀의 눈앞에 검은 부츠가 나타났다. 정교하게 보석이 박힌 검집을 보았고, 너무나 친숙한 그의 냄새도 맡았다.

"제발…… 나중에."

그녀가 고통스럽게 땅바닥을 응시했다.

"나중에 설명할게요……."

"알레그라."

그의 부드러운 목소리가 들려왔다.

그녀는 눈을 감았다. 하마터면 저승으로 직행할 뻔했던 이 멍청이를 바라보고 싶지 않았다. 따뜻하고 굳은살 박힌 손가락이 턱에 와 닿자,

획 얼굴을 잡아 뺐다.

"건드리지 말아요……. 부탁이에요."

고개를 다시 숙이며 그녀가 중얼거렸다.

"날 좀 봐줘."

그의 목소리는 전에 없이 너무나도 다정했다.

어떻게 이 남자에게 저항할 수 있을까. 그녀가 천천히 눈물 가득한 눈을 들어올렸다.

라자는 격랑이 치는 표정으로, 괴롭고 방황하는 듯한 표정으로 그녀를 응시하고 있었다. 아무 말도 하지 않았다.

주위에 둘러선 부하들과 놀라서 뛰어나온 수녀들에게 전혀 아랑곳하지 않고, 점점 더 몰려들고 있는 사람들을 망각한 채, 라자가 그녀의 앞에 무릎을 꿇었다.

그녀의 손을 붙잡아 자신의 뺨에 꼭 눌렀다.

그녀는 어리둥절해하며 그의 정수리를 내려다보았다.

"나에게 돌아와 줘."

그의 몸이 떨리는 듯하더니 그가 조그맣게 속삭였다.

"제발 돌아와 줘, 알레그라. 당신은 내 아내야. 내 아내가 될 사람은 당신뿐이야. 당신이 없으면 난 살아갈 의미가 없어."

23

내가 용서받을 수 있을까?

라자는 천천히 걱정스런 시선을 그녀에게 들어올렸다. 랜턴 불빛을 받으며 그녀가 지긋이 그를 쳐다보았다. 한때 믿음으로 반짝이던 그 벌꿀색의 눈동자에 두려움과 조심스러움이 담겨 있었다. 가슴이 아팠다.

그녀가 입술을 잘근잘근 깨물다가 이윽고 어깨를 쭉 폈다.

"난 당신 아내가 아니에요. 더 이상 이런 장난치지 마세요. 다른 애인을 찾아보세요."

그는 이보다 더 찢어질 수 없을 정도로 가슴이 찢어졌다. 하지만 알레그라가 지금 침착해 보일지라도 그 말이 진심일 리 없다고 생각했다. 그는 눈을 질끈 감으며 다시 결의를 다졌다.

"내 말뜻은 그게 아니오."

눈을 뜨고 그녀를 올려보았다.

"알레그라, 당신을 사랑해. 당신을 아내로 맞고 싶어. 나와 결혼해 주시오."

그녀는 충격에 휩싸여 그를 응시했다. 그리곤 고개를 젖혀 별이 가득한 하늘을 올려다보았다. 몇 시간처럼 느껴지는 몇 초가 지난 후 그에게 시선을 되돌렸다.

"라자, 사람들이 쳐다보고 있어요. 일어나세요. 당신은 이 나라의 국왕이세요."

"난 당신 남편이오."

그가 격하게 덧붙였다.

"형편없는 멍청이고."

그녀는 지친 얼굴로 그의 간절한 눈동자에서 시선을 떼어냈다.

그가 그녀의 손을 잡아끌며 다시 말했다.

"알레그라, 제발 무슨 말이든 해봐."

"라자, 오늘밤은 아주 힘들었어요. 경솔하게 굴지 말고 일단 안으로 들어가세요."

그것은 그녀에게서 듣고 싶었던 말이 아니었다.

그녀가 그를 원하지 않는다. 사랑한다고 말해 주지 않았다. 용기가 달아났다. 하지만 이것이 자신의 소심함에 대한 마땅한 대가였다. 그는 말문이 막힌 채 고개만 끄덕였다. 그녀에게 상처를 주고 회복할 수 없을 정도로 실망시킨 장본인이 바로 자신이었다. 이제 그녀의 규칙에 따라가는 수밖에 없었다.

그녀는 꼿꼿한 자세로 그가 일어서기를 기다렸다. 그는 조용히 일어나 그녀의 뒤로 따라갔다. 알레그라는 수녀원으로 들어가서 자신의 방으로 향했다. 라자는 용감하게 턱을 쳐들고 걷는 그녀의 모습이 안쓰러웠다. 지금 지나치고 있는 사람들 모두 그녀가 임신했다는 사실을 알고 있는데도.

그의 아이를.

기적에 이은 또 다른 기적이라고, 그는 황홀하게 생각했다. 그녀가 기필코 그를 용서해 주어야 했다. 그럼 마침내 가족을 이룰 수 있으리라. 그가 원하는 것은 그것뿐이었다.

알레그라가 방으로 들어갔다. 그는 부하들에게 몇 가지 지시를 내리고 나서 뒤따라 들어갔다.

방문을 잠그고 돌아서자, 열린 창가에서 밤 풍경을 내다보고 있는 그녀가 보였다. 그 등의 윤곽에서, 단단히 자신을 감싸고 있는 그 야윈 팔에서 그녀의 두려움을 읽을 수 있었다. 그 두려움이 도메닉 클레멘테와는 아무런 상관도 없다는 걸 알았다. 라자 디 피오레 자신이 심어 준 두려움이었다.

그는 죄책감에 시달리며 주머니에 두 손을 찔러 넣고 고개를 숙였다. 그녀가 처분을 내려줄 때까지 말없이 기다렸다.

드디어 그녀가 돌아섰다. 두 개의 촛불이 일렁이는 불빛 너머로 배를 보호하듯이 감싼 채 그를 쳐다보았다. 작고 연약하고 반항적인 모습이었다. 갑자기 그는 자신의 무게를 감당할 수 없는 느낌으로 침대에 털썩 내려앉았다.

그녀가 그에게 돌아와야 했다. 꼭 돌아와야만 했다.

"그래서요?"

그녀가 침착하게 설명을 요구하였다.

어떻게 해야 할까, 어떻게 해야 그녀의 마음을 되찾을 수 있을까?

"당신이 날 증오한다 해도 할 말이 없소."

납덩이 같은 목소리로 그가 입을 열었다.

"내가 당신의 신뢰를 바랐을 때 당신은 그것을 주었소. 내가 당신의 사랑을 원했을 때도 당신은 그것을 주었소. 내가 나 자신을 믿지 못할 때 당신이 날 믿어주었어. 내가 잃어버렸던 모든 것을 당신이 돌려주었어. 그런데 나는 그 보답으로, 난……"

그가 자신의 두 손을 내려다보며 더듬거렸다.

"당신을 밀어냈어."

"쫓아냈다고 해야 맞겠죠."

그녀가 차갑게 말을 고쳤다.

"하지만 맹세코, 당신에 대한 사랑이 식어서 그런 것은 아니었소. 절대 그런 게 아니야."

방안은 조용했다. 라자는 떨리는 숨을 끌어들였다.

"난 나한테 저주가 걸렸다고 믿었어."

맙소사, 얼마나 어리석은 말처럼 들리는가.

"당신이 내 옆에 있으면 당신도 내 아버지나 어머니처럼, 비카처럼 죽게 될 거라고 생각했어. 당신에게 등을 돌리는 게 당신을 구하는 길이라고 생각했어."

그녀가 거짓말 말라는 듯한 시선을 던졌다.

그는 무겁게 한숨을 내쉬었다.

"알아. 그래서 말하지 않았던 거야. 당신이 이상하게 생각할까 봐. 하지만 나한테는 진짜 같았어. 엄두가 나질 않았어. 그런데 오늘밤 오르피오 파스를 지날 때, 그제야 깨달았어……. 신이 나만 저주하면서 시간을 허비하지는 않을 거라는 걸. 위대한 신은 그보다 더 할 일이 많아. 어머니의 자궁 속에서 자라는 아기들도 보살펴야 하고……."

그가 마침내 물기 어린 눈을 들어올렸다.

"그게 정말이야? 내가 아빠가 되는 거요?"

그녀는 금방이라도 쓰러질 듯 보였다. 하지만 대신 빠르게 몸을 돌려버렸다.

"걱정 마세요. 당신한테 매달리지는 않을 테니까. 이사벨 이모가 도와주실 거예요……."

그가 다급하게 일어섰다.

"안 돼!"

"안 된다구요?"

제기랄, 이런 식으로 다그치면 더 꼬여버리잖아.

"그러니까 내 말뜻은…… 내 아내가 돼 줘, 알레그라. 당신을 사랑해, 가슴이 터져 버릴 정도로. 당신을 되찾을 수만 있다면 뭐든 다 할 수 있어. 한 번만 더 기회를 줘. 우리 아이를 애비 없는 자식으로 만들지 말자. 그 애한테는 보호해 줄 사람이 필요해, 당신도 마찬가지고. 제발, 알레그라. 내가 그 사람이 될 수 있게 해줘."

“라자.”

그녀는 그 자리에 뿌리를 내린 나무처럼 뻣뻣하게 고개를 숙였다. 그리고 돌 바닥만 내려다보았다.

그녀가 싫다고 하면 어쩌지? 어떻게 해야 하지?

“진심으로, 정말로 미안해. 잘못했어. 날 용서해 줘. 난 옳은 일을 하려고 했던 거야, 단 한 번만이라도 이기심을 버리려 했던 거야. 내 말 못 믿겠어, 알레그라?”

“믿어요.”

그녀의 목소리는 들릴락 말락 했다.

“나한테 돌아와 주겠어?”

길고 긴 침묵이 흘렀다. 그는 불안하게 눈을 감아버렸다가 용기를 내서 다시 그녀를 쳐다보았다. 그녀의 대답이 무엇이든 감수해야 했다.

알레그라가 맞은편에서 그의 시선을 마주 보았다.

“못 말리는 사람이군요.”

그녀의 부드러운 갈색 눈동자에 눈물이 그렁그렁 맺혔다.

“그런 걸 왜 물어봐요? 우리가 어떤 일을 함께 헤쳐왔는데. 영원히 당신을 사랑하겠다고 했잖아요. 그 말은 진심이었어요, 라자.”

“다시 기회를 주는 거야?”

그가 미동도 없이 숨가쁘게 물었다.

그녀가 울먹였다.

“당신이 원한다면 백 번이라도 드릴 거예요.”

라자는 한달음에 달려가 그녀를 끌어안았다. 다시는 놓아주지 않으리라 맹세하면서 가슴에 와락 감싸안았다.

“정말 내가 돌아오길 바라시나요?”

그의 심장이 아릴 정도로 불안하게 알레그라가 물었다.

“당신이 했던 말들은…… 날 원하지 않는다고, 창녀라고…….”

“제발 그만해. 진심이 아니었어.”

가슴이 두 조각으로 잘라지는 듯했다.

“당신에게 피해가 가기 전에 쫓아내려고 그랬던 거야.”

“당신과 함께 있을 수만 있다면 무슨 일이 생겨도 난 상관없었어요. 그걸 몰랐나요?”

그는 그녀의 머리에 얼굴을 파묻었다. 그녀에게 했던 잔인한 행동들 때문에 고통스러웠다. 그녀의 목소리에 담긴 의심 때문에 더 자신이 증오스러웠다.

“아직도 날 사랑하나요, 라자?”

“앞으로 평생 얼마나 사랑하는지 보여줄게. 다시는 가슴 아프게 하지 않을게.”

라자는 그녀의 턱을 잡아 위로 들어올렸다.

“날 봐, 알레그라. 당신 없이 살 수 있는 남자처럼 보여?”

그의 눈을 뚫어져라 쳐다보고 나서, 알레그라는 진지하게 고개를 흔들었다.

그가 고개를 끄덕이고는 다시 그녀를 꼭 끌어안았다. 그녀가 그의 가슴으로 파고들었다.

“당신 품이 그리웠어요. 너무 많이. 당신이 돌아와 주리라고는 상상도 못했어요.”

잠시 후, 알레그라가 고개를 들어 그의 얼굴을 들여다보았다. 그를 평가하는 것처럼.

그는 끈기 있게 그녀의 마지막 판단을 기다렸다.

그녀가 살짝 훈계하는 듯 고개를 흔들고 나서 천천히 그의 목덜미를 감싸 그의 얼굴을 끌어내렸다. 그들의 입술이 생명의 샘물처럼 달콤하게 닿았다.

“라자?”

“왜, 셰리?”

“날 사랑해 줘요.”

“이 세상 무엇보다 더. 내 생명이 다할 때까지.”

그녀가 그의 입술 위로 가볍게 혀를 굴렸다. 즉시 그의 몸이 불타올

랐다. 그는 그녀를 더 바짝 잡아 당겨 숨막히는 키스를 퍼부었다. 그녀
가 그의 모든 곳을 어루만졌고, 그의 손길도 그녀의 감각을 뜨겁게 깨
워냈다. 서로의 입술을 찾아가며 그들이 침대로 움직여 갔다.

"사랑해, 알레그라."

"우리가 정말 결혼하게 되는 건가요?"

그녀가 그의 셔츠를 풀어내며 속삭였다.

"내일."

그가 약속했다.

"어센션은?"

"우리가 함께 다스려야지, 당신과 내가."

"우리 아이는요?"

"어센션의 왕자가 될 거야."

그가 그녀의 배를 사랑스럽게 매만졌다.

"아뇨, 폐하. 내 생각엔 공주인 것 같답니다."

"그래?"

"확실치는 않지만, 느낌이 그래요."

"멋지군. 기적이야."

그는 눈을 감고 그녀의 손길에 항복했다. 천국으로 날아간 느낌이었다.
고통은 모두 사라지고 그녀의 뜨거운 불길 속에서 활활 타고 있었다.

"이건 치워버려."

그가 수녀용 검은 망사를 그녀의 머리에서 벗겨냈다.

그녀가 행복하게 웃으며 우중충한 수녀복마저 머리 위로 우아하게
벗어냈다. 잠시 후에는 벌거벗은 채 그의 몸 위에 걸터앉았다.

그녀의 손길을 느끼며 라자는 마법의 약에 취한 것처럼 어지러워졌
다. 그녀의 탱탱한 젖꼭지가 그의 가슴에 닿았고 그녀의 입술도 그의
입술에 닿았다.

"사랑해요."

그녀의 입술이 스스로 미끄러졌다. 그녀가 그의 배에 키스하며 바지

를 풀어냈다.

"사랑해요, 라자."

그녀가 다시 속삭였다.

"나의 라자."

그의 목덜미를 가볍게 깨물었다.

"나의 아름다운 해적, 나의 남편."

"나의 아내."

그는 그녀의 나긋나긋한 몸을 바짝 끌어내렸다. 그의 남성이 그녀의 배에서 뜨겁게 고동쳤다. 깊고 달콤한 키스를 전한 후에 그가 그녀의 얼굴을 감싸며 진지하게 바라보았다.

"당신은 나한테 과분해."

그녀는 얼굴 주위로 커튼처럼 머리채를 내려뜨리며 나른한 미소를 보냈다.

"그럼 앞으로 60년쯤 열심히 노력해 보세요."

그가 낮게 웃음을 터트렸다.

그녀가 격렬하게 흥분해 있는 그의 남성을 어루만졌다. 몇 분 후에 몸 속으로 그를 받아들였다. 그 고통스런 쾌감에 그가 날카로운 신음을 내질렀다.

"당신도 내가 그리웠죠, 그렇죠?"

그녀가 조금씩 천천히 그에게 몸을 맞춰 가며 그의 위에 내려앉았다. 황홀하게 고개를 젖히고 엉덩이를 들썩였다. 그들의 몸이 리듬에 맞춰서 함께 움직였다.

그는 수도 없이 자신의 사랑을 속삭였다. 말로만이 아니라, 직접 몸으로 보여주었다. 그녀를 눕히고 손과 입술의 애무로 그녀에게 알려주었다. 그녀가 그의 허리에 다리를 감고 자신의 부드럽고 촉촉한 곳으로 그를 깊이 깊이 받아들였다.

"다시는 날 떠나지 말아요, 라자."

그는 눈으로 대답해 주었다. 다시는 떠날 수 없다고, 다시는 떠나지 않겠다고 약속했다.

그녀가 꿀보다 달콤한 절정으로 치달았다. 정열적으로 신음하며 그에게 매달렸고 라자도 그녀에게 철저하게 항복했다. 두 주먹으로 비단 같은 머리채를 움켜쥐고 그녀의 이름을 숨가쁘게 부르며 그녀의 자궁 속에 자신의 정열을 뿌렸다.

한동안, 그는 그녀의 위에 누워서 사랑스럽게 머리카락을 매만졌다. 그녀는 여전히 허벅지로 그의 허리를 감싼 채 그를 품에 껴안았다. 한숨을 내쉬며 라자가 팔꿈치로 몸을 일으켜 그녀를 내려다보았다.

사랑 가득한 그녀의 시선이 그를 붙잡았다.

"다시 말해 봐요, 날 사랑한다고."

"사랑해. 사랑해. 알레그라 디 피오레. 난 당신 없이 안 돼. 내 몸과 마음 모두 당신 소유야."

그가 그녀의 입술에 입술을 부볐다.

"고마워, 나의 아내, 나의 사랑스런 친구. 날 사랑해 줘서 정말 고마워. 영원히 고마워할 거야."

그날 밤 늦게, 라자와 알레그라는 손에 손을 잡고 피오레의 비밀 터널을 통해 오래 전에 불타버린 벨포르 성으로 향했다.

성 밖으로 나서서 차가운 밤 공기를 맞으며 새로운 도시가 자리잡게 될 땅을 몇 시간이고 걸어다녔다. 금화 2백만 냥이 없으니 좀더 시간이 걸리겠지만, 불가능한 일은 아니라고 라자가 말했다.

여기는 의회 건물, 저기는 새로운 성당이 들어서리라. 도시의 중심부 광장에는 알폰세 왕과 유지니아 왕비를 기리는 기념 분수가 만들어질 것이다. 레이디 크리스티아나와 그밖에 피오레를 위해 희생당했던 사람들을 위한 기념비도 세우리라. 소나무 숲 근처에는 오페라 하우스가, 언덕 징상에는 새로운 궁궐이 올라설 것이다. 그 궁궐에서 그들의 자녀와 손자들이 피오레 왕가의 맥을 이으며 성장해 나갈 것이다.

그들은 농담과 언쟁을 섞으며 가끔은 키스도 해가며 즐겁게 거닐었다. 하지만 벨포르에서 멀어졌을 때는 서로의 존재에 만족해하며 팔짱을 끼고서 조용히 걸었다.

"다리우스를 달래 주세요. 마음이 많이 상했을 거예요."

그녀가 입을 열었고, 그는 고개를 끄덕였다.

"당신만 괜찮다면 우리가 그 애를 맡았으면 좋겠어. 가족이 없는 아이잖아."

그녀가 자랑스럽다는 듯 그에게 미소지었다.

"멋진 생각이에요."

새벽녘쯤에 그들은 올리브 과수원이 내려다보이는 산등성에 올라 나란히 앉아서 해돋이를 지켜보았다.

알레그라는 해돋이뿐만이 아니라 오렌지 빛 아침 햇살을 받아들이는 라자의 옆모습을 감상했다. 그녀는 라자에게 많은 것을 배웠다. 라자도 많이 성장하였다. 그의 거친 분노는 강인함으로 단련되었고, 그의 고통은 지혜로 다듬어졌으며, 그의 쓸쓸함은 사랑으로 녹아 내렸다.

"라자?"

그녀가 그의 손에 손가락을 엮었다.

그가 부드럽게 돌아보며 그녀의 손을 입술로 올렸다.

"왜, 셰리?"

"고향에 돌아온 걸 축하드려요."

그들의 얼굴에 잔잔한 미소가 흘렀다.

정오를 알리는 종소리와 함께, 그들은 호화롭게 장식된 성당의 통로로 걸어갔다. 유럽 각지에서 온 고관대작들이 성당을 가득 메웠고, 서약을 교환한 후에 교황이 라자의 머리에 황금 왕관을 씌웠다. 그 후에 라자는 다이아몬드와 에메랄드가 박힌 관을 알레그라의 머리에 씌워 주고, 무릎 꿇고 있던 그녀를 일으켜 자신의 옆에 세웠다. 그들이 키스하는 순간, 성당 안에 우레와 같은 박수소리가 바다의 굉음처럼 메아리쳤다.

마침내 수많은 수행원들을 이끌고 어센션의 왕과 왕비가 햇살 아래로 나섰다. 귀가 먹먹할 정도의 박수갈채가 울려 퍼지고, 그들의 주위로 꽃잎들이 가벼운 산들바람으로 흩날렸다. 성당의 육중한 문 밖의 맨 윗계단에 멈춰 서서 그들은 백성들에게 손을 흔들었다. 한순간 알레그라는 몬테베르디의 딸을 백성들이 왕비로 맞아줄지 불안해하며 라자의 하얀 장갑 낀 손을 꼭 붙잡았다.

갑자기 뚱뚱하고 작은 체구의 남자가 군중들 앞으로 달려나와 모자를 흔들어대며 소리쳤다.

"신께서 왕비를 구하셨다!"

백성들이 같이 외칠 때까지 몇 번이고 부르짖었다.

알레그라는 베르나르도의 괴상한 행동에 웃음을 터트리지 않으려고 입술 안쪽을 꼭 깨물어야 했다.

라자가 그녀에게 찡긋 윙크를 보냈다, 내 말이 맞지 하는 것처럼.

라자가 그녀를 껴안았다. 어셴션도 그들을 껴안았다. 그리고 옥색 바다에 떠 있는 이 작은 섬에 평화가 찾아왔다.

< 끝 >

Truly Madly Yours

사랑은 내가 돌아가야 할 마지막 고향이며
내 영혼의 영원한 휴식처입니다……

아름다운 헤어 스타일리스트 딜레이니 쇼가 몇 년 동안 쳐다보지도 않던 고향으로 돌아왔다. 하지만 그녀는 의붓아버지의 유언만 듣고 곧 떠날 계획이었다. 그러나 유언에는 예상치 못한 조건이 붙어 있었다! 유산을 받고 싶으면 그녀는 고향에 머물러야 하고 의붓아버지의 사생아인 부동산업자 닉은 탐내던 부지를 상속받기 위해 딜레이니를 절대 건드려서는 안 된다. 꼬박 일 년 동안!

십 년 전, 닉은 딜레이니를 자신의 머스탱에 태워 모든 것을 잊게 만들었다. 그 당시 닉은 한 여자에게 정착하지 않는 남자로, 딜레이니는 자신이 그저 한때의 장난감이었음을 쓰라리게 배웠다.

하지만 닉은 언제나와 마찬가지로 저항할 수 없을 정도로 매력적이었다. 이제 딜레이니는 지금이야말로 닉이 정말로 자신의 진정한 남자인지 결정해야 할 때임을 깨닫는다.